소설가 이동하(李東河)

이동하 자선 단편집
밝고 따뜻한 날

초판 1쇄 발행 2024년 9월 5일

지은이	이동하
교정	이광식
펴낸이	김종년
펴낸곳	예술과마을
등록	2014년 3월 25일(제2014-000006호)
주소	38145 경상북도 경주시 북성로 80-11(동부동) 헤렌하우스 103호
전화	010-8030-6919
이메일	eulinjae@naver.com
제작	명지북프린팅
정가	15,000원

ISBN 979-11-91786-08-8 (03810)

* 잘못된 책은 구입한 곳에서 바꾸어 드립니다.
* 이 책의 전부 또는 일부 내용을 재사용하려면
  사전에 저작권자와 도서출판 예술과마을의 동의를 받아야 합니다.

이동하 자선 단편집
밝고 따뜻한 날

예술과마을

차례

전쟁과 다람쥐 · 007
삼학도 · 029
파편 · 059
밝고 따뜻한 날 · 087
과천에는 새가 많다 · 111
문 앞에서 · 127
짧은 황혼 · 195
앙앙불락 · 213
사모곡 · 237
가엾은 영혼들 · 263
팔각성냥 · 277
우는 개 · 291
매운 눈꽃 · 315
가족 · 333

이동하 약력 · 358
작가의 말 · 360

전쟁과 다람쥐[*]

[*] 1966년 《서울신문》 신춘문예 단편소설 당선작

욱은 걱정이 되어서 잠을 이룰 수가 없었다. 그래서 방을 나와 댓돌 위에 웅크리고 앉았다.

별이 총총한 밤이었다. 은하가 머리 위를 가로질러 저 앞산 쪽으로 흐르고 있었다. 산발치를 돌아 하얗게 뻗어 있는 신작로에서는 자동차 소리가 끊임없이 들려왔다. 풀과 나무로 위장되고 그 위에 먼지를 자욱이 뒤집어쓴 그 군용차들은 며칠 전부터 밤마다 꼬리를 물고 지나가던 것이었다.

그 자동차의 행렬은 온 밤내 계속된다. 그리하여 날이 밝으면 이번에는 피곤에 지친 인간의 물결이 길을 가득 메우고 남으로 흘러갔다. 다시 밤이 되면 길을 메웠던 인간의 물결은 들로 마을로 잦아지고, 그러면 또 자동차의 행렬은 시작되는 것이었다.

많은 차들이 한꺼번에, 그리고 쉬임 없이 부르릉거리는 소리, 음색이 다른 여러 가지의 경적, 무거운 바퀴에 짓눌려 돌멩이가 튕겨 나가는 소리…… 그런 음향들이 욱에게는 흡사히 어머니의 자장가와도 같이 신비롭고 달콤하여 잠자리에 누운 채 가만히 귀기울여 들다가는 그만 혼곤히 잠에 떨어지곤 했다. 그러면 그 온갖 소음이 잠 속으로 파고들어 욱은 밤마다 숱한 꿈을 꾸었었다.

그러나 이제는 그렇지 못했다. 도시 그것이 걱정되어 아무래도 잠을 이룰 수가 없는 것이었다.

욱은 두 팔로 다리를 바짝 당겨 안고 그 위에다 턱을 괸 채 눈알만 끔뻑이었다. 부드러운 바람이 일더니 별똥별 하나가 동구 앞 갯가로 떨어졌다.

욱은 그것이 꼭 신호탄 같다고 생각했다. 저 건너 들머리에 우뚝 솟은 검은 산 그 꼭대기에서 가끔 신호탄이 쏘아 올려지곤 했었다. 그러면 그것은 어두운 허공에 파란 꼬리를 끌면서 날아와서 마을 뒤 거암산 중턱쯤에서 떨어지는 것이었다. 그러면 이번에는 또 거암산 쪽에서 쏘아 올린 신호탄이 마을 위를 지나갔다.

그것이 몇 시간이나 계속되는 때도 있었다. 그리고 그런 날 밤이면 어디선가 희미한 총성이 들려오곤 했다. 여름밤의 반딧불이 쫓기며, 어두운 대숲에서의 참새잡기 또는 횃불을 환하게 밝혀 들고 갯가를 뒤져 가재를 옹가지로 하나씩 잡아내던 불치기 따위는 이제 아무것도 아니었다. 파란 신호탄이 마을 위를 핑핑 날고, 산 너머에서부터 총소리가 울려오는 밤이면 욱은 마구 신이 나는 것이었다. 참으로 신비롭고 아름답고 또 조금은 두려운 그런 밤들이 욱은 좋았다.

그런데 이날 밤만은 그 걱정 때문에 자꾸만 우울해지는 것이었다. 또 한바탕 신호탄이 날고 총소리라도 콩 볶듯 들려왔으면 싶었다.

저 앞산 발치, 달빛이 내리깔린 신작로에는 자동차의 행렬이 여전히 계속되고 있었다. 불도 켜지 않고 묵묵히 그것들은 지나가고 있었다.

욱은 다시 눈을 끔뻑이었다. 아리한 눈시울에 밤기운이 축축하게 스며들었다.

마당 건너편, 생나무 울타리의 어둑신한 그늘 속에서 복슬개 한 마리가 기어나와 목방울을 딸랑딸랑 울렸다. 해맑은 달빛이 잔등의 복스러운 털 위에 하얗게 부서지고 있었다. 그 달빛이 구름 걷히어 주위가 갑자기 어두워지자 개는 몇 번 하늘을 향하여 콩콩 짖었다. 그리고는 마당을 건너 욱에게로 다가왔다.

고개를 갸웃이하고 빤히 쳐다보는 개를 욱은 덥석 끌어안았다.

체온이 따스했다. 그러고 보니 좀 추운 것 같아 그는 개를 안고 일어섰다. 댓돌 위에 올라서서 주위를 둘러보았다. 열려져 있는 부엌문으로 불빛이 흘러나와 마당 한편을 환하게 비추고 있었다. 욱은 그리로 다가갔다.

별빛이 쏠리는 듯한 바람이 불어 나무 울타리의 그림자들이 흔들렸다. 조금 더 추워지는 것 같았다. 가슴이 이상해지고 무언가가 자꾸만 목구멍을 넘어올 것만 같아 욱은 입을 꾹 다물었다.

부엌 안은 한참 분주한 때였다.

욱의 어머니와 동네 아낙 몇이서 주먹밥을 만들고 있었다. 뚜껑을 열어놓은 채로 둔 커다란 쇠솥에서는 흰 이밥이 김을 피워 올리고 있었다. 아낙들은 소금물에 손을 적셔가며 주먹만 한 크기로 밥을 뭉쳤다. 부엌 바닥에 놓인 대소쿠리엔 그렇게 하여 만들어진 밥덩이들이 그득하게 쌓여 있었다.

그것은 오늘 밤 동안 이 마을에 머무르게 된 군인들에게 분배할 밥이었다. 그들은 마을의 모든 사랑방과 교회당과 제실, 그리고도 남은 사람들은 방공호 속에까지 빼곡이 들어차 있었다. 그곳에서 그들은, 종일토록의 고된 행군에 솜처럼 풀어진 몸뚱이들을 밤새도록 부비다가 다음 날 아침이면 주먹밥 한 덩이씩을 받아 들고 다시 남쪽을 향하여 떠날 것이었다.

그러면 저녁에는 또 다른 일행이 밀려들 것이었다.

그것은 매일 밤 계속되었다.

이미 수천, 수만의 군인들이 이 마을을 거쳐갔다. 앞으로도 얼마나 계속될지를 알 수 없었다. 이렇게나 많은 군인들이 남으로 후퇴해 가는 걸 보면 싸움은 이미 뻔한 게 아닌가고 마을 사람들은 불안해했다. 동장, 구장, 반장 그리고 몇몇 유지들은 군량미를 타다가 그들 후퇴병의 뒷바라지를 해주면서도 안으로는 피난 준비들을 하고 있었다.

욱은 언젠가 한 번, 구장인 아버지를 따라 그들이 들어 있는 교회당엘 가본 적이 있었다. 그 널따란 교회당이 터져나도록 온통 군인들이 차 있었다. 하나같이 거지 같은 입성을 하고 먼지와 땀이 뒤범벅이 된 얼굴에 눈알만 반들거렸다. 그중에는 상처난 몸을 가누지 못하여 혼잡한 마룻바닥에 마냥 쓰러져 누운 사람도 있었다.
　동네 장정 몇이 주먹밥을 날라 왔다. 그러자 그들의 시선이 일제히 모아졌다. 아버지가 그들에게 무어라고 짤막하게 연설을 했다. 한 사람 앞에 꼭 하나씩, 그러지 않고 만약 두 개를 받는 자가 있다면 다른 한 사람은 굶게 된다는—아마도 그런 뜻의 말인 것 같았다.
　마침내 밥을 분배하기 시작했다. 허기진 손들이 밥덩이를 움켜쥐었다. 침으로 마른 입술을 축여가면서 그들은 정말 맛나게 먹었다. 뒤에 있는 사람들이 밥을 받기도 전에 앞에 있는 사람들은 벌써 손바닥에 묻은 밥풀을 따고 있었다. 욱은 그들을 바라보면서 침을 꿀꺽 삼켰다.
　집으로 돌아오기가 바쁘게 부엌으로 달려가 주먹밥 한 덩이를 쥐고 나왔다. 담그늘에 서서 그들처럼 입술을 침으로 적셔가며 먹어보았으나 영 맛이 없었다. 결국은 절반도 먹지 못한 채 내던지고 말았다. 그런 후론 주먹밥만 보면 그들이 생각났다.
　그런데 지금은 그들보다 다른 걱정이 더 앞섰다. 그건 얼마나 배가 고플까. 욱은 자꾸 목이 메이는 듯했다. 분주하게 손을 놀리고 있던 욱의 어머니가 그를 쳐다보았다.
　"와? 잠이나 잘 끼지 와 그래 나왔노?"
　욱은 아무 말도 않고 부뚜막에 쭈그리고 앉았다. 풀기 없는 눈으로 아낙네들의 밥 뭉치는 손만 멀거니 바라보았다. 김을 피워 올리면서 여러 개의 손이 분주하게 움직였다. 기름기 흐르는 밥덩이가 금시금시 만들어졌다.

"어데가 아픈갑다. 아가 억시기 기운 없어 빈다."

욱의 바로 앞에 앉아 있는 아낙네가 그렇게 말했다.

욱의 어머니는 일손을 멈추고 그의 얼굴을 찬찬히 살폈다. 욱은 어머니를 마주 바라보면서 머리를 저었다.

"그러마, 와?"

욱은 역시 말이 없었다. 대소쿠리에 그득히 담겨 있는 밥덩이 위로 시선을 힘없이 떨구었다.

"아…… 이거 하나 묵고 싶어카는구나."

그 아낙이 주먹밥 한 덩이를 내밀었다. 욱은 그것을 한동안 멍하니 바라보고 있다가 기운 없이 받아 들었다.

"진작 그렇게 말할 끼지, 아도 참."

아낙은 거 보란 듯이 만족스레 웃었다. 욱의 어머니도 빙그레 웃고는 다시 하던 일로 돌아갔다.

욱은 자꾸만 서글퍼졌다. 밥덩이를 입으로 가져가 한 입 베어 물었을 때 그만 앙하고 울어버리고 싶었다. 입 안에 든 밥알을 혀로 굴리면서 밥덩이를 개에게 통째로 물려 주었다. 개는 기다리고 있었다는 듯이 냉큼 받아 삼켰다.

"참 배가 고플 끼라."

욱은 부엌문 밖으로 시선을 돌렸다.

마침 저 앞 산등성이에서 신호탄 하나가 어두운 하늘로 솟아올랐다. 이어 또 하나가.

그 두 개의 신호탄은 파란 꼬리를 끌면서 마을 위로 지나갔다. 거암산 중턱쯤에 가서 떨어졌으리라. 하늘이 더 어두워진 것 같았다. 그 어두운 공간에 바람이 일었다. 마당 건너편의 울타리 그림자가 또 흔들렸다.

욱은 눈 가장자리가 간지러워 옴을 느꼈다. 눈알이 알싸해지면서 그 총총하던 별빛이 뿌옇게 흐려 보였다. 눈을 깜박이었다. 별빛이 다시 총총해지고 그때 마을 뒤 거암산에서 쏘아 올린 두 발의 신호탄이 앞산을 향하여 파아랗게 날아가는 것이 보였다.

그러나 곧 눈앞이 흐려졌다. 신호탄의 파아란 꼬리며 총총한 별빛이 다시 몽롱하게 보였다. 어두운 허공에 숱한 반점들이 여기저기 생겼다.

"이 아, 보래이. 울고 있대이……."

욱이 어머니가 잔뜩 놀란 얼굴을 하고 외쳤다.

"니, 와 그카노? 응? 무슨 일이고?"

욱은 눈물이 그렁그렁한 눈으로 어머니를 쳐다보았다. 그리고는 울음 섞인 목소리로 말했다.

"어무이, 다람쥐가, 다람쥐가 배고파 죽는다."

"뭐라꼬?"

아낙네들은 일제히 일손을 멈추고 눈들을 둥그렇게 떴다.

욱이 다니는 학교는 나지막한 산등을 둘이나 넘어야만 있었다.

오늘 아침이었다. 욱은 그 학교 길에서 조그마한 다람쥐를 한 마리 잡았다. 등때기에 까만 줄이 있는 새끼다람쥐였다.

욱은 그놈을 신주머니에 넣어서 학교에 갔다. 반 아이들의 눈에 띄기만 하면 아무래도 좋지 않을 것 같아 욱은 그것을 어디에다 숨겨 두기로 했다.

운동장이며 교사 뒤를 빙빙 돌아다니면서 적당한 장소를 찾아보았다. 좀처럼 알맞은 곳이 눈에 띄지 않았다.

한참을 기웃거리며 다니다가 겨우 적당한 장소를 하나 찾아냈다. 교사 서편의 공지가 바로 그곳이었다. 거긴 허리께까지 묻힐 만큼 무성한 코스모스들로 온통 뒤덮여 있었다.

욱은 그 한가운데에다 다람쥐가 든 신주머니를 숨겨 두었다. 그런데 그것이 잘못이었다. 하필이면 이날따라 야외수업을 했던 것이다.

그런 일은 전에도 간혹 있었다. 우중충하고 그늘진 교실에서보다는 사방이 확 트인 들판이나 개울가에서 공부하기를 선생은 물론 아이들도 좋아했다. 그러나 첫 시간부터 야외로 나온 것은 이번이 처음이었다. 더군다나 욱의 반뿐이 아니라 전교생이 다 그렇게 하는 데에는 적지 않이 이상했다.

들에, 산에, 개울가에 아이들이 무리무리 모여 앉아 공부를 했다. 이른 가을의 밝은 햇살 아래 아이들의 얼굴이 환해 보였다. 저희들끼리 무어라무어라 종알거리다가는 다시 선생의 말에 귀를 기울이고, 또 흘러가는 구름을 보곤 했다.

바람도 따사로웠다. 이마를 간지럽히는 햇살을 흩뜨리는 바람이 여리게 불었다. 언덕 하나 너머 저쪽에 자리 잡은 반에서 구구단 외는 소리가 바람결에 실려 왔다.

욱의 반과 조금 떨어진 곳에 있는 다른 반 아이들이 장난을 걸어왔다. 괜스레 욱의 반 아이들을 향해 입을 앙, 벌렸다가 음, 했다가 또 쌍판을 찡그렸다가, 주먹을 내밀었다가 했다. 그러면 욱의 반 아이들도 선생 눈을 피해 가며 응수를 했다. 욱도 혀를 쏙 빼물어 용용을 하다가 그만 시무룩해졌다.

불안했다. 다람쥐를 잃어버릴 것만 같았다. 그렇지는 않더라도 혹 시간이 너무 늦어 다람쥐가 신주머니 속에서 죽어버리지나 않을까 염려스러웠다. 수업이 얼른 끝났으면 싶었다.

그러지 않아도 지리하기만 하던 공부시간이 이날은 숨통이 콱콱 막힐 만큼 답답하고 길었다. 시간표대로 네 시간이 다 끝났을 때 욱은 만세라도 부르고 싶은 마음이었다.

선생은 아이들에게 몇 마디 주의말을 했다. 그러나 욱은 얼른 다람쥐를 찾고 싶은 마음이 조급하여 그런 말씀은 건성 듣듯 했다. 빨리 빨리 '안녕히 계십시오!'를 했으면 싶었다.

"학교는 군인들이 사용하게 되었으니 내일부터는 이곳으로 나오라. 비가 오는 날은 오지 않아도 좋다."

마침내 선생의 말이 끝났다. 욱은 제일 먼저 '안녕히 계십시오!'를 외치고는 냅다 학교로 달렸다.

정오가 훨씬 지난 때였다. 한달음에 학교까지 달려온 욱은 의외의 광경에 눈을 휘둥그렇게 떴다.

교문에 턱 버티고 서 있는 거인―그는 욱이 간혹 본 적이 있는 양놈이 틀림없었다. 높다란 코, 파란 눈알, 전봇대만 한 키, 욱은 입을 딱 벌린 채 그를 쳐다보았다.

거인은 총을 메고 장승처럼 서서 파란 눈알을 굴리고 있었다. 그 시선이 욱에게 와 멎었을 때 욱은 겁이 더럭 났다. 자기도 모르게 뒤로 주춤 물러섰다.

학교 안에서부터 지프가 한 대 굴러 나왔다. 거인이 옆으로 비키면서 차 안을 향하여 무어라고 외쳤다. 운전사가 한쪽 손을 들어 보였다.

그 지프가 욱의 앞을 지나 사라져버리자 이번에는 남쪽으로 뚫린 길에서 수십 대의 GMC가 나타났다. 그것들은 자갈과 황토흙이 깔린 길바닥 위에 솜뭉텅이 같은 먼지를 피우며 달려와 속속 학교 안으로 굴러 들어갔다.

욱은 그 짙은 먼지에 휩싸여 한동안 눈을 바로 뜨지 못했다. 코가 매캐했다. 얼굴을 감싸쥐고 가만히 서 있었다.

이윽고 땅을 뒤흔들듯 하던 자동차 소리가 그쳤다. 갑자기 커다란 웃음 소리가 들렸다. 펀뜻 고개를 들고 보니 그 거인이 마구 웃고 있었다.

전쟁과 다람쥐 **17**

욱도 따라서 씽긋 웃었다. 그가 자기를 보고 웃는 것 같았기 때문이다. 털이 부스스한 손이 욱을 가리키고 있었다.

욱은 조금 용기가 났다. 그의 앞으로 몇 걸음 다가가 학교 안을 기웃해 봤다. 온통 수라장이었다. 그 널따란 운동장이 자동차와 천막과, 교실에서 끌어낸 책상, 교탁들로 어지러웠다. 그 사이사이를 미군들이 분주하게 뛰어다니고 있는 것을 욱은 멍하니 바라보았다. 욱의 시선이 운동장 건너 교사 서편의 코스모스밭에 멎었다. 그곳은 아직 아무렇지도 않았다.

대낮의 밝은 햇살이 그 위에 부어지고 있었다. 아직 활짝 피지 못한 꽃망울들이 여윈 목을 가지런히 들고 부드러운 바람에 물결을 지었다.

저기 다람쥐가.

욱은 정신없이 그리로 발길을 내디뎠다.

"억시기 답답했을 끼라. 죽었는지도 몰라."

욱은 온통 그 생각에 빠져들었다. 그래서 갑자기 산이 찌릉 울릴 만큼 커다란 소리가 들려왔을 때 욱은 기급을 하듯 놀랐다.

"갓뎀! 게라웨이!"

돌아보니 그 거인이 퉁방울만 한 눈알을 부라리며 고래고래 고함을 지르고 있었다. 욱은 구르듯 그 앞을 도망쳤다.

가슴이 내려앉는 것 같았다. 간이 콩알만해지고 머리끝이 쭈뼛했다. 한참을 내처 뛰다가 풀썩 넘어졌다. 얼른 일어서서 뒤를 돌아다보았다.

 그런데 그 거인 녀석은 웃고 있었다. 뭐가 그리 우스운지 먼저처럼 손가락질을 해가면서 아주 통쾌하게 웃고 있었다.

 그 웃음 소리가 어찌나 크던지 떨어져 있는데도 귀가 먹먹할 지경이었다.

 욱은 옷에 묻은 먼지를 털 생각도 않고 꼿꼿하게 선 채 그를 잔뜩 노려보았다. 이를 꼭꼭 깨물면서 속으로 막 욕을 했다.

 그래도 그 거인 녀석은 자꾸 웃었다. 아주 재미난다는 듯이, 웃지 않고는 도저히 못 배기겠다는 듯이 연신 손가락질을 해가면서 껄껄 웃어 젖혔다.

 욱도 그만 슬며시 웃음이 나왔다. 장난인 것 같다. 그저 장난으로 한번 그래 본 것 같다. 공연히 겁을 집어먹었던 게지.

 거인은 웃음을 그치더니 이번에는 손짓으로 오라는 시늉을 했다. 빙글빙글 사람 좋아 뵈는 웃음을 띠고, 그 기다란 팔을 휘이 저어 보였다. 가슴에 달린 포켓을 툭툭 쳐 보이면서 자꾸 오라오라 했다.

 괜히 쑥스러워진 욱은 어설프게 웃으면서 뒤통수를 긁적긁적했다. 그리고는 다시 비실비실 다가갔다.

 가까이 가자마자 거인은 욱을 냉큼 잡았다. 욱은 속았다 싶어 가슴이 덜컹 내려앉았다. 꼼짝없이 잡힌 것이다. 앙, 하고 울음을 터뜨리려 했다.

 그러자 거인이 또 한바탕 웃었다. 그리고는 커다란 손으로 욱의 옷에 묻은 먼지를 털어 주었다. 머리를 쓸어 주고, 귓불을 잡아당기고, 볼을 흔들더니 나중에는 껌까지 한 통 주었다.

욱은 아주 완전히 안심을 했다. 역시 좋은 사람이다. 내가 공연히 겁을 먹어서 그랬지. 욱은 거인을 쳐다보며 자꾸 웃어 보였다.

껌을 하나 꺼내어 껍질을 벗기려고 했더니 거인이 날름 받아 말짱 까서 입에 넣어 주었다. 그리고는 아까는 미안했다는 듯이 욱의 어깨를 정답게 두들겼다. 끝내는 악수까지 했다. 욱은 그에게 머리를 꾸뻑 해 보이고는 껌을 우물거리면서 학교 안으로 들어섰다. 이제는 어서 다람쥐를 찾아서 집으로 돌아가야지, 가서 동네 아이들한테 자랑을 해야지 하는 생각으로 욱의 마음은 조급해졌다. 막 뛰어가려는데 누가 또 덜미를 꽉 잡았다.

역시 그 거인이었다. 욱은 전보다 더 놀랐다. 입만 딱 벌리고 그를 쳐다보았다.

거인은 굉장히 노한 얼굴이었다. 퉁방울만 한 눈이 잡아먹을 듯 쏘아보았다. 입은 앙다문 채 말 한마디 없었다. 억센 팔로 욱을 냉큼 들어 문밖으로 나오자 그대로 길바닥에 던져버렸다.

먼지와 자갈투성이의 길바닥에 떨어진 욱은 그저 멍멍할 뿐이었다. 무어가 무언지 도통 알 수가 없었다. 꼭 도깨비 놀음만 같았다. 머리맡 저만큼 굴러가 있는 껌통을 멍하니 바라보고 있었다.

노랑털이 부스스 돋아난 손이 그것을 집어갔다. 곧 벼락 같은 소리가 울려 왔다.

"게라! 갓뎀!"

욱은 자신도 모르게 벌떡 일어났다. 그리고는 정신없이 마구 뛰었다. 텅 빈 머리가 어쩐지 무거워졌다. 길바닥이 울퉁불퉁하고 자갈이 움찔움찔했다. 어지러웠다. 머리가 빙빙 돌고 다리가 후들후들거리더니 마침내 픽 쓰러졌다.

입 하나 가득 황토 먼지가 괴어들었다. 매캐한 먼짓내가 코를 찔렀다. 욱은 그 먼지투성이의 얼굴을 들고 저 앞 들판으로 뻗어 나간 길을 바라보았다. 황토흙과 자갈이 깔린 신작로가 들판을 지나서 멀리 산발치로 돌아가고 있었다. 기운 오후의 햇빛 아래 하얗게 굽이쳐 간 그 길이 아득히 사라지는 골짜기엔, 무수한 사람들의 대열이 느릿느릿 움직이고 있었다. 우현 역 쪽으로 뚫린 널따란 국도로부터 밀려 온 그 인간의 물결은 시방 골짜기를 가득 메우고 흘러넘쳐 저 너머 보이지 않는 남향 대로를 해종일 밀려갈 것이었다. 전진에 그을은 군복의 물결, 피난민의 대열—언제나 남으로만 흐르는 거대한 강물인 것이었다.

그런 모든 알 수 없는 것들을 욱은 얼마나 신비롭게 생각했던가. 밤하늘을 나는 신호탄의 파란 불꽃, 멀리서 울려 오는 희미한 총성, 밤마다의 끝없는 자동차 행렬…… 욱에게는 그런 것들이 참으로 신비로웠던 것이다.

그런데 이처럼 골짜기를 바라보고 있으려니 콧날이 찡해 왔다. 공연스레 울고 싶어졌다. 자꾸만 울음이 터질 것만 같았다. 그래서 욱은 천천히 일어섰다. 저만큼 굴러 있는 책보를 주워 들고 터벅터벅 집을 향하여 걸었다. 아주 힘없이 땅바닥만 내려다보며 걸어갔다. 입 안에 먼지와 함께 씹히는 것이 있었다. 혀를 굴려 보니 껌이었다. 퉤! 하고 뱉어냈다. 길바닥에 떨어진 놈을 발로 싹 비볐다. 그 위에다 침까지 탁탁 뱉었다.

다음 날 아침, 욱은 되레 아버지에게 꾸중을 들었다.
"사람들도 지 구실을 다 못하고 막 죽어 가는 이 난리에 그까짓 다람쥐가 멋이 그래 중하노. 이 소갈머리 없는 자석아. 총에 맞아 죽는 사람, 배곯아 죽는 사람이 부지기순데 그놈의 다람쥐 하나 죽는 게 머가 그리 애통하노!"
욱은 고개를 떨구고 가만히 있었다.
"⋯⋯인자, 다시는 코쟁이 앞에 가 얼찐대지 말아. 그카다가는 니 명대로 살도 못하고 죽을 끼라."
욱은 입술만 잘근잘근 깨물고 있었다. 그래도, 그래도, 하는 말이 자꾸만 목구멍을 넘어오려고 했다.
어머니는 차라리 욱을 달래려고 했다.
"다람쥘랑 말이다, 동네 나무꾼들한테 부탁해 갖고 크다란 걸로 잡아다 주께. 그걸랑 잊어라. 그리고, 오늘랑 학교도 가지 말고⋯⋯ 코쟁이들이 참 무섭다 캐쌓더라."
그러나 욱은 학교로 달려오고 말았다. 그 조그만 새끼다람쥐가 인제 참말로 다 죽어갈 거란 생각에 욱은 참을 수가 없었던 것이다.

자그마한 산등을 둘이나 넘어, 군인과 피난민들로 혼잡한 대로를 거슬러 올라 마침내 학교에 이르자 욱은 걸음을 멈추고 교문께를 눈주어 보았다.

역시 교문을 지키고 있는 사나이—그러나 어제의 그 거인은 아니었다. 얼굴이며 손이 온통 새까만 검둥이다. 철모 아래 허연 눈알이 번뜩인다. 소름이 쭉 끼친다. 사람 같지가 않다. 어떤 도깨비가 옷을 입고 총을 메고 저렇게 떡 버티고 서 있는 것 같다. 툭 튀어나온 두툼한 입술이 영락없는 돼지 주둥이다. 그것이 쩍 벌어지더니 하품을 한다. 새하얀 이빨이 아침 햇빛에 반짝인다.

욱은 제물에 뒤로 몇 걸음 물러섰다. 그리고는 잔뜩 몸을 사렸다. 아무래도 용기가 나지 않는다. 어쩌면 저 검둥이는 사람을 잡아먹기라도 할 것 같다. 그게 또 커다랗게 하품을 한다. 흡사 욱을 보고 아앙, 하는 것만 같다. 햇빛에 번뜩이는 이빨이 몸서리쳐진다.

욱은 무섭기도 하고 다람쥐가 걱정되기도 하여 어쩔 줄을 몰랐다. 어제처럼 다가가볼 용기는 아예 나지 않았다. 저 귀신 같은 검둥이보다는 차라리 어제의 그 거인이었으면 싶었다. 그랬더라면 내어쫓길 각오를 하고 다시 한번 얼씬해보는 건데, 저 검둥이 놈은 잡아묵을라 칼 끼라, 싶어 욱은 도시 가까이 갈 수가 없었다. 어떻게 하면 좋을까. 어서어서 다람쥐를 구해내야만 한다. 배가 고프고 숨이 막혀 죽어버리기 전에 빨리 구해내야만 한다. 그래서 산에 놓아주어야지. 다시는 잡지 않을 끼라. 욱은 애가 탔다. 검둥이를 원망스레 바라보다가, 학교의 무성한 탱자 울타리를 흘겨보다가, 제자리에서 발을 구르다가 해보았으나 아무래도 신통한 수가 없었다. 소리내어 앙앙 울고만 싶어졌다. 다람쥐가 죽고 있단 말이다. 다람쥐가. 그때 학교 안에서부터 한 사람이 나오고 있었다.

얼른 보아서도 자그마한 몸집, 붉은 안색이 양놈은 아니었다. 야, 우리나라 사람이다, 하고 욱은 속으로 외쳤다. 군복은 걸쳤지만 군인은 아닌 것 같았다. 계급장도 명찰도 아무것도 없었다. 위는 숫제 맨 머리 바람이었다. 까맣고 윤이 나는 머리털이 이마에 드리워져 있었다. 그는 검둥이와 무어라무어라 지껄이더니 함께 웃었다. 그리고는 한쪽 손을 번쩍 들어 보이고 교문 밖을 나섰다.

욱은 무턱대고 달려가 그 사람의 옷자락에 매달렸다. 흡사 엄마의 치마폭에 엉겨들 듯 그의 군복 소매를 꽉 부둥켜안고 울음 섞인 목소리로 애걸했다.

"아저씨요, 아저씨요, 내 다람쥐 좀 찾아 주이소. 다람쥐가 시방 죽어가고 있심더……."

그는 의아한 얼굴로 욱을 내려다보았다. 밑도 끝도 없이 너무나 돌연한 말에 그는 어리둥절해진 모양이었다. 반듯한 이마 아래 두 눈이 빛났다.

"학교 안에 있어예. 나는 몬 들어가게 합디더. 아저씨가 좀 찾아 주이소. 펀뜩 안 하마 죽어삐리예……."

욱은 하고 싶은 말을 한꺼번에 주워섬기느라고 갈팡질팡했다. 목도 꺽꺽 메고, 눈물도 나고 하여 말이 잘 흘러나오지가 않았다. 이 사람을 놓쳐버리면 그 불쌍한 다람쥐는 영영 죽을 수밖에 없다는 생각에서 한사코 매달렸다.

"얘, 진정하고 좀 찬찬히 이야기해 봐. 무슨 말인지 도무지 알아들을 수가 있어야지."

그는 두 손으로 욱의 어깨를 잡고, 자꾸만 횡설수설하는 말을 막았다. 그리고는 눈을 빛내어 욱의 얼굴을 들여다보며 자초지종을 차근차근하게 물었다.

"그래, 그 다람쥐를 어디에다 두었단 말이지?"

그는 욱의 손을 잡고 교문 앞으로 나서며 다시 물었다. 검둥이가 그들을 조용히 바라보고 있었다.

욱은 눈물이 그렁그렁한 눈을 들어 먼저 그 검둥이부터 쳐다보았다. 아무래도 그가 두려웠던 것이다. 까만 얼굴 한복판에서 커다란 두 눈이 번뜩이고 있었다. 두툼한 입술이 꾹 닫힌 채 아무 말이 없었다.

욱은 시선을 돌려 학교 안 운동장 저 건너 다람쥐가 있는 코스모스밭을 바라보았다. 눈물이 가리어 잘 보이지가 않았다.

소매 끝으로 눈물을 훔친 다음, 손을 들어 그쪽을 가리켰다.

"저어쪽, 코스모스밭 복판에……."

그러다 말고 욱은 기절할 듯 놀랐다. 묵중한 불도저 한 대가 그 공터를 갈아붙이고 있었던 것이다.

벌써 절반쯤은 운동장처럼 말끔히 닦여 있었고, 그 자리에서 깎여 나간 코스모스들이 흙과 함께 울타리 아래 쌓여 있었다. 지금 그 불도저가 막 깎아 나오고 있는 부분은 바로 다람쥐가 숨겨져 있는 곳이었다.

"아, 다람쥐가 깔려 죽는다!"

욱은 그렇게 외치면서 사나이의 손을 뿌리치고 미친 듯이 달려갔다.

"수둡! 수둡! 다람쥐가 죽는다. 수둡!"

욱은 마구 고함을 지르면서, 텐트와 자동차가 늘어서 있는 운동장 한복판을 달려갔다. 뒤에서 무슨 소리가 들리는 듯했다. 그러나 욱은 다람쥐를 외치면서 그냥 달렸다.

어룽어룽한 눈앞에 분수처럼 하얗게 쏟아지는 햇빛이 일순 확 타올랐다. 고막을 울리는 총성을 들으면서 욱은 허공을 짚고 픽 쓰러졌다. 새까매진 하늘이 한 바퀴 휘그르르 돌고, 빨간 태양이 아득하게 멀어졌다.

그리고는 더 이상 아무것도 알 수 없었다. 무거운 구둣발 소리가 귀를 어지럽게 하고, 어떤 밝은 빛이 눈알을 쓰리게 했으며, 또 몸뚱이의 어디인가 몹시 아픔을 느끼면서 욱은 오랫동안 정신을 차리지 못했다.

그렇게 얼마가 지났는지, 욱이 다시 눈을 떴을 때는 주위가 어둠침침했다. 야트막하게 드리워진 녹색 천이 시야를 가로막고 있었다. 천막 속이었다. 미 병사(美兵士)들이 여럿 서성거리고 있었다.

욱은 자기를 내려다보고 있는 낯선 얼굴들 중에서 예의 그 한국인을 찾아냈다.

"아저씨요. 내 다람쥐!"

욱은 침대에서 몸을 벌떡 일으키며 외쳤다. 다리가 몹시 아팠다.

"내 다람쥐는 우쨌습니꺼?"

그 사람은 입을 꾹 다문 채 아무 말이 없었다. 욱을 조용히 내려다보고 있었다. 하얀 이마 아래 새까만 두 눈이 빛났다. 눈도 깜박이지 않고 한참을 쏘아보고 있더니 어금니를 질겅질겅 깨물었다.

"아저씨요, 다람쥐 좀 찾아 주이소, 예. 다람쥐요. 그양 놔두마 죽심더, 죽어삐리예."

그는 또 이를 깨물더니 돌아섰다. 곧 천막 구석에서 무언가를 집어 왔다. 떨리는 손끝에 달랑 매어달린 물건—욱은 두 팔을 내밀면서 기쁜 함성을 질렀다.

"그겁니더, 그거 맞심더!"

신주머니는 흙이 잔뜩 묻어 있었다. 욱이 성급하게 아구리를 열고 마침내 다람쥐를 끄집어냈다. 그러나 다람쥐의 몸은 이미 굳어 있었다. 부드럽고 색깔이 곱던 털은 엉망으로 구겨졌고, 복스럽던 꼬리가 나무토막 같았다. 하얀 솜털이 부스스하게 돋아나 있던 주둥이언저리도 이제는 딱딱한 나무껍질 같았다. 다람쥐는 이미 죽어버린 것이었다.

욱은 그 조그마한 시체를 안고 울음을 터뜨렸다. 다람쥐가 죽었다. 나 때문에 다람쥐가 죽었다. 욱은 마구 몸부림을 치면서 울었다.
 그 침대 가에는 무심한 이방인들의 얼굴이 묵묵히 내려다보고 있었다.

(1966)

삼학도

당신이 어쩌다가 우연히, 또는 불가피한 어떤 사정으로 남도의 끝 목포(木浦)에 들를 기회를 가진다고 해도 그러나, 삼학도(三鶴島)가 어디냐고 묻는 일은 지극히 어리석은 짓이 될 것이다. 이난영의 노래로 너무나 잘 알려진 그 전설적인 섬들은 이제, 과거의 공간 속에 떠 있기 때문이다.

종착역 목포에 닿은 것은 05시 10분이었다. 그 차가 시발역인 서울역 플랫폼을 출발한 시간은 하루 전인 22시 30분 — 그러니까 꼬박 6시간 40분이 걸린 셈이었다. 나는 마음속으로 진저리를 치며 차에서 내렸다.

플랫폼이 희끄무레한 미명 아래 길게 드러누워 있었다. 바람이 불었다. 비릿한 해감내와 눅눅한 소금기를 머금은 바닷바람이었다. 그것이 내 엉성한 머리칼과 지친 의식의 갈피들을 마구 헝클어뜨렸다. 느낌이 신선했다. 마침내 목포에 닿았다, 하고 나는 생각했다. 남도의 끝 작은 항구도시에 온 것이다. 목덜미에 감기는 해풍만큼이나 신선하게 와닿는 충격이었다.

"여기서 작별인사를 드려야겠군요."

뒤따라 내린 여인이 내게 말했다.

"좋은 여행이 되시기를……."

"덕분에 즐거웠습니다. 좋은 작품 얻으시기 바랍니다."

나는 그녀가 들고 있는 화구 상자와 커다란 스케치북을 내려다보면서 대꾸했다. 그녀가 웃었다. 여전히 어둡고 허전한 웃음이었다.

"어쩜 한번쯤 마주칠지도 모르겠군요. 손바닥만 한 곳이니까요."

그녀는 돌아섰고, 그리고는 또박또박 걸어갔다. 머리를 감싼 검은 머플러와 후줄근하게 구겨진 코트 자락이 바람을 타고 있었다. 단지 그 때문이었는지도 모른다. 나는 그녀의 뒷모습이 몹시 나약하고 지쳐 있다고 생각했다. 여자가, 그것도 젊은 여자가 어떤 순간에 그런 뒷모습을 보이는가를 생각하며 나는 바람 속에 잠시 서 있었다.

아무도 서둘지 않았다. 도무지 서둘 이유가 없는 것이다. 그것이 종착역에 사는 사람들의, 또는 그곳을 방문하러 온 사람들의 여유인지도 모른다. 우리들을 실어 온 181특급열차는 검은 동체를 길게 내뻗은 채 선로 위에 엎디어 있었다. 무려 6시간 40분, 사람만 지치란 법도 없을 게다. 국토의 반을 종단하며 온밤 내 달려온 열차는 차고 희끄무레한 미명 속에서 아직도 헐떡이고 있었다. 또 한번 진저리를 친 다음 나는 출구를 향해 스적스적 걸어갔다.

확성기에서 흘러나오는 노랫소리를 들은 것은 그때였다. 한 무리의 여객들 속에 섞여 천천히 발길을 떼놓던 나는 순간 펀뜻 고개를 쳐들었다. 어디선가 귀익은 노랫가락이 흘러나오고 있었다. 나는 귀를 기울였다. 의심할 여지없이, 그 노래는—이 땅의 어느 주막거리에서건 밤마다 으레 젓가락 장단에 맞춰 흘러나오곤 하는—바로 그 '목포의 눈물'이었다.

꽤나 볼륨이 높은데도 불구하고 바람 때문에 도무지 소리의 방향을 가늠하기가 어려웠다. 역사(驛舍) 밖에서 들려오는 것인가 보다고 생각했다가 나는 금세 수정했다. 어둠이 채 걷히기 전의 시각이었다. 여기가 아무리 목포라고 하더라도, 그리고 그것이 아무리 목포의 노래라고 하더라도 이른 새벽부터 왕왕거릴 곳은 달리 없으리라고 생각된 때문이었다. 그렇다면, 구내방송일 거라고 나는 상상했다. 이제 막 목포역에 도착한 여객들을 위해 그보다 적절한 안내방송은 달리 없으리라고 나는 멋대로 단정했고, 그러자 그 사실은 꽤나 감동적인 것으로 가슴에 와닿았다.

"아, 그렇지……."

나는 출구 쪽을 향해 다시 발걸음을 옮겨놓으면서 속으로 중얼댔다.

'목포에는 무엇보다 이난영의 이 노래가 있지……'

문득 마음 한 귀가 무너지는 듯한 아쉬움을 나는 의식했다. 그랬었다. 그 사실을 나에게 처음으로 일깨워준 여인의 모습은, 그러나 이미 보이지 않았다. 그녀와의 너무나 싱거운 작별을 나는 비로소 후회했다.

"아녜요. 목포에는 무엇보다 이난영의 노래가 있죠. 사공의 뱃노래로 시작되는 그 대중가요 말예요."

정색을 하고 그녀는 말했던 것이다.

"웃으시는군요. 하지만 유달산 기슭에 세워져 있는 그 노래비(碑) 앞에선 느낌이 좀 달라지실 걸요. 전 그렇게 생각해요. 부산 자갈치 시장, 대구 능금, 북청 물장수만큼이나 그것은 목포의 트레이드 마크라구요……."

듣고 보니 그럴 법도 하다고 나는 수긍했다. '라 콤파르시타'가 하루 24시간, 1년 365일 내내 지구촌의 어디에선가 끊임없이 연주되고 있다던 말을 언젠가 들은 기억이 났다. 그처럼 '목포의 눈물'은 이 땅의 주점가 어느 골목에서건 저녁마다 흘러나오는 노래가 아니던가. 덕분에, 목포가 정작 반도의 어느 귀퉁이에 붙어 있는지조차 알 바 없는 사람들에게까지도 유달산과 삼학도와 영산강의 이름은 너무나 잘 알려져 있다는 사실에 나는 비로소 생각이 미쳤었다.

"그렇다면 이번엔 필히 유달산에 올라가봐야겠군요. 세계 유일의 노래비를 보기 위해서라도 말입니다."

대학 졸업반 때 잠시 목포에 들른 기억을 떠올리며 나는 대꾸했었다. 역 광장에서 먼 발치로 바라본 유달산의 모습은, 그 이름에 비해 얼마나 왜소하고 초라했던가. 그것은 작고 볼품없는 한낱 바위산에 지나지 않았던 것이다. 기대했던 것만큼 크게 실망한 우리 일행은 역에서 바로 부두로 갔고, 거기서 곧장 제주행 '도라지호'에 오르고 말았었다.

"노래비 앞에 서면 삼학도가 바로 내려다보여요."

눈을 반쯤 내려감은 채 중얼대듯 그녀는 말했다. 웃고 있다고 나는 생각했다. 차고 희게 솟은 콧날 아래 곱게 팬 인중 하나 가득히 물빛 그늘이 담겨 있었다. 입술이 움직일 때마다 조금씩 흔들리는 빛의 떨림 같은 것을 나는 지켜보았다.

"제가 스케치해 보고 싶은 건 바로 그 섬들이에요."

"그렇게 아름다운가요?"

"아름다우냐구요? 글쎄요…… 아름답다는 건."

"일테면 세 마리 학의 형상을 하고 있다거나 또는……."

"모르겠어요. 저로선 한 번도 그런 각도에서 바라본 적이 없으니깐요. 그것이 어떤 것인가를 관심하기 전에 제게는 그 섬들이 이미 너무나 친숙한 사물들 중의 일부였거든요. 국민학교를 나올 때까지 저는 목포에서 자랐어요."

"알겠습니다. 삼학도를 그려보고 싶은 충동은 결국 과거, 특히 유년의 추억과 관계가 깊겠군요."

그녀는 또 한번 예의 웃음을 살렸다. 그리고는 문득 말머리를 돌리듯 그녀는 이야기하기 시작했다.

"흔히 그렇듯이 삼학도에도 재미있는 전설이 있어요. 옛날 옛적 호랑이 담배 먹던 시절에 유달산에서 무술을 익히던 한 청년 장사가 있었대요. 너무너무 잘생긴 젊은이였나 봐요. 산 아래 사는 세 처녀가 물 길러 왔다가 그 젊은이한테 그만 홀딱 반해버렸죠. 그것이 비극의 시작이었어요. 젊은이는 그때부터 고민에 빠졌대요. 사랑 때문에 도무지 무예에 정진할 수가 없었던 거죠. 그래서 하루는 세 처녀를 불러 언약하기를, 나의 수도가 끝날 때까지 먼 섬으로 가서 조용히 기다려 준다면 입신양명한 연후에 반드시 낭자들을 맞아들이리다…… 세 처녀는 그 언약을 믿고 바람 잔잔한 날 앞바다에서 배를 탔대요. 한편 젊은이는 유달산 꼭대기에 우뚝 서서 낭자들이 떠나는 모습을 지켜보고 있었죠. 괴로웠을 테죠. 손짓을 해 다시 불러들이고 싶은 충동에 사로잡히기도 했을 테죠. 아니다, 이러면 안 돼! 그는 이를 악물면서 화살을 뽑아 들었대요. 그리고는 배를 향해 힘껏 활시위를 당겼죠. 그 젊은이의 힘이 어찌나 장사였던지 단 일격에 배는 동강나 가라앉고 그 순간 비련의 세 낭자는 학이 되어 푸드덕 깃을 치며 날아오르더니, 그러나 젊은이가 있는 유달산 꼭대기로는 오르지 못하고 앞바다에 조용히 내려앉아 마침내 세 개의 섬이 되었대요…….”

이야기를 끝낸 그녀는 다시 예의 웃음을 보였다. 곱게 팬 인중에 가득 고인 그늘이 바다처럼 짙푸른 빛깔이라고 나는 생각했다.

“그렇다면 삼학도란 비련의 섬이로군요.”

나는 그렇게 말했고, 예의 웃음 끝에 그녀는 대꾸했었다.

“그래요. ‘목포의 눈물’이 사랑의 엘레지이듯…….”

오랫동안 별러 오기만 했던 여행이었다. 집표원에게 차표를 넘기면서 나는, 역시 나서기를 잘했다고 생각했다. 진저리나는 밤차의 피로에도 불구하고, 일상사에 찌들어 있던 나의 오감은 부스스 눈을 떴다. 하잘것없는, 낡은 유행가 가락마저 정감 있게 안겨드는 이 낯선 항구도시의 정취와 풍물에 새삼 기대를 걸며 나는 마침내 역사를 나섰다.

광장에는 바람이 더 많았다. 막연히 남쪽의 봄만을 상상하고 일껏 챙겨준 바바리를 내던지고 온 일이 조금은 후회되었다. 나는 호주머니에 깊숙이 손을 찌른 채 차고 눅눅한 바람 속에 잠시 서 있었다. 역광장 한켠에 빈 택시들이 줄줄이 서 있고, 노폭이 좁은 거리들은 텅 비어 있었다. 낮게 웅크리고 있는 건물들과 어둠을 채 걸러내지 못한 하늘을 보았다. 손끝에 닿을 듯 낮게 가라앉아 있는 하늘이었다.

유달산을 나는 보았다. 잡다하고 엉성한 건물의 뒤쪽에 터무니없이 커다란 몇 개의 옥상 입간판과 겨울 나목의 숲 같은 텔레비전 안테나와 그리고, 기울어진 전선주들과 거기 빨랫줄처럼 늘어져 있는 전깃줄 등, 그 모든 것들의 뒤쪽에 그것은 병풍처럼 우뚝 선 채 검은 실루엣을 드러내고 있었다. 그 얼굴을 마주 보기 위해서는 좀더 기다려야 하리라고 나는 생각했다.

그뿐, 어느 쪽에서도 일출의 전조는 보이지 않았다. 그래서인지 모른다. 새벽잠처럼 희미한 박명(薄明) 속에서 아직도 깨어나지 않고 있는 도시의 첫인상은, 흡사 조그맣게 웅크리고 잠이 든 노숙객(露宿客)의 얼굴처럼 작고 거칠고, 그리고 외로워 보였다.

"웜매 반가운 거……."

내 손을 힘차게 잡아 흔들며 한은 말했다.

"뵌 지 오래시."

전출 두 해 만의 만남이었다. 지사(支社)가 문을 열기까지 3시간 가까운 공백이 남아 있었다. 어깨가 축 처진 나는 박명을 밟으며 광장 끝의 다방으로 찾아들었다. 그리고는, 어쨌든 숙직자야 있을 테지 하고 전화를 넣었는데 요행히 그가 냉큼 받았던 것이다. 두 마디도 더 필요치 않았다. 역전 다방이란 말에 거두절미, 꼼짝 말고 기다리시오 하고 전화를 뚝 끊은 한은, 내가 화장실을 거쳐 자리로 되돌아왔을 땐 이미 내 여행가방 앞에 앉아 있었다.

"사투리가 제법이군."

"으째 성님이 나헌티 칭찬을 다 허요 잉?"

손을 풀며 우리는 마주 보고 웃었다.

"뜬금없이 웬일이우? 선배님께서 이 땅 끝까지 행찰 하시다니……."

"이 사람 보게? 막상 들이닥치니깐 오리발 내미는구먼."

"안 그러게 생겼수? 노래도 청할 때 불러야 박수를 치지, 그렇게 열렬히 프로포즈를 해도 콧방귀 한번 뀌지 않던 양반이 돌 몇 점에 그만 혹해 가지구 쪼르륵 달려왔으니 말입니다."

"내 입장이 그렇게 됐나? 하지만 설사 그렇다고는 해도 장장 6시간 40분에 걸친 대장정을 쪼르륵이란 말로 끝내버릴 수 없을 테지…….”

"왜요? 저를 보는 선배님의 눈빛부터가 그런데요. 옳거니, 저 두상처럼 못생긴 인상석 몇 점이야 집어갈 수 있을 테지ㅡ그렇게 말하구 있단 말입니다."

"결국, 준비가 돼 있다 그런 말이구먼."

나는 소리내어 껄껄 웃었다. 피로가 말끔히 가신 기분이 들었다. 아닌 게 아니라 한의 모습은 많이 변해 있었다. 본사 기획 파트의 젊은 엘리트가 하루아침에 지사, 그것도 생판 낯선 지방으로 전보 발령을 받던 날, 그러지 않아도 책상물림의 티를 채 벗지 못한 그의 낯빛은 희다 못해 푸르기까지 했었다.

"정말 이럴 수도 있는 겁니까?"

내 방으로 달려온 그는 주먹을 불끈 쥐고 외쳤다.

"하루아침에 목포로 내려가라니, 아니 목포가 영등포 다음쯤 된다는 얘깁니까? 이거 횡포라구요. 명백한 횡포란 말입니다."

"아무렴, 당한 쪽에서야 그렇게 말할 수 있구말구."

나는 그의 분노에 쉽게 동의했다. 간부직의 한 자리를 메우고 앉아 있는 선배로서, 충격적인 일을 당한 후배에게 고작 해줄 수 있는 역할이 그것밖에 없었던 것이다. 한껏 맥이 빠진 나는 묵묵히 고개를 꺾고 있었다.

"선배님도 제 입장을 잘 아시지 않습니까?"

벽을 느낀 듯 그의 목소리는 갑자기 침울해졌다.

"저는 서울 토박입니다. 여기서 나고 여기서 자랐고, 여기서 학교를 나와 여기서 직장을 잡았단 말예요. 군대생활 3년까지도 저는 서울 안에서 보냈단 말입니다. 그런 저더러 목포로 가라구요? 저는 또 그럴 수 있다고 칩시다. 처자식은? 부모님과 동생들은? 그들까지 몽땅 끌고 가란 말입니까? 아니면, 제 생활이 그들과는 무관한 별개의 것이란 얘깁니까?"

"……."

"그렇다면, 이따위 일방적인 처사의 저의는 명백한 거죠. 사표를 쓰고 제 발로 걸어나가란 뜻이지 뭡니까!"

벽 앞에 서면 누구나 피가 차지는지도 모른다. 다물고 있던 나는 조용히 대꾸했다.

"옳게 보았네. 회사 형편이 그 지경에까지 이른 거야. 하지만 명심하게. 결코 자네 혼자만 당하고 있는 건 아니란 점을 말일세."

창백한 얼굴, 나약한 모습으로 그는 돌아섰다. 축 처진 어깨와 흔들리는 다리를 나는 보았다. 불과 2년 전의 일이었던 것이다.

한은 더없이 건강한 모습이었다. 검게 그을은 피부와 수더분한 장발과 그리고, 아무렇게나 꿰어 입은 입성을 나는 보았다. 두 해 전의, 그 창백하고 나약하던 인상은 어느 구석에도 남아 있지 않았다.

하루의 첫 커피 맛은 부드럽고 신선했다. 더군다나 낯선 도시, 낯선 찻집에서의 첫 잔이었다. 그것은 나로 하여금 어처구니없게도 황당하고 모호한 감정 같은 것을 불러일으키게 했다. 나는 플랫폼에서

삼학도

싱겁게 헤어진 여인을 문득 떠올렸고, 그리고는 아하, 하고 마음속으로 중얼댔다. 이런 것을 여수(旅愁)니 여정(旅情)이니 하고 이름하는가 보다. 그랬다. 너무나 오랫동안 나는 하나의 공간 속에만 갇혀 살아왔던 것이다.

빈 잔을 내려놓으며 나는 문득 서울을 생각했다. 나의 일상적 공간으로부터 참으로 오랜만에, 그리고 멀리 떠나왔다는 사실이 새삼 실감되었다. 따라서 그 엄청난 거리감만큼 한이 서 있는 삶의 공간은 다를 것이 아니냐고 나는 생각했다. 일테면, 그가 내게 보낸, 그 잦은 엽서들 중의 한 구절처럼 말이다.

목포는 거의 어디서나 바다가 보여서 좋습니다. 지하도의 가파른 계단을 오르내리다가 문득, 툭 터진 바다를 보고 싶은 충동 때문에 두 시간씩이나 전철 속에서 시달리곤 하는 서울특별시민들을 저는 동정합니다. 발 닦고 잠자리 속에 들었다가도 10분이면 넉넉히 친구를 불러내어 한 잔 걸칠 수 있는 이 도시의 생활공간이 저는 좋아졌습니다. 생각해보십시오. 무교동이나 청계로 같은 데서 어쩌다 친구들과 한두 잔 걸친 날 밤의 귀갓길은 얼마나 끔찍스러운 전쟁입니까? 택시 기본요금이면 너끈히 되돌아와 누울 수가 있는 생활공간 — 여기서는 하루가 48시간쯤 되듯 언제나 넉넉합니다. 산낙지에 소주맛이 기막힙니다. 흑산도 홍어에 탁주맛은 또 어떠합니까? 홍어와 돼지머리고기를 김치로 보쌈해 먹는, 이른바 삼합(三合)도 별미입니다. 이 땅에서만 열매 맺고 이 땅 사람들만 맛볼 수 있는 무화과와 비파를 단 한 번이라도 보신 적이 있나요? 잘 익어

터졌을 때의 그 빛깔, 모양, 맛을 설명할 수는 없습니다. 와서 보고 직접 맛보십시오.

그 밖에도 얼마든지 있습니다. 요컨대, 서울특별시민의 한 사람인 귀하(!)를 이 먼 남도의 땅끝 동네로 초대하는 이유는 그 밖에도 얼마든지 있을 수 있단 말입니다. 일테면, 가는 곳마다 지천으로 널려 있는 그림과 글씨와 수석과 분재(盆栽) 등등…… 일차 왕림해 주십시오. 나처럼 못생긴 수석 몇 점 정도는 선배님의 배낭 속에 꾸려 드릴 수도 있습니다…….

"그래, 돌은 좀 모았나?"
웃으며 나는 물었다.
"본론은 역시 그거군요. 제 숙소에 가보시면 아실 겁니다만, 좀 실망되실 걸요."
짐짓 어깨를 움츠러뜨리며 그가 대꾸했다.
"너무 겁내지 말게. 몽땅 지고 가라고 한들 내 힘으로 고작 한두 점이지. 설마하니 트럭까지야 동원하겠나?"
"이따금씩 탐석을 나갑니다만, 신통찮아요. 늦은 거죠. 제가 내려오기 훨씬 전에 이미 샅샅이 뒤져버린 걸요. 요즈막엔 아예 낚시 쪽으로 관심을 돌리고 있는 중입니다."
"만판 신선놀음이구먼."
무심결에 불쑥 내뱉고 나서 나는 후회했다. 역시 한의 표정은 굳어졌다.

"그럼 어떡합니까? 선배님 다리를 붙잡고 또 한번 엉엉 울기라도 하란 말입니까? 저로서는 그것이 오늘을 인내하는 방법입니다."

잠시 말을 끊었다가 엽차 잔을 훌쩍 비우고 나서 그는 다시 이었다.

"아마 출장도 겸하신 듯한데 제가 미리 조언을 드리죠. 여기 있는 사람들한데 선부른 매질할 생각은 아예 마십시오. 지사 사람들 만나 보시면 느끼실 겁니다만, 갈등이 많아요. 막말로 해서, 어차피 막차 타고 종점까지 온 사람들 아닙니까? 본사에서 이래라저래라 호령한다고 차렷, 열중쉬엇 할 여유가 없단 말입니다……."

그는 빈 엽차 잔을 소리나게 다탁 위에다 놓았다. 나는 생각했다. 두 해 전에 그는 사표를 내던지는 대신 가족들을 다 남겨둔 채 혼자 발령지로 떠났었다. 그 이후 지금까지 그는, 공적이든 사적이든 아쉬운 소리 한번 해온 적이 없었다. 벽을 너무나 깊게, 너무나 강하게 깨달았기 때문인지도 모른다. 그렇다고는 해도, 그동안 그의 마음속에 두텁게 쌓여온 것이 무엇인가를 나는 분명히 느낄 수 있었다.

갑자기 풀썩 웃고 난 그는 가라앉았던 톤을 높이며 다시 말했다.

"기억해 두십시오. 때론 못난 후배의 말도 약이 됩니다. 매질하는 대신 그들에게 술이나 질탕하게 먹이십시오. 그러면 다들 좋아할 겁니다. 설사 책임 못 질 약속이라도 한두 가지 해주신다면—전출이나 특진 같은 거 말입니다—더욱 환영받을 테죠. 아마 사기도 조금은 오를 겁니다. 그럼 된 거죠. 선배님은 이 땅끝 동네의 풍물이나 부담 없이 즐기다 돌아가시면 되는 거구요. 카메라도 가져오셨군요. 렌즈로 들여다보시면 꽤나 근사한 장면들이 잡힐 겁니다……"

다방을 나서자 거리는 조금씩 활기를 띠기 시작하고 있었다. 그러나 내가 기대했던, 고기떼의 비늘처럼 싱싱한 남해의 아침 햇살은 보이지 않았다. 그새 짙은 해무(海霧)가 이 작은 도시를 완전히 먹어버린 탓이었다. 어느 방향에선가, 둔하고 습기찬 가락이 한두 번 울려왔다. 무적(霧笛)이었다.

오거리 한쪽에 지사 건물이 있었다. 한눈에도 풍상을 느끼게 하는 목조 2층 건물이었다. 사무실은 위층에 있었다. 아래층은 고객상담 및 부녀사원들의 집회실로 사용되고 있다는 설명이었다. 좁고 가파른 층계를 밟자 그것들은 폐선의 갑판처럼 뒤틀리는 소리를 냈다.

"놀랬지요?"

내 손을 잡으며 한이 말했다.

"적산가옥을 개조한 건물입니다. 제가 듣기로는 지사 간판을 내건 이후 지금까지 페인트칠 한번 제대로 해본 적이 없답니다. 곧 신축사옥으로 이전할 거란 거죠. 어때요? 본사에서는 그에 관한 일건 서류들을 미결함 속에서 찾아내는 것조차 난감한 일일 테죠?"

서울의 소공동 거리에 우뚝 서 있는 20층짜리 본사 사옥을 나는 잠시 떠올렸다. 일테면 그 건물의 위용이 우리의 사세를 증명하는 것이라고 나는 믿었다. 얼마나 어리석은 신앙인가. 그것의 보이지 않는 하부구조는 이처럼 취약하다는 사실에 나는 비로소 눈을 떴다.

"가서 좀 족치시오."

출장 명령서에 사인을 하며 영업담당 상무는 강조했었다.

"그자들, 바닷가로 유급 휴가차 내려보낸 걸로 착각하고 앉아 있을 게요. 그렇잖아도 실적이 부진한 지사, 지점, 지소들을 선별 정리하잔 의견이 비등한 때에 그자들은 맨날 그 타령이라구. 여차하면 문을 처닫아버릴 거라고, 아주 사정없이 족치시오."

입이 험하기로 소문난 그는 또 이렇게 덧붙였다.

"개한테는 똥이 약이고 게으른 놈한테는 매가 약이라구!"

열대여섯 평 남짓한 공간에 다섯 개의 책상이 띄엄띄엄 놓여 있었다. 하지만 정작 자리를 지키고 있는 사람은 여사무원 하나와 지사장 대리뿐이었다. 하지만 나를 질리게 한 것은 그런 이유 때문만이 아니었다. 건물의 외양이 주는 인상과 사무실 안의 분위기가 너무나 잘 어울린다고 나는 생각했고 그러자, 늪처럼 고여 있는 그 정체성(停滯性)이 가슴을 답답하게 만들었다.

대리는 한때 내 부서의 전임관이었으므로 피차 뱃속까지 훤히 들여다볼 수 있는 처지였다. 비대한 체구와는 걸맞지 않게, 그의 손에는 파리채 하나가 들려져 있었다.

"아이구, 이거 장부장 아니우?"

뒤뚱거리면서 다가온 그는 내 손을 꽉 움켜잡았다. 그러나 나는 그의 얼굴에서 짙은 곤혹감을 읽을 수 있었을 뿐이었다.

"저, 빈손입니다."

마주 앉는 즉시 나는 말했다.

"짬이 좀 나길래 남도 바람이나 쏘일까 하고 나섰을 뿐입니다."

"허허, 괜한 말씀. 산책 코스로야 너무 멀지 않소. 내, 다 알아요, 알아. 안심하고 무장해제를 하게 내버려뒀다가 일거에 허를 칠 작정이시구먼."

그는 껄껄 웃었고 한결 표정도 밝아졌다.

"어쨌거나 자알 오셨소. 서울서야 길이 워낙 멀어서 그렇지 구경거리는 겁나게 많아라, 해남 대흥사, 월출산 도갑사, 순천 송광사…… 그 다 기막힌 사찰이지요."

그의 말씨에는 어느새 남도 방언이 조금씩 묻어 나오고 있었다.

"좋은 낚시터도 겁나게 많소. 민물낚시고 바다낚시고 간에 여그를 덮어 먹을 만한 디는 없을 거시요. 나가 신안군 도초서 뼈가 굵었응게 그런 거야 훤하지라."

"도초는 가까운가요?"

"뱃길로 네댓 시간은 가야 허니께 솔찮이 멀어라."

"그럼 자주 들르진 못하시겠군요."

"자주요?"

깜짝 깨어나듯 되묻고 나서 그는 대답했다.

"근 20년은 될 거시요, 발길 끊은 지가…… 가봤자 누가 남았어야지. 꿈틀거릴 만한 사람은 진작에 다 뜨고 없으요. 기력 좋은 놈은 서울로 뛰고, 쬐께 힘쓰는 놈은 광주로 옮겨 앉고, 정 힘이 부친 놈은 이 목포 바닥에라도 나앉았지요. 긍께 뭐 땜시 가보고 말고 할 거시요?"

나는 입을 다물었다. 화제가 엉뚱한 데로 흐르고 있다고 생각되었다. 돌아보니 한이 히죽이 웃고 있었다.

"변명 같소만 내친 김에 말 좀 하자면……."

대리는 정색을 하고 목소리를 높였다.

"우리들의 어려움도 바로 그 점에 있는 겁니다. 본사서는 자꾸 실적, 실적 해쌓는데 실상 기존 거래선을 유지하기도 똥줄이 빠진단 말입니다. 좀 살 만하다 싶으면 어느새 슬그머니 빠져나가버리기 때문이죠. 서울로 뛰고, 하다못해 광주로라도 옮겨 앉는다 이 말입니다. 변명이 아닙니다. 10년 전이나 지금이나 도시인구가 맨날 그거라구요. 목포시로 개칭된 49년 당시 인구가 13만이었는데 그로부터 30년이 흐른 현재 인구 22만 정돕니다. 다른 동네를 보시오. 얼마나 무섭게 컸는지, 광주만 해도 이젠 직할시를 넘보고 있지 않소? 수요층 자체가 늘지 않는 마당에 우리 영업인들 커질 재간이 있나요? 유달산을 세 번씩 팔아먹었다는 정병조를 데려다놔도 이 상황에서야 별 볼 일 없을 게요……."

일테면 그것은 이 지역사회의 정체성을 캐는 말일 것이었다. 나는 묵묵히 귀를 기울이고 있었다. 그러자 문득 하나의 기억이 떠올랐다. 밤차에서 그녀와 나눈 첫 번째 대화가 그것이었다. 우리는 그때 이미 이런 주제에 대해 얘기를 나눈 바 있었던 것이다. 대리는 계속 지껄이고 있었지만 나는 이미 듣고 있지 않았다.

그랬었다. 그녀와 대화가 이뤄진 것은 그 길고 지겨운 여로의 마지막 한 시간 정도에 지나지 않았었다. 그때까지 나는 줄곧, 차창에 밀려드는 짙은 어둠과 낯선 여인의 침묵 사이에서 온통 몸살을 앓듯 했던 것이다. 창밖의 어둠과 그녀의 침묵은 한결같이 깊고 끈질겼다. 그것을 먼저 허문 쪽은 전자였고, 차는 그때 송정리역을 막 들어서고 있었다.

"송정린가 보죠?"

끈질기게 감고 있던 눈을 뜨며 그녀가 문득 말했다. 차고 까칠한 인상만큼이나 특징 있는 목소리였다.

대답에 앞서 나는 그녀를 돌아보았다. 깊고 검은 눈이 창밖을 향해 무연히 열려 있었다. 재빨리 나는 대꾸했다.

"그런가 봅니다. 사람들이 꽤나 많이 내리는군요."

"광주로 가는 사람들이죠. 이 차는 목포로 빠지니깐요."

"아, 그런가요? 전 또, 목포는 당연히 광주를 거치는 줄로만 알았죠."

"버스 노선은 그래요. 호남고속도로는 광·목(光木) 간을 직접 잇고 있으니깐요."

"그런데 철도는 그렇지 못하다…… 좀 이상하지 않아요? 호남선도 당연히 두 도시를 잇고 있어야 하는 것 아닙니까?"

"글쎄요……."

그녀는 말을 끊고 잠시 내 얼굴을 말끄러미 쳐다보았다. 바닥 모를 만큼 깊고, 그리고 갑자기 거리감을 느끼게 하는 그런 눈빛이었다. 그나마 간신히 이루어진 대화를, 그녀가 서둘러 마감해버리고 싶어하는 것이라고 나는 생각했다.

허둥지둥 나는 말했다.

"제 생각으로는, 상식론입니다만 뭐랄까 그 편이 역시 합리적이지 않으냐…… 하는 겁니다. 광주·목포가 전남의 두 거점 도시인 이상 말입니다."

잠시 침묵을 지켰다가 그녀는 말했다. 피로감이 진득하게 배어 있는 음성이었다.

"오늘의 시점에서 보면 그렇죠. 그래서 고속도로는 두 도시를 잇고 있어요."

"그런데 철도는?"

"호남선을 설계할 때는 그럴 필요가 없었던 게 아닐까요? 뒤집어 생각하면 그래요. 그때만 해도 광주는 그다지 주목받지 못한 도시였던가 보죠. 중요한 건 목포였어요. 1897년 개항 이래 한때는 남북을 통틀어 7대 도시의 하나로 손꼽던 국제교역이자 내륙물산의 집산지였다니까요. 식민치하에선 원료 착취항으로서 수탈의 현장이었다고도 해요. 당시 일본 영사관 건물이 지금도 시립 도서관으로 쓰이고 있고, 영국·러시아 등 공관 자리들도 더러 흔적이 남아 있어 당시의 숨결을 느끼게 하죠. 사정이 뒤바뀐 건 그 후의 일이에요……."

창 너머로 유달산의 일부가 보였다. 안개는 말끔히 걷히고 없었다. 물감을 먹인 듯 선연한 이른 봄의 하늘이 유선각(儒仙閣)이며 일등바위의 윤곽을 색지처럼 떠받치고 있었다. 바위투성이의 작은 산임에는 변함이 없었지만 그러나, 왜소하고 볼품없는 산이란 느낌은 결코 들지 않았다. 보다는 차라리, 바위들의 견고한 엉킴, 날카로운 능선의 요철 그런 것들이 이상하게 가슴에 닿아 왔다. 그 인상의 차이가 어디서 비롯된 것일까에 대해 나는 잠시 의문을 품었고, 어쩌면 그것은 보다 가까운 거리에서 바라본 때문인지도 모른다고 우선 생각해 두었다.

"아까도 말씀드렸듯이 저는 빈손입니다. 가벼운 마음으로 잠시 들렀을 뿐이죠."

시선을 거두어들이며 나는 말했다.

"본격적인 관광이나 낚시는 훗날로 미루고 이번엔 단지 목포 바닥만 잠시 기웃거려 보는 걸로 만족해야겠습니다."

"그럼 유달산 구경부터 하십시오. 아주 기맥힌 산입니다."

대리가 성급하게 말했다. 그러자 여자의 목소리가 냉큼 뛰어들었다.

"차장님두 참, 뭐 땜시 거그까지 올라가야?"

여사무원이었다. 아마도 지사에서 채용한 임시직인 듯 사투리가 심했다.

"뭇 땜시라?"

"아믄요. 거그는 어쩌다 관광 온 촌사람들이나 올라가제, 바람이나 쐴려고 오신 선생님 같은 분이 뭇 헐라고 올라간대여? 바람도 불고 그란듸…… 참말로 볼 거 하나도 없으라."

"무슨 소리여 아가? 그래도 목포 하면 유달산이고 삼학도제……."

"옛날 말이랑게요. 유달산은 여그서 쳐다보믄 될 거시고, 삼학도는 머시냐, 색시 보러나 간답니다. 선생님 같으신 분은 남농수석관 허고 영산강 하구언 쪽이 행결 어울릴 거시요."

"저 큰애기 좀 보소, 지가 목포시 대변인 노릇 헐라지 않소 잉?"

나는 그만 웃음을 터뜨리고 말았다.

"아니어라."

대리가 정색을 하며 역설했다.

"거것이 무식혀서 하는 소리재. 유달기암(儒達奇岩), 용두귀범(龍頭歸帆), 아산춘우(牙山春雨), 입암반조(笠岩返照), 삼학풍림(三鶴楓林), 금강추월(錦江秋月), 고하설송(高下雪松), 달사만종(達寺晩鍾) ― 이것이 목포 8경인디 유달산에만 올라가믄 대충 다 관광허는 거여. 또 고 유명헌 노적봉에다 유선각이란 유서 깊은 정자도 있고……."

"노래비도 있다지요?"

"노래비라?"

"이난영이 부른 '목포의 눈물' 말입니다. 그 기념비가."

"아, 그런 거 세웠다고 하더만, 그것이 생긴 이후론 올라가보지 못했습니다만……."

나중에 확인한 바로는 그 노래비를 세운 것은 1969년도의 일이었다. 그러니까 10년 넘게 발길을 해보지 않았다는 얘기가 된다. 뭣 땜시 거그까지 올라가야? 직원의 표정은 여전히 그런 것이었다고 기억된다.

정작 거리로 나선 것은 해가 설핏 기울 무렵이었다. 함께 점심식사를 하면서 반주 삼아 한두 잔 받아 마신 술이 밤차의 피로를 가중시켰던 모양이다. 여관방을 잡은 나는 내처 잠에 떨어졌었다. 깨어보니 그새 한 군이 두 차례나 다녀갔다고 했다. 전화를 하려다가 나는 그냥 나섰다.

바람이 심하게 불고 있었다. 작고 낡은 건물들이 이마를 비비대고 있는 좁은 거리들을 나는 천천히 걸었다. 굳이 길을 물을 필요가 없었다. 아무 데서나 고개를 쳐들기만 하면 유달산이 바로 코앞에 우뚝 서 있곤 했다.

거리 풍경은 별반 다를 것이 없다고 나는 생각했다. 길 쪽으로 나붙은 간판들과 가게 안의 상품들을 기웃거리면서 나는 그저 가벼운 기분으로, 우리 시대와 그 삶의 동질성 같은 것들에 대해 잠시 생각했다. 신축 건물들도 더러 눈에 띄었지만 그것도 주위의 낡음을 더욱 돋보이게 할 뿐이었다. 인도와 차도의 구별이 없는 좁은 길을 빈 택시들이 흔하게 굴러다니고, 대형의 시내버스가 연신 빵빵거리며 길이 꽉 차게 스쳐갔다.

몇 개의 짧은 거리들을 우회하여 나는 마침내 산 입구에 이르렀다. 유달산이었다. 입석(立石)에 그 이름은 새겨져 있었고, 돌계단 양쪽의 철책에도 그 세 글자가 연속 무늬로 이뤄져 있었다. 그래, 이것이 유달산이다, 하고 나는 중얼댔다. 말로만 들어온 사물을 비로소 눈앞에 마주했을 때 흔히 느낄 수 있는 어떤 감정에 나는 잠시 사로잡혔다. 전혀 상반되는 두 갈래의 느낌이 작은 갈등을 일으켰다. 나와 사물 간의 틈이 가장 명료해지는 저 기이한 순간을 나는 의식했고, 그때 나는 분명 그 사물의 육성을 들었다고 생각된다.

정상 마당바위까지 오르는 데엔 그리 긴 시간이 필요치 않았다. 경사가 더러 급하긴 했지만 거의 전 코스가 계단식으로 만들어져 있었다. 나는 그 친절과 안전이 달갑지 않았다. 저 유명한 노적봉이 바로 등 뒤에 있었지만 나는 미처 그 사실을 모른 채 돌계단을 오르기 시작했고 충무공 동상이나 기념탑 앞에서는 굳이 발길을 세우지 않았다. 내가 관심했던 것은 예의 노래비와 삼학도와 그리고 유선각 따위였던 것이다.

유선각은 쉽게 찾을 수 있었기 때문에 나는 그 유서 깊은 정각에서 잠시 호흡을 골랐다. 현판은 뜻밖에도 해공 신익희 선생의 글씨였다. '민국 20년 중추'라 부기된 글을 쳐다보며 나는 잠시 그 연대를 헤아려보았다. 몇 개의 숫자가 막연하게 떠올라 머리를 어지럽게 만들었을 뿐이었다. 내 일상적 의식은 지나간 시간들에 대해 얼마나 무력한가를 새삼 실감했다.

정각 그 자체는 내게 아무런 감동도 주지 않았다. 나의 상상력은 또, 얼마나 안이하고 자기 도취적인가. 한지에 씌어진 역사처럼 고색창연한 어떤 것을 나는 기대했음이 분명했다. 명산의 정각답게 그것은 투박한 주춧돌과 벌레 먹은 기둥과 뒤틀린 용마루와 이끼 낀 기왓골을 간직하고 있어야 했던 것이다. 그러나 내가 찾은 유선각은 그게 아니었다. 그것은 선과 각이 너무나 분명하여 빈틈이 없고, 아 그리고 너무나 절망적으로 견고했다. 나는 그 까닭을 건립 기념비에서 곧 확인할 수 있었다.

돌조각에 새긴 내용의 대략은 이랬다. 유선각. 개항 35주년을 기념하여 1932년 10월 1일 목조로 건립. 이후 수차례의 부분 보수와 전면 중수를 거듭했으나 흐르는 세월을 이기지 못하므로 마침내 옛 모습을 살려 철근 콘크리트로 개축, 청호의 정경을 길이 돋보이게 함……

개축 연대는 1973년 8월이었다. 나는 철근 콘크리트 난간에 의지한 채 아래를 내려다보았다. 구시가지의 대부분과 부두 일대가 조망되었다. 바람은 여전히 방향 없이 불어 대고 있었다. 그래, 흐르는 세월을 이길 수 있는 것은 아무것도 없다, 하고 나는 문득 생각했다. 그러므로 우리는 마침내 철근 콘크리트로 모든 것들을 다시 개축해야만 하는 것이다. 그것만이 오늘의 우리가 상상할 수 있는 영원의 모습인지도 모른다…….

유선각에서 정상의 마당바위까지는 단숨에 올랐다. 일등바위의 칼날 같은 단애가 손끝에 닿을 듯 바로 건너다보이는 위치였다. 두

세 평 남짓한 마당바위로 올라서는 순간, 그리고 거기서 검은 머플러를 귀밑까지 싸맨 한 여자의 모습을 발견하는 순간 나는 예의 노래비와 삼학도를 떠올렸다. 정상에 이르도록 나는 실상 그것들을 찾아내지 못한 채였던 것이다.

"다시 만났군요."

세찬 바람 속에서 그녀는 말했다. 당연히 예정된 만남이기나 한 것처럼 그녀는 담담했다. 그녀의 옆구리에 끼어 있는 스케치북을 가리키며 나는 물었다.

"삼학도가 어디쯤 있습니까?"

대답 대신 그녀는 웃었다. 어둡고 허전한 웃음이었다. 나는 바다를 내려다보았다. 크고 작은 섬들이 저녁바다에 떠 있었다. 마침 빗살처럼 곱게 황혼이 내리고 있는 시각이었다. 물에 잠긴 녹빛의 섬들 사이로 낙조를 가르며 몇 닢의 작은 배들이 돌아오고 있었다. 너무나 섬세한 아름다움이었기 때문에 수식 없이 나는 말했다.

"아름답군요……."

그때 용머리를 막 돌아 나오는 범선 한 척이 보였다. 작은 돛폭 하나 가득히 안고 있는 것은 바람이 아니라 선연한 빛깔의 저녁놀이었다. 나는 다시 말했다.

"정말 아름답군요. 단순한 자연의 사물의 아름다움 이상입니다."

"저쪽에서도 그럴까요?"

불쑥 물음을 던지고 나서 그녀는 곧 스스로 대답했다.

"길고 험한 항해 끝에 마침내 귀항하는 사람이라면, 유달산을 다시 보는 것만으로도 눈시울이 젖겠지요. 하지만 그건 아마도 선생님이 말씀하시는 아름다움과는 무관한 건지도 몰라요."

깊고 검은 눈이 나를 보고 있었다.

"삼학도가 어느 거냐고 물으셨죠?"

그녀는 코트 주머니에서 손을 뽑아 선창 쪽을 가리켰다.

"선창 건너편에 두 개의 봉우리가 보이죠? 왼쪽이 크고 오른쪽이 좀 작은…… 그게 바로 삼학도예요."

"무슨 얘깁니까?"

나는 반문했다. 그것은 바다가 아니라 시가지의 한끝에 위치해 있는, 그나마 멋대가리 없이 범속한 하나의 야산에 지나지 않았기 때문이다.

"저건 섬이 아니잖습니까?"

"그래요, 지금은 섬이랄 수가 없죠. 간척공사의 결과죠. 덕분에 목포는 엄청난 땅을 얻은 대신 전설의 섬을 잃어버린 셈이지요. 나무랄 순 없죠."

나는 그만 입을 다물었다. 저것이 삼학도라니…… 두 개의 봉우리 사이에 비죽이 내민 제분공장 굴뚝과 건물을, 산허리에 다닥다닥 붙어 있는 게딱지 같은 집들을, 그리고 오른쪽 해안에 둥지를 틀고 앉은 검은 정유 탱크들과 화물선 따위들을 나는 보았다. 입 안에서 모래가 서걱이는 느낌이었다.

"그나마 봉우리는 왜 두 개뿐입니까? 삼학도라면 당연히 셋이었을 게 아닌가요?"

"오른쪽에 작은 봉우리 하나가 더 있었어요. 보세요, 조금은 흔적이 남아 있잖아요?"

그렇긴 했다. 하지만 거의 뭉툭 깎여져 나간 그 모습은 흡사 뇌수술 환자의 머리처럼 흉한 몰골이었다. 여러 기의 크레인이 솟아 있어 더욱 삭막한 풍경이었다.

"옛날엔 동백이 무성했대요. 지금은 거의 멸종되다시피 했다지만……."

하산 길에 그녀는 말했다. 더없이 허전한 목소리였다.

"제가 조가비처럼 아주 쬐그만 계집애일 때만 해도 나무가 꽤나 울창했었다고 기억돼요. 자주 소풍을 가곤 하던 섬이었죠. 전 목포를 생각하면 늘 삼학도가 먼저 머리에 떠오르곤 해요."

"그럼 지금까지……."

"아녜요. 4년 전 일예요. 졸업작품을 구상하다 말고 문득 삼학도를 생각해냈죠. 그래서 오늘처럼 먼 길을 달려왔더랬어요. 물론 다소의 변화는 예상했었지만…… 너무 엄청난 변모더군요. 도무지 믿어지지가 않았어요. 며칠 후에 다시 와보았죠. 그래도 마찬가지였어요. 돌아가서 생각하면 이 변화가 도무지 믿어지지 않는걸요…… 아마 앞으로도 그럴 거예요."

나는 아무것도 더 묻지 않았다. 그녀가 왜 불현듯 스케치북을 옆구리에 끼고 그 먼 길을 달려오곤 하는가를, 그리고는 바람 많은 이 산등성이에 올라 매번 무엇을 확인하고 돌아가는가를, 나는 굳이 묻지 않았다.

노래비는 훨씬 아래쪽에 있었다. 길에서 한켠으로 비켜선데다, 바로 뒤쪽에 작은 건물이 있어서 눈에 잘 띄지 않았던 모양이다. 나는 거기 잘 닦여진 암청색 돌 위에 견고하게 새겨져 있는 글씨들을 읽었다. 사공의 뱃노래로 시작되는 '목포의 눈물' 가사 전 3절을 유심히 읽어본 것도 처음 일이었다.

왜 하필이면 '눈물'인가? 문득 자문했던 나는 곧 해답을 찾아냈다. 눈물은 바로 살아 있는 보석이며, 그것은 또 꿈과 사랑의 열매라고 아랫단에 적혀 있었다. 덧없는 유행가마저 견고한 대리석 위에 이처럼 단단히 새겨 두고자 하는 마음들은 어떤 것일까를, 고개를 떨군 채 나는 잠시 생각했다.

내가 다시 머리를 쳐들었을 때 내 시야에 잡힌 것은 예의 삼학도와 직선으로 재단된 해안선들과 그리고 갓바위 너머, 이 땅의 최대 역사(役事)로 알려진, 영산강 하구언의 거대한 모습이었다.

땅거미가 내리는 거리에 바람은 여전히 기승을 부리고 있었다. 머플러를 조이며, 또 파리하게 떨며 그녀는 말했다.

"조수 탓이래요. 유독 봄, 가을에 심해요. 하루도 바람 없는 날이 없죠. 오전에 없으면 오후, 오후에도 잠잠한 날은 밤중에라도 기어이 그날 치를 때우고서야 넘어가는 거예요. 때문에 체감온도가 아주 낮게 느껴지고, 그래서 흔히들 봄, 가을이 없는 곳이라고 말하죠."

"풍항(風港)이군요."

나는 말하고 옷깃을 여몄다.

그날 밤에 나와 한은 겁없이 삼학도에 상륙했었다. 그의 조언대로 나는 매질 대신 지사 사람들에게 술을 잔뜩 샀고, 그래서 우리는 유감없이 흠뻑 취했던 것이다. 삼학도의 진짜 주인인 그녀들은 망나니처럼 거칠게 구는 두 수병들을, 그러나 간단히 나포해버렸다. 하지만 우리는 쉽사리 굴하지 않고 술을 가져와라, 노래를 불러라, 계속 외쳐댔다. 마침내 그녀들 중의 하나가 애절한 목소리로 목포의 눈물을 부르기 시작하자 우리는 곧 합세했다. 1절에서 3절까지, 다시 1절에서 3절까지, 다시 1절에서 3절까지…….

왜 그랬는지는 기억에 없다. 몇 번이고 되풀이되던 우리의 노래가 슬그머니 가라앉는다고 느껴진 순간 누군가가 갑자기 울음을 터뜨렸다.

한이었다. 뭐야? 나는 소리쳐 꾸짖었다. 그러나 그는, 걸레처럼 젖은 내 다리 한쪽을 끌어안은 채 어린애처럼 계속 징징대기만 했다.

(1982)

파편*

* 한국문학사 제정 제9회 한국문학작가상 수상작

죽음이란 어차피 그런 것이라고는 해도 숙부의 경우는 너무나 갑작스러웠다. 부음(訃音)에 접한 것은 저녁상을 막 물리고 난 때였다. 오토바이를 부르릉거리며 온 사내가 종이쪽지 하나를 훌쩍 던져 주고 사라졌는데, 그것이 바로 숙부의 죽음을 알리는 부음이었던 것이다.

막 배달된 석간신문을 대하듯 나는 그 쪽지를 열어보았다.

─부 친 별 세 종 수

가로로 가지런히 늘어놓인 낱말들은 그렇게 여섯 글자로 쉽게 조립되었다. 밖은 춥고 어두웠다. 크고 찬 손이 갑자기 가슴에 와닿는 것을 느끼고 나는 잠시 몸을 떨었다. 아내가 현관불을 껐다.

"무슨 전보예요?"

불안한 얼굴로 아내가 물었다. 거실의 불빛 아래서 나는 다시 내용을 확인했다. 부친별세종수─그 밖에 달리 해독될 여지란 없었다. 열다섯 개의 자모들은 오직 그 한 가지 사실만을 간명하게 드러내고 있을 뿐이었다.

"숙부께서 돌아가셨다는군……"

아내에게 쪽지를 넘긴 다음 나는 욕실로 갔다. 입 안이 군시러웠다. 식사 후에 곧바로 이빨을 닦아야 한다.

그것은 나의 오랜 버릇이었다. 나는 평소보다 오래 양치질을 했다. 그러고는 입 안을 쿨렁쿨렁 헹궈내면서 중얼댔다.

—자, 어떻게 한다?

도무지 작정은 서지 않았고, 치약 냄새는 끈질기게 남았다.

"삼우제는 보고 와야겠지요?"

아내는 벌써 가방을 챙기고 있었다.

"글쎄……."

나는 대답을 흐렸다.

"장례만 치르고 훌쩍 와버릴 수야 없잖아요?"

딴은 그렇기도 하다는 생각이 들었다. 내겐 단 한 분뿐인 숙부이시다. 게다가 굳이 따지자면 나는 또 장손이지 않은가. 남의 집 문상객처럼 얼굴만 비쭉 내밀었다가 금방 돌아서 나올 수도 없는 처지긴 하다. 나는 이번에도 대답을 흐렸다.

"적어도 네댓새는 걸릴 거라구요……."

그러면서 아내는 전화통을 끌어당겼다.

"무슨 전화요?"

"애들 이모라도 와 있으라고 해야죠. 아이들만 달랑 남겨놓고 가버릴 수야 없잖아요?"

그때까지도 아무런 결단을 내리지 못하고 있던 나는 그제야 퍼뜩 정신이 들었다.

"당신도 같이 나서려는 거요?"

"그러지 않구? 그럼 난 안 가도 된단 말예요?"

아내는 부음을 받았을 때보다도 더 놀란 얼굴로 나를 쳐다보았다.

"남들이 뭐라게요? 명색이 큰조카며느리란 여자가 초상에두 얼굴 한번 내밀지 않더란 소리 듣게요?"

나는 대꾸하지 못했다. 그녀의 말이 정작 숙부의 죽음보다도 나를 더 혼란에 빠뜨렸기 때문이었다. 하지만 따지자면 그런 것이다. 건전한 양식이 아내를 당당하게 만든 대신 나를 형편없이 위축시켰다. 무력하게 나는 입을 다물고 말았다. 치약 냄새가 다시 느껴졌다.

이모들 중의 하나와 아내는 통화를 했다. 여전히 아내는 당당했다. 저쪽의 사정 같은 것은 귀담아듣지 않는 태도였다. 상을 당했다는데 무슨 자질구레한 핑계냐는 투였고 따라서 통화는 지극히 일방적인 지시와 통고로 끝났다.

"막내이모가 와 있겠다고 했어요."

태연히 아내는 말했다.

"마침 방학 때라 잘됐어요. 곧장 택시 타고 오랬으니까 한 시간도 더 안 걸릴 거예요. 뭘 챙겨야 되지요? 난 도무지 갈피를 잡을 수가 없네요……."

더 이상 입을 봉하고만 있을 계제가 못 되었다. 아내와 동행할 수는 없다고 나는 생각을 굳혔다. 그녀의 지적처럼 설사 어떤 비난을 당하는 한이 있더라도 말이다. 숙부의 갑작스런 죽음이 무엇을 뜻하는가를 비로소 깨달았던 것이다. 적어도 나에게 있어서 그 죽음은 일찍이 내가 속해 있었던 한 세계의 완전한 종언(終焉)을 의미하는 것이었다. 이제 내가 장사 치를 것은 한 사내의 시신이 아니라 그것과 연루된 나의 어둡고 치욕스러운 과거였다. 그러므로 지금까지 한 사코 담을 쌓고 은폐해 왔던 그 세계를 마지막 순간에 내 아내에게 열어 보일 수는 없다고 나는 생각했다.

"뭘 챙긴다구 그래? 내 양말이나 몇 켤레 내주구려. 돈 좀 하구……."

불쑥 나는 말했다.

예상했던 일이다. 가방을 챙기던 아내의 동작이 딱 멎었다. 아무 말 없이 그녀는 한동안 내 얼굴을 똑바로 쳐다보았다. 당신이란 사람은 정말 이해할 수가 없노라는 그런 눈빛이었다. 처가는 월남 가족이었다. 고향도 친지도 다 버리고 온 실향민이란 의식이 언제나 강한 사람들이었고, 그래서 그런 것에 대한 관심과 집착도 별난 데가 있었다. 하지만 나는 그렇지 못했다. 고향이나 친지, 심지어는 나의 가계(家系)에 이르기까지 거의 한 번도 속을 털어놓고 이야기한 적이 없는 사람이었다. 그 세계는 이를테면 내 아내에게 있어서는 철저하게 닫혀져 있는 세계였는데, 그 앞에서 그녀는 종종 그런 눈빛으로 나를 바라보곤 했던 것이다.

숙부는 그 세계에 속해 있는 마지막 한 사람인 셈이었다. 아내로서는 지금까지 단 한 번도 상면해본 적이 없는 그런 인물이었다. 그녀가 간직하고 있는 결혼 사진첩에도 그의 얼굴은 없다. 어머니의 당부에도 불구하고 우리의 결혼을 알리지 않았었다. 이번에는 그쪽에서 사정이 있었던 것이다. 그러므로 이제 와서 새삼스레, 그것도 사자(死者)의 얼굴을 내 아내에게 보여줄 수는 없다고 나는 거듭 생각을 다졌다.

"나 혼자 다녀오는 것이 좋겠소. 당신까지 무리할 건 없어. 내가 그쪽에 발길을 들여놓는 일도 어차피 이번으로 마지막이 될 테니깐……."

나는 아내 앞에 놓여져 있는 전화통을 끌어당겨 부장 댁으로 전화를 걸었다. 사정을 설명하고 이틀간의 휴가를 청했다. 회사일을 걱정하면서도 부장은 이틀 가지고는 너무 빠듯한 일정이 되지 않겠느냐고 되물었지만 나는 족하다고 대답했다. 말하자면 나의 답변은 상사에게 한 것이라기보다 내 아내 쪽을 더 많이 의식하고서 한 소리였다.

정작 집을 나선 것은 밤이 꽤나 깊어서였다. 하지만 나는 개의치 않았다. 어차피 밤차를 타고 다음 날 아침 일찍 K시에 떨어지면 될 것이었다. 거기서 다시 시외버스를 타고 고향 읍까지 가는 데엔 한 시간 정도면 족할 것이었다. 발인 전에 닿기만 하면 되리라고 나는 생각했다. 굳이 혼자 나서는 나를 아내는 마루에 선 채로 말없이 지켜보기만 했다. 하지만 나로서는 그녀의 의중을 헤아리고도 남았다. 아내가 그런 눈빛으로 나를 바라볼 때면 으레 서슴없이 내뱉곤 하던 말이 있었기 때문이다.

"당신은 참 이상한 사람이야. 자식을 몇씩이나 낳아 기르면서 10년 이상 한 지붕 밑에서 살아와도 꼭 남남 같은 기분을 느끼게 하는 때가 많은 사람이라구요……"

그러나 이날만은 끝내 입을 다물고 있었다.

차가 서울역 구내를 빠져 나왔을 때는 새로운 하루가 시작되고 있었다. 또 한강을 넘어서면서부터는 차창에 눈발이 희끗희끗 날리기 시작했다. 이후 K시에 닿기까지 무려 여섯 시간 동안 나는 신물이 나게 지겹고 외로웠다. 밤이 깨어 있는 사람의 마음을 얼마나 무겁고 외롭게 짓누르는가를 비로소 실감했을 정도였다.

차내는 썰렁하게 냉기가 돌았다. 밤차를 탄 사람들이 으레 그렇듯이 승객들은 출발서부터 저마다 옹색한 자세로 잠을 청하고 있었다. 그러나 나로서는 도무지 기대할 바가 못 되었다. 아무 데나 쓰러져서 잠들 수 있는 능력이란 분명 타고난 행운일 수밖에 없다고 나는 생각했고, 그런 능력을 가진 사람은 결코 절망하는 법이 없으리라고도 생각했다. 창가에 웅크리고 앉은 채 나는 국산 양주를 찔끔찔끔 들이켰다. 잊었던 치약 냄새가 되살아났고 그때마다 아내의 눈빛이 떠올랐다.

그러나 차가 수원을 지나고 오산을 지나고 또 천안을 넘어서면서부터는 비로소 숙부의 죽음이 조금씩 내 오관의 어느 선엔가 닿아 오기 시작했다. 하지만 그것은 내 입 안의 어느 구석엔가 여전히 남아 있는 꼭 치약 냄새만큼의 실감으로서였다. 그 냄새를 죽이기 위해, 그리고 이제야말로 영원히 묻어버릴 어둡고 치욕스러운 한 세계를 마지막으로 되돌아보기 위해 나는 거푸 병을 기울였다. 양주란 참 편리한 물건이다 라고 나는 객쩍은 생각을 했다. 무엇보다 안주 없이도 태연히 마실 수 있는 구실이 되기 때문에…….

숙부는 나보다 단지 10년 정도 연상이므로 이제 겨우 50줄의 문턱에 들어선 연세일 뿐이다. 그러나 그의 죽음이 갑작스러운 느낌을 주는 것은 단지 그 연치 때문만은 아니었다. 그에게 있어서 50년이란 세월은 어쩌면 가혹하리만큼 긴 것이었는지도 모른다. 줄잡아 그 세월의 반을 그는 영어(囹圄)의 생활을 해왔기 때문이었다. 숙부가 고향 K읍에서 엉뚱하게도 침구사(鍼灸師)로서의 안정된 생활을 꾸려 나가고 있다는 소식을 내가 들은 것은 불과 서너 해 전의 일이었다. 그렇다면 진정한 그의 생애는 그때부터였던 셈인데, 내가 그 뒷소식을 들을 새도 없이 그는 자신의 생애를 서둘러 마감해버린 것이었다. 그러므로 그의 죽음이 내게 갑작스러운 느낌을 준 것은 무엇보다 그 생애의 내용 때문이었다고 나는 생각했다.

친일(親日)을 한 조부―물론 나로서는 그 구체적인 사례들을 알고 있지도, 또 알고 싶지도 않은 것이지만―의 덕택으로 내 아버지는 고향 N읍에서 유일하게 일본 유학을 할 만큼 신식 교육을 받은 인물이었지만 숙부는 그렇질 못했다. 그는 서출(庶出)이었기 때문이다. 조부의 엄한 회초리 아래 간신히 천자문을 뗐을 뿐 그는 진작부터 머슴방으로 내몰린 천덕꾸러기였던 것이다. 그러나 나는 누구보다 그 삼촌을 따랐고 내 어머니는 또 그가 의지할 수 있었던 유일한 그늘이었다. 벅찬 노동과 가혹한 편견 속에서도, 그러나 그는 그다지 불행하지는 않았다고 나는 생각한다. 천성이 밝고 착했던 그는 자신을 결코 불행한 사람이라고는 생각하지 않았기 때문이다.

그에게 진짜 불행을 가져다 준 것은 어쩌면 8·15해방이라고나 해야 하는지도 모른다. 조국의 광복은 우선 내 조부를 몰락시켰다. 그의 위엄은 하루아침에 땅에 떨어져서 헌 짚신짝처럼 짓밟혔고, 근동 세 마을을 먹여 살린다던 그 많은 가산들도 온통 거덜이 나버렸던 것이다. 하지만 그것까지는 그래도 어쩔 수 없는 세상 탓으로 돌릴 수 있었을는지도 모른다. 그러나 전에는 면종복배이기는 할지언정 그의 앞에선 감히 얼굴조차 바로 쳐들지 못하던 소작인이며 하인배들에게 급기야는 가혹한 조리돌림까지 당해야 했던 그는 마지막 임종의 순간까지도 그날의 수모를 삭이지 못한 채 그들이 자신의 상여 메는 것조차 유언으로 거부했던 터였다.

N읍의 선각자이던 내 아버지의 경우에도 해방이 불행한 사건이었던 점은 다를 바가 없었다. 당신은 그것이 불행의 시작이었음을 스스로 깨닫지 못하고 있었던 점만 달랐을 뿐이었다. 어쩌면 그는

선대의 뒤를 이어 그와는 다른 또 한 시대를 연출하고 싶었는지도 모른다. 해방과 더불어 소위 사상운동을 시작했던 그는 정부수립을 전후하여 지하로 잠적했다가 6·25 발발한 해 전서부터는 영영 종적을 감추어버렸던 것이다. 그러나 그 일은 당사자인 아버지에게보다도 뒤에 남은 우리 가족에게 더 큰 불행이 되었다. 그 무렵부터 부쩍 심해진 공비들의 준동으로 면 주재소가 불타고 인근 마을들이 피해를 입었는데, 그것이 모두 종적을 감춘 내 아버지의 소행이란 소문이 나돌았기 때문이었다. 우리 가족들은 또 한차례의 시련을 모면할 길이 없었고, 그중에서도 가장 가혹한 수모를 당한 사람은 내 어머니였다.

죽음보다 더한 치욕으로부터 내 어머니를 구한 사람은 삼촌이었다. 걷잡을 수 없이 몰락해 가는 집안에서 머슴방이나마 설 자리를 잃어버렸던 그는 진작 국방군에 자원입대를 했었다. 때마침 휴가를 나왔던 그는 자기 키보다 그닥 짧을 것이 없는 엠원 소총을 휘두르며 난폭한 무리들로부터 내 어머니를 구해냈던 것이다. 하지만 어머니는 이미 초주검이 되어 있었다. 그때의 일을 나는 결코 잊을 수가 없다. 마을의 여러 가닥 고샅길을 질질 끌려다닌 끝에 동구의 두엄 자리에 내팽개쳐진 어머니의 모습은 빈사의 광견과 조금도 다를 바가 없었다. 넝마처럼 해지고 찢긴 옷은 여인의 가장 수치스러운 곳마저도 가려 주지를 못했다. 두엄 자리마다 새까맣게 진을 치고 있던 여름 쇠파리떼들이 치모(恥毛)의 언저리로 끈질기게 달라붙던 광경을 한사코 울음을 삼키며 바라보아야만 했던 내 어린 시절의 기억을 나는 저주한다. 담을 쌓고 은폐하는 것만으로는 부족하다. 가능만 하다면 내 뇌수의 일부를 들어내면서도 그 기억의 뿌리를 뽑아버리고 싶은 것이다.

삼촌이 제대를 하고 집으로 돌아온 것은 전쟁 막바지 때였다. 여름 장마의 한끝을 밟고 후줄근한 모습으로 그는 돌아왔는데, 사지는 멀쩡했지만 상이제대였다. 오른쪽 가슴에 부상을 입었다고 그는 말했다. 내 어머니의 앞에서 그가 광목천으로 만들어진 군용내의를 홀랑 벗어 보였을 때 나는 흡사 군홧발에 내질린 깡통처럼 흉측하게 짜부라져 있는 상흔을 정말 볼 수가 있었다. 나는 질겁을 하리만큼 몹시 충격을 받았지만 어머니는 그것을 다행으로 생각했다. 사지 중의 하나를 전쟁터에다 내버리고 온 것에 비하면 천만번 감사해야 할 일이라고 말했던 것이다.

하지만 삼촌은 그날로 곧장 골방에 드러누운 채 긴 장마가 걷힐 때까지 거의 한 번도 사립문 밖 출입은 하지 않았다. 마을 청년들이 찾아와도 그는 도무지 어울리려 하지 않았고 때로는 얼굴마저도 내밀지 않았던 것이다. 흡사 중환자 같은 안색이며 눈빛이었다. 그 얼굴에서 나는 언뜻언뜻 어디론가로 종적을 감추어버린 내 아버지의 모습을 발견하곤 했다. 내게 남아 있던 당신의 마지막 모습이 대체로 그러했기 때문이었다. 학교에서 돌아오기만 하면 나는 으레 삼촌 방으로 달려가곤 했다. 눅눅한 이부자리 위에 길게 드러누운 채 그는 많은 전쟁 이야기를 내게 들려주었다. 최초의 지리산 공비토벌에서부터 전쟁의 막바지 격전에 이르기까지 그의 무용담은 계속되었다. 그는 이따금씩 가슴의 상처 자리를 손으로 누르며 한참씩 기침을 토하곤 했는데, 어린 나에게도 그 기침의 뿌리가 몹시 깊은 데 있는 듯한 느낌이 들었다. 아무래도 이 안에 무언가 들어 있는 것 같다고 기침 끝에 그는 헐떡이면서 투덜대곤 했다.

그 여름이 지나고 가을에 삼촌은 재검진을 받았다. 이웃한 K시의, 당시만 해도 단 한 곳뿐이었던 종합병원에서였다. 결과는 흉곽 안쪽에 작고 단단한 이물질이 들어 있다는 진단이었다. 아마도 군병원에서 미처 골라내지 못한 파편(破片) 조각 같다는 의사의 소견이었는데 삼촌도 그 점을 수긍했다. 당장 생명에 지장을 주는 것은 아니나 그것이 장차 체내에서 어떤 병리현상을 일으킬지는 예측할 수 없으므로 계제에 외과수술로 아예 적출(摘出)해버리는 쪽이 현명하다고 의사는 권유했다.

수술을 받던 날 삼촌은 어린 나를 보호자로 동반했다. 자기 시대를 잃어버린 채 비참한 심경으로 만년(晩年)을 살아가고 있던 조부나 여자인 내 어머니 쪽보다는 어린 조카인 내가 더 만만했는지도 모른다. 두 시간 예정이던 수술은 자그마치 다섯 시간이나 끌었다. 환자는 진작 마취에서 깨어나 버렸는데도 의사의 집도는 계속되었다. 소독 냄새 나는 복도에서 나는 기다리고 있었다. 커다란 나무걸상 한 귀퉁이에 조그맣게 웅크리고 앉아 있는 나의 귀에 그의 신음

소리가 내내 들려왔다. 전쟁보다 더 고통스러운 시간이었는지도 모른다. 살을 저미 내듯 지긋지긋한 소리였다.

마침내 삼촌이 나타났다. 두 팔로 가슴을 잔뜩 싸안은 그는 묵묵히 병원 문을 나섰다. 나는 잠자코 뒤를 따랐다. 허리를 구부정하게 구부린 채 그는 걸음마를 하듯 조심조심 걸었다. 한 발자국을 내딛는 데에도 무진 힘들어 보였다. 하지만 그런 상태로 우리는 털털거리는 시외버스를 타야만 했다. 수술만큼이나 길고 조마조마한 귀로였다. 어쩌면 삼촌은 가슴팍을 짜개고 작은 파편 조각을 뽑아낸 대신 의사들로 하여금 보다 크고 위험한 폭탄 같은 것을 거기다 숨겨두게 한 건 아닐까 하고 나는 생각했을 정도였다.

하지만 수술은 실패였다. 무려 다섯 시간에 걸친 집도에도 불구하고 끝내 파편 조각을 찾아내지 못했던 것이다. 삼촌은 간신히 골방으로 돌아와 드러눕고 나서야 내 어머니께 씹어뱉듯 말했었다.

"백죄 몸뚱이만 생으로 난도질해 놨다 아입니꺼. 두 번 다시 할 짓 못 됩디더. 고무다리에 외팔 인생도 쎄비린 판국에 그까짓 쇠쪼가리 하나 들었으마 어떻고 안 들었으마 어떻겠십니꺼. 어차피 죽으마 썩어질 몸뚱이…… 내사 마, 이대로 좋심더. 의사들은 다시 해보자 캅디다만 나는 싫다 아입니꺼. 거죽만 멀쩡하지 난들 성한 사람입니꺼? 불구 인생이기는 피장파장인기라요……."

삼촌은 두 번 다시 수술을 받지 않았다. 궂은 날이면 몸의 어딘가가 아프다고 일쑤 끙끙 앓으면서도 병원은 찾지 않았다. 밝고 낙천

적이 원래의 성품은 거의 찾아볼 길이 없었다. 수술 자리가 아문 뒤에도 그는 여전히 골방에서 보내는 시간이 더 많았는데, 내게 자주 들려 주던 그 전쟁 이야기도 더는 꺼내지 않았다. 점점 말수가 줄어들고 얼굴을 뒤덮은 그늘도 갈수록 더 짙어지기만 하는 그를 두고 내 어머니는 그것이 모두 삼촌의 가슴팍에 박혀 있는 쇳독(毒) 때문이라며 얼마나 자주 한숨짓곤 했던가…… 진저리나게 나는 그때의 일들을 회상했고, 내가 탄 열차는 밤의, 그리고 겨울의 한복판을 줄기차게 관통하고 있었다. 술기를 빌려 눈을 붙이려 애썼지만 역시 실패였다. 바닥에 버려진 양주병이 밤새 나와 함께 흔들리고 있었다.

K시에 닿은 것은 6시가 조금 지나서였다. 일출까지는 아직 한 시간여를 남긴 시각이었다. 역 구내를 빠져나오자 널따란 광장과 빈 거리에 차가운 어둠이 가득가득 괴어 있었다. 나는 몸을 떨었다. 거리들은 낯설었고 방향마저 가늠되지 않았다. 우선 언 몸을 덥혀야겠다고 나는 생각했다. 분지의 겨울답게 추위는 매웠다. 바람 한 점 없으면서도 피부를 갈라 터지게 하는 메마른 추위였다. 이놈의 깡추위는 변함이 없군, 하고 나는 중얼댔다.

톱밥난로가 시뻘겋게 타고 있는 식당을 찾아냈다. 그 난로 앞에서 공사판 잡역부로 보이는 사내 둘이 마주 앉아 국밥을 퍼먹고 있었다. 서둘 이유는 없었다. 해장국과 또 한 병의 소주를 청한 나는 그 것들을 천천히 비워내며 언 몸을 녹였다. 가슴을 조이던 겨울이 저만치 물러나면서 불현듯 잊었던 치약 냄새가 의식되었다. 이제 그 냄새는 나의 혀끝이 아니라 머릿속에 달라붙어 있는 것 같았다. 아내의 모습을 나는 떠올렸고, 역시 그녀와 동행하지 않은 것을 거듭 다행으로 생각했다. 아마도 이번 걸음이 그나마 드문 내 귀향길의 마지막이 될 것이었다.

국밥 그릇을 말끔히 비워낸 사내들은 새마을 한 개비씩을 나눠 피우면서 그들 고장의 장래를 이야기하고 있었다.

"어랑재 쪽은 어떻다카더노? 거게도 고속도로가 확 뚫린닥 하던데……."

쉰 줄은 실히 들어서 보이는, 낡은 방한모를 푹 눌러쓴 사내가 던지는 말이었다. 맞은편 쪽은 그보다 한참 아래로 보였다. 그러나 거친 노동과 그 삶의 풍속이 10년 이쪽저쪽은 아무렇게나 접어 두게 한 모양이었다. 스스럼없이 그는 대꾸하고 있었다.

"마, 소문이사 짜들이 그렇닥 하이. 어랑재만도 아이재. 동면, 서곡, 조야 그쪽으로도 공사판이 크게 벌어진다꼬 말들이사 해쌓지. 그라지마는, 이런 놈의 엄동설한에 당장 무신 일을 시작하겠더노? 해토나 해야 첫 삽을 안 뜨겠나, 대강 그럴 꺼로 싶다 마……."

"하모……."

식후의 포만감 때문이리라. 담배 한 입을 맛있게 토해낸 상대는 진무른 눈초리를 게슴츠레하게 내려뜨면서 아주 흡족한 표정을 짓고 있었다.

"다 하는 말매로 요새 세상은 참말로 무섭게 변하는 기라. 특히나 도회지가 그렇다 아이가."

"당연지사제. 아, 사둔 남 말할 거 있나? 내남없이 도시서만 살겠다꼬 모지리 꽁지리 몰려드이 안 그렇나. 머잖아 직할시가 된다카이 그라마 공사판도 자꼬자꼬 생길 끼고…… 가진 눔은 가진 눔대로, 없는 눔은 없는 눔대로 이래저래 도시는 살 만하다카이."

"하모……."

또 한번 흡족한 표정을 지은 다음 마지막 한 모금까지 빨아당긴 꽁초를 국밥 그릇에 던져 넣으며 연장자 쪽이 말했다.

"그마 슬슬 나서야제. 얼추 그래 됐을 꺼로?"

사내들은 자리를 털고 일어섰다. 목장갑을 겹으로 낀 손들이 낡고 찢어진 비닐백을 하나씩 집어들었다. 밖의 어둠, 밖의 추위는 여전한 듯했다. 두 사내는 어깨를 움츠린 채, 그러나 주저없이 그 어둡고 추운 속으로 사라졌다.

참으로 오랜만에 내가 태어난 고장의 사투리를 제대로 들었다고 나는 생각했다. 어둡고 치욕스러운 기억 외에는 서푼어치도 추억할 것이 내게는 없는 이 땅이 그러나, 고향이라는 새삼스런 자각 때문에 나는 잠시 고개를 떨어뜨렸다. 하지만 그 때문에 우울해할 것은 없었다. 내가 과거를 묻어버리기 위해 왔듯이 이 도시도 머잖아 아주 낯선 모습으로 변신할 것이기 때문이었다. 마침내 내가 일어섰을 때 거기 남겨진 빈 술병이 나를 보고 있었다.

상가(喪家)에 닿기까지는 반시간도 채 걸리지 않았다. K시에서 N읍까지 전에는 털털거리는 시골 버스를 타야만 했지만, 이제는 시내버스가 10분 간격으로 운행되고 있었다. 식당주인은 머잖아 그곳까지 K시로 편입될 것이라고 내게 알려주었다. 그러면 N읍의 이름은 이 땅에서 영원히 사라질 것이었다.

상가는 예상했던 대로 을씨년스러웠다. 조등 하나가 골목 어귀에 내걸린 채 차디찬 새벽빛에 푸르게 바래고 있었다. 옹색한 차일 하나가 마당 한 귀를 가린 채 펄럭이고 있을 뿐이었다. 그나마 상청을 지키고 있는 사람들의 얼굴마저도 내게는 거의가 낯설었다. 장성한 사촌들의 얼굴까지도 알아보기가 쉽지 않았던 것이다. 시신은 이미 입관되어 있어서 내가 볼 수 있는 것이라고는 칠성판을 떠메고 누운 투박한 관뿐이었다. 이승을 마지막 떠나가는 모습은 어차피 그런 것일 수밖에 없다. 삭막한 마음으로 나는 돌아섰고, 내가 타고 온 밤차를 문득 떠올렸다. 악몽처럼 그것은 내 가슴을 두들기며 지나갔다.

고인은 전날 0시에서 4시 사이에 운명했고 사인(死因)은 아마도 심장마비인 듯하다고 숙모는 말했다. 식구들과 함께 자정까지 TV를 보고 난 그는 새벽 4시에 깨워 달라는 부탁을 남기고 잠자리에 들었는데 정작 그 시간에는 이미 고인이 되어 있더라는 얘기였다. 따라서 임종을 지켜본 사람은 하나도 없었던 셈이다. 온통 넋 나간 표정을 하고 숙모가 간신히 얘기를 끝내고 나자 맏상주인 종수가 이렇게 덧붙였다.

"그 말을 누가 믿겠십니꺼? 어제까지도 시퍼렇게 살아 계시던 아부지가 우예 그렇기 허무하이 쓰러질 수가 있더란 말입니꺼? 형님, 내사 암만해도 못 믿겠다 아입니꺼. 하모 남들은 우예 생각하겠십니꺼? 필경 무슨 내막이 있을 끼다, 이래 생각할지도 모른단 말입니더. 암만 초상집이라 해도, 그라고 암만 몰락한 집안이락 해도 이래 썰렁할 수가 있겠십니꺼? 다 까닭이 있는 기라요."

나는 머리를 무겁게 떨어뜨렸다. 그를 위로할 수 있는 말 한마디도 나로선 변변히 찾아낼 수가 없었다. 종수는 핏발이 선 눈을 들어 멍하니 관이 놓인 쪽을 보고 있었고, 나이보다 10년은 더 늙어 뵈는 숙모는 메마르고 기진한 울음을 시작하고 있었다.

사실이 그러하다면 고인의 죽음이야말로 그의 생애처럼 불가해한 것이기도 하다고 나는 생각했다. 스스로 죽음을 예비하거나 인지한 흔적 같은 것은 도무지 보이지 않았다. 식구들과 함께 자정까지 TV 프로를 즐겼고 또 새벽 4시에 깨워 달라던 사람이다. 따라서 유서 같은 것도 나왔을 리가 없는 것이다. 그렇다고 고인으로서는 여느 날과 다름없이 든 잠으로부터 영영 깨어나지 못한 것이 분명하다고 나는 생각했다. 얼마나 기이한 잠인가, 설마 심장마비가 진정한 사인이라고 할지라도 그의 죽음은 역시 오래도록 불가해한 느낌을 남길 것이라고 생각되었다.

종수의 우려는 결코 근거 없는 것이 아니었다. 누군가가 무슨 말을 흘린 듯 관할 파출소의 순경 한 사람이 전날 이미 다녀간 바 있노라고 종수는 말했는데, 그가 또 다른 한 사람을 달고 나타난 것은 그로부터 두어 시간 남짓한 때였다.

"유감입니다만 일단 검시를 해야겠습니다. 나로서도 웬만하면 피해 보려고 노력했습니다만, 본서로부터 직접 하달받은 사안이기 때문에 어쩔 도리가 없군요……."

순경의 말에 나는 놀란 입을 다물지 못했다. 기왕에 뚜껑을 덮어버린 관이라면 두 번 다시 열어젖힐 일이 못 된다. 사자가 새삼스레 무엇을 증언할 수 있단 말인가. 부패한 시신과 악취 외에 다른 아무것도 얻어낼 수 없으리라고 나는 생각했다. 게다가 고인의 생애는 어차피 불가해한 것투성이가 아니던가. 50여 그의 생애는 결코 쉽게 이해할 수도 설명될 수도 없는 그런 것이었다. 따라서 그의 죽음인들 우리가 어찌 쉽게 이해할 수가 있으랴.

순경을 따라온 쪽은 체구가 작고 마르고 나이가 꽤나 많아 보이는 사내였다. 흰 가운에 검은 가방을 든 그의 외양은 의사 차림이 분명했지만, 표정은 장의사처럼 굳고 차가웠다. 그의 지시에 따라 관을 열고 시신을 들어냈을 때 방에 있던 사람들은 대부분 자리를 피해버렸다. 상주인 종수까지도 감히 시선을 바로 들지 못했다. 염습한 것들을 모두 풀어헤치자 이미 부패하기 시작한 시신이 드러났다. 예상했던 대로 악취가 코를 찔렀다.

생각보다 작업은 오래 끌지 않았다. 수술용 장갑을 낀 손이 시신의 머리끝부터 발끝까지 한차례 훑고 지나갔고, 다음에 그것을 뒤집어놓고서 똑같은 동작을 반복했다. 시신은 바람이 들어 띵띵하고 진물렀다. 얼굴을 짙게 뒤덮은 검은빛이 목덜미를 지나 가슴께까지 잠식해 가고 있는 중이었다. 오른쪽 젖가슴 위에 남아 있는 저 흉터 자국을 나는 다시 보았다. 30년 가까운 긴 세월에도 불구하고 그것은 여전히 흉측한 몰골로 거기에 남아 있었다. 구둣발에 모질게 쥐어질린 깡통처럼 온통 짜부라져버린 그 가슴에서 나는 그때 실패했던 수술 자국까지도 또렷이 찾아볼 수 있었다.

나는 비로소 진저리를 쳤다. 무엇 하나 가린 것 없이 우리 앞에 내던져 있는 그 주검 때문이 아니라, 여전히 끈질기게 남아 있는 그 흉터 때문이었다. 내가 그리고 우리 모두가 그 사실을 까맣게 잊고 있었던 동안에도 고인은 내내 그것을 각인처럼 가슴에 지닌 채 살아왔으리란 생각이 세찬 전율을 일으키게 했던 것이다. 등골을 타내리는 어떤 충격 때문에 나는 한동안 몸을 떨었다.

"별 이상이 없는데 그래……."

장갑을 뽑으며 사내가 말했다. 차고 딱딱한 인상과는 달리 그 목소리는 부드럽고 지쳐 있었다.

"외상도 없고, 독극물로 오는 피부 이상도 전혀 없고…… 부검(剖檢)을 한다면 또 모를 일이긴 하나 어쨌든 지금 단계로선 별 이상이 없습니다. 심장마비로 인한 사망 같군요."

종수가 후유 하고 한숨을 토해냈다. 그때까지 코를 싸쥔 채 멀찌가니 물러서 있던 순경이 말했다.

"또 한 가지 확인해 둘 것이 있습니다. 적어도 유족들 중에는 고인의 사인에 대해 딴생각을 품고 계신 분이 없을 테지요?"

그는 일단 질문을 던지긴 했지만 대답을 기다리고 있진 않았다. 그는 곧 계속해서 말했다.

"좋습니다. 그럼 이대로 보고해서 결과를 통보해 드리겠습니다. 그런 일이야 없겠습니다만, 혹 부검 지시가 떨어질 수도 있으니까 결론이 날 때까지 장례는 일단 중지해야 합니다. 가급적 빨리 결과를 알려드리도록 하겠습니다."

그들이 가버린 후에 시신은 다시 염습 과정을 거쳐 입관되었다. 남은 것은 짙은 악취와 엄청난 낭패감뿐이었다. 종수는 상주인 주제에 술만 벌컥벌컥 들이켰고, 그 옆에서 나는 짙은 피로감에 빠져들었다. 암울하고 삭막한 가슴을 두들기며 예의 밤차가 질주해 가는 환상을 나는 다시 보았다. 그 어두움, 추위, 국산 양주, 치약 냄새, 아내의 눈빛…… 이런 것들이 먼지처럼 자욱이 떠올라 내 의식을 몽롱하게 뒤덮었다.

아침 10시로 예정돼 있던 출상이 정오를 훨씬 지나서야 가능했다. 그나마 큰 무리 없이 장사를 치를 수 있게 된 것을 다들 다행으로 여겼다. 시신은 하룻밤 사이에도 걷잡을 수 없이 부패하여 관을 놓았던 자리가 젖어 있었다. 운구하던 사람들이 코를 돌릴 만큼 악취도 심하였다. 여름철도 아닌 겨울에—하고 나는 생각했다—시신이 저

지경이라면 그 부패의 원인은 밖에 있는 게 아니라 안에 있음이 분명하리라. 그렇다면 사자의 체내에 남아서 그것을 급속히 부패시키고 있는 것은 무엇일까. 어쩌면 고인의 불가해한 생애와도 깊은 관계가 있는 어떤 것인지도 모를 일이라고 나는 생각했다.

영구차 한 대로 우리는 화장장으로 향했다. 고인의 평소 뜻에 따라 화장을 택했노라고 종수는 말했다. 나로서는 이의를 제기할 이유가 없었다. 차라리 그 편이 가장 완벽한 방법이기도 하다고 나는 생각했다. 내가 밤차를 타고 오던 때처럼 눈발이 조금씩 내비치고 있었다. 영구차는 눈 덮인 산자락을 끼고 터덜터덜 굴러갔다. 입을 떼는 사람은 아무도 없었다.

사자와 더불어 묵묵히 흔들리기 한 시간 남짓 우리가 탄 영구차는 화장장에 닿았다. 낮게 가라앉아 있는 잿빛 하늘 아래 작고 흰 건물이 보였다. 그것은 내게 주검보다 더 차고 견고하고 황량한 느낌을 주었다. 현장 인부들에 의해 관이 들리어 나갔고, 그것이 전기로를 거쳐 한 줌의 재로 다시 우리에게 돌아오기까지, 우리는 시골역 대합실 같은 방에서 장시간 기다려야만 되었다. 그것은 살아 있는 자들이 경험할 수 있는 가장 삭막하고 허무한 기다림이었다.

창밖에서는 눈발이 내내 조금씩 날리다 멎고 또다시 날리다 멎곤 하였다. 눈 덮인 구릉과 얼어붙은 골짜기가 우리들의 마음처럼 춥고 쓸쓸하게 내려다보였다. 가져간 술을 나누어 마시면서 우리는 마지막으로 고인을 추억했다. 그나마 최근 몇 해 동안에는 침구사로서의 새 생활에 무척 열심이셨다면서 종수는 그제야 내 앞에서 눈물을 보였다.

"생각하마 그기 억울하다 아입니꺼. 세상 사는 일에 도통 뜻이 없어 하던 분이 가로늦게 할 일을 잡았능가 싶었는데 그마 덜컥 쓰러질 기 뭡니꺼. 그날도 가봐야 할 환자가 있다고 새벽같이 깨워 달락 했다는 얘기라요……."

종수의 말이 어쩌면 사실에 가까울는지도 모른다고 나는 생각했다. 살아생전에 내가 고인을 마지막 본 것은 7~8년 전의 일이 된다. 내 어머니의 장례 때 참석지 못했던 그는 어느 날 불쑥, 그것도 내 직장으로 찾아왔던 것이다. 첫 모습에서 나는 그가 이제 막 출감(出監)하는 길임을 알아볼 수 있었다. 내가 들은 바로는 그때가 네 번째의 출감에 해당했다. 철 지난 옷을 후줄근하게 걸친 그는 꼭 그 차림에 어울리는 표정을 하고 내게 말했다.

"형수님께서 운명하셨단 소식은 저 안에서 들었네. 지금이라도 무덤이나마 찾아봤으마 하는데, 자네 그럴 만한 짬을 낼 수 있겠는가?"

두말없이 나는 앞장섰다. 서둘면 퇴근시간 전에 돌아올 수 있겠다고 어림했지만 물론 그렇게는 되지 않았다. 근교라고는 해도 우리가 묘소에 닿은 것은 해가 설핏한 때였다. 내 어머니의 봉분에는 잔디가 제법 깊고 넓게 뿌리를 내리고 있었다. 그는 지석 앞에다 2홉들이 소주 한 병과 쥐치포 몇 쪽을 호주머니에서 꺼내 놓았다. 그러고는 허리를 꺾고 무릎을 꿇은 채 오래도록 일어나지 않았다. 혼신의 힘을 다해 오열을 참고 있음이 분명했다. 그러나 끝내는 땅바닥에 얼굴을 박은 채 그는 신음 같은 울음 소리를 냈다.

"자네 아버님 제삿날 5월 중 적당한 날을 택해 모시도록 하소. 가급적이면 중순 이전이 좋겠네."

돌아오는 차 중에서 그는 불쑥 말했다. 나는 멍하니 얼굴을 쳐다보았다. 그때까지도 나는 아버지의 제사를 모시고 있지 않기 때문이다. 그것은 내 어머니의 줄기찬 희망 때문이었다. 6·25 한 해 전에 영영 행방을 감추어버린 아버지가 세상 어딘가에 아직도 살아 계시리란 희망을 내 어머니는 마지막 순간까지도 포기하지 않고 있었던 것이다.

해마다 주인 없는 생일상만을 차려 왔던 일을 생각하고 나는 다음 말을 기다렸다. 그러나 그는 어둠이 얇게 깔리기 시작한 창밖 거리만을 내다볼 뿐 더 이상 말이 없었다. 버스에서 내리는 길로 그는 곧장 서울역으로 가버렸다. 내 집으로 모시마고 나는 물론 말했지만 그는 단지 이렇게 대꾸했을 따름이었다.

"도리가 아닌 줄은 알지마는 어쩌겠노. 나야 워낙 그런 사람 아닌가? 빈 껍데기만 남아서 넝마매로 굴러댕긴다 뿐이지, 진짜 모습은 진작에 끝난 거네. 인제사 생각하마, 기왕 한 구덩이 묻히지 못한 것만 원통할 따름이제…… 자네 집사람한테는 날 만났단 얘기도 하지 마소."

나는 더 이상 그를 잡지 않았고, 그런다고 돌아설 사람도 아니었다. 그날 밤 내내 잠을 설치면서 나는 그가 남긴 말을 곰곰 되씹었었다. 적어도 한 가지 사실만은 분명했다. 그는, 삼촌은 내 아버지의 죽음을 목격했던 것이다. ……어쩌면 그의 가슴에 남아 있는 상흔과도 관계가 있는 건지 모른다고까지 나는 생각했다. 비로소 나는 그를 좀 이해할 수 있을 것 같았다. 제대를 하고 돌아온 삼촌의 모습, 눅눅한 골방에 드러누워 누에처럼 보내던 생활, 재수술을 거부하며 그가 내뱉었던 말들, 궂은 날이면 육신의 어딘가가 아프다면서 오밤중에도 곧잘 끙끙 앓던 일, 그리고 또 갈수록 말수가 줄어든 대신 뿌리가 점점 더 깊이 느껴지던 기침 소리 등등…… 그랬다. 옛날과는 생판 모습이 달라져버린 그 삼촌에게서 나는 문득문득 어딘가로 종적을 감추어버린 내 아버지의 모습을 발견하곤 했던 것이다.

그러나 그렇다고는 해도 그의 기이한 행적들을 죄다 이해할 수 있었던 것은 물론 아니었다. 귀가한 해가 가까워 오던 이듬해 초여름에 삼촌은 최초의 범법행위를 저질렀었다. 구닥다리 엠원 소총을 몰래 꺼내 들고 사냥을 나갔던 그는 멧돼지 대신에 사람을 쏘았던 것이다. 공판정에 서 있던 삼촌의 모습을 나는 잘 기억해낼 수 있었다.

표적물을 착각한 것은 아니냐는 질문에 대해 그는 단호히 대답했었다.

"천만에, 사람인지 짐승인지쯤은 충분히 식별할 수 있는 상황이었심더."

"그렇다면 상대의 얼굴도 알아볼 수 있을 정도였는가?"

"물론임더. 낯선 얼굴이었심더."

"낯선 사람을 쏜 이유가 무엇인가?"

"……."

"그럼 다시 묻겠는데 자기 방어가 목적이었는가 아니면, 살해가 목적이었는가?"

"처음엔 산짐승이 움직이고 있거니 생각했심더. 잔뜩 긴장하고 있는데 표적이 불쑥 노출됐습니다. 가늠쇠 위에 떠오른 것은 분명 사람의 얼굴이었심더. 그것도 낯선…… 갑자기 살의(殺意)의 충동이 나를 사로잡았고 그러자 상대가 쓰러졌심더."

"최초의 일 발을 발사한 후 상대가 쓰러진 뒤에도 다시 두 발을 더 발사한 이유는?"

"상대가 픽 쓰러지는 것을 보았을 뿐 나 자신은 방아쇠를 당긴 기억도 또 총성을 들은 기억도 없었기 때문입니다."

일테면 그것이 삼촌의 기이한 생애의 시작이었던 셈인데, 그 이후의 거듭된 행적에 대해서는 여전히 나로선 이해할 길이 없었던 것이다. 그는 불법무기 소지와 살인미수로 6년형을 살았다. 출감 후 내 어머니는 서둘러 그를 장가들였지만 결혼 두 해 뒤에 그는 다시 재범을 했고 재출감 1년도 못 되어 3범을 기록했다. 두 번째는 강도미수, 세 번째는 강도상해였다. 전과가 거듭될수록 적어도 외형상으로는 동기가 단순해져 갔고 그에 비례하여 죄질도 저열해졌던 것이다.

그럼에도 불구하고 내가 그의 기이한 행적을 도무지 이해할 수가 없었던 까닭은 그가 결코 경제적인 동기에서 범법을 거듭하고 있다고는 생각되지 않았기 때문이었다. 몰락한 가계라고는 해도 그에게는 상속받은 유산이 있었을뿐더러 그나마 경영하는 일에도 그는 도무지 뜻이 없어 했던 것이다.

 사자는 이제 말이 없다. 아무도 예기치 않았던 순간에 그는 갑작스럽게 자신의 생애를 마감해버린 것이다. 생애의 태반이 그러하듯 그 죽음까지도 우리가 쉽사리 이해할 수 없는 그런 것으로 남겨둔 채 그는 영영 함구해버린 것이다. 또 한번 관뚜껑을 열어젖힌다고 한들 우리가 어떻게 그의 생애를 납득할 수 있을 것인가. 그렇다면 그의 침묵을 보다 영원한 것으로 만들어놓는 것 외에 우리가 할 수 있는 일은 아무것도 없다고 나는 생각했고, 따라서 이 지긋지긋한 장례가 빨리 끝나 주기만을 열렬히 소망했다.

 고인을 다시 대한 것은 일몰이 가까운 시각이었다. 유해를 받아 안았을 때 상주인 종수가 보인 반응은 무슨 말로도 표현할 재간이 없다. 그의 표정은 차라리 백치의 그것에 가까웠다고나 해야 할 그런 것이었다. 하지만 보다 더 나의 관심을 끌었던 것은 한지에 쌓인 한 줌의 재도, 그것을 받아 든 종수의 표정도 아니었다. 나를 사로잡은 것은 아주 작고 단단한 파편 한 조각에 지나지 않았다. 그러나 쇄골(碎骨) 과정에서 발견했다면서 작업장 인부가 그것을 내 손바닥 위에다 장난스럽게 올려놓았을 때 나는 흡사 쇠공이 같은 것으로 정문(頂門)을 강타당한 듯한 충격을 받았던 것이다.

   그것은 의심할 나위 없이 고인의 오른쪽 가슴 어딘가에 깊숙이 박혀 있던 바로 그 파편 조각이었다. 외과 수술로도 적출해낼 수 없었던 그 작고 단단한 쇳조각은 암처럼 체내에 뿌리를 내린 채 마지막 순간까지도 고인의 생명을 지배해 왔음이 분명하다고 나는 생각했다. 어둠이 서서히 묻어오는 하늘에 눈발은 여전히 얇게 날리고 있었다. 매운 바람 속을 묵묵히 걸어 내려오면서 나는 문득 심한 자괴(自愧)를 의식했다.

(1982)

밝고 따뜻한 날

일요일 한낮이었다. 게다가 밝고 따뜻한 봄날씨였다. 툇마루 끝에 나앉아 해바라기를 하고 있던 나기배 씨는 문득 엉뚱한 충동을 느꼈다. 겨우내 버려두었던 정원을 손질해 보고 싶다는 게 그것이었다. 그는 곧 연모를 찾아 나섰다. 집 안 어딘가에 삽이나 괭이 같은 게 한두 정쯤 있기는 할 것이었다.

국내 유수의 수출종합상사에 근무하는 나기배 씨로서는 참으로 오랜만에 가져보는 마음 한가한 주말이었다.

그는 늘 바쁜 사람이었다. 돌아보면 지난 생애가 온통 그러하였다. 해방 직후에 걸친 유년기는 셈하지 않는다손 치더라도, 6·25 이후 궁핍한 시대에 보낸 성장기는 주린 배를 채우기 위해 늘 바빴었다. 불우한 소년들이 흔히 겪게 되는 온갖 유형의 경험들을 그가 두루 맛본 것은 이 시기의 일이었다. 거의 만성적이다시피 한 기아로부터 벗어나기 위해, 아직도 유약하던 몸과 마음이 얼마나 부지런을 떨어야 했던가. 지금까지 그의 삶을 강하게 지배해온 어떤 감정 또는 의식이랄 수 있는 일종의 기아심리 같은 것도 어쩌면 이 시기의 산물일 법하였다.

　20대를 전후한 청년기에는 식욕 못지않게 왕성한 지적 욕구가 그를 사로잡았었다. 그의 지난 생애 중 가장 많은 책을 뒤진 것도 이때였으리라. 이것저것 가리지 않는 잡식성의 독서열은 B. 러셀의 『서양철학사』에서부터 작자, 역자 미상의 요가 책까지 읽게 만들었다. 그러면서도 그는 자주 '프랭클린은 요리책까지 읽지 않았던가'라고 중얼댔었다.

　대학을 나서는 길로 그가 곧장 발을 들여놓았던 곳은 신문사였다. 근면할 뿐만 아니라 의지적이기도 한 그의 진면목을 여실히 드러내기 시작한 것은 이때부터였는지도 모른다. 무엇에 쫓기기라도 하듯 그는 열심히 뛰었고, 또 매사 집요하게 물고 늘어졌다. 이른바 언론계에서의 두어 해 남짓한 기자생활을 통해 그러나 그가 얻은 것이란, 사실과 보도 또는 사실보도와 그의 이상 사이의 엄청난 갭을 들여다본 것뿐이었다.

　환상으로부터 깨어난 그는 곧 과감히 진로 수정을 하였다. 새로운 야심을 가지고 무역상사로 옮겨 앉은 그는 기회를 잡아 해외로 뛰었고, 그때로부터 지금까지 모두 세 차례 통산 기간 7년의 해외근무 경력을 쌓아 왔다. 그러면서 부단히 성장 기반을 확보하고 그것을 굳게 다지느라 도무지 한가한 날이 없었던 것이다. 어언 불혹의 문턱을 넘어선 이제, 새삼 뒤돌아보노라면, 자신의 지난 생애가 흡사 휴일 없는 캘린더처럼 느껴지는 것이었다.

나기배 씨는 최근에 이사로 승진했다. 선배나 동료 중에는 그보다 날쌘 친구들이 더러 없는 건 아니었으나 그렇다고 해도 비교적 빠른 성장이었다. 그는 일단 만족하였다. 게다가 오랫동안 그의 목을 옥죄어 왔던 정책과제 하나를 성공리에 막 끝낸 참이었고, 거기에 대한 주위의 반응 또한 긍정적인 것이어서 이래저래 마음의 여유가 생긴 터였다. 그러니까 이거야말로 얼마 만에 누려보는 느긋한 휴일인가. 그 여유가 해토의 뜨락을 문득 파뒤집고 싶은 충동을 불러일으킨 셈이었다. 또 어쩌면, 일상적 성공 뒤에 숨어 있는 저 허전함 때문인지도 모를 일이었다. 마침 햇볕 밝은 봄날 한낮이었다. 집안은 조용하였다. 아내는 진작 교회에 나갔고, 아이들은 아침부터 텔레비전 앞에 앉아 있었다.

삽이며 괭이, 해머, 톱 등 1년 가야 한두 번 찾을까 말까 한 연모들이 광 한구석에 잘 챙겨져 있었다. 아내의 마음을 들여다보는 듯했다. 바쁜 일상 중에서도 문득문득 느끼는 일이지만, 그녀의 삶은 언제나 잘 정돈되어 있다. 아내가 몸담고 있는 세계는 잘 정리된 방처럼 흐트러짐이 없고, 그녀가 속해 있는 우주는 솜씨 좋은 목수의 공작물처럼 빈틈없이 아귀가 잘 들어맞는다.

나기배 씨는 삽을 골라 들었다. 녹이 좀 슬긴 했으나 그런대로 사용할 만하다고 생각했다. 그리고 웃옷을 벗어붙였다.

정원이라고 부르기엔 다소 거창한 느낌이 든다. 그러나 서울 바닥에서 이만한 뜨락을 가진 집도 그닥 흔친 않을 게다, 라고 그는 생각했다가 금세 이렇게 수정하였다. 아니지, 이보다 널따란 정원이 딸린 호화주택도, 한때 중랑천을 뒤덮었던 바라크 집만큼이나 이젠 쌔고 쌨지만, 그러나 나 같은 사람이 이만 정도의 집 마련은 결코 쉽지 않았었다고 말해야 옳으리라. 피차 맨주먹으로 만났던 아내와 둘이서 이삿짐 떠메고 낯선 골목들을 드나들기 몇 차례였던가. 이제야말로 주저앉아 뿌리를 내릴 만하다고 그들 부부는 생각하고 있었다.

나기배 씨는 적당한 터를 잡아 첫 삽을 꽂았다. 느낌이 좋았다. 양지 바른 남향 창 앞에다 두어 평의 화단을 일궈볼 작정으로 그는 힘차게 땅을 파뒤집기 시작하였다. 나중에 장미나 몇 그루 사다 심을 요량이었다. 하지만 그런 것은 아무래도 좋았다. 그가 취할 바는 단지 흙을 파뒤집는 행위―말하자면 단순 노동 그 자체일 뿐이었다.

지난밤에 잠시 비가 내렸었다. 모든 생명 있는 것들을 눈뜨게 하는 봄비였다. 그래서 흙은 더 부드러웠다. 녹슨 삽날 끝에서 속살을 드러내며 부서지는 흙을 보면서 나기배 씨는, 단순노동의 기쁨 저 밑에서 꿈틀거리고 있는 어떤 향수를 뭉클하게 깨달았다.

왜지? 문득 그는 자문하였다.

인생을 너무 어렵게만 살고들 있는 건 아닌가. 한 치의 여유도 없이 줄곧 쫓기는, 또는 쫓는 식의 삶 말이다…… 왜 그래야 하는 거지?

나기배 씨는 허리를 펴고 잠시, 가쁜 호흡을 골랐다. 그러면서 또 생각하였다. 어쩌면 그게 세상을 가장 잘못 사는 방법은 아닐는지…….

소년기 한때 그는 시를 썼었다. 인생과 우주에 대한 명상이 다감한 소년으로 하여금 시를 낳게 했던 것이다. 여전히 가난 속에서 허덕일 때였다. 만성적인 굶주림 속에서도 시를 생각했다는 사실은 이제 불가사의하기까지 하다. 그는 또 종교에 대해서도 한동안 대단한 열정을 품었었는데, 그 역시 그 무렵의 일이었다. 전후의 피폐한 현실 속에서 유행병처럼 휩쓸던 온갖 종교적 집회에 그는 열심히 쫓아다녔던 것이다.

맨발에 검정 고무신을 꿰고 그가 쫓아다닌 집회는 각양각색이었다. 단 한 가지 공통점이 있다면 그것은 광증이었다. 천변을 허옇게 뒤덮은 수백 개의 텐트 아래서 한여름 내내 계속되었던 어느 천막 집회를 그는 아직도 선명하게 기억하고 있었다. 스스로 하느님과는 친족관계임을 선언하고 온갖 이적을 행하는 것으로 유명하던 그 부흥사는, 거의 광적인 믿음과, 꼭 그만한 고통과, 그리고 불볕더위 속에서 흡사 도가니 안처럼 끓고 있는 수천 수만 회중을 향해 미친 듯 노호했었다. 이 독사의 자식들아! 닥쳐올 그 징벌을 피하라고 누가 일러 주더냐? ……도끼가 이미 나무뿌리에 닿았으니 좋은 열매를 맺지 않은 나무는 다 찍혀 불 속에 던져지리라…….

그들을 온통 사로잡은 불길은 오늘의 온갖 고통과 더불어 내일의 희망까지도 깡그리 불살라 버렸기 때문에 귀로의 그는 늘 기진맥진했었고 때로는 무서운 악몽으로 잠을 설치기까지 했었다.

종교에 대한 열정이 식고 나자 그 공허를 메운 것은 정치적인 것에 대한 관심이었다. 그는 여전히 검정 고무신을 꿰어 찬, 여위고 그을은 모습으로 시국 강연회나 선거 유세장 같은 정치집회에 열심히 쫓아다녔다. 이른바 지방자치제 같은 것이 시행되던 한때는, 한 골목에 사는 고물상 우씨가 시의원 후보로 출마하여 기상천외의 정견 발표를 한 적이 있었는데, 지금도 그 대목을 생각하면 슬며시 웃음이 나온다. 콧등의 사마귀 한 톨까지도 너무나 잘 낯익은 그 우씨는 고물상 뜨락에 모여 선 스무 명 남짓한 유권자들을 향해 이렇게 사자후했던 것이다. 내 오늘 비록 여러분 앞에 마른 스루메(오징어) 찢어놓고 신 막걸리 한 잔씩밖에 더는 몬 대접해 드린다고 해도 만약 여러분들 중에서 가사, 나 말고 다른 후보를 찍는 사람이 있다면은 마른 하늘에 베락을 맞을 거입니다…….

시의원에 당선한 우씨는 장차 국회에까지 진출할 것이라고 호언장담했으나 그 엄청난 야심만은 이루지 못했던 것으로 기억된다. 정치, 곧 권력이란 연상 때문이었다고는 말할 수 없다. 그러나 어쨌건, 선거전 같은 것에서 보인 그 치열한 승부가 한때나마 그를 매료시켰던 것은 사실이었다. 그리고…… 다음에는 또 무엇을 쫓았던가?

면벽하듯 살아온 세월이었다. 흡사 단거리 주자처럼 달려온 도정이었다. 스스로 설정한 목표에 늘 쫓기듯 살아온 생애. 나기배 씨는 왠지 허전함을 느꼈다. 부지런한 자에겐 인생이 너무 짧은 건지도 모른다. 지난 생애가 한순간처럼 다가왔다. 잠시 정신을 팔았다가 문득 고개를 쳐들고 보니 불혹을 이미 넘어서 있었던 것이다.

나기배 씨는 다시 삽질을 시작하면서 또 생각하였다. 적당히 게으름을 부리면서 살 일인가보다. 남들은 어떻게들 사는지, 앞도 보고 옆도 보고 뒤도 힐끗힐끗 돌아보아가며 그렇게 천천히, 느긋하게 살 일이 아닌가. 투자한 것보다 얻은 게 너무나 초라한 듯한 이 느낌. 때로는 엇길로도 한참씩 빠져들 줄 아는 그런 삶이 한결 풍요로운 것인지도 모를 일이라고 그는 생각하였다.

두어 평의 땅을 일구는 작업도 결코 쉽지는 않았다. 나기배 씨는 헐떡거리면서 삽질을 계속하였다. 흙을 한 삽씩 파뒤집을 때마다 습윤한 봄기운이 코끝에서 풀썩풀썩 피어났다. 그는 삽날을 통해 찌릿하게 전해 오는 대지의 소리를 듣고 있었다. 등골에 땀이 찼다.

그런 어느 순간이다. 나기배 씨는 문득 동작을 멈추었다. 삽날을 통해 무언가 색다른 전언을 들은 것이었다. 무얼까? 삽 자국이 나 있는 곳에다 그는 다시 삽날을 조심스레 디밀어 보았다. 마찬가지였다. 무언가 단단한 이물질이 흙 속에 묻혀 있음이 분명하였다.

때아니게 나기배 씨는 긴장했다. 군대 경험 탓이다. 그것은 또, 남다른 역사적 체험 때문이리라. 먼저 머리에 떠오른 것은 지뢰였다. 하지만 또 다른 것일지도 모른다고 생각했다. 여기라고 전쟁이 피해 갔을 턱은 없다. 서른 해쯤 전 이곳은 격전지 중의 하나였는지도 모를 일인 것이다. 그날의 상흔처럼 깊이 묻혀 있는, 가공할 어떤 것을 그는 상상하였다.

좀 열적은 면이 없진 않으나, 그럼에도 불구하고 나기배 씨는 분명 야릇한 흥분과 스릴을 즐기고 있었다. 그는 삽을 놓고 무릎을 꿇었다. 그리고는 수색대의 선임하사처럼 손으로 신중히 흙을 파헤쳤다. 자칫 터질지도 모른다고 그는 우정 생각했다. 그럼 어떻게 되는가? 군에서 그런 사고를 본 적이 있었지. 천성적으로 굼뜨고 매사에 늑장부리기 좋아하던 조일병 그 녀석! 녀석은 그날따라 괜스레 허둥거리기만 하더니 급기야는 대전차 지뢰를 그만 밟고 말았던 것이다. 거짓말처럼 거의 아무것도 남기지 않고 희생자는 산산이 공중분해되고 말지 않던가. 곰처럼 우람하고 강인하던 그 육체와 더불어 그의 영혼, 그의 사랑, 그의 미움까지도…….

 산화(散華)라는 말이 그렇게나 잘 어울리던 그 허망한 죽음. 그렇게 나의 삶도 한순간 먼지처럼 흩어져버릴지도 모를 일이라고, 나기배 씨는 상상하였다. 정말 손끝이 떨리고 있었다. 한순간의 실수에도 견디지 못하는 게 우리의 삶이라면 도대체 거기에다 무엇을 안심하고 담아둘 수 있단 말인가?

 펑!

 그러나 그것은 나기배 씨가 뱉어낸 소리에 지나지 않았다. 흙 속에서 그가 들어낸 물체는 1킬로그램짜리 분유통 같은 것이었다. 녹이 뻘겋게 묻어 있는데다 무엇이 들었는지 꽤나 묵직한 중량감이었다. 숨마저 죽인 채 그는 봉해져 있는 뚜껑을 뜯어냈다. 그리고는, 본능적인 공포와 호기심에 몰려 재빨리 속을 들여다보았다.

 이게 뭔가!

나기배 씨는 자지러지듯 놀라 소리쳤다. 깡통을 기울이자 소리를 내며 땅바닥에 쏟아진 것은 수백 개의 유리구슬이었던 것이다.

설사 핵탄두를 파냈다고 해도 그렇게 놀라지는 않았으리라. 나기배 씨는 땅바닥에 아예 털썩 주저앉아버렸다. 그리고는 구슬을 한 주먹 집어들고 무슨 진기한 보석이라도 감정하듯 진지하게 들여다보았다. 의심의 여지가 없었다. 그것은 분명 유리구슬이었고, 그것도 속에 바람개비 모형의 색띠가 들어 있는 놀이용 색구슬들이었다.

"아, 이거야말로 보물단지를 캐낸 거로군……."

나기배 씨는 비로소 미소를 머금었다. 보배…… 그는 기억해냈다. 우리는 이것을 보배라고 했지. 보통 구슬 10개 맞잡이로 생각할 만큼 귀중하게 여기던 물건이다. 그는 다시 웃음을 지었다. 하지만 왠지 가슴의 울림이 깊이 남았다.

아이들 방을 향해 그는 소리쳤다.

"얘들아, 너희들 뭐 하고 있니?"

텔레비전 탓이다. 아이들이 알아듣기까지는 네댓 차례나 목청을 돋우어야만 하였다. 텔레비전의 볼륨이 낮아지더니 큰녀석이 얼굴만 내밀었다.

"나 불렀어, 아빠?"

"이리 좀 나와 보렴."

"왜요?"

"와서 보면 안다……."

"뭔데 그래요? 우리 테레비 보구 있는데…….."

녀석은 선뜻 나오려 들지 않는다. 만화나 타잔 영화라도 방영 중인 모양이다. 그놈의 텔레비전…… 나기배 씨는 속으로 투덜댔다. 백 프로 황당무계한 스토리에다가 엉뚱한 연애심리 같은 걸 비벼 넣어 아이들의 순결한 넋을 홀리는…….

"뭔데 그래, 아빠?"

둘째 얼굴이 큰녀석 턱밑에서 반쯤 나타났다.

"아빠가 보물단지 하나를 캐냈단다."

둘째의 눈이 반짝 떠지더니 먼저 냉큼 튀어나온다. 큰녀석은 뒤처져서 좀은 찜찜하고 또 좀은 호기심을 담은 표정을 하고 따라나왔다.

"이거 구슬이잖아?"

두 아이가 동시에 덤벼들었다. 그리고는 저마다 한 움큼씩 집었다. 색색의 유리구슬은 작은 손바닥 위에서 한결 더 곱게 빛났다.

"어디서 났지, 아빠?"

큰녀석이 물었다.

"땅속에서 파낸 거다. 지금 막."

"야, 그렇담 진짜루 보물단지를 파낸 거잖아?"

"그런 셈이지. 그것도 바로 우리 집 뜨락에서 말이다."

그러자 둘째가 눈을 빛내며 물었다.

"아빠, 그럼 우리가 가져도 되는 거야?"

"글쎄다…… 아마 그래도 상관없을 테지. 이런 걸 문화재라고 신고할 필요야 없을 테니까 말야."

"그럼 이거 다 내꺼다!"

둘째가 재빨리 선언하였다. 그러나 곧 형을 의식한 듯 이렇게 수정했다.

"좋아, 우리 두 사람 거야. 형하고 똑같이 나누자구."

하지만 큰애는 아직 어쩌겠다는 생각까지는 없는 모양이었다. 그런 것이 자기 집 뜨락에서 나왔다는 사실 자체에 그는 감동하고 있었다.

"누가 묻어 놨을까?"

꿈꾸듯 한 눈빛으로 큰녀석이 다시 물었다.

"글쎄다…… 아마 다 큰 어른이 한 짓은 아닐 테지."

"왜 묻었을까 땅속에?"

"글쎄 말이다, 뭔가 소중한 것이라고 생각했기 때문이 아닐까? 보물상자 같은 걸 흔히 이런 식으로 감춰 두지 않든?"

"그건 그래요……."

녀석은 머리를 끄덕였다. 그러더니 또다시 계속이다.

"언제부터 묻어둔 걸까?"

"녹이 잔뜩 슨 걸로 봐서 꽤나 오래전 일 같다만……."

"100년이나 200년쯤?"

"글쎄다. 어쨌건 우리가 이사 오기 훨씬 전인 것만은 분명하지."

"야, 진짜진짜루 놀랬어, 정말 굉장해."

녀석은 새삼 감탄하더니 끝내는 뚱딴지 같은 소리를 했다.

"아빠, 어쩜 보물지도 같은 것도 만들었을지 몰라요. 그래서 말야, 그걸 보구 누군가 찾아올는지도 몰라. 그땐 어떡허지?"

대답을 한 것은 둘째였다. 파헤친 흙은 융단처럼 부드러웠다. 그 위에 점점이 흩뿌려져 있는 색색의 구슬들은 봄볕 아래 흡사 무지개의 결정들처럼 빛났다. 둘째는 그 결정들을 집으며 냉큼 답변하였다.

"그러니깐 감춰 두자구 형. 그리군 모른다고 해야지 뭐. 그딴 것, 못 봤다고 말야……."

"하긴 그래."

좀 석연찮은 대로 큰녀석이 거기에 동의하였다.

"보물상자 같은 건 먼저 찾아내는 사람이 임자니깐……."

나기배 씨는 그제야 허리를 펴고 껄껄 웃어 젖혔다. 아이들의 순진하달까 아니면 영악하달까, 어쨌든 그런 말도 웃음을 자아내게 하였지만, 그러나 실상은 그 순간 문득 지난 추억 한 토막이 떠올라 마음을 유쾌하게 만든 때문이었다.

그랬었다. 그와 흡사한 한때의 기억이 나기배 씨에게도 있었던 것이다.

큰녀석만 한 때였다. 그해 겨울엔 유독 딱지치기가 성했었다. 구슬놀이도 간혹 했지만, 그 시절만 해도 구슬은 귀하였다. 용돈이라는 것을 전혀 가져본 적이 없던 판자촌 아이들에게 성행했던 놀이란 주로 자치기, 땅따먹기, 제기차기, 팽이돌리기, 오징어살이 등 투자 없이도 가능한 유형들이었다. 딱지치기가 성했던 것도 단지 그런 이유에서였는지 모른다.

인쇄된 그림딱지가 등장하기 훨씬 전이었다. 아이들은 빳빳한 종이들을 구해 네모 반듯하게 딱지들을 접었다. 그러나 종이 자체가 또한 귀한 때여서 적당한 재료를 조달하는 일 역시 결코 수월하지 않았다. 아이들은 접어서 딱지를 만들 수 있는 것이라면 무엇이건 닥치는 대로 끌어모았기 때문에 그들은 흡사 한 무리의 넝마주이, 또는 염소 떼들 같았다. 그런 중에서도 최상급의 재료로 환영받았던 것은 얄궂은 사진들이 컬러로 박혀 있는 양키들 잡지책이나 또는 장판지 따위였다. 그런 것으로 접은 딱지는 별나게 힘이 좋아서 흔히 왕딱지로 통했고, 특히 뒤집어먹기나 내쳐먹기 같은 데서 당할 자가 없었다.

그들은 또 붙여먹기나 쥐어먹기 같은 것도 했는데, 어느 쪽이건 열기가 대단하여 거의 온종일씩 끌었다. 때로는 다음 날까지 이어지는 경우도 없지 않아서 이런 날은 최후의 승자 하나만 남을 때까지 다들 코피가 터지게 싸우게 마련이었다. 뒤집어먹기나 내쳐먹기를 한 날은 팔을 휘두르느라 겨드랑이에 가래톳이 생겼고, 붙여먹기나 쥐어먹기를 한 날은 또 오금이 잘 떼지지 않았다.

그는 비교적 승률이 좋았다. 그러나 그놈의 운이 늘 따라 주는 건 아니어서 때로는 아주 참담한 패배를 안기도 하였는데, 그것은 대체로 택이란 녀석과 맞붙었을 경우였다. 녀석과 얼리는 날엔 철저하게 거덜이 나서 온전히 알거지 신세가 되거나, 아니면 일약 거부가 되거나 하였다. 녀석의 승부근성이야말로 얼마나 대단했던가. 밑천을 몽땅 털리고도 택은 결코 쉽게 손을 들지 않았었다. 때문에 녀석을 재기불능의 상태로 완전히 꺾어 누르기 위해 그는 주로 판을 키우는 방법을 택했었다. 하지만 그것은 얼마나 위태로운 도박인가. 실패했을 때 그 운명은 거의 비참할 정도였던 것이다. 언젠가 녀석에게 된통 깨진 그는 열에 받혀 교과서에 손을 댔다가 얼마나 호되게 경을 쳤던가.

기억에 남을 만한 대회전은 두 번이었다. 말하자면 그것은 만천하 재화의 주인을 판가름하는 결전의 장이었다. 결과는 한 번 지고 한 번은 이겼다. 1승 1패 동률이라면 피장파장인 듯하지만, 실상 나중의 승자가 진정한 승자인 것이다. 운 좋게도 그는 나중의 승자였다

적은 언젠가 다시 도전해 오리라고 그는 믿었다. 그때에 대비하여 재화를 안전하게 비축해두어야 한다고 그는 생각하였다. 그가 쓸어 모은 천하 재화는 시멘트 부대에 꽉꽉 눌러 담아 하나였다. 아이들이 얼마나 부러워했던가. 딱지대왕의 호칭에 걸맞은 부였다.

가장 안전한 비축 방법은 땅속에 묻어두는 것이라고 그는 생각하였다. 그것이야말로 엄청난 재화를 은닉해두는, 가장 흔한 방법이기도 했던 것이다. 그는 즉시 실행했다. 은닉 장소로는 공동변소 뒤 공터를 택하였다. 공동변소는 마을의 서쪽 끝에 있었는데, 그곳이라면

사람들이 일단은 기피하는 장소라고 그는 생각했다. 게다가 안전 상태를 수시로 확인할 수도 있으리라. 왜냐하면, 생리적인 이유만으로도 매일 몇 차례씩은 그곳을 들락거릴 것이기 때문이었다.

그는 가장 신임하는 참모 하나만 데리고 나섰다. 작업의 성격상 한밤중을 택하였다. 때마침 비가 조금씩 뿌리고 있었다. 어설프고 우스꽝스런 공동변소 건물은 밤비에 고즈넉이 젖고 있었다. 마을 주민들이 죄다 고단한 잠 속에서 그들의 삶처럼 가난한 꿈을 꾸고 있는 바로 그 시간에 두 소년은 그들의 화려한 모험을 실행하였다.

작업은 은밀하고도 신속하게 끝났다. 방으로 되돌아왔을 때 그들의 얼굴은 극도의 긴장감으로 굳어 있었다. 서로 주고받는 시선조차도 뻣뻣한 느낌을 주었다.

"성공이야……."

그는 무섭게 착 가라앉은 목소리로 간신히 말했다. 엄청난 성취감이 목을 꽉 쥐었기 때문에 뒷말을 더 잇지 못하였다.

"성공이야, 대성공……."

완전히 넋이 빠진 그의 참모는 심하게 떨리는 목소리로 거듭거듭 그렇게 중얼거리기만 하였다. 굳이 그럴 필요까지는 없었음에도 불구하고 그들은 은닉처를 은밀히 표시한 한 장의 지도를 제작했고, 그리고는 또 왜 그래야 하는가에 대한 생각은 없이 어쨌건 그것을 두 쪽으로 찢어 각각 한 쪽씩 간직하였었다. 말하자면 그것은 명실상부한 보물지도였던 셈이다. 그날 이후 이따금씩 그것을 꺼내 볼 때마다 얼마나 마음 흐뭇하였던가.

 그런데 기다리던 재대결은 이루어지지 않았다. 완전히 재기불능의 상태에 떨어진 건지 택으로부터는 끝내 도전장이 날아오지 않았다. 택은 왠지 그를 경원하는 듯하였고, 더 이상 딱지치기를 하는 것 같지도 않았다. 당연한 일로, 그도 자연히 시들해졌다. 생각하면 한때 그들을 뜨겁게 사로잡았던 바람이 어느새 방향을 바꾸고 있었던 것이다. 아이들은 딱지치기에 시들해진 대신 양지바른 곳에서 간혹 구슬놀이를 하거나 더러는 그 무렵부터 조금씩 나돌기 시작하던 만화책 같은 쪽으로 관심이 흩어져 가고 있었다.

 은닉해둔 딱지에 대한 그의 관심도 차차 희미해져 갔다. 그 역시 새로운 바람에 조금씩 물들고 있었기 때문이다. 하루에 몇 차례씩 공동변소를 드나드는 일은 변함이 없었지만, 그것은 단지 생리적인 욕구에서였을 뿐 예의 확인 행위와는 상관이 없었다.

 그 두어 해 뒤의 겨울이 아니었던가 하고 나기배 씨는 생각한다. 판자촌에 큰 불이 났다. 성냥갑처럼 파삭파삭하게 메마른 판자쪽이며 루핑 지붕들은 불길에 걷잡을 수 없이 휘말려들어 삽시간에 잿더미로 변해 버렸다. 결국 마을의 반의 반쪽만 간신히 건졌을 따름이었다. 인명피해도 있었던 것으로 기억된다. 어쨌건 그 지옥의 불길 속에서 예의 공동변소도 함께 불타 버렸었다.

 그러나 다행히 각계각층의 후원에 힘입어 복구사업이 곧 이루어졌다. 화마가 쓸어간 자리에는 판자 건물 대신 블록 연립건물이 들어섰고, 이 통에 공동변소는 시멘트 건물로 꽤 근사하게 지어졌다. 마을의 모습은 완전히 변해버렸다. 외관만이 아니라 골목까지도 철저하게 달라져 버린 것이었다.

그러고 나서 다시 두어 해가 더 흐른 뒤였다. 그는 어느 날 우연히 책갈피 속에서 예의 보물지도 반쪽을 발견하였다. 찢어지고 낡은 종이 위에 그려져 있는 그 치졸한 그림이 무엇인가를 깨닫는 순간에 자신의 가슴을 후려치던, 형언할 수 없는 그 벅찬 감회를 나기배 씨는 지금도 선연히 떠올릴 수가 있다. 오랜 시간 그는 감동에 떨며 서 있었다. 그러자 불현듯, 확인해 보고 싶다는 생각이 떠올랐다. 그는 즉시 현장을 찾아 나섰다.

문제의 화재를 계기로 그들 가족은 이미 그 마을을 떠난 터였다. 설사 그렇다고는 해도 그가 두어 해 만에 찾아온 마을은 너무나 엉뚱했다. 생판 달라져 버린 모습 앞에서 그는 왠지 기가 꺾였다. 어렵사리 찾아낸 공동변소 건물도 생소하기 짝이 없었다. 게다가 주위도 많이 변해서 은닉 장소를 가늠해내는 일 자체가 불가능하였다. 어느새 마음마저 식어버린 그는 변소에 들어가 고작 오줌이나 싸고, 그리고 되돌아 나오면서 예의 보물지도를 잔뜩 구겨 오줌통 속에다 슬그머니 내던졌을 따름이었다. 한때는 그들의 세계에서 지고의 가치로 군림했던 그 많은 재화—딱지는, 그날을 끝으로 그의 의식 밑바닥으로 아득히 가라앉고 말았던 것이다.

큰애와 둘째 사이에는 재화의 분배가 공정하게 이루어진 모양이었다. 일단 제 몫들을 잘 챙기긴 했는데 그다음이 문제였다. 둘째는 아직도 구슬 자체의 아름다움에서 헤어나지 못한 듯 막연히 그것들을 만지작거리고 있었지만, 큰아이는 이미 자신이 처해 있는 딜레마를 깨닫기 시작한 모양이었다.

"아빠……."

큰녀석이 머뭇거리며 말했다.

"이걸로 뭘 하면 좋을까?"

"뭘 하냐구?"

나기배 씨는 회상이 주는 감동에서부터 천천히 깨어나며 대꾸했다.

"그야 여러 가지 게임을 할 수가 있지."

"게임?"

여전히 머뭇거리며 자신 없는 어조로 큰녀석이 되물었다.

"어떻게 하는 건데? 아빠 알아? 많이 해봤어?"

나기배 씨는 무심코 대꾸를 하다 말고 큰애의 얼굴을 멍하니 내려다보았다. 격세지감이라더니, 참으로 엄청난 거리감이 그의 마음을 쳤다. 뭘 하냐구? 구슬을 가지고 놀 줄도 모르는 아이들…… 그것은 정말 새삼스러운 충격이었다.

그렇다면, 이 아이들의 관심사는 무엇이란 말인가? 도대체 무엇이 이 작은 영혼들을 사로잡고 있단 말인가?

다리에서 힘이 스르르 풀려 나갔다. 먼저 마음이 무너지자, 몸도 따라 무너졌다. 나기배 씨는 땅바닥에 무릎을 꿇고 털썩 주저앉았다.
"내가 놀이를 몇 가지 가르쳐 주지."
무너진 마음을 가누며 그는 말하였다.
"게임을 어떻게 하는고 하면 말이다. 너희들, 홀짝은 알지?"
나기배 씨는 두 애들의 표정을 살폈다. 어린애다운 관심과 열성이 눈빛에 어리기 시작하고 있었다. 옳거니! 그는 기운을 내어 몇 가지 놀이방법을 설명했는데, 그 태도와 어조가 그럴 수 없이 진지하였다. 그가 가장 열을 올린 것은 삼각 게임이었다. 이 내쳐먹기에는 그는 특히 공격을 위한 대기 지점의 선택과 공격 다음에 예상되는 낙하 지점의 포착이 승패의 열쇠임을 강조해 마지않았다. 두 수강생에게 그는 또 거듭 역설하기를, 이상 두 거점 확보만 적절히 이루어진다면 승리는 장담해도 좋다고 했다.
"너무 소극적이어서는 안 돼. 뒷전으로 비실비실 도망만 다닌다면 호랑인커녕 토끼 한 마리도 잡을 수가 없지. 대담하게 바짝 붙는 거야. 턱밑에, 물론 신중해야지. 알겠어?……"
나기배 씨의 음성에는 갈수록 열정과 신념 같은 것을 담았다. 그러나 아이들의 관심은 그다지 오래 지속되지 못했다. 명주처럼 곱고 깨끗한 그 애들의 손놀림이 어쩌면 그리도 둔하고 잔약한지, 게임은 도무지 서툴기만 하였다. 거기다 성질들은 또 조급하여 매사 허둥대며 덤비기만 하였고, 그러다 보니 나중에는 게임의 룰마저 무시하기 일쑤였다. 나기배 씨는 마음속으로 탄식해 마지않았다. 저런 손으로 무엇을 할 수 있을 것인가? 아마도 딱지를 접는 일은 서툴 것이다. 팽이를 깎고 잣대를 다듬고 썰매를 만드는 일 따위는 거의 위태롭기조차 하리라.

끌끌 혀를 차며 나기배 씨는 또 생각하였다. 우리들의 손은 어떠했던가? 누구 한 사람 예외 없이 거칠고 투박하기 짝이 없었던 손…… 그러나 우리들의 손은 매사에 얼마나 기민하고 강인하였던가.

"아니야, 그렇게 하는 게 아니라니깐 그래……."

나기배 씨는 안타깝게 소리쳤다. 그는 되풀이하여 시범을 보이고 난 후 아이들을 따라 하게 하였다. 그러자 녀석들은 차츰 짜증을 내기 시작하더니 오래지 않아 큰녀석이 먼저 손을 털고 냉큼 물러서버렸다.

"시시껄렁해!"

조금은 열적은 표정인 채로 녀석은 단호하게 선언하였다.

"재미도 없이 손만 더러워졌잖아!"

그러자 둘째도 형을 뒤따랐다.

"그래, 아주 시시껄렁해. 지저분하게 놀았다구 엄마한테 혼날 거야 아마……."

나기배 씨는 왠지 비참한 기분이 들었다. 지금껏 집념을 가지고 땀 흘려 쌓아올렸던 무언가를 녀석들이 일고의 미련도 없이 허물어 버리고 마는 듯한 기분이었기 때문에 그 감정은 거의 배신감에 가까운 그런 것이었다. 갑자기 끓어오르는 분노를 느끼며 그는 큰녀석의 이마를 쥐어박았다.

"뭐야? 시시껄렁하다구?"

고함치듯 그는 말했다.

"네 녀석들이 멍청하니깐 그렇지 이게 왜 시시껄렁해? 뭐, 지저분하다구? 야 임마, 이 흙이 어째서 지저분하단 말이냐? 어째서 불결해? 병이 든 건 차라리 네놈들의 고 하얀 손이다 이놈들아……."

울컥 넘어오는 열기를 토해내다 말고 나기배 씨는 멍해졌다. 이 무슨 맹랑한 짓인가. 그는 풀썩 웃고 말았다. 느닷없이 머리통을 쥐어박혀 잔뜩 부어터진 낯짝을 하고 있던 큰녀석이 호되게 쏘아붙였다.

"아빤 괜히 신경질이야. 재미있음 아빠 혼자서나 해!"

그러자 머쓱해 있던 둘째도 금세 기를 폈다. 녀석은 호주머니 속에 쓸어 담았던 구슬들을 한 줌씩 꺼내 팽개쳤다.

"그래 아빠 혼자서나 해. 형, 우리 테레비 보자. 은하철도 999 같은 거."

의기투합한 두 녀석은 그 즉시 텔레비전 앞으로 달려가 버렸다. 모든 것 — 일테면, 밝고 따뜻한 봄볕과 파뒤집어 놓은 흙과, 거기 점점이 흩뿌려져 있는 색색의 고운 구슬들과 함께 그들의 아버지까지도 죄다 미련 없이 내버려둔 채 말이다…….

혼자가 된 나기배 씨는 한동안 우두커니 서 있기만 하였다. 더 이상 삽질하고픈 생각이 없었다. 어찌, 흙을 파뒤집는 일만이겠는가. 지금까지 열심히 매달려 씨름해 왔던 온갖 일들은 물론, 앞으로 새로이 부딪치게 될 작업들에 대해서조차도 아무런 기대나 의욕을 느낄 것 같지 않았다. 참 맹랑한 노릇이군. 그는 속으로 중얼댔다. 불혹의 생애가 너무나 가볍게 흔들렸다. 그는 고개를 꺾은 채 땅바닥을 내려다보았다. 이제는 아무도 미련 두지 않는 색구슬들이 파헤친 흙더미 위 여기저기에 점점이 흩어져 있었다. 마침 비스듬히 기운 햇빛을 받아 그것들은 잘디잔 별떨기처럼 곱게 빛나고 있었다. 다시 땅속 깊이 은닉해 둘 필요는 없으리라. 그것들은 이제 뜨락이나 길바닥에 아무렇게나 굴러다니며 잠깐씩 보는 이의 향수 같은 것을 희미하게 자극하다가 끝내는 발길에 채어 시궁창이나 쓰레기더미 같은 데로 영영 모습을 감추리라.

땅속에서 썩어 지금은 온전히 흙이 됐을 한 부대의 딱지를, 나기배 씨는 다시 머리에 떠올렸다. 그것들은 명백히, 한 시절의 재화요 보배였었다. 그러나 필경엔 흙으로 돌아가지 않을 것이 무엇 있으랴. 시멘트 부대에 꽉꽉 눌러담아 하나 가득이었던 그 딱지들은 당연히 썩어서 이 대지에다 한 줌의 흙을 보탠 것이었다.

나기배 씨는 땅바닥에 쪼그리고 앉아 구슬 한 알을 집어들었다. 그리고는 하다 만 게임을 혼자서 다시 시작했다. 처음엔 그저 시들한 기분으로였지만 그러나 게임의 진행에 따라 점점 더 깊이 빠져들었다. 흡사 저 어린 시절로 되돌아가기라도 한 듯 야릇한 열정에 휩싸인 채 그는 혼자만의 놀이에 온통 몰두했다.

얼마나 긴 시간이 흘렀는지 모른다. 누군가가 곁에까지 바싹 다가

와서 소리쳤기 때문에 나기배 씨는 간신히 정신을 챙겼다. 얼굴을 쳐들고 보니 그의 아내였다.

"당신 지금 뭘 하구 계신 거유?"

에그머니나! 하고 놀란 얼굴로 그녀는 물었다.

"나 말이오?"

멍청하게 반문하고 나서 한동안 말이 없다가 나기배 씨는 풀썩 열적게 웃었다. 그리고는 떠듬떠듬 얼버무렸다.

"이, 일은 뭐…… 별일 아니오. 그냥…… 심심해서 그저 좀 이러구 있을 뿐이오……."

그의 아내는 눈을 더 크게 치떴다. 말 때문이 아니었다. 그 순간에 쳐다본 남편의 얼굴은 도무지 믿기지 않을 정도로 폭삭 늙고 초췌한 모습이었기 때문이었다. 그녀는 비명을 내질렀다.

(1984)

과천에는 새가 많다

그 작은 주검을 발견한 것은 아침 산책길에서였다. 무슨 생각인가에 정신을 판 채 무심히 지나쳤다가 나는 문득 되돌아섰다. 무언가 눈에 잡히는 것이 있었기 때문이다. 늘 다니던 길이어서 주변의 모든 것들이 다 친숙하였다. 헐벗은 겨울 숲과 마른 잎사귀들이 두텁게 깔려 있는 오솔길, 산불조심과 입산금지의 팻말까지도 나의 눈에는 너무나 익숙한 풍경 중의 하나일 뿐이었다. 내가 그 길을 무심히 걷고 있었던 것도 ─ 딱히 무슨 생각에 잠긴 때문이라기보다 ─ 실은 그런 까닭에서였으리라. 그럼에도 불구하고 무언가 색다른 자극이, 다시 말해 어떤 작고 이물스런 사물이 거기 놓여 있음이 한 박자 늦게나마 불현듯 깨달아졌던 것이다.

나는 그쪽으로 다가갔다. 오솔길에서 대여섯 걸음쯤 비켜선 지점이었다. 두꺼운 안경알 너머로도 그것이 무엇인지를 금방 알아볼 수 있었다. 까치였다. 내 두 손을 합친 것만 한 중량의 까치 한 마리가 거기 언 땅, 마른 솔잎들 위에 빳빳하게 굳어 있었다.

나는 그 앞에 웅크리고 앉았다. 그리고는 얼굴을 바짝 가까이 들이대고 그 작은 주검을 꼼꼼히 들여다보았다. 사인이 무엇인지를 알 길이 없으나 죽은 지는 이미 여러 날째임이 분명하였다. 날갯죽지며 길쯤한 꼬리가 흡사 마른 검불뭉치 같고, 잿빛의 다리는 삭정이처럼 먼지를 내며 쉽게 부러질 듯싶었다. 어쩐지 망연한 느낌을 주었다. 눈부신 비상 따위는 상상조차 할 수 없었다. 그 작고 초라한 육괴 어디에도, 한때나마 약동하는 생명이 머물다 간 흔적을 찾기가 어려웠다. ㄱ자로 꺾어진 채 딱딱하게 굳어버린 모가지를 펴주고 모잡이로 나동그라진 몸통을 바로 하다 말고 나는 또 한번 찔림을 당하듯 놀랐다. 거기, 한 덩어리를 이루고 달라붙어 있는, 불그스름한 개미떼를 비로소 발견한 것이었다. 저 미물의, 소문난 근면성으로 하여 까치의 몸뚱어리는 이미 거덜난 상태였다. 속이 거의 휑하니 비어 있는 것이었다. 일단 흩어졌던 개미들이 다시 죄 모여들었다. 금방이었다. 노다지를 캐내는 광부들처럼, 그 바지런한 곤충들은 또다시 까치의 주검을 헐어내기 시작하였다. 저마다 아주 조금씩, 그러나 맹렬한 기세로…… 좁쌀알만큼씩의 노획물을 한결같이 입에 문 개미들이 어디론가 부지런히 줄지어 기어가는 것을 지켜보면서 나는, 까치의 죽음은 — 당사자에게는 어쨌든 — 개미들에게는 크나큰 행운이었다고 생각하였다. 겨울은 아직 끝나지 않았다. 그 행운을, 개미들은 땅속 어딘가에 잘 갈무리해 두리라.

  그 작은 주검을 그대로 방치해 두는 일이 꽤나 마음에 걸렸지만, 그러나 나는 필경 허리를 펴고 돌아섰다. 유독 겨울 가뭄이 심한 탓이리라. 숲속 길인데도 발부리에서 먼지가 풀썩풀썩 일었다. 나는 걸음을 빨리 하여 오솔길을 벗어났다. 시야가 트이면서, 얼어붙은 호수가 내려다보였다. 하늘은 맑았다. 겨울 햇살이 흡사 자디잔 모래알들처럼 빙판 위에 흩뿌려지고 있었다. 저쪽 건너에 아치형의 다리가 보이고, 그 너머 서울랜드의 공사장 풍경이 무슨 영화 촬영을 위한 세트처럼 느껴졌다. 코끼리열차 한 대가 공원 정문을 지나 현대미술관 아래쪽을 느릿느릿 기어가고 있었다. 빈 차였다. 때문에 맞은편 청계산 자락의, 그 연한 살색의 미술관 건물마저도 옛 성처럼 비어 있으리란 느낌을 주었다. 비어 있을 때 사물들은 비로소 진짜 제 얼굴을 가만히 쳐드는 것이라고 나는 생각하였다.

가까운 곳에서 귀에 익은 새소리가 들려왔다. 나는 멀리 내던졌던 시선을 거두어 주위를 둘러보았다. 길가 애송나무 잔가지 위에서 기민하게 체중을 가누며 까작까작 울고 있는 까치가 눈에 띄었다. 쇳소리 같은 것이 섞인, 맑고 차가운 울림을 느끼게 하는 울음 소리였다. 한 마리만이 아니었다. 그 옆의 감나무 위에도 두어 마리, 그리고 바로 길섶에도 한 마리가 내려앉아 있었다. 가까운 거리여서 검게 윤이 나는 등덜미며, 허리짬의 회백색 띠며, 그리고 순백의 어깨깃과 초록빛 광택이 눈부시게 아름다운 꼬리 따위들을 잘 관찰할 수 있었다. 어떤 꽃이 이보다 더 아름다울 수 있으랴. 산책 때마다 늘 경험하는 일이면서도 나는 홀린 듯 한동안 지켜보며 서 있었다. 특히 약동하는 생명력을, 그렇듯 작은 개체 안에서 드러내는 일에 있어서 말이다……

할아버지 할머니들이 산책로 여기저기에서 배드민턴을 치고 있었다. 거의 낯익은 모습들이었다. 노인들 특유의 행동거지며 시끌짝한 대화가 일쑤 나의 발길을 그들 곁에 잠깐씩 묶어 두고는 했었다. 그러나 이날만은 그런 기분이 아니었다. 저 작은 주검 때문이었는지 모른다. 나는 그들 곁을 지나 언덕길을 터덜터덜 내려왔다. 관악이 마주 보였다. 집을 나서면서는 청계산을 올려다보며 걷고 귀로에는 늘 관악을 보며 걸을 수 있어서 참으로 좋은 산책로라고, 나는 늘 하던 생각을 또 한번 되풀이하였다. 늙은 호랑이를 연상케 하는 관악산 등성마루들은 그 험상궂은 골격들을 그대로 드러낸 채였다. 그러고 보니 지난 겨우내 설경을 보지 못했다는 생각이 났다. 겨울철 관악의 얼굴을, 과천에 살면서도 제대로 못 본 셈이었다. 메마른 겨울이었다.

산책로 주변에는 약수터가 몇 군데 있다. 약수라기보다 경수(硬水), 곧 자연수라고 말하는 게 정확하리라. 어쨌든 그 물로 녹차를 달이면 찻물이 곱게 잘 우러나면서도 맑고 투명하다. 그것은 또, 더없이 깊고 부드러운 느낌을 오래도록 마음에 남긴다. 이보다 선한 먹거리를 나는 달리 상상할 수가 없다. 그것은 물[水]이되 때로 물(物)이 아닌 듯한 느낌마저 드는 것이다.

차를 마시면서 습관처럼 나는 창밖을 내다보았다. 그 일은, 적어도 겨울방학이 시작되고부터 두 달 가까이 늘 해오던 짓이었다. 방학이란 학생들에게나 해당되는 얘기고, 나의 경우에는 그동안 밀쳐

두었던 일들—그것도 주로 원고 쓰는 일들—을 작정하고 해치워야 하는, 고된 시간인 것이다. 아침마다 산책을 나서는 이유도 실상 거기에 있듯이, 나는 될 수 있는 한 그런 식으로 가볍고 느긋하게 하루를 시작하고 싶은 것이다. 서둘지도 말고, 욕심내지도 말며, 게으르지도 말자—최근 들어 내 책상머리에 써붙인 말이다.

이런 때 흔히 내 시선이 가 머무는 곳은 뒷동(棟) 지붕 위이게 마련이었다. 5층짜리 아파트 단지에서 우리는 4층이었다. 게다가 뒷동은 지대가 조금 낮은 편이어서 내 방 창 너머로 그쪽 지붕이 잘 보였다. 기와 한 장 한 장까지도 헤아릴 수 있을 정도로 말이다. 그렇다고는 해도 물론, 그것이 나의 관심사일 수는 없다. 내가 늘 관심 있게 지켜보는 것은, 곧잘 그 지붕 위에 내려앉곤 하는 새들이었다.

정말이지 과천(果川)에는 새가 많다. 산책로는 물론이고, 아파트 단지 어디에서건 그리고 어느 때건 흔하게 볼 수 있는 게 새들인 것이다. 빤히 보이는 남태령고개 하나 너머 저쪽 동네와 비교해 보면 너무나 사정이 판이하다. 남서울대공원을 지적에 두고 있는 덕분이기도 할 테지만, 또 그만큼 새들이 서식하기 좋은 환경인 때문이기도 하리라. 어쨌든 그들조차도 당당히 주민임을 주장해도 좋을 만큼 과천에는 새들이 많은 것이다. 그것도 크기와 모양과 습성이 다른 온갖 종류들이 서식하고 있는 모양이나 나로서는 그런 면에 도무지 무지함이 그저 유감스러울 따름이다.

마침 비둘기 한 마리가 지붕 끝쯤에 사뿐 내려앉고 있었다. 몸통에 비해 꽤나 커 보이는 두 짝의 날개를 일단 접었다가 다시 펴서 끝자락을 맞추듯이 단정히 거두어들인 다음, 녀석은 경사진 골을 타고 아기작거리며 위쪽으로 올라갔다. 아낙네처럼 뒤가 무거워 보이는 걸음걸이여서 나는 가만히 웃음을 흘렸다. 일쑤 경험하는 일이었다. 누군가가 숨어서 자기의 거동을 지켜보고 있으리란 생각 따위는 도무지 가졌을 리가 없는 녀석인지라 그 몸짓이 더 무구한 것으로 다가왔는지 모르겠다. 무슨 변덕인지 녀석은 갑자기 방향을 바꾸어 애초의 자리로 쪼르르 내려왔다. 무언가 놓아두고 간 물건이라도 있었던 것처럼…… 그러나, 그뿐이었다. 녀석은 다시, 아까와 똑같은 그런 걸음걸이로 아그작아그작 골을 타고 되올라갔다. 그러더니, 날개를 반쯤 펴서 용마루 위로 슬쩍 뛰어올랐다. 꼬리를 이쪽으로 둔 채 날개를 접고 중심을 가눈 다음, 이젠 편안히 쉬기로 작정한 듯 동작을 딱 멈추었다. 지붕과 하늘이 맞닿은 지점이었다. 배경이 된 겨울 하늘이 유독 차고 깊게 느껴졌다.

 차를 한 모금 품은 채, 그 부드럽고 따뜻한 느낌에 깊숙이 젖어들면서 나는 잠시 기다리기로 하였다. 선참자가 날개를 털며 날아오르기 전에 다른 녀석들이 나타나리라는 것을 나는 알고 있었다. 역시 그랬다. 차 한 모금을 다시 품기 전에 이번에는 여러 마리가 한꺼번에 날아와 앉았다. 비둘기들이었다. 그중 두 마리는 몸집이 제법 크고 활기가 있었다. 녀석들은 잠시 구구거리며 기왓골을 타넘어 다니더니 금세 조용해졌다. 살찐 목을 들어 좌우를 두릿거리는 놈, 부리로 날갯죽지를 긁적거리는 놈, 기왓장에 떨어져 내리는 햇살을 가만히 쪼아 보는 놈

등 각양각색이었다. 선참자가 그새 머리를 이쪽으로 방향을 바꿔 앉은 채 아주 졸립고 성가시다는 투로 녀석들을 내려다보고 있는 중이었다.

어쩐지 일을 시작할 마음이 내키지 않았다. 하기야 언제는 그렇지 않았으랴만, 이날따라 유독 원고지를 펼치고 싶은 기분이 아니었다. 그렇다고 굳이, 저 작은 주검을 생각해서 그런 것도 아니었다. 권태감이라고 해야 할지 또는 무력감 같은 것이라고 말해야 할지 모를, 어떤 나른하고 막연한 감정이 나를 무겁게 누르고 있음이 분명하였다. 무진 애를 썼음에도 불구하고 이렇다 하게 매듭지어진 일이 없었다. 이제 두어 주일 앞으로 개학이 다가와 있었다. 그러므로 이 감정은, 어쩌면 피로감일지도 모를 일이라고 생각되었다. 이것이 진하게 쌓일수록 나는 일은 점점 어려워지리라. 머지않아 배드민턴 채를 챙겨들고 날마다 산책길을 오르내리게 되는지도 모른다고 나는 또 생각하였다. 기를 쓰고 원고지에 매달리는 일이 필경 안간힘은 아닐는지…….

나는 책상 앞을 슬며시 물러나 의자를 창 쪽으로 아예 돌려놓았다. 그리고는 두 손을 머리 뒤로 올려 깍지를 끼고 느긋하게 앉은 채 아주 편안한 마음으로 다시 창밖으로 시선을 내보냈다.

창 하나 가득히 겨울 하늘을 담았다. 물처럼 맑고 차갑고 그리고 아득한 깊이였다. 왠지 섬뜩한 느낌이 들었다. 굳이 우주를 물을 것이 없다는 생각도 언뜻 스쳤다. 삼라만상을 죄다 수용하고도 넉넉하며, 인간만사를 깡그리 무화시키고도 한 점 흔적조차 남기지 않을 듯싶은 그런 하늘이었다. 한 무리의 새떼가 그 하늘 한 자락을 가로질러 녹아들 듯 사라져 가고 있었다.

까치 소리가 갑자기 시끄럽게 들려왔다. 나는 얼른 시선을 거두어들였다. 예의 지붕 위에서 들려오는 소리였다. 비둘기는 그새 수가 줄었다. 대신 까치 한 마리가 지붕 위에 가설한 텔레비전 공용안테나에 난짝 올라앉은 채 그 특유의 청량한 울음소리를 퍼뜨리고 있는 중이었다. 까치 또한 비둘기 못지않게 자주 그곳에 내려앉곤 하였다. 그럼에도 이날은 별스레 반기는 심정이 되었다. 외양부터가 비둘기와는 견줄 바가 아니었다. 비둘기를 잿빛의 낡은 외투를 걸치고 볕 바른 담벽 아래서 해바라기를 하고 있는 게으른 노인네라고 한다면, 까치는 레이스가 화려하게 달린 흰 와이셔츠에다가 검은 융단의 조끼를 단정히 받쳐 입은, 무도회장에 나온 생기발랄한 젊은이의 상이었다. 순백의 깃을 자랑이라도 하듯 앞가슴을 잔뜩 치켜든 채 녀석은 하필이면 금속의 막대기 위에서 한참을 더 까작까작 울어댔다. 날개보다 더 긴 꼬리가 그때마다 까불까불 율동을 하였다.

문득, 한 소년의 얼굴을 나는 그 순간 떠올렸다. 아! 나는 조그맣게 탄성을 흘렸다. 불현듯 떠오른 기억이기는 하지만 일단 생각이 미치고 보니 그게 아니란 느낌 때문이었다. 산책길에서부터 내내 이 기억을 떠올리기 위해 전전긍긍해 왔던 것 같은 기분이 드는 것이었다. 창틀 가득히 담긴 하늘을 보며 나는 그 아이를 생각하였다.

지난해 여름의 일이었다. 방학 두 주쨍가 세 주째의 일이므로 7월 복더위 때였다. 서울 쪽에 비하면 5~6도씩이나 낮은 기온이라고는 해도 한낮을 넘어서면서는 책상 앞에 내처 붙어 앉았기가 지겨울 만큼 연일 후텁지근한 날씨였다. 예외 없이 원고지와 씨름해야 하던 나는, 따라서 오전에 주로 작업하고 산책은 오후 3~4시경에 나서는 식으로 그럭저럭 적응해 가던 참이었다. 코스는, 특별히 관악산 쪽을 택하지 않는 한 늘 마찬가지였다. 복돌이동산 앞을 지나 왼쪽 아래로 공원호수를 내려다보며 굽이굽이 산발치를 돌아 올라가는 바로 그 산책로였다. 평일 그런 시간이면 눈꺼풀을 따갑게 만드는 땡볕 아래 매미 소리만 요란할 뿐, 길은 텅 비어 있게 마련이었다. 이따금씩 다람쥐가 겁없이 길을 건너가고, 음영이 더욱 짙어진 청계산 허리짬에서부터 뻐꾸기 울음소리도 더러 울려오곤 하였다.

내가 소년을 만난 곳은 그 산책로의 중간쯤 되는 지점이었다. 완만한 경사라고는 해도 더운 날 오르막을 추어오른 끝이라 숨이 차서 헐떡거리고 있는 내 앞에 그가 불쑥 나타났던 것이다. 물론 처음 보는 아이였다. 열서넛, 혹은 그 이상? 혹은 보다 훨씬 아래? 우선 나이부터 대중하기 어려웠다. 챙이 길고 알록달록한 운동모를 장난스럽게 비스듬히 젖혀 썼다. 그리고는 한 손에 포충망을, 다른 손엔 채집통을 든 채였다. 뭔가 걸맞지 않은 것 같은 느낌이 들었다. 거침없이 내 턱밑에까지 바짝 다가온 그는 뭐라고 중얼거리면서 예의 곤충채집통을 쳐들어 보였다. 몹시 더듬거리는 말투였지만, 그러나 알아들을 수는 있었다. "나……비."

몹시 힘겨운지 잠깐 쉬었다가 그는 또 말하였다. "나……비……다, 나……비, 자……바서……."

통 안에는 정말 나비가 몇 마리 들어 있었다. 소년은 그것을 내게 자랑하는 참이었다. 그랬다. 도무지 나이를 종잡기 어려운 그의 얼굴에는, 대견스러운 일을 해낸 어린아이의 그 숨길 수 없는 기쁨이 가득 차 있었다. 내 가슴이 다 뻐근해질 정도였다.

"자랑하는 거랍니다, 지가 잡은 거라고……."

몸피가 자그마하고, 센 머리칼이 그나마 두피가 드러나 보일 정도로 성긴 할머니였다. 그녀가 소년의 팔을 잡아끌었다. "됐다. 그만 가자, 이 녀석아!"

그제야 나는 그에게 말해 주었다.

"니가 잡았다구? 아주 예쁜 놈인데 그래."

그리고는 우정, 통 속을 기웃기웃해 보였다. 그중 한 마리가 잠시 날개를 움직여 보다가 말았다.

"자……바……서. 나……비, 나……비다……."

여전히 얼굴 하나 가득 만족한 웃음을 담은 채 그는 내 앞을 떠났다. 약수터 쪽을 향해 나는 다시 스적스적 올라가기 시작하였다. 도무지 소년의 인상이 지워지지 않았다. 나의 삶에도 그런 성취의 기쁨이 있었던가? 어느새 나는 자문하고 있었다. 그러나, 그렇듯 눈부신 기억을 좀처럼 건져 올리기가 어려웠다.

그날 이후, 나는 종종 소년을 만날 수 있었다. 그는 곤충채집에 정신을 아주 홀딱 빼앗긴 학동처럼 거의 언제나 그런 차림 그런 태도였다. 나와는 친숙해질 만도 하건만, 처음 대할 때와 늘 마찬가지였다. 하기야 더 이상 친숙해질 여지도 없는 노릇이다. 처음부터 그는 허물없이 나를 대했으니까 말이다. 허물없다는 말조차도 그에게는 해당되지 않는다. 그런 의식마저 그에게는 없을 것이기 때문이었다.

그는 나를 만날 때마다 여전히 같은 식으로 그날의 포획물을 자랑하였다. 그를 더없이 만족게 하는 전리품은 나비이기도, 매미이기도, 또 때로는 잠자리이기도 하였다. 어느 날인가는, 엉뚱하게도 청개구리가 통 속에 들어 있기까지 하였다. 그를 만족게 한 것은 결국 전리품의 하잘것없는 목록이 아니었던 셈이다.

그 자그마하고 머리칼이 성긴 할머니는 늘 소년과 함께였다. 그 아이보다 대여섯 걸음, 때로는 30~40미터쯤 거리를 두고 뒤처진 채 잠자코 따라오는 것이었다. 언제 보아도 담담한 표정이었다. 소년에 대해 무슨 유별난 애정의 표시도 없을뿐더러, 그렇다고 성가셔하거나 짜증을 내는 적도 없었다. 말하자면 소년의 그림자처럼 늘 조용하게 뒤를 좇고 있을 따름이었다. 나와는 어느새 구면이 되었지만, 그래서 몇 토막 세상 이야기도 나누게끔 되었지만, 그러나 나는 그들의 신상에 대해서는 거의 한 가지도 물은 적이 없었다. 어쩐지 그러고 싶지 않았기 때문이다. 나에게 있어서 그들은 산책길에서 매양 만나곤 하는 것 중의 하나였다. 다람쥐나 까치나 한 쪽박의 시원한 생수처럼…… 가능하다면 언제까지나 그런 존재로 두고 싶은 것이었다. 적어도 여름방학이 끝나던 날까지는 그런 관계가 가능하기도 했던 것이다.

내가 잠시 회상을 좇는 사이에 지붕 위 풍경은 또 변해 있었다. 안테나 위에 올라앉아 있던 까치도 용마루 위의 비둘기도 보이지 않았다. 단지 두 마리 비둘기만 남아서 무료히 졸고 있었다. 잿빛의, 덩치가 좀 큰 놈은 아예 코를 고는 듯하고, 희고 몸통이 작은 다른 한 녀석은 조는 듯 움직임이 없다가 깜짝 깨어나 주위를 두릿거리고, 그러다간 다시 까무룩히 졸곤 하였다. 하늘은 여전히 청명하여 그 무한 속을 열어 보이는 것 같았다. 햇볕도 잔잔하였다. 다만 이따금씩 바람이 이는 듯 그때마다 예의 비둘기들이 깃을 더한층 단단히 여미며 잠 속에서도 으스스 떠는 듯싶었다.

비둘기에게 있어서 겨울은 어떤 것일까—라고, 나는 문득 엉뚱한 상념에 빠져들었다. 이 우리들의 겨울처럼 그들에게도 역시 춥고 건조하고 황량한 빛깔일 것인가…… 아니면, 전혀 다른 삶을 살고 있는 건가…… 그네들에게 있어서 겨울은 도대체 시련인가 축복인가…….

한 하늘 아래 살고 있다는 믿음은 어쩌면 엄청난 착각일는지도 모른다고 나는 문득 생각하였다. 외양만 얼핏 보면 그런 것도 같다. 그것이 인간의 시각인 한, 꼼꼼하게 본다고 해도 마찬가지리라. 하지만 실상인즉, 저마다 서로 다른 하늘 아래 살고 있는 거라고, 서로 다른 세계, 다른 질서 아래에 놓여 있는 거라고, 아마도 그렇게 상상하는 쪽이 훨씬 옳을 법하다고—나는 자꾸 생각을 이어갔다. 결국 한 가지 사실이 분명해졌다. 비둘기들의 겨울은 우리의 그것과는 다르다, 아주 무관하다라는 점이 그것이었다. 적어도 나로서는 그 점이 확신되었다. 그래서 자신을 향해 나는 중얼댔다.

잘 보라구, 저기 저 한심한 녀석들을 말이야. 지금이 어느 때라고, 저렇게 맘 편하게 늘어져 있는 거지? 아쭈, 코를 고는구먼. 저러다 얼어죽지 않는 것만도 천만다행이라구. 지난 추위에 된통 떨었을걸? 그러고도 저놈의 여유라니! 태평천하가 따로 없다니깐. 녀석들은 지금도 에덴동산에서 살고 있는 거라구. 아무렴, 녀석들은 내쫓길 짓을 저지르지 않았으니까…….

생각이 거기까지 비약하는 판인데 어쩌자고 때마침 두 마리 비둘기 중의 하나가 갑자기 날아오르더니 좀전에 까치가 그랬듯이 텔레비전 안테나 위에 난짝 올라앉았다. 몸통이 작고 깃이 하얀 놈이었다. 녀석은 중심을 잡은 다음 윤기나는 작은 머리를 쳐들어 좌우를, 그리고 하늘을 주의 깊게 둘러보는 듯하였다. 그러고 난 다음이었다. 나의 눈에는 지극히 상징적인 것으로 비치는 동작을 녀석은 보여 주었다. 안테나의 쇠막대기를 부리로 콕콕 쪼아댔던 것이다. 다른 한 녀석이 부스스 눈을 뜨고서 그쪽을—흡사 나무를 쳐다보듯 안테나를—우러르고 있었다.

나는 몹시 감동되었다. 그 순간 나의 머릿속에 떠오른 그림은, 말할 것도 없이 에덴동산의 그것이었다. 두 마리의 비둘기는 최초의 인류의 조상인 두 남녀이며, 안테나가 곧 금단의 열매를 지닌 나무였다.

그러므로 흰 비둘기가 지금 부리로 쪼고 있는 것은 영락없이 선악과일 터였다. 이제 어떤 변화가 일어날 것인가? 나는 잔뜩 긴장되었고, 가슴이 두근거리기까지 하였다. 창세기의 증언을 나는 떠올리고 있었다. 그러자 두 사람은 눈이 밝아져 자기들이 알몸인 것을 알고 무화과나무 잎을 엮어 앞을 가렸다…….

기록에 따르면 첫 번째 변화는 개안이었다. 비로소 사물을 분별할 능력을 얻은 것이 된다. 그러나 다음이 문제. 눈을 뜨고 본즉 벌거벗은 자기 처지가 먼저 눈에 띄었던 것이다. 아마도 대경실색하였으리라. 그러므로 수치감은, 인간이 자기 존재에 대해 느낀 최초의 감정인 셈이다. 두 남녀는 궁리 끝에 무화과나무 잎을 엮어 치마를 만들었다. 따라서 그 엉성한 치마야말로 인류 최초의 지혜의 산물이 아닐 것인가. 그렇다면 인간의 문명사라는 것도 저 뿌리 깊은 수치심을 가리기 위한 의상의 역사일 법도 하다고 생각하며 나는 잠자코 웃음을 흘렸다.

기대했던 변화는 아무것도 일어나지 않았다. 흰 비둘기는 안테나 위에 단정한 자세로 앉아 있었고 또 다른 녀석은 예의 그 자리 그대로 다시 졸고 있었다. 눈뜸…… 돌연한 세계의 출현…… 충격적인 자기발견…… 놀람 또는 부끄러움…… 그러나, 그런 것과는 도무지 무관할 성싶은 그 세계에 오전 한나절 겨울 햇살이 무료하게 쌓이고 있을 뿐이었다.

다음 날 산책을 나서면서 나는 꽃삽을 챙겨 넣었다. 저 작은 주검을 생각해서였다. 그러나 막상 어제의 그 자리에 와보니 눈에 띄지 않았다. 나는 주변을 차근차근 살펴보았다. 그 작은 주검은 역시 보이지 않았다. 누군가 다른 손이 치웠거나 아니면 다른 짐승이 물어 갔으리라고 생각되었다. 다소 허전한 기분이 없지 않았다.

아마 그런 기분 때문이었으리라. 부근의 쓰레기통 속을 나는 들여다보았다. 있었다. 잡다한 쓰레기들 속에 버려진 그 주검은 작은 걸레 뭉치처럼 불결하고 초라해 보였다. 그렇다고는 해도 별스럽게 끔찍한 기분일 것까지는 없었다. 다만 좀 언짢고 서글퍼졌을 따름이었다. 따지자면 한 생명 혹은 영혼이 벗어 던지고 간 누더기가 아니랴. 나는 그런 생각을 하면서 그래도 적당한 자리를 골라 그 작은 주검을 묻어 주었다. 한결 마음이 개운하였다.

약수터에서 나는 낯익은 할머니 한 분을 만났다. 몸집이 자그맣고 센 머리칼이 성긴 바로 그 할머니였다. 혼자였다. 지난가을에도 몇 번 본 적이 있었는데 그때부터 이미 혼자였던 것이다. 나는 반갑게 인사를 하였다. 참 오랜만에 뵙는다고, 건강이 더 좋아 보인다고 잠시 수다를 떨면서도 그러나 소년에 대해서는 여전히 아무것도 묻지 않았다. 차갑고 맑은 물에 꽃삽을 씻으면서 나는 소년의 얼굴을 가만히 떠올려 보았을 뿐이었다.

아담이 훔친 건 무엇일까?

관악산의 늙은 등가죽을 바라보며 돌아오는 길에서 나는 문득 그런 물음을 던졌다. 생각처럼 발걸음이 더디어졌다. 가뭄 탓이다. 그 좋은 산책로에도 흙먼지가 얼굴을 때렸다. 올겨울엔 기어이 눈 덮인 관악을 못 보는가 보다고 울적해하며 나는 다시 곰곰 생각에 잠겼다. 그리고 중얼댔다. 그래, 아마도 그게 신성의 한 조각임은 분명할 테지······.

(1988)

문 앞에서*

* 울산신문사 제정 제1회 오영수문학상 수상작

아파트의 문은 잠겨 있었다. 그 철제 현관문은 견고하게 닫아걸린 채 주인의 귀가를 완강히 거부하고 있는 것처럼 보였다. 그새 페인트 칠을 다시 한 모양이다. 한 달 하고도 닷새 만에 돌아온 그의 눈에는 그것이 무척 낯설게 느껴졌다. 그는 몹시 지친 상태였다. 그럴 만도 한 것이, 자그마치 천릿길을 왔던 것이다. 얼른 문을 따고 들어가 방바닥에 길게 드러눕고 싶은 마음뿐이었다. 그는—부질없는 짓인 줄 알면서도—한 번 더 초인종을 눌러 보았다. 이미 열 번도 넘게 해본 짓이다. 닫힌 문 너머에서 아주 맑고 고운 울림이 딩동딩동 몇 차례인가 울려 퍼졌다. 그러나 그뿐, 안으로부터는 역시 아무런 인기척이 없었다.

한껏 맥이 풀린 그는 그제야 단념을 하고 천천히 돌아섰다. 그리고는 그놈의 철제문에 등을 기댄 채 대책 없이 한참을 서 있었다. 그러자니 영 난감하고, 그리고 약간 계면쩍은 기분이 들었다. 이게 무슨 꼴인가. 출발하기 전에 전화라도 해둘 걸 그랬다고, 그는 설핏 후회하는 마음이 되었다. 하지만, 남의 집을 방문하는 것도 아니잖은가. 귀가할 적마다 매번 전화질을 한다는 것도 영 객쩍은 노릇이라고 그는 생각하였다. 때문에 그는 종종 이런 낭패를 당하곤 하였다. 특히 귀가 날짜가 불규칙한 경우에 그랬다. 통상 그의 귀가는—별스런 일이 없는 한—매달 마지막 주말로 정해져 있었다. 어언 10년 가까운 세월을 되풀이하다 보니 이제는 식구들까지도 그렇게 길들여져 버렸다. 그런데 이번은 그렇질 못하였다. 지난 주말엔 별스런 사정이 있었던 것이다. 물 건너 제주도를 3박 4일간 다녀온 졸업여행이 그것이었다. 그는 물론 인솔자의 입장으로서였는데, 똑같은 코스를 동일한 자격으로 여행한 게 이번으로 여섯 번째였다.

어쨌거나, 직장과 가정 사이에는 천릿길이 가로놓여 있는 것이다. 어느 쪽에서 출발하든 넌덜머리나는 여정이기는 마찬가지였다. 그만큼 오르내렸으면 이제는 그럭저럭 내성이 붙을 법도 하건만 사정은 전혀 그렇지 못하였다. 그는 거의 언제나 대중교통—그러니까 주로 고속버스편—을 이용해 왔는데, 종점에 닿기까지는 매번 이를 갈 만큼 된통 몸살을 치르곤 하였다. 그러므로, 그에게 있어서 귀가 행위는 고행에 해당하는 셈이었다. 가정이란, 밖에서 얻은 피로와 스트레스를 풀고 삶의 의욕과 활력을 재충전받는 공간 어쩌구 하는 말은, 적어도 그에게는 지극히 공허한 소리에 지나지 않았다. 되레, 그 먼 길을 오가는 것만으로도 더 지쳐 빠지기 일쑤였던 것이다. 그럼에도 불구하고 굳이 집을 찾아야 하는 까닭은 무엇인가? 글쎄다. 그 점에 대한 분명한 확신이 없는 채 그는 어쨌든 한 달에 대충 한 번꼴로 집을 향하여 천릿길을 나서곤 해왔던 터이다. 특별히 발목

잡힐 일이 없는 한 매월 마지막 주의 금요일 오후에 나서서 일요일 오후에 되돌아가는—2박 3일의, 지겹고 몸살 나는 순례였다.

  닫힌 문 앞을 떠나기 전에 그는, 무겁게 들고 있던 가방을 철제문의 손잡이에다 걸어 두었다. 그의 손때가 반질반질하게 묻어 있는, 그래서 훈장 관록이 만만치 않게 느껴질 법도 한 그런 가방이다. 하지만 속사정은 달라서, 책이라고는 찻간에서 뒤져 보던 주간지가 고작으로, 온통 빨랫감만 꾸깃꾸깃 들어앉아 있을 따름이었다. 그나마, 도무지 함부로 내놓기가 민망스러운 그런 것들이 대부분이었다. 그런데도 매번 지겹도록 무겁게 느껴지는 까닭을 잘 모르겠다고, 그는 새삼스레 한숨을 내쉬었다. 그러고는 고개를 잔뜩 꺾은 채, 그 어둠침침한 아파트 계단을 천천히 내려가기 시작하였다.

  그의 아파트는 5층짜리 저층 아파트의 맨 위층이었다. 더 위로는 나름대로 멋을 낸 붉은 기와지붕이 있고, 그리고 또 그 위는 탁 트인 하늘이었다. 그 하늘과 지붕 위에 거의 언제나 새들이 있었다. 특히 까치나 비둘기떼가 언제나 무리지어 내려앉곤 하였다. 말하자면 그들이 유일한 위층의 주민인 셈이었다. 그 사실은 썩 기분 좋은 일이었고, 그래서 꼭대기 층까지 걸어서 오르내리는 수고를 그는 조금도 마다하지 않았다. 하긴 도무지 달갑지 않은, 또 다른 부류의 주민이 있기는 하였다. 지붕의 기왓골이나 천장의 잡다한 내장재 틈서리마다에 자리를 잡고 무섭게 번식하고 있는 바퀴벌레들이 바로 그들이었다. 그 족속들이 화장실 벽이나 부엌의 조리대 위 같은 곳을 유유

자적 나돌아다니는 꼴을 목격하는 경우가 드물지 않았는데 그럴 때 보면 개중에는, 어찌나 크고 살이 올라 있는지 흡사 기름에 잘 튀겨 놓은 번데기 같은 놈도 종종 눈에 띄었다. 그의 기분 좋은 이웃인 새들이 지붕 위에다 무시로 깔겨 놓은 오물 탓이라고 아내는 곧잘 불평을 늘어놓곤 하였지만, 그러나 그는 별로 신경 쓰지 않았다.

1층까지 내려오는 사이에 아내와 마주치기를 은근히 기대하면서 그는 천천히, 근력이 시원찮은 노인네처럼 아주 느릿느릿 걸어서 계단을 다 내려왔다. 그러나 그 기대는 역시 헛된 것이었다. 대신 그의 눈에 띈 것은 현관 벽에 나란히 붙어 있는 편지함이었다. 10개의 함 중 유독 503호에 우편물이 잔뜩 들어 있었다. 그는 그것들을 몽땅 뽑아내어 가지고 선 채로 하나하나 점검해 보았다. '번지내 투입'이라 찍힌 홍보지가 몇 종—요즘 들어 특히 이런 종류의 우편물이 부쩍 늘어가는 추세다. 최근에 창간된 지역신문 한 장—비매품이다. 전화요금 고지서—얼핏 보아 이 달에도 적지 않은 액수다. 아파트 관리비 통지서, 뉴스위크지, 대입 수험지, 그리고 모 사회봉사 단체와 증권사 두어 군데서 보내 온 유인물 등등…… 가정의 일상사를 잠시 들여다본 기분이어서 그로서는 그다지 유쾌하지 못하였다. 그런 것들은 아마도 아내나 아이들의 삶과 더 많이 관계되리라. 하지만 자신에게는 대체로 생소한 것이었으므로 그는 그것들을 다시 제자리에다 아무렇게나 쑤셔박아 두었다. 그리고는 손을 털고 나서 1층 현관을 나섰다. 흘낏 시계를 들여다보았다. 오후 5시가 조금 지난 시각이었다.

아내가 슈퍼에 갔을지도 모른다는 생각이 제일 먼저 그의 머리에 떠올랐다. 도시 사람, 특히 아파트 단지에 사는 사람들은 생필품의 거의 대부분을 그런 곳에서 공급받고 있으므로 그 생각은 썩 그럴싸하게 느껴졌다. 더군다나 주부들은 이제 저녁상을 걱정해야 할 시간이다. 언젠가도 이런 낭패 끝에 단지 안 슈퍼에서 아내와 극적으로(?) 조우한 바가 있었던 것이다. 그때 아내는, 두 팔이 늘어지게 들고 나오던 비닐꾸러미 중 하나를 그에게 넘겨 주면서 불평을 했었다. 돈 쓰는 일도 힘들다구요. 맨날 식구들 거둬 멕이는 것만도 중노동이에요…….

평소 아내가 드나들던 슈퍼는 세 곳이었다. 그들이 속해 있는 7단지 슈퍼와, 그리고 이웃한 6, 8단지 슈퍼가 그것이었다. 그는 대단한 기대를 걸고 세 군데를 차례로 순방하였다. 하지만 극적인 상봉은 이루어지지 않았다. 허전한 노릇이었다. 그 허전함 때문에 그는 내처 5, 6단지 사이의 굴다리시장까지 쫓아가 기웃거렸다. 집에 머물 때면 더러, 아내의 장바구니를 들어 주기 위해 따라나오곤 하던 곳—어물전 앞에서는 생고등어를 사라고 아내의 옆구리를 집적거렸다가 무안을 당하기도 하고, 또 옛날 생각 때문에 잠시 나이며 주제를 잊은 채 풀빵을 쩝쩝 사먹기도 하던 곳이었다. 때가 때이니만치 그 좁은 거리는 장 보러 나온 아낙네들로 한창 복작대는 판이었다. 그들 사이를 헤치고 다니기가 좀 민망스러울 지경이었다. 그럼에도 불구하고 그는 이 끝에서 저쪽 끝까지 막무가내로 뚫고 간 다음, 거기서 다시 온 길을 되짚어 샅샅이 뒤졌지만 결과는 역시 허무하였다. 너무 일방적인 기대였음을,

그는 비로소 깨닫는 기분이 되었다. 얼굴이 홧홧하게 달아올랐다.

다리가 꽤나 팍팍하였다. 이럭저럭 한 시간 가까이 헤매고 다닌 꼴이었다. 등때기가 축축하게 젖어버렸다. 그는 어깨를 축 늘어뜨린 채 스적스적 걸어갔다. 허리를 꺼부정하게 굽힌 채 팔다리를 앞뒤로 흐느적거리는 그런 걸음걸이였다. 아내가 곁에 있었다면 또 한 소리 얻어들었으리라. 그 걸음걸이는 아내가 몹시 싫어하는, 그의 나쁜 버릇 중 하나였기 때문이다. 당신 걸음걸이가 그게 뭐예요? 아예 날더러 업고 가자고 하세요. 그편이 남보기에도 좋을 것 같수…… 하지만 지금은 아내의 지청구가 아쉬웠다. 그러자 문득, 그새 아내가 돌아왔을지도 모른다는 생각이 불쑥 들었다. 그것은 단순한 기대 수준을 넘어서 어느새 확신 비슷한 것이 되어 버렸다. 7단지로 들어서자 저만치 뒤편으로 그의 아파트 베란다가 비스듬히 보였다. 하지만 결코 서두르고 싶은 마음은 없었다.

그는 계단을 천천히 올라갔다. 4층과 5층의 중간지점에서 그는 일단 발을 멈추고 서서 고개를 쳐들었다. 먼저 눈에 띈 것은 가방이었다. 그 물건이 손잡이에 그대로 걸려 있었다. 아내가 돌아오지 않았다는, 분명한 징표였다. 실망이 클 법한데도 별로였다. 어쩌면 이번 역시 그닥 기대를 두지 않았던 것인지도 모를 노릇이었다. 단지 그의 어깨가 좀더 처졌을 따름이었다.

굳이 꼭대기까지 올라갈 이유가 없었다. 그 자리에서 그대로 돌아서려다가 그는 문득 엉뚱한 환영을 보았다. 무척 낯익은 얼굴 하나가 머리 위 허공에서 불쑥 나타나더니 그를 빤히 내려다보았던 것이다. 아주 순간적으로 섬뜩한 느낌이 들었던 까닭은 무엇보다, 그것이 바로 자기 자신의 모습이란 자각 때문이었다. 동남향으로 앉은 건물이어서 저녁 무렵엔 계단실이 다소 어둡다고는 해도, 그러나 사람의 얼굴조차 못 알아볼 정도는 아니었다. 바로 코앞에서 맞바라고 있는 그 얼굴은 좀더 늙고 조금 더 초췌해 보이기는 해도 영락없는 자신의 몰골이던 것이다. 몹시 귀에 익은, 탁하고 어눌하고 기어드는 듯한, 그 특유의 목소리가 그 순간 들려오지 않았다면 그는 아마도 기절해 나자빠졌거나 아니면 혼비백산하여 층계를 굴러 내렸을 것이었다.

"보레이…… 냄이 니…… 아이가?"

그 한마디로 족하였다. 단번에 상대를 알아본 그는 서둘러 계단을 올라갔다. 역시 그랬다. 천만뜻밖에도 아버지가 거기, 잠긴 문 앞에 엉거주춤하게 서 있었다. "아버님이 어쩐 일이세요?"

"올라오능 거 보이꺼네 냄이 니지 싶으더라."

종남이의 '남'이를 아버지는 늘 '냄'이라고 발음하였다. 그의 기억이 미치는 한 아득한 옛날부터 그래왔다. 그 탓일까. 아버지로부터 그렇게 불리기만 하면 그는 금세 마음이 어려지는 것이었다. 냄이—그것은 때로 깊은 울림 같은 것을 불러일으키는 소리였다.

"어쩐 일이세요 아버지?"

그는 같은 물음을 되풀이하였다. 그 밖에 다른 말은 생각나지 않았다. 이 뜻밖의 해후가 조금은 감격스러웠던 것이다.

"기양 바람이나 쐴라고 안 나섰다나. 니 안사람, 안에 없능갑제?"
"예, 잠시 집을 비운 모양입니다. 아부지는 언제 오신 거지요?"
"아까 안 왔더나."

여전히 손잡이에 걸려 있는 가방을 가리키며 노인이 말하였다. "아까참에 왔을 때는 없다 요분에 와보이꺼네 저 물건이 떡 안 걸렸나. 그래, 이기 우예 된 기고 싶어서 내 한참 궁리하던 중이다……."

노인은 그러면서 허허 웃었다. 목젖이 보일 만큼 입을 벌리고 소리를 크게 내어 웃는, 특유의 웃음이었다. 그도 맥없이 따라 웃었다. 부전자전이라며 그의 아내가, 어쩌면 그렇게나 속없는 웃음들일까 하고 곧잘 흉보곤 하던, 족보에 있는 바로 그 웃음이었다. 그로서는 참 오랜만에 마음이 즐거워졌다.

"그래서요?"
"니한테도 열쇠가 없는 기 분명타 싶더라."

노인은 또 한차례 예의 웃음을 보인 다음 덧붙였다. "니, 안사람 찾아갔지러? 어데 마실 간 기가?"

"마실요?"

되묻고 나서 그도 또 웃었다. 그럴지도 모른다. 아내의 외출을 예스럽게 말하자면 마실 간 꼴일 것이다. 아마도, 일상의 울타리를 벗어나 아주 먼 나들이를 한 것은 아닐 터이므로. 하지만 이 거대한 아파트촌에도 마실 갈 만한 이웃들이 있었던가? 새삼스레 아내의 일상이 그는 궁금해졌다.

그러자 문득 한 가지 생각이 떠올랐다. 옳거니! 그는 마음속으로 쾌재를 올렸다. 아내가 어쩌면 가 있을 법한 또 다른 장소가 생각났던 것이다. 그것은 슈퍼도 시장바닥도 아닌 제3의 장소—바로 교회였다. 철제 문짝 위 눈높이쯤 되는 곳엔 그 교회의 명패가 붙어 있었다. 그것은 얇은 알루미늄판에 특수인쇄 처리를 한 것으로 교회 이름, 담임목사 이름 그리고 주소와 몇 개의 전화번호 따위가 박혀 있었다. 평소 무심히 보아 오던 것이었다. 그래, 전화를 해보자, 하고 그는 작정하였다.

공중전화는 단지 진입로 쪽에 있었다. 그는 잠시 주저하였다. 옆집 문도 굳게 닫혀 있었다. 이 집도 비었을까? 그거야 벨을 눌러 보면 알 일이다. 하지만 전화 빌리는 일을 그는 포기하였다. 몇 달이 가도 서로 얼굴 한번 부딪칠 기회가 드문 이웃들이었다.

"이대로 잠깐 기대리세요. 요 앞에 가서 전화 한 통 해보게요. 잠깐이면 됩니다."

그는 노인을 그 자리에 세워 둔 채 계단을 빠르게 내려갔다. 그리고는 공중전화가 있는 단지 입구 쪽을 향하여 열나게 뛰어갔다. 공팔사칠 공팔사칠…… 입 속으로는 연신 전화번호를 뇌면서. 다행히 국번은 같았으므로 외는 수고가 한결 덜어졌다. 그러자 참 요상하게도 또다시 낙관적인 기분이 들었다. 아내가 틀림없이 교회에 있으리라고 믿어지는 것이었다. 아내의 행동반경이야 빤하지 않은가. 그야말로 뛰어 봤자지 뭐! 그는 생각에 열중하였다. 평소에도 시장보다 교회 출입이 더 잦았던 아내였다. 주일날이야 말할 것도 없고, 평일에도 출입이 뻔질 났던 것이다. 삼일예배, 구역예배, 전도훈련, 제자훈련, 구역장 모임, 여전도회 모임, 새벽기도회, 금요철야기도회, 전도대회, 봉사활동, 교우 경조사 참례 등등…… 그래서 아내는 늘 바쁘고, 그리고 늘 조금씩 지쳐 있게 마련이던 것이다. 그것을 극성스럽다고 표현하는 사람도 적지 않다는 것을 그는 잘 알고 있었다. 그러나 그 자신은 꼭이 그렇게까지 생각하지는 않았다. 그는 단지, 게으른 사람은 천당 가는 꿈조차 꿀 일이 못 된다고만 여기고 있을 따름이었다. 그리고 자기 자신은 누구 못지않게 게으른 사람이라고 진작에 단정한 바 있었다. 당신, 믿는 일을 그렇게 게을리해 가지고 나중에 어쩔려구 그래요? 언젠가 아내가 하던 말을 불쑥 떠올리고 경황 중에도 그는 히물히물 웃었다. 누군 하늘나라에 가서 그랬답니다. 천성문 앞을 기웃기웃하면서, 나 아무개 집사 좀 만나게 해주시오, 그 여자가 바로 내 아내요, 라고…….

아내는, 그러나 교회에도 없었다. 거의 확신에 가까웠던 기대가 허물어지고 말았음에도 불구하고, 하지만 그는, 이 또한 요상하게도 이번 역시 심상한 느낌이었다. 아내가 이런 시간에 꼭히 거기에 있어야만 당연하달 수야 없지. 아무렴. 그는 혼자 중얼거리면서, 갔던 길을 다시 되돌아왔다.

다시 5층까지의 계단을 오르자니 숨이 찼다. 이게 몇 번째인가? 그는 코너마다 발길을 멈추고 잠깐씩 서 있었다. 어차피, 아내가 제 스스로 나타나 줄 때까지 시간을 뭉개야 한다. 서둘 이유란 조금도 없다고 생각하였다. 그래도 5층 맨 윗계단을 밟고 올라서니 역시 숨이 찼다. 내일이면 쉰이다. 그리고 그 쉰 살의 나이가 헛것이 아니다 ― 그는 문득 그런 생각을 하였다. 그러자 고희를 엊그제 넘긴 아버지의 모습이 그제야 예사롭게 느껴지지 않았다.

"그래, 우예 됐노?"

닫힌 문 앞에서 엉거주춤하게 서 있던 노인이 물었다. "그래, 몬 찾았나? 딴 데 해볼 데도 없고? 나간 김에 대강 다 해볼꺼로……."

그는 풀쩍 웃고 나서 대답하였다. "곧 오겠지요 뭐, 멀리 나간 건 아닐 거예요. 그 사람, 갈 데도 별루 없어요. 안방 미장원 같은 데서 머리나 볶고 있는 건 아닌지 모르겠네요. 그러자면 시간깨나 걸리기두 하겠지요. 예편네들이란…… 젤루 흔한 게 시간이니까…… 아까운 줄을 알아야지요……."

"하모, 그래야지." 노인도 웃고 있었다.

"어데 마실 안 갔겠나. 그라이 결국에는 올 꺼 아이가. 내는 개안타. 쪼매 더 기대리 보자."

"어디 나가서 앉을 자리라도 찾아보십시다."

아들이 먼저 돌아섰고, 그 뒤를 줄레줄레 따르면서 그의 늙은 아버지가 맞장구를 치고 있었다. "오야오야, 그라자 카이."

그러면서 두 부자는 의좋게 1층 현관을 나섰다.

어린이놀이터를 앞에 하고 벤치가 드문드문 놓여 있었다. 대여섯 살짜리 사내아이 하나가 그네에 매달려 있을 뿐 그 일대는 조용하였다. 두 부자는 벤치 하나를 차지하고 앉았다. 머리 위로는 등넝쿨이 제법 어우러지고 있었다. 마침 바람기도 있어서 기분이 한결 상쾌해졌다. 그놈의 을씨년스런 5층 계단과, 닫아걸린 철제문은 생각하기조차 싫었다. 그깟놈의 것, 영원히 열리지 않는대도 아쉬울 거 없다, 굳이 따고 들어간다고 해서 무슨 대수냐! 오히려 이쪽이 한결 마음 편한 것을…… 마치, 아주 먼 길을 걷다가 잠시 다리를 뻗고 쉬는 것 같은 느낌이 들었다. 아파트 건물의 터진 짬으로 1단지 너머 우뚝 솟아 있는 관악산 저녁 풍광이 더할 나위 없이 부드럽고 넉넉한 느낌을 주었다. 기상대와 송신탑이 있는 꼭대기 위로 붉은 일몰을 헤치며 여객기 한 대가 천천히 사라져 갔다.

"아까도 내 여게 안 있었더나."

노인이 먼저 입을 뗐고, 그가 놀라 되물었다.

"그러세요? 그럼 진작에 오신 거군요?"

"얼추 서너 시간은 되지 싶으다."

"아니, 한낮에 오신 거네요. 그러면, 점심은요?"

"오다 찻간에서 묵었다."

"기차 말입니까?"

"하모, 통일호 타고 안 왔나."

아들은 입을 다물었다. 대구서 서울까지 — 그 먼 길을 통일호로 왔노라는 얘기였다. 이름만은 썩 그럴싸한 그놈의 통일호란 왕년의 완행열차를 뜻하고 있음을 그는 너무나 익히 알고 있는 터였다. 남대문시장 뒷골목처럼 붐비고 냄새나는 속에서 점심까지 잘 자셨노라는 얘기였던 것이다. 그의 말투는 좀 퉁명스러워졌다.

"아부지는 어째서 매양 그놈의 통일홉니까? 새마을이나 무궁화는 없구요? 아부지는 아직도 달구에 사신다니까……"

달구란 대구의 옛이름이다. 노인은 소리를 내어 웃었다. 예의 속 좋은 웃음이었다.

"내사 머 천하에 바쁜 일이 있나 어데, 완행 타고 천천히 오면서 이런 사람 저런 사람하고 시상 얘기도 하고 그라이꺼네 좋더마는…… 하낫도 안 불편타 카이."

"아부지도 참…… 그것도 근력 좋으실 때 얘기라구요. 그러다가 찻간에서 무슨 탈이라도 나보세요. 어떡할 거예요? 꼼짝없이 생고생하시지 뭐."

"탈은 무신 탈! 내사 안죽 끄떡없다."

그러나 말과는 달리 노인의 목소리엔 기력이 없었다.

"담에 오실 때는 미리 연락 주세요. 안방에 매인 전화, 번호만 돌리면 될 텐데 그게 어려우세요? 그러면 새마을표 끊어서 부쳐 드리도록 하겠습니다. 꼭 그렇게 하세요."

"머로 그래! 개안타, 신경 쓰지 마라."

노인은 머리를 완강하게 내젓기까지 하였다. 그는 새삼스레 아버지의 행색을 살펴보는 마음이 되었다.

그랬다. 아버지는 여전한 모습이셨다. 꺼부정하게 굽고 비쩍 마른 체격이 우선 그랬고, 다듬지 않아 지저분한 턱수염과 한 모숨도 채 남지 않은 백발이 그랬고, 또 무엇보다 초라한 그 입성이 그랬다. 헐렁하게 걸치고 있는 남방은 노인네에겐 도무지 어울리지 않는 문양으로 온통 어지러웠는데, 그나마 물이 바래고 천이 날긋날긋해 보였다. 바지는 여기저기 얼룩이 지고, 무릎께가 불쑥 튀어나와 있었다. 게다가 아랫단을 두어 번 걷어올린 것으로 보아 바짓가랑이가 턱없이 긴 모양이었다. 요컨대, 아무리 철이 그렇다고는 해도 모처럼의 서울 나들이치고는 도무지 걸맞지 않은 차림새인 것만은 분명하였다. 흡사, 의지가지없는 떠돌이 노인네 행색이라고나 해야 할 판이었다.

그는 은연중에 한숨을 내뱉었다. 기회 있을 때마다 지적하고 간곡히 당부드렸음에도 불구하고 당신은 늘 그런 모습이셨다. 당신은 그게 편타는 주장이었다. 뿐더러, 굳이 체면이나 위신 같은 것을 새삼스럽게 챙겨야 할 신분도 아니라는 것이었다. "되는 대로 게오 밥이나 끓이고 살아온 한평생인데 인자 와가주고 네꾸다이 양복 걸친들 머할 끼고, 내사 마 벨 볼 일 없는 늙은인 기라. 우리끼리 하는 말로, 옛 고(古)짜 고물이요 갈 거(去)짜 거물 아이가." 그러고는 저 속좋은 웃음으로 얼버무리고 마는 것이었다.

그래도 아들 체면이라는 게 있단 말입니다, 하고 때로는 강변하고 싶은 그였다. 아버님은 그게 편하실지 모르지만 저로서는 이웃들 대하기가 민망하다구요. 그래도 명색이 선생 아닙니까. 남을 가르치는 신분 아니냐구요. 그러나, 그는 물론 그렇게 말한 적이 없었다. 매번 마음속으로만 끙끙 앓고 마는 것이었다. 언젠가 한번은 노인이 그런 모습을 한 채 그의 직장으로 불쑥 찾아온 적도 있었다. 그러나 그는 그때도 속으로만 앓고 말았었다. 천성이 그렇게 타고난 분이었다. 아니, 평생을 가난 속에서 그렇게 살아온 분이기도 하였다. 남루는 곧 당신의 생리였다. 속된 말로 하자면, 이제 와서 억지로 때 빼고 광 내려고 하는 쪽이 오히려 속된 것인지도 모를 일이었다.

노인 곁에는 비닐백이 하나 놓여 있었다. 그것은 노인이 항용 끼고 다니는 물건으로서, 그 낡은 정도며 속이 빈 듯 쭈그러져 있는 모양 하며, 한눈에도 주인을 아주 잘 닮아 있었다. 쓰레기통에 내던져 둔들 아무도 집어가지 않으리라고 생각되었다. 그는 눈을 들어 노인의 얼굴을 바라보았다. 그러자 비로소, 이마의 상처가 눈에 띄었다.

"아니, 이마는 왜 이래요?" 그는 놀라 소리쳤다.

"아이다, 벨꺼 아이다." 노인이 손을 내저었다.

"가만 계세요."

그는 바싹 다가앉아 상처 자리를 들여다보았다. 무슨 막대기 같은 것에 긁힌 듯싶었다. 이마에서부터 정수리까지 훤히 벗어진 머리라 상처가 유독 드러나 보였다. 이마 정중앙에서 오른쪽으로 약간 비켜 손가락 두 마디 정도의 길이로 죽 그어진 생채기가 노인의 인상을 한층 더 초라하게 만들어서 그로 하여금 불현듯 연민의 감정에 빠져들게 하였다. 아마도 다친 지 몇 시간 되지 않는 듯 상처에선 아직도 피가 삐죽이 내비치고 있었다. 그러고 보니 안경알도 온전치 못하였다. 무엇에다 된통 얼굴을 들이받은 게 분명하였다.

"어쩌다가 이랬지요? 안경 깨진 거 보니까 아주 큰일날 뻔하셨구만요! 어디서 이랬지요?"

거푸 물으면서 그는 어깨를 축 늘어뜨렸다. 그렇게 낙심이 될 수가 없었다.

"어데! 앵경은 그 전에 뿌사진 기다."

노인은, 마치 잘못을 저지른 아이처럼 낯빛을 붉혔다. "저으게 나무 밑을 지나오다 보이꺼네 머가 이마에 턱 안 걸리나. 솔가지 하나가 축 처진 거를 보고 내 딴에는 피한다꼬 피한 기 고마 이래 된 기라. 요새 내 잘 당한대이. 눈이 침침한 기 당최 짐작이 없다 카이. 아무 데나 허연 대가리 잘 디받고 산다 마."

단순한 시력 감퇴만 아니라, 그만한 나이에 이르면 일종의 공간 감각 같은 게 둔해지기도 하는 모양이라고 그는 생각하였다.

"우야겠노, 그기 다 늙은 탓 아이겠나. 걸어댕기는 일도 전만은 몬한 거 같더라. 이노무 발이 자꼬 헛디딜락 해서 차 타고 할 적마다 애묵는다 카이. 잘 자빠지기도 한데이. 옛말에, 그래서 늙으마 섧다 안 카더나."

노인은, 이번에는 소리를 내지 않고 웃는다. 그는 왠지 맥이 탁 풀리고 말아서 아무런 대꾸도 못하였다. 문득 하늘을 쳐다보았다. 관악산 위 하늘을 붉게 물들였던 놀이 잿빛으로 식어 가고 있었다. 또

한 대의 비행기가 산 너머로 미끄러져 내렸다.

"약이라도 좀 발라야지요?"

한참 만에 그는 말하였다. "그래야 빨리 아물지요."

"개안타 마, 나도라!"

노인은 손사래를 쳤다. "이까짓거 가주고 남사시럽거로 약은 무신 약이고! 나도라 고마."

하긴 그렇기도 하다고, 그는 맥없이 고개를 주억거렸다. 이마 한가운데라 빨간 약을 바르기도 그렇고, 반창고 같은 것을 붙여 두기에는 더 요란스럽기만 하리라고 생각하였다. 이따 집에 들어가는 길로 연고 같은 거나 찾아봐야겠다고 그는 작정하였다.

"그 안경 좀 보십시다."

한참 뒤에 그는 말하였다.

"앵경도 개안타 카이."

노인은 그러면서 안경을 벗어 건네주었다. 그는 찬찬히 그것을 들여다보았다. 이 또한, 참 그럴 수 없다 싶게 주인을 쏙 빼어닮은 물건이었다. 검정 뿔테안경으로 너무나 무겁고 투박한 구닥다리였다. 그 역시 줄잡아 30년 이상 안경을 써온 사람이지만, 그 같은 물건은 아마도, 이제는 골동품 가게에나 가야 구경할 수 있으리라고 짐작되었다. 그나마 다리 한쪽은 색깔이나 굵기가 생판 엉뚱하였다. 원래 짝이 아닌 거다. 게다가 또, 불에 태운 자국까지 나 있었다. 아마 당신이 손수 모양을 바로잡아 보려고 연탄불 같은 데다 올려놓았다가 그 지경을 만든 게 분명하다고 그는 생각하였다.

"이거 맞춘 지 얼마나 됩니까?"

혀를 차고 싶은 마음으로 그는 물었다.

"하마 5~6년은 됐을꺼로?"

보기보다는 오래지 않다고 생각되었으므로 무심중에 그는 말하였다.

"그런데 어째 이래 험하지요? 제 것도 그 정도 썼지만 아직 이처럼 말짱한데요?"

"테는 원래 쓰던 거 아이가. 알만 새 거고 테는 중고품으로 안 했나. 쓸데없이 테값을 너무 달락 해서…… 그래도 끄떡없이 잘마 븨더라."

그는 깨진 알을 다시 꼼꼼히 들여다보았다. 졸보기와는 반대로 가운데가 볼록한 게 꽤나 무게가 느껴졌다. 엉뚱하게도 그 중량감이 기억 한 가닥을 떠올리게 하였다. 그랬다. 그 무렵에 당신은 눈수술을 하셨지. 한동안 눈이 침침해지더니 끝내는 앞이 보이지 않는다고 했었다. 노인네들에게 흔히 있는 녹내장이었다. 수술은 그다지 까다로운 게 아니었다. 당신 경우에는 혈압이 다소 장애요소가 되긴 하지만 그것도 우려할 정도는 아니라는 게 담당의사의 소견이었다. 과연 수술은 성공적이었고, 뒤도 깨끗하였다. 당신은 다시 평소의 시력—시원치는 못하나 그럭저럭 견딜 만은 한—을 되찾았던 것이다. 그러나, 만사가 잘 끝났다고는 해도, 수술 중에나 그 직후에나 얼굴 한번 디밀지 못하고 지나버린 일이 그로서는 오랫동안 마음에 걸렸었다. 그런데 바로 이 기막힌 안경이 그때 맞춘 것이라는 얘기였다. 수술비에 충

당하십사고 약간 액을 온라인구좌로 송금했을 뿐, 이런저런 사정을 스스로 핑계하고 끝내 가보지 못하였던 부끄러움이, 이제 그 만신창이 구닥다리 안경으로 하여 새삼스레 목덜미를 붉게 만들었다.

그는 손수건을 꺼내어 안경알을 정성껏 닦았다. 당신은 한 달이 가도 제대로 한번 닦아 쓰는 법이 없는 듯 먼지로 절어 있었다. 렌즈와 테가 맞물린 부분에는 기름때가 끈끈하게 달라붙어 있어서 수건 따위로 닦아내기란 아예 불가능하였다. 간신히 렌즈의 가운데 부분만 공 들여 닦은 다음, 그는 제 것을 벗고 대신 써보았다. 아무것도 분별할 수가 없었다. 사물의 상들이 온통 뿌옇게 뭉개지고, 이상한 꼴로 뒤틀리고, 몽롱하게 멀어져 보였다. 그는 얼른 안경을 벗었다. 어쩌면 그 탁하고 왜곡된 풍경이야말로 항시 당신을 둘러싸고 있는 일상적 세계의 진면목인지도 모른다는 생각이 들자 가슴이 먹먹하고 답답해졌다. 그는 안경을 그 주인에게 되돌려 주었다. 그리고는 맥빠진 소리로 중얼댔다.

"자주 닦아 쓰세요. 먼지나 때가 젤로 잘 타는 물건이 이겁니다. 이거 쓰시고도 잘 보인다니 아버지는 참 무던두 하십니다."

노인이 소리내어 웃었다. "내사 개안타. 시상 돌아가는 일 머 할라꼬 눈에 불 키고 디리다볼 끼고. 마 대강대강 보고 사는 기지…… 내사 하낫도 안 불편타."

"예, 그 말씀도 맞네요." 그도 웃어 버리고 말았다.

"그렇기는 해도 이 안경은 너무하네요. 오신 김에 짬 봐서 새 걸로 바꾸십시다."

"어데, 내는 개안타 카이!"

노인이 마구 손사래를 쳤다. "내가 살마 얼매나 더 살겠노. 이런 데다 백죄 돈 들일 꺼 없다. 내사 이거 기냥 쓸란다. 당최 돈 쓸 생각 마레이."

"그래도 남 보기 답답해요."

"벨시럽은 데 신경 쓴다. 차말이라 안 카나. 내가 개안타 카는데 너거가 와 그캐 쌓노?"

"예예, 알았습니다." 그는 손을 들고 만다. "그럼 아버지 편한 대로 허세요. 언제 저희들 말 따르셨습니까."

그의 대꾸가 좀 퉁명스럽게 들렸던 모양이다. 노인은 갑자기 입을 다물고 시선을 내리깔았다. 그러고는 땅바닥을 무연히 내려다보며 소리 없이 어설픈 웃음을 짓고 있었다. 왠지 노인의 귓불이 한순간 붉어지는 듯싶었다. 마른 잡초처럼 귀 언저리에 초라하게 남아 있는 머리카락들이 그의 눈에 알알하게 와 박혔다.

며칠 전 일이었다. 그가 4교시 수업을 막 끝내고 나와 보니 동료 선생 여러 명이 교무실 앞 복도에 웅성거리고 서 있었다.

"뭣들 하자는 짓거리여?"

예사스럽게 그는 농을 던졌다. 마침 점심시간을 앞둔 때였다. 보나 마나, 작당하여 밖으로 나가자는 수작이라고 그는 생각했던 것이다.

"손금 보러 가자는 야그지, 시방?"

손금보기란 두말할 것도 없이 섯다를 가리킨다. 특별한 건수가 없는 한, 그들은 으레 그런 식으로 밥값을 해결해 왔던 것이다. 그 방법의 장점은, 이유 없이 어느 한 사람에게 부담을 지우지 않으면서도, 그렇다고 더치페이라고 하는 저 삭막한 새 풍속을 연출하지 않아도 된다는 데 있었다. 주문한 음식이 나오기까지의 불과 20~30분 동안에 지나지 않지만, 왁자지껄한 웃음과 승부수에 따른 긴장감 따위는 가외의 덤이랄 수 있었다.

그런데, 어쩐지 저쪽의 반응이 수상쩍었다. 전에 없이 어정쩡한 태도들이던 것이다. 그들은 한동안 서로의 얼굴만 멀뚱멀뚱 쳐다보며 우물쭈물하고들 있더니 마침내 그중 한 사람이 불쑥 말한다는 게 이런 식이었다.

"어이, 서형. 시골 집에 전화 한번 넣어 보지 그래?"

"무슨 뜬금없는 소리여 그게?"

그는 뜨악하게 물었다. "시골 집이라니? 서울 집이 아니고?"

"당신 본가 말이야, 대구!"

"근 왜?"

"아, 문안전화 같은 거 할 수 있는 거잖어? 당신 말이야, 아버님과 통화한 지도 오래되지 아마? 사람이 그러면 못쓴다고. 그것두 훈장질하는 위인이 말야. 애들 보기 부끄럽지 않어? 그러니까 지금이락두 후딱 문안인사 드리라구, 어서!"

그는 그제야 가슴이 싸늘하게 얼어붙는 충격을 받았다. 머릿속이 갑자기 텅 비어버려서 그는 한참을 우두망찰 서 있기만 하였다. 누군가가 등을 떼밀었다. 비로소 그는 황망히 전화기 앞으로 달려갔고, 그리고 장거리 전화를 시도하였다. 지역번호를 돌리고, 국번을 돌리고, 그리고…… 당황한 나머지 마지막 네 자리가 기억나지 않았다. 그는 송수화기를 팽개치고 나서 호주머니 여기저기를 뒤져 수첩을 꺼내들었다. 눈에 띄게 두 손을 떨고 있었다. 서둘지 말고 침착하라구. 누군가가 다가와 주의를 주었다. 그 순간, 신통하게도 네 자리 숫자가 나란히 떠올랐다. 그는, 수첩을 팽개치고 나서 다시 전화통에 달라붙었다. 옆에서 누군가가 또 말하였다. 천천히 하라구. 그래, 천천히…….

그때 신호음이 끊어지면서 누군가의 기척이 저쪽에서 나왔다.

"대구지요?"

댓바람에 그는 소리쳤다. "거기, 고성동 아닙니까?"

못지않게 긴장되고 어눌진 목소리가 저쪽에서 대꾸하고 있었다.

"예, 대구 맞심더. 고성동 맞으예. 누구 찾십니꺼?"

대답에 앞서 그는 잠긴 한숨부터 후루룩 토해 냈다. 약간 쉬고, 낮고, 떨리는 듯한 목소리—그것은 의심의 여지없이 아버지의 음성이 분명하였던 것이다. 그는 악을 쓰듯이 마구 외쳐댔다.

"아버님, 접니다. 학꼽니다. 예, 별고 없으시고요? 건강은요? 예, 예, 다들 별일 없으시지요?"

저쪽에서 되돌아오는 말인즉슨 언제나 다를 것이 없었다. 별고 없다, 무슨 일이 있겠느냐, 건강도 좋다, 모다 탈없이 잘 있으니 걱정할 것 없다—말하자면 그런 식이었다. 그리고 나서 내처 이쪽의 안부를 되물어 왔다.

"너거는 어떠노? 앗들은 핵교 잘 댕기고? 니는? 요새도 왔다갔다 하나? 욕본다. 너거 안사람도 건강하제?"

이번에는 그가 한차례, 익숙하게 답변하였다. 이쪽도 무사하며, 애들도 학교 잘 다니고 있고, 자신은 물론 변함없이 원거리 통근 중이며, 집사람도 건강에 이상 없다—대충 그런 사연들을 줄줄이 늘어놓는 식이었다.

어떻게 보면 매번 숨이 차는 느낌이었다. 쫓기듯이 한바탕 의례적인 말들을 주고받고 나면 대화는 금세 바닥이 나버렸다. 더 이상 해야 할 말이 남아 있지 않는 것이었다. 장거리 전화를 통해 매번 확인하게 되는 것은, 부자간에도 별로 나눌 만한 얘기가 없다는 사실이었다. 서로 떨어져 산다는 것, 그래서 도무지 살을 비비댈 기회가 없다는 것—그것의 삭막한 의미를 새삼 확인받는 느낌이곤 하였다.

이럴 때 항용 서둘러 통화를 끝내는 쪽은 아버지였다. 이번 역시 예외가 아니었다. 문안인사가 한차례 오가고 나자 곧, "다른 용건이 있는 거는 아이제?" 하고 저쪽에서 물어 왔고, 그렇다고 그가 답변하기가 무섭게, "그라마 전화 끊자, 백죄 요금 올릴 꺼 있나. 고마 들어가거라." 그리고는, 이쪽에서 뭐라 더 말을 붙일 짬도 없이 통화는 끊어지고 말았다.

그는 무너지듯 풀썩 주저앉았다. 전신의 맥이 죄 풀려 버린 것 같았다. 송수화기를 잡았던 자리가 땀에 젖어 번들거렸다. 목 뒷골이 짱짱 패고 빳빳해지는 느낌이었다. 간신히 고개를 쳐들자 동료들이 헐겁게들 웃고 있었다.

"뭐 하자는 짓들이야 이거?"

그는 냅다 고함을 질렀다. "누구 졸도하는 꼴 보고 싶은 거야?"

"아, 미안 미안! 진정하라구."

그들의 해명인즉 이러하였다. "좀전에, 당신 나오기 한 30분 전에 말이야, 요상한 전활 받았었다구. 저기, 총무과 김양이 말이야. 누군가 당신을 찾으면서, 부친상을 입었으니 빨리 오라고 하더라는 거야. 김양이 얼굴이 하얗게 돼가지고 와서 그러잖아 글쎄. 아, 그러니 우리도 당연히 긴장할 수밖에. 안 그래?"

"그래서?"

그는 다잡아 물었다. "대구서 왔대?"

"한데 말이야, 바로 고 대목이 좀 모호하더라구. 대구가 아니라 엉뚱하게 순천 어디라나? 그래서 전활 해보란 거지. 김양이 잘못 들었을 수도 있잖어? 쇼크 먹구서 말이야."

남들은 피식피식 웃고들 있었지만 그로서는 그럴 만한 기력이 도무지 남아 있지 않았다. 이상하게도 몹시 짙은 피로감 속에 빠져들었다. 시들하게 그는 묻고 있었다.

"그럼 어떻게 되는 얘기야?"

"어디선가 초상이 난 건 확실해. 장난일 수야 없지. 누군가가 정말 부친상을 당한 거라구."

그는 또 물었다. "그럼 그게 누구야?"

"글쎄, 우선 서형하고 이름자가 비슷한 사람이겠지. 직업도 그렇고, 근무지도…… 단지 고향만 다른 거야. 가까운 이웃 동네서 근무하고 있는 사내일는지도 몰라. 어때, 그렇지 않을까?"

그럴 듯한 추리야. 그거, 말 되네, 말이 된다구. 다들 머리를 주억거리면서 밖으로 몰려나갔다. 그날만은 손금보기를 하지 않았다. 이런 유의 일을 당할수록 당사자의 명은 더 길어진다는, 도무지 근거는 없으나 그렇다고 기분 나쁠 것까지는 없는 주장을 펴면서 동료들이 한턱을 은근히 강요했으므로 그가 쾌히 밥값을 떠안았던 것이다.

엉뚱한 전화 때문에 그가 받은 충격은 그러나 그것으로 끝나지 않았다. 그는 그날 밤에도 또 한번 상을 당하는 소동을 치렀던 것이다. 이번에는 꿈속에서의 일이었다. 아버지의 시신 앞에서 얼마나 격렬하게 통곡했던지 옆방의 하숙 동료가 그를 깨우러 건너왔을 정도였다.

"무슨 꿈이게 그래?" 동료가 하품을 하며 물었다.

"친상 당하는 꿈이야." 떫뜰하게 그는 대꾸하였다.

"아따 그 양반, 참 오래 사실랑가 보오."

자못 성가시다는 듯이, 동료는 투덜대며 건너가 버렸다. 곧 코고는 소리가 들려왔다. 하지만 그는 오래 잠을 이루지 못하였다. 저 꿈속의 울음 한 자락이 여전히 목구멍에 남아 있는 것 같았다. 몸을 이리

뒤척 저리 뒤척 하면서 그는 새삼스레 낮의 일을 되새김질하였다.

연전에 고희를 넘겼으니 올해 일흔둘이시다. 평균수명이 길어졌다고는 해도, 그 연세면 결코 적은 것이 아니라고 그는 생각하였다. 비교적 건강한 편이기는 해도, 노인의 건강은 아무도 자신할 수 없는 법, 언제 화급한 일을 당하게 될지 도무지 예측할 수 없다는 사실 앞에서 그는 새삼 두려움을 느꼈다. 창졸지간에 상을 당한다―그러면 어떻게 되나? 그는 두려움에 짓눌린 채로 골똘히 생각에 잠겼다.

제일 먼저 떠오른 것은 장례 문제였다. 당연히 자신이 떠맡아야 할, 맏상주로서의 역할이 마음을 무겁게 하였다. 무엇 하나 준비돼 있는 것이 없다고 생각되었다. 정작 어느 쪽에서 치러야 할지도 막연한 노릇이었다. 대구바닥은, 그로서는 객지와 다름없는 곳이었다. 어린 나이에 그곳을 떠났기 때문이었다. 50~60년대의 대구를 회상하면 그의 마음의 눈에는 언제나 역전 공회당 건물 벽에 내걸린 군인극장 간판이 보이고, 밤낮없이 장사치들이 아글바글하던 양키시장 골목과 자갈마당, 그리고 어느 해던가 야당 선거유세장이던 수성천변의 똥구덩이들 따위가 선하게 떠오르곤 하였다. 하지만 오늘의 대구직할시에 그런 모습은 이미 남아 있지 않다. 그것처럼 대구는 이제 그에게는 낯선 도시 중 하나일 뿐이었다. 물론 일가붙이들이 전혀 없는 것은 아니었다. 더러 있다고는 해도 낯설기는 마찬가지였다. 언제 상면할 기회가 있었던가. 피차 얼굴을 잊고 산 지가 기억조차 아득한 처지였다.

그렇다고 해서 상주 편하자고 서울 쪽을 일방적으로 고집할 일도 못 된다고 그는 또 생각하였다. 서울 쪽이라고 사정이 나을 것 역시 없는 까닭에서였다. 무엇보다, 서민 아파트라고 하는, 옹색한 공간이 당장 문제였다. 사람 사는 마을이라면 당연히 송장 치는 일도 있게 마련이어서 평소 듣기도 하고 더러 보기도 하지만, 어쨌거나 그런 일에 아파트처럼 불편하고 민망스러운 환경은 달리 없다고 생각되었다. 사실인즉 평수의 문제가 이미 아닌 것이었다. 그것 한 가지만으로도, 흔히 말하는 아파트 생활의 편리함을 깡그리 상쇄시킬 만하다고 그는 늘 생각해 오던 터였다. 그런 점에서라면 비록 간신히 바라크를 면할 정도의 초라한 집이기는 할지언정 대구 쪽이 한결 나으리라는 생각이 들었다.

그것만도 아니다. 장례의식도 문제가 되었다. 아내의 강권 탓이라고는 해도, 어쨌든 그는 명색이 기독교인이었다. 하지만 아버지는 물론, 다른 형제들도 종교와는 무관한 사람들이다. 따라서, 재래의 전통적 의식을 당연히 선호할 게 분명하였다. 어쩌면 이 문제를 둘러싸고 한바탕 분란이 빚어질는지도 모를 일이었다. 개인적으로는, 신앙과는 상관없이, 전통의례만은 피하고 싶었다. 그것은 상상만 해도 지겹고 구차스럽게 느껴졌다. 상복에서부터 제상에 이르기까지, 초혼에서부터 삼우제에 이르기까지 소도구 한 점, 절차 한 매듭 지긋지긋하지 않은 대목이 없었다. 그렇다고 기독교식이 썩 좋게 생각되느냐 하면 그도 아니었다. 그쪽도 마음에 내키지 않기는 매한가지였다. 아직 치러본 적이 없긴 하지만, 아마도 어딘가 좀 싱겁고 맨숭

맨숭하지 않을까 싶은 것이다. 하지만 거기엔 참으로 중요한 미덕이 한 가지 있다고 그는 생각한다. 문장에 비유한다면, 전통적인 장의 절차가 만연체라고 할 때 기독교식은 간결체에 해당한다는 사실이 그것이었다. 그리고 그 점만으로도 그에게는 대단한 매력이 되었다. 아무러면 어떤가, 어느 쪽이든 무방하다―라고 대범하게 치부했다가도, 그게 또 결코 단순한 문제가 아닌 듯싶어 그는 생각을 자꾸만 되작이곤 하였다.

그러나 이날 밤 그의 마음을 무겁게 만든 것은, 다른 무엇보다 불효의 감정이었다. 장남이면서도 아버지를 끝내 모셔 보지 못한 채 사별하고 말았다는, 그 돌이킬 수 없는 불효의 감정이 강렬하게 그를 사로잡았던 것이다. 낮에 있었던 저 전화 소동의 충격이나 꿈속에서의 그 격렬한 울음도 바로 거기에다 뿌리를 두고 있었다는 사실을 그는 비로소 깨달을 수 있었다.

정말 이러다가 어느 날 느닷없이 상을 당하는 건 아닐까? 생각하기조차 두렵고 난감한 노릇이지만, 그러나 또 실상인즉 그럴 공산이 더 크다는 예감 앞에서 그는 정말 오랜 시간 잠을 이루지 못하였다.

갑자기 놀이터가 시끌덤벙해졌다. 아이들 한 떼거리가 몰려든 것이다. 계집애들이 재빨리 그네를 차지해 버리자 사내아이들은 미끄럼틀 쪽으로 우르르 밀려갔다. 지금까지 혼자서 그네에 매달려 있던 꼬마가 여자애들에게 슬며시 자리를 내주고는 그 옆의 시소로 옮겨 앉았다. 그리고는, 약간 겁먹은 것 같은 눈으로 주위를 두리번거렸다. 그 표정하며 인상이 조금은 낯익은 기분이어서 그는 은연중에 미소를 띠었다. 노인도 그 모양을 지켜보고 있었던 모양이다. 불쑥 웃음을 터뜨리며 말하였다.

"니, 저 아 좀 보레이. 머스마가 우예 저렇기 숫기가 없으꼬? 맴 여린 거하고, 꼭 니 어릴 때 겉다 카이!"

"제가 말입니까?" 그도 소리내어 웃었다.

"하모. 영판 저랬다 아이가. 동네 앗들한테 치이 가주고 삽짝 밖을 잘 안 나갈라 캤디라. 죽은 니 할매가 마실 갈 때마둥 억지로 데불고 댕기고 그랬다 카이. 소학교 당기면서부텀 쪼매씩 나아지던 거로."

할머니와 어머니의 치맛자락만 맴돌면서 살았던 어린 시절을 그는 잠시 회상하였다. 하지만 또렷하게 잡혀 나오는 기억은 없었다. 여름 장마철이면 잡풀이 무성하게 돋아나던 안마당이 잠시 떠올랐다. 가을이면 그곳은 타작마당이 되어 버린다. 새벽부터 기세 좋게 돌아가곤 하던 탈곡기 소리를, 그는 어렴풋하게 환청으로 들었다. 언제쯤이던가, 아침에 일어나 뒤란으로 돌아가 보면, 감꽃이 지천으로 떨어져 땅바닥을 하얗게 뒤덮고 있던 때가? 여름 한철, 높다란 대청마루에 누워서 마음이 흠씬 젖도록 귀기울이곤 하던 소나기 소리, 매양 코끝에 알싸하게 감겨들던 흙냄새…… 일테면, 삽짝 밖을 벗어나지 않고도 결코 지겹지 않았던 세계다. 그러나 지금은, 문 밖에서 나는 좀 피곤하다, 짜증스럽다 하고, 그는 속으로 투덜댔다.

아내는 돌아왔을까? 잠긴 문에 비로소 생각이 미쳤다. 두 세계를 견고하게 차단하고 있는 저 철제의 문―그 문 밖에서 서성거리고 있는 자신의 처지가 새삼 난감하였다. 아버지만 아니라면 온 길을 되돌아가 버리고 싶어졌다. 그놈의 문을 따고 들어간다고 해서 무슨 신통방통할 게 있을 것인가.

하지만 그는 일어섰다. 어쨌거나 다시 한번 확인해볼 일이었다. 그는 맥 풀린 걸음걸이로 공중전화통을 찾아갔다. 그리고는 별반 기대도 없이 집으로 전화를 걸었다. 따르릉 따르릉, 신호음이 울리기 시작하였다. 그러자 또 그놈의 엉뚱한 기대감이 울컥 가슴을 치받았다. 굳이 따지자면, 상당한 시간을 죽인 셈이기는 하였다. 그새 아내가 귀가했을 수도 있다, 아니, 거의 확실히 귀가했을 것이다, 하고 그는 성급하게 단정하는 마음이 되었다. 세 번, 네 번, 다섯 번…… 신호음만 계속 울리고 있었다.

공중전화 부스에서 나온 그는 깊은 곤혹감에 빠졌다. 그러나 그것도 잠시, 곧 방향을 잡아 휘적휘적 걷기 시작하였다. 어쩌면 집 전화가 고장일지도 모른다는 생각이 문득 들었기 때문이었다. 과거에도 그런 경우가 없지 않았다. 그는 5층까지의 계단을 단숨에 올랐다. 그리고는 숨을 헐떡거리면서 한참을 서 있었다. 문은 잠긴 그대로였다. 손잡이에 걸어둔 가방 역시 변함이 없었다. 주인의 부재를, 그것은 분명하게 알려주고 있었다. 그럼에도 불구하고 그는 도어의 손잡이를 쥐고 가만히 비틀어 보았다. 완강한 저항감이 손바닥에 또렷이 전해져 왔다. 그는 얼른 손을 뺐다. 왠지 목덜미가 홧홧하게 달아올랐다. 자신의 우스꽝스런 꼬락서니를 누군가가 훔쳐보고 있는 것만 같아 그는 황망히 돌아섰다. 1층 현관까지 그는 뛰다시피 굴러 내렸고, 그리고는 뒤도 돌아보지 않고 놀이터를 향해 잰 발걸음을 놓았다.

"집에 갔더나?" 노인이 고개를 빼고 물었다.

"예."

짧게 대답하고 그는 노인의 곁에 털썩 주저앉았다. 마주 보이는 관악산 발치로 어스름이 고이고 있었다. 기다린다는 것도 참 막연한 짓이군, 하고 그는 중얼거렸다. 아내 쪽에서야 굳이 귀가시간에 신경 쓸 이유가 없다고 생각되었다. 두 아이 녀석은 으레 귀가가 늦다. 이른바 수도권의 분교에 적을 두고 있는 큰놈은 평소 빨라야 9시 10시. 또 고3짜리 둘째는 보충수업에다 자율학습까지 있어 자정 가까운 시간에나 돌아오곤 하였다. 아내의 귀가시간을 간섭하는 것은 아무것도 없다. 그 점에 관한 한 그녀는 제왕처럼 자유롭다고 그는 생각하였다.

"열쇠가 하나밖에 없더나? 몇 개 더 맹글지 그랬노."

노인의 핀잔이었다. "열쇠 맹그는 데 가마 직석에서 똑같은 거 맹글어 준데이. 그느마들, 재주 참 희한하니라."

"예, 한 개 더 만들어야겠네요."

그는 고작 맥 풀린 웃음을 지어 보였다. 실인즉 열쇠를 두 개나 더 복제했었다. 그래서 식구들이 죄 하나씩 가지고 다닌다. 단지 자기만 예외인 것이다. 집을 찾는 일이 한 달에 고작 한 번이라고 해도 역시 열쇠는 지니고 있어야겠다고 그는 마음먹었다. 어떻게 보면 그것은 실제 사용 여부 이상의 상징적 의미를 지닌다는 생각이 들었다. 한 줌 씩이나 되는 열쇠꾸러미를 허리춤에다 흔히 차고 다니는 사람들을 그는 비로소 이해할 수 있을 것 같았다. 그것처럼 완전한 소유의 징표가 어디 있으랴. 아내는 물론, 내 아이들까지 가지고 다니는 것을 나는 갖고 있지 못하다. 나의 가정이란 생각은 어쩌면 착각인지도 모른다. 그들의 가정이라고 해야 마땅하다. 그러고 보니 자신은 늘 잠긴 문 밖에서 서성거리고 있었다는 느낌이 들었다. 아버지의 집을 떠나온 이래 지금 이 후줄근한 나이에 이르도록 말이다…… 그 깨달음은 몹시 씁쓸한 것이었기 때문에 그는 한동안 말을 잃어버렸다.

놀이터의 아이들이 하나둘 흩어지고 있었다. 어스름이 사방에서 묻어오고 있었다. 머잖아 가등이 들어올 판이었다. 한 떼거리의 새들이 머리 위 하늘을 가로질러 공원 쪽으로 날아갔다. 그러고 나자 갑자기 주위가 적막해졌다. 텅 빈 놀이터를 앞에 하고 그들 두 부자 ─ 진작 칠십 고희를 넘어선 아버지와 그리고, 오십 지천명을 코앞에 둔 아들 ─ 만 처량하게 남겨진 꼴이었다. 노인이 피워 문 담배연기가 허공으로 서서히 풀려 나가는 것을 그는 무연한 눈길로 지켜보고 있었다. 그러자 무언가 좀 색다른 감정이 천천히 가슴에 고여들었다. 어쩐지 마음 편하고 아늑한 느낌이었다. 아버지의 존재를 이처럼 가깝게 느껴본 적이 이전에도 있었던가? 그는 문득 자문해 보는 마음이 되었다. 금세 한 가닥 기억이 눈부시게 떠올랐다.

그랬다. 아주 어렸을 적 추억이다. 어디서였던가? 아마도 마을 앞 그 개울이었을 것이다. 갯가엔 조그만 모래톱이 있고 또 둔덕에는 키 큰 미루나무들이 늘어서서 여름 한철 내내 시원한 그늘을 드리워 주던 거기 말이다. 우리는 멱을 감고 있었다. 그래, 나는 아버지의 가슴에 안긴 채 겁에 잔뜩 질려 있었지. 아버지가 깊은 물속에다 나를 자꾸만 내려놓으려 했던 거다. 그럴수록 나는 한사코 당신 목에 매달리며 싫다고 앙탈했었지. 그러던 어느 순간, 그랬다, 나는 누군가의 비명을 들었고, 그리고 물속으로 사정없이 처박혔다. 아, 그 순간의 느낌이란! 그 아득한 절망감…… 나중에 안 일이지만, 필사적으로 바둥거리던 내 발길질에 당신이 그만 불두덩을 걷어차였던 거다, 후후…….

그때를 생각하고 그는 혼자서 히죽히죽 웃었다. 물속에서 한차례 허우적거린 다음 그는 다시 아버지의 가슴에 안겼었다. 그러고는, 물 밖으로 나와서까지도 한동안 떨어지지 않으려고 했었다. 하지만 언제까지나 아버지의 가슴에 매달려 있을 수야 없는 노릇이어서 결국은 불안스레 땅바닥 위로 내려섰던 것이다. 그로부터 얼마나 많은 세월이 흘러갔는가? 그럼에도 불구하고 다시는, 아버지를 그만치 가깝게 느껴본 적이 없었다고 그는 생각하였다.

그는 벤치에서 벌떡 일어났다. 이렇게 무작정 목을 늘이고 있을 일이 아니었다. 오히려 좋은 기회일 수도 있었다. 모처럼 두 부자만의 오붓한 시간을 허락받은 셈이다. 그러자 곧 희한한 아이디어가 떠올랐다.

"가십시다, 아버지!"

그는, 노인의 그 낡은 비닐백을 집어 들며 말하였다. "좀 편안하게 쉴 수 있는 데로 가자구요."

어느새 그는 몇 발짝 앞서 휘적휘적 길을 열고 있었다.

생각했던 대로 목욕탕은 한가하였다. 평일에는 늘 그랬던 것이다. 주말이나 공휴일 같은 때나 한바탕 붐비곤 하는 게 아파트 단지의 목욕탕 사정이다. 그는 속으로 쾌재를 올렸다. 우리 사회에서 가장 값싸게 시간을 죽일 수 있는 곳 중 하나가 목욕탕이라는 사실을 그는 진작부터 잘 알고 있었다. 그것은 또, 길바닥에다 버리는 시간이 많은 사람이라면 누구나 잘 터득하고 있는 지혜이기도 하였다. 한 달에 한 번꼴로 지방에 있는 직장과 서울 변두리에 있는 가정 사이를 기왕에만도 10년 가까운 세월을 줄기차게 오르내려야 했던 그였다. 오며 가며 어쩔 수 없이 버려지는 그 자투리 시간들을 그는 대체로 목욕탕에서 보내곤 했던 것이다. 그가 늘 드나드는 버스 터미널이나 기차역 주변의 목욕탕들에 대해서는 속사정을 죄다 꿰고 있는 판이었다. 요즘 서울 쪽에서는 대형 목욕탕들이 늘어나고 있는 추세다. 그런 곳은 내부시설도 엄청난데, 그에 비해 사용료는 싼 편이었다. 비좁고 냄새 나는 구닥다리 대중탕의 그것보다 기천 원 정도 차이어서 적자 운영은 아닐까 싶어 괜스레 눈치 보이는 때도 없지 않은 것이다. 목욕문화가 사치스럽고 난만해진다는 것은, 어쩌면 정신문화의 퇴영을 뜻하는 건지도 모른다고 그는 생각한다. 자신을 포함하여, 그런 곳에서 마냥 세월을 죽이고 있는 사람들을 보노라면 불현듯 그런 느낌에 붙잡히기도 하는 것이었다.

어쨌거나 한 가지 유감인 것은, 노인네가 이른바 목욕문화에 익숙지 못하다는 점이었다. 노인은 그를 따라 어영부영 목욕탕까지 오기는 했지만 이제부터 낯선 사람들 틈바구니에서 옷을 벗고 어쩌고 할 일이 도무지 엄두가 나지 않는 모양이었다. 자꾸 주위만 둘레둘레 둘러보며 엉거주춤 서 있을 따름이었다. 남의 눈길을 영 곤혹스러워하고 있음이 분명하였다. 노인네의 잔약한 콧등을 무겁게 짓누르고 있는 검정 뿔테안경이 더 뿌옇게 흐려 보였다. 그쪽을 짐짓 외면한 채 그는 천천히 옷을 벗었다.

노인을 향해 돌아서기 전에 맨 마지막으로 안경을 벗었다. 나안으로는 콤마로 시작되는 시력이다. 그 사실이 아버지에 대한 면구스러움을 얼마쯤 덜어 주었다. 이윽고 그는 돌아섰다. 노인이 마지못해 남방의 단추들을 벗기느라 애를 쓰고 있었다. 그 손놀림이 몹시도 아둔하였다.

"가만 계세요, 지가 해드리께." 그는 다가섰다.

그러자 노인이 뒤로 주춤주춤 물러서며 황망히 말하였다. "아이다, 개안타. 나도라."

그는 웃음을 문 채 잠시 기다렸다. 노인의 손이 아까보다 더 허둥거리는 것 같았다. 그나마 헐렁하게 끼워져 있는 단추들을 자꾸 더 들거리기만 할 뿐 별 진척이 없었다. 그는 다시 다가섰다.

"그거 보세요. 아버지도 인제 비서 하나 데리고 다녀야겠습니다."

그는 말하고 나서 씁쓸하게 웃었다.

"노인네들 비서라 카마 우선에 짝대기 아이가. 난도 인자 짝대기 짚고 댕기야 되지 싶으다."

그러면서 노인도 덩달아 웃었다. "걷능 거는 개안타마는 멋보담도 차 타고 내리는 기 힘든다 카이. 그늠어 빠스가 더 그렇데이. 운전수는 퍼뜩 내리라꼬 빵빵 깝쳐 쌓제, 무르팍은 떨리고 머리는 어지럽제, 아이고 내사 마 한 분 타고 내릴라 카마 등때기서 진땀이 다 난다 아이가."

"될 수 있는 대로 버스 같은 거 타지 마세요. 노인들한테는 위험해요."

"그라마 멀 타노?"

"택시 타야지요 뭐."

"뭐라카노? 돈도 돈이다마는 택시가 잘 있더나 어데?"

하긴 그렇기도 하리라고 그는 생각하였다.

모처럼 발걸음을 한 경우에도 노인은 그의 곁에서 두 밤을 묵는 때가 드물었다. 하룻밤 새기가 무섭게 부진부진 나서곤 했던 것이다. 그가 때로는 역정을 섞어 만류해 보지만 매양 부질없는 짓이었다.

문 앞에서

"아이다, 어서 가봐야 된다. 약속도 있고, 멋보담도 내가 없으마 집안 돌아가능 기 잘 안 된다 아이가. 여게 더 있으마 머 할 끼고, 내사 까깝시럽기만 하제. 너거 얼굴 봤으마 됐다. 나는 그마 가볼란다."

그리고는 기어이 일어서 버리곤 하던 노인네였다.

"구들에 꿀단지 묻어 놓고 오신 모양이지." 그는 일쑤 그렇게 투덜댔고, 아내는 또 아내대로, "자식 사랑은 내리사랑이란 말 있잖아요. 아버님은 막내도련님 걱정 땜에 그러시는 거라구요" 하는 식으로 이해하려 하였다.

아내 말이 옳을지도 모른다. 막내는 그의 큰아이보다 오히려 세 살이 아래였다. 그의 쪽에서 보자면, 계모에게서 늦게 얻은 동생이었다. 그런데, 고2짜리 녀석인데도 아버지가 집을 비우면 잠을 제대로 자지 못한다는 얘기였다. 노인으로 말하자면, 원래는 자식들에게 데면데면하던 성품이었다. 장남인 그부터도, 당신에게서 각별히 사랑받은 기억 같은 건 남아 있지 않다. 그런 사실과 견주어 본다면 막내 녀석에 관한 한 아내의 지적이 썩 옳을 수도 있겠다고 그는 고개를 끄덕이곤 했었다.

모든 생명체는 더 많은 자기 개체를 만들기 위해 대부분의 에너지를 탕진한다고 누가 그랬던가? 그가 아내와 자주 하는 농담이 있다. 당신과 내가 만나서 1남 1녀를 두었으니 그것만으로도 본전치기 인생은 되는 것 아니냐는 게 그것이었다. 그렇다면 아버지는 톡톡히 흑자 인생이라고 그는 생각한다. 두 여자에게서 자그마치 8남매를 두었으니까 말이다.

"내 지금 죽어도 벨로 한시럽을 끼 없다."

언젠가 당신이 하시던 말이다. "그저 쟈 하나가 쪼매 마음에 걸리기는 한다만서도……."

그때도 당신은 역시 막내를 걱정하셨던 것이다. 하지만 녀석도 이제는 어린애가 아니다. 덩치는 오히려, 날로 쪼그라들고 있는 아버지보다 더 크고 튼실하다. 노인네가 아들을 걱정할 것이 아니라 녀석이 되레 늙은 아버지를 걱정해야 할 판인 것이다. 이제는 그 점을 당신도 좀 깨달아 주었으면 좋겠다고 그는 늘상 안타까워하였다. 그래야 이쪽저쪽을 자유롭게 오가며 만년을 보낼 수 있을 게 아닌가. 일흔 고개를 넘어선 지금에서 그런 것에 묶여 있다는 사실이 그를 때로는 답답하게 만드는 것이었다. 적어도 임종만은 내 집에서 맞았으면 하고 그는 소망하였다.

노인네의 마음을 붙잡아매는 것이 어찌 막내뿐이랴. 그와 동복의 형제들은, 어쩌다 보니 죄다 서울로 올라와 있었다. 서로 기댈 만하다거나 또는 그러자고 죽이 맞아 돌아간 것도 아닌데 어느새 그렇게 돼 있었던 것이다. 결국 대구바닥에는 시집간 누나들과 그리고, 계모 소생의 동생들만 남았다. 여자야 출가외인이랬으니 논외로 하고 보면, 참 공교롭게도 편을 가른 꼴이었다. 노인의 나들이는 그러므로 그 두 쪽을 넘나드는 일이어서 항용 껄쩍지근한 분위기 같은 것을 묻어 들이고 또 묻혀 가게 마련이었다. 그래서 늘 조심스럽기도 하였다.

사실이 그랬다. 노인의 상경은 언제나 느닷없고 예사롭지 못하였다. 나중에 드러나게 마련이지만, 거기에는 반드시 갈등이 숨어 있곤 하였는데, 그것은 대개의 경우 계모와의 사이에서 빚어진 것이었다. 노인의 나들이는 결국 가출에 해당하는 셈이었다. 말하자면 계모에 대한, 나약한 노인네의 시위였다. 계모는 아버지에 비해 젊고 성품도 괄괄한 편이었다. 두 분 사이에는 이래저래 마찰이 잦은 모양이었다. 노인네는, 참을 만큼 참고 속으로 삭이다가 정 못 견딜 정도가 되면 저 낡은 비닐백에다 옷가지 몇 점 챙겨들고 훌쩍 집을 나서는 것이었다. 여기 아니라도 의탁할 데 얼마든지 있다는 것을 직접 보여주는 셈이었다. 그리고 그 점에서라면 효과 만점의 제스처이기도 하였다. 대부분의 경우 항복 신호가 시외전화를 통해 그 즉시로 날아들곤 했기 때문이다. 그러면 노인은 또, 날이 새기가 바쁘게 귀갓길에 오르곤 하였다. 상경할 때의 그 풀죽은 모습과는 달리, 이번에는 아주 활기에 차서 말이다.

남방을 벗고 나자 이번에는 바지의 혁대가 말썽을 부리는 눈치였다. 골마리가 삐죽이 빠져 나올 정도로 느슨히 매어졌는데도 불구하고 노인은 그것과 한참이나 실랑이를 하였다. 결국 그의 도움을 받아서야 간신히 풀었다.

"오다가 길에서 하나 사맸디마는 억시게 빡빡하네, 소가죽이라 카디마는 차말로 그렁갑제?"

노인은 뽑아든 혁대를 새삼스레 들여다보며 감탄하였다.

"진짜 소가죽인지 어떤지는 모르겠습니다마는 허리띠가 이렇게 억세어서야 쓰겠어요, 어디? 부드러운 걸로 이따 바꿉시다."

그는 대꾸하며 고소지었다.

"세월이 가마 부드럽으진다 아이가."

노인이, 무슨 쓸데없는 소리냐는 듯이 강변하였다. "4천 원이나 주고 산 긴데 그라마 기양 냅비릴 끼가? 좀 뻑시기는 해도 얼매나 찔기겠노. 내 죽을 때꺼정 허리띠 걱정은 안 해도 되겠다 아이가."

이쪽을 기웃거리는 시선들이 있었기 때문에 그는 그 대단한 쇠가죽 허리띠에 대해서는 더 이상의 언급을 자제하였다. 그는, 노인이 내의를 마저 벗기를 잠자코 기다렸다가 맨 마지막으로 양말을 벗겨 드렸다. 마침내 완전히 알몸들이 되었다. 두 부자는 잠시 마주 서서 서로의 모습을 건너다보았다. 이상하게도 가슴이 뭉클해지는 순간을 그는 경험하였다.

그는 노인의 한쪽 팔을 잡고 탕으로 들어갔다.

"조심하세요. 바닥이 미끄러워요."

자욱한 수증기 속을 헤치고 들어가면서 그는 노인에게 주의를 드렸다. 마르고 굽은 두 다리가 마치 얼음판 위를 가듯 불안하게 더듬고 있었다.

부모 자식 간에는 어딘가 반드시 닮게 마련이라는 사실은 매우 당연하면서도 새삼스럽게 희한한 느낌을 주는 경우가 더러 있는 법이다. 그들 부자를 두고 주변 사람들이 자주 그런 걸 느끼는 모양이었다. 참 어쩌면 싶게 서로 닮은 점이 많다는 지적들이었다. 속없는 웃음이 그렇고, 시력이 나쁜 게 그렇고, 마르고 꺼부정한 체격이 그렇고, 허청허청 걷는 걸음걸이가 그렇고, 무엇엔가 몰두하거나 잠깐 방심하고 있을 때의 그 멍한 표정이 또 그렇다는 식이었다. 그의 아내는 때문에 곧잘 웃음을 터뜨리고는 하였다. 두 부자를 앞세우고 길을 나서다 말고 뒤에서 혼자 끼들끼들 웃는 경우가 흔히 있는데 그럴 때 핀잔을 주면 대꾸가 이랬다.

"두 분 뒷모습이 너무너무 같아요. 꺼부정하게 굽은 허리하며 힘없는 걸음걸이, 게다가 뒷머리 곱슬거리는 것까지요. 어떻게 웃지 않고 배길 수가 있나요?"

그리고는 한바탕 깔깔댄 다음 또 이렇게 덧붙이는 것이었다. "절대루 제 잘못이 아니라구요. 이웃 여자들도 다 그런다구요, 정말. 아버님이랑 당신이랑 석이랑 그렇게 3대가 나란히 길을 나설 때면 동네사람들이 뭐래는지 아세요? 저건 작품이다 작품! 그런다구요 글쎄……."

어느 정도 사실에 근거하고 있는지는 모를 노릇이나 흔히 전하는 말로, 호랑이는 특히 고양이를 싫어한다고들 한다. 이유인즉슨 자기 모습을 너무 많이 닮았기 때문이라는 것이다. 그리고 보면 아들 석이에 대한 자신의 심리 저변에도 혹 그런 요소가 있는지 모를 일이라고 그는 가끔 생각해온 터였다. 일테면 녀석에게서 심약하거나 소극적인 태도 같은 것이 눈에 띌 때 그는 매번 불 같은 노여움을 드러내고는 하였는데, 그런 결함이야말로 바로 자신의 것이면서 또 아버지의 것이라고 믿어지는 까닭에서였다. 그가 이 나이까지 살아오면서 이것만은 결단코 아버지를 닮지 말아야겠다고 이를 악물어 온 것이 있다면 그게 바로 아버지의 저 겁 많고 소극적인 인생 태도였던 것이다.

물론 당신이 살아온 세월은 고난의 연속이었다. 그것을 모르는 바가 아니었다. 아버지는 3·1만세사건이 있었던 바로 그 기미생이다. 따라서 암흑의 일제 말을 거쳐 20대 중반에 해방을 맞았지만, 곧 동족상잔의 저 끔찍한 전쟁의 폭풍 속으로 말려들고 만다. 그리고 휴전—저 50년대의 궁핍한 삶으로 이어지는 것이다. 우리가 그나마 굶지 않고 밥술이라도 뜰 수 있게 된 것이 언제부터이던가? 흔히 말하듯이 지난 70년대부터라고 한다면 그때는 이미 당신의 생애는 파장에 이르고 있었던 셈이다. 어언, 환갑을 눈앞에 둔 신세였으니까 말이다.

그렇다고는 하더라도 그로서는 도무지 잊혀지지 않는, 그래서 불쑥불쑥 떠오를 때마다 아직도 당신을 바라보는 눈이 결코 순해지지 못하는, 참으로 아프고 어두운 기억들이 남아 있었다. 어느 해던가의 정월대보름날이었다. 전후의 궁핍 속에서도 명절은 역시 명절이었다. 이웃들은 가난하나마 그래도 오곡밥을 서로 나누었고, 아이들은 공터로 몰려다니며 쥐불을 놓느라고 떠들썩하였다. 그러나 그의 식구들만은 예외였다. 고향을 버리고 이웃 도시 대구로 옮겨 앉은 지 얼마 되지 않던 때였다. 단칸 셋방에서 문을 닫아건 채 그의 식구들은 하루 종일 꼼짝달싹도 하지 않았던 것이다. 사정을 모를 리 없는 주인댁이 아침에 슬며시 디밀어 준 잡곡밥 한 그릇이 머리맡에서 줄기차게 냄새를 풍기고 있었지만 아무도 손대지 않았다. 시체들처럼 내처 이불을 들쓰고 해종일 드러누워 있기만 했던 것이다. 차라리 배고픔은 참을 만하였다. 난처한 것은 요의였다. 화장실에 가자면 만부득이 문 밖을 나서야만 하였고, 또 줄줄이 늘어서 있는 여러 개의 방문 앞을 지나가야만 하였다. 평소에는 아무렇지도 않던 그 일이 그날만은 왜 그렇게나 끔찍할 만큼 부끄럽고 창피하게 생각되었는지! 참다참다 못해 기어이 문을 열고 나섰을 때는 너무나 분한 나머지 눈물을 질금거렸던 것이다. 뒤꼭지에 따갑게 와닿는 이웃들의 시선을 헤치고 그 굴욕스러운 장소에서 돌아온 그는 다시 이불 속으로 기어들기 전에 아버지 쪽을 잔뜩 꼬나 내려다보았었다. 그때처럼 아버지가 원망스러웠던 적은 다시없었다. 당신은 벽을 향해 길게 드러누운 채 죽은 사람처럼 미동도 하지 않았다. 식구들을 기아와 치욕 속에다 팽개쳐둔 채 당신이 할 수 있는 능력이 오직 그것뿐인 듯 줄기차게—단 한 번도 문 밖 출입을 하지 않은 채 참으로 줄기차게—드러누워 있기만 했던 것이다. 어린 마음에도 침을 뱉고 싶었었다고 그는 또렷이 기억한다.

그리고 또, 그 몇 해 뒤다. 그의 가정은 변함없이 가난 속에서 허덕이고 있었다. 어쩌자고 이번에는 그의 몸이 병을 얻었다. 감기거니 했던 것이 한 달여나 끌더니 마침내는 의식이 수시로 가물가물해지기에 이르고 만 것이었다. 피골이 상접해진 그를 끌어안고 식구들은 안타까워했지만 그러나 대책은 전무하였다. 보다 못한 이웃들이, 어떡하든 아이는 살려 놓고 봐야 할 게 아니냐고, 그러자면 무작정 병원으로 떠메고 들어가 입원부터 시켜놓고 볼 일이라고 이구동성으로 충고하였다. 그러나 그때도 아버지는 그런 식이었다. 떠메고 들어간다고 받아 준다더냐, 혹 입원은 했다 쳐도 그 뒷감당은 누가 할 거냐고, 당신은 시종 쓴 입만 다셨던 것이다. 자주 가물거리는 의식 속에서도 그는 아버지에 대한 혐오감을 참을 길이 없었다. 나중에야 누나가 전해준 얘기지만, 마침내 그는 고열 속에서 의식을 완전히 잃어버린 채 아버지를 향해 마구 욕설을 퍼대기까지 했다는 것이었다. 지금도 그때의 이야기만 나오면 누님은 곧잘 웃고는 한다.

"야, 니 그때 차말로 무섭더래이, 아부지한테 막 퍼대는데 아이고, 누가 그기 어린아라 카겠더노. 너거마 살라 카나, 나는 죽어도 갠찮나 어짜고 그카는데 아따마 내가 다 씨껍묵었다 카이!"

매사에 겁이 많고 그리고 소극적인 태도―그것은 확실히 족보에 있는 것이라고 그는 생각한다. 그런 성품을 대물림하지 않으려고 스스로 이를 악물고 안간힘 해왔지만 그러나 뒤돌아보면 그저 얼굴이 붉어지기만 할 따름인 것이다. 아들 녀석인 석이에게서 그런 요소를 발견함은 차라리 당연하다고 해야 하리라. 그럼에도 불구하고 매번 불같이 치미는 화증을 스스로 억제하기가 어려운 것은 또 어찌 된 노릇인가? 그에 비긴다면 외모가 닮는 거야 무슨 상관이랴. 그런 따위야 아무래도 무관하다고 그는 생각하는 것이었다.

"참 희한해요. 당신하고 석이는 손톱 발톱 모양까지 흡사하다구요. 난 헛건가 봐, 두 애들한테 한 군데도 닮은 구석을 찾을 수가 없으니 원."

언젠가 아내가 하던 말을 그는 또 기억해 냈다. 정말 그럴까? 노인은 탕 속에서 나와 타일 바닥 위에 웅크리고 앉았다. 열탕에서 한동안 익힌 터라 피부가 검붉게 익어 있었다. 노인네들의 벗은 몸을 볼 때마다 늘 느끼는 것이지만, 무엇보다 눈에 띄는 것은 균형감의 상실이었다. 몸이 비대한 사람은 비대한 대로 또 마른 사람은 마른 대로 한결같이 어딘가 균형이 무너져 있게 마련이던 것이다. 당신은 비쩍 마르고 긴 사지에 비해 아랫배가 별나게 튀어나온 편이었다. 게다가 왼쪽 어깨가 눈에 띄게 내려앉은 상태였다. 당신은 평생을 가난 속에서 살아왔지만, 그렇다고 심하게 막노동을 한 편은 아니었다. 그럼에도 불구하고 육체는 속절없이 균형을 잃고, 허무하게 무너지고, 그리고 무참히 짜부라져 있었다. 그는 한동안 말없이 그것을 보고 있었다. 무형의, 갈퀴 같은 손이 보이는 듯싶었다. 그 손이, 당신의 육체가 끝까지 쇠잔하기를 기다렸다가 마침내 마른 검불처럼 쓸어가리라. 눈 속에 모래를 집어넣은 것처럼 깔깔하였다.

그는 때밀이 타월을 집어 들고 노인에게 다가갔다. 그리고는 검붉게 익어 있는 노인의 등을 밀기 시작하였다. 뼈 마디마디가 손바닥에 아프게 느껴졌다. 놀랍도록 잔약한 느낌이어서 도대체 그 험한 세월을 어떻게 버티어 왔는지가 의심스러울 지경이었다. 발을 내려다보았다. 그것은 타일 바닥 위에 마른 나무토막처럼 방치되어 있었다. 그는 얼른 자신의 발과 대조해 보았다. 그리고는 혼자 고소하였다. 엄지와 검지의 생긴 모양이며 구부러진 형태가 참 어쩌면 싶게 흡사하였던 것이다.

"대강 해라 그마."

성가신 듯 노인이 말하였다. 가느다란 두 다리를 꺾어 가슴 앞에 끌어안고 등을 활처럼 휘게 웅크린 채였다. 너무 작고 가벼운 느낌이어서 그는 등 뒤에서 두 팔로 노인을 싸안고 가만히 들어올려 보았다. 허무할 만큼 체중이 없었다. 그때 노인이 또 말하였다.

"남들은 몸이 자꼬 뿔어서 걱정이라 카더라마는 내사 맨날 그기 그거라. 노인네가 너무 말라도 초라해 빈다꼬 할마시는 덜 좋아한다 카이."

할마시란 계모를 가리키는 말이었다.

"뭘요, 고령자일수록 체중이 덜 나가는 게 좋답니다. 몸이 나는 것보다는 마르고 또 변동이 없어야 된대요. 그래야 장수한답니다."

노인은 잠시 헛웃음을 웃었다. "씰데없이 오래 살마 머 할 끼고, 백죄 지 고롭고 남 귀찮구로!"

그리고는, 다시 예의 웃음을 길게 이었다. 결코 빈말 같지만은 않은 느낌이었다.

상상 외로 노인의 몸에서는 때가 많이 나왔다. 하긴 당연한 노릇이다, 하고 그는 생각하였다. 당신에게 목욕탕은 여전히 별난 장소

문 앞에서

일 테니까 말이다. 화장실만큼이나 무시로 출입하는 일상공간은 못 되는 것이다. 도대체 1년에 몇 번 정도나 발길을 들여놓을까. 아직도 당신의 의식 속에는 설 대목이나 무슨 특별한 때 찾는 곳쯤으로 굳어 있는지도 모른다. 그는 어렸을 때 아버지와 함께 목욕탕을 다닌 기억들을 떠올렸다. 주로 노동회관에 있는 목욕탕을 다녔었다. 일반 목욕탕보다는 요금이 훨씬 쌌기 때문에 시설이 그만큼 후지고, 그리고 또 언제나 만원이었다. 전쟁이 끝난 지도 대여섯 해가 지난 50년대 후반, 세상살이가 여전히 각박하던 무렵이었다. 그래서였는지도 모른다. 몸을 씻는 일도 전쟁이란 기분이 실감날 정도로 거기서는 일쑤 아귀다툼을 벌여야만 하였다. 누구나 일단 들어갔다 하면 단단히 밑천을 뽑은 후에야 나왔다. 땀을 뻘뻘 흘리면서 열심히 씻고 씻고 또 씻고, 나중에는 손이며 발등 같은 데서 피가 나도록 껍질을 벗겨낸 다음에야 비로소 그 연옥과도 같은 욕탕에서 시뻘건 몸뚱어리를 빼내 가는 것이었다. 하지만 당신은 거기서도 별로 악착스럽지 못하였다고 그는 기억한다. 뒷전으로 내몰린 채 잠시 어물거리다가 그만 나가 버리곤 했던 것이다. 말하자면 그것이 세상을 사는 당신의 자세였다.

"목욕탕 좀 자주 다니세요."

등을 밀다가 내친 김에 그는 불쑥 말하였다. "노인네들은 특히나 자주 다녀야 됩니다. 요새 목욕비 얼마나 쌉니까. 천 원짜리 한 장이면 되잖아요. 일과처럼 매일 다니는 노인들도 많아요."

사실이 그랬다. 특히 동네 목욕탕은 평일엔 노인들이 대부분이었다. 그는 새삼스레 고개를 쳐들고 주위를 둘러보기까지 하였다. 그리고는 목소리를 낮추어 계속하였다.

"보세요, 전부 그런 노인네들이지요? 거의가 날마다 소일 삼아 오는 분들입니다. 요즘 천 원짜리 한 장 가지고 어디 간들 여기보다 더 편하게 시간 보낼 데가 있나요. 저쪽 휴게실에는 테레비도 있고 장기, 바둑판 같은 것도 있어 소일하기 그만입니다. 아버진 장기 두는 거 좋아하시잖아요? 이제부턴 목욕탕 자주 드나드는 습관 붙이세요. 나이 드실수록 깨끗하게 하고 다니셔야지 안 그러면 젊은 사람들이 싫어합니다."

처음 하는 소리가 아니다. 서울 나들이를 오실 때마다 그가 짜증스럽게 되풀이했던 소리였다. 때로는 남 보기 민망할 정도로 초라한 모습이곤 했기 때문이다. 거기다 노인 특유의 냄새 같은 게 있어 심할 땐 그의 아이들조차 슬슬 피하는 경우가 없지 않았다. 하지만 노인네는 도무지 귀담아듣지 않았다. 당신 말인즉 그게 편하다는 것이었다. 아무리 역정을 내도 마찬가지였다. 저 속 좋은 웃음만 흘릴 따름이던 것이다.

그러던 분이 어쩐 셈인지 이번에는 대꾸가 좀 달랐다. "그러기는 해야 되겠제? 할마시도 이래 나서는 거 보마 질색하는 기라. 말이사 맞제, 그기 마이 옳다 카이. 늙은이한테는 와, 안 좋은 냄새 같응기 안 있나. 열차칸 같은 데서도 노인들 옆자리는 사람들이 잘 안 앉을라 카대. 팽상 우리 겉은 늙다리끼리 몰키앉는 기라. 그기 우리덜도 핀코…… 말 마레이. 늙으마 차말로 섧다 카이. 식당 같은 데서는 더 그렇다 아이가. 똥을 옆에 놓고 묵으마 묵었지, 늙은이들하고는 같이 몬 묵겠다 카는 기라."

노인네는 오히려 유쾌하다는 듯이 소리내어 한참을 웃었다. 그도 가만히 따라 웃었다. 열탕 속에 몸을 푹 담근 채 시조가락 같은 것을 흥얼흥얼 읊조리고 있던 노인과, 타일 바닥에다 타월을 깔고 반듯하게 드러누워 있던 다른 노인이 잠시 이쪽을 기웃거렸다. 말귀를 대충은 알아들은 표정들이었다. 그러나 화제가 도무지 달갑지 않은 듯 짐짓 외면들을 하였다. 탕 속의 노인은 기분이 언짢아지기라도 한 모양이었다. 시조가락을 멈추고는 아주 과장되게 불쾌한 표정을 지었다.

그는 잠시 얼굴을 붉혔다. 묵묵히 고개를 떨군 채 이번에는 노인의 팔을 끌어다 정성들여 밀기 시작하였다. 왼쪽 겨드랑이 바로 아래켠에 길쭉하게 드러나 있는 흉터가 눈에 띄었다. 이게 바로 그거구나! 그는 혼자 중얼댔다. 아주 까맣게 잊어버렸던 어릴 적 친구와 길거리에서 우연히 맞닥뜨린 것 같은, 흡사 그런 감회가 가슴을 뭉클하게 만들었다. 그것은 총상 자국이었다. 자칫하면 치명적인 것이 될 법했던, 그리하여 한 사내의 생애를 일찌감치 끝장내게 했을지도 모를, 바로 그 작고 당돌한 쇠붙이의 흔적이었다. 그리고 그것은 또 당신의 몸에 기록된 한 시대의 부호이기도 하다고, 그는 새삼스러운 감개에 젖었다. 전쟁 막바지에, 그것도 길거리에서 끌려간 지 불과 석 달 하고 닷새 만에 당한 일이라고 했었다. 상처가 제대로 아물기도 전에 귀가하였던 그해 여름만 해도 보기가 끔찍스러울 정도로 큰 상처였었다. 그러나 청사에 기록된 문자도 세월에 바래듯이 이제는 흡사 곶감 꼭지처럼 오므라든 채 찌들고 메마르고 오종종한 꼴로 거기 남아 있었다.

그는 그 흉터를 때밀이 타월로 가만히 쓸어 보았다. 세상사에 대해 당신이 지나치게 겁이 많고 소심해진 것도 어쩌면 그때부터였는지 모른다는 생각을 그는 문득 품었다. 살아생전 어머니의 푸념도 그랬었다고 기억되었다. 저 양반은 몸뚱이만 빤하게 돌아온 거지 넋은 전쟁터에 빼놓고 왔다 카이. 맨날 구들만 짊어지고 있으마 우짜자는 소린지…… 말하자면, 세상 사는 일에 도무지 뜻도 욕심도 없는 양반이라는 비난이었다. 정말 그렇게 불성실한 삶이었던가? 그의 기억으로는 꼭히 그런 것만은 아니었다. 고향을 버리고 이웃 도시 대구로 나앉기 전까지만 해도 아버지는 무언가 새로운 일을 벌여 보려고 열심이었던 것이다. 그중에서도 면소재지 마을에다 지방신문 지국을 냈던 일이나 또는, 느닷없이 갓방 두 개를 터서 메리야스 직기를 들여온 일 따위는 지금도 기억에 고스란히 남아 있었다. 당신은 그때만 해도, 40여 가호쯤 되던 고향 마을에서 식자에 속했음 직하다. 그러니까 남들이 변함없이 우직하게 흙과 씨름할 때도 유독 그런 엉뚱한 일들을 저지를 수 있었던 것이 아닐까. 그것은 확실히 별스런 능력이었을 법도 한 것이다. 당신이 세상 사는 일에 뜻도 욕심도 잃어버린 채 매사에 겁이 많고 소심해졌으며, 마침내는 대책 없이 무능력한 사람으로 전락해 버린 것은 필경 빈손으로 식솔을 끌고 이웃 도시 대구로 옮겨 앉은 이후부터라고 해야 옳으리라. 그날 이래 당신이 제대로 생업을 가져본 적이 있었던가? 도시에서의 삶에서 당신은 그처럼 무능력했었고 그리고 무능력한 만큼 매사 불운하기도 하였다. 그러다 보니 가족의 호구지책은 늘 여자들 손에 맡겨질 수밖에 없었다. 그랬다. 처음엔 어머니에게, 다음엔 누나들에게, 그리고 지금은 계모의 손에 늘 기대온 생애였다고, 그에게는 생각되었다.

노인의 아랫도리를 씻기다가 그는 또 다른 흉터를 찾아냈다. 그것은 오른쪽 넓적다리 바깥쪽에 있었다. 겨드랑이께의 그것보다는 작다고 해도 그 정도 흉터가 남았다면 상처 자체는 상당히 심각했으리라고 짐작되었다. 심하게 노화된 피부임에도 불구하고 터진 자리가 허옇게 드러나 보였다.

"여기 이 상처는 언제 생긴 거지요?"

때밀이 타월로 그곳을 문지르며 그가 물었다.

"상처라꼬?"

노인이 새삼 고개를 외로 꼬고 내려다보았다. "어데, 그런 기 있나?"

"여기요. 제법 큰 흉턴데요?"

"아, 이거 말이가?"

노인이 손으로 더듬더듬 흉터를 확인하더니 대꾸하였다. "총 맞은 자국 아이가, 육니오사변 때……."

"이거가요?"

그는 반문하였다. "전쟁 때 입은 상처는 이쪽 거잖아요?"

"어데?"

"여기요."

그는 노인의 손을 끌어다가 겨드랑이께의 흉터를 만져 보게 하였다.

"이게 바루 그 총상 자국이잖아요. 눈으로 봐도 알겠는데요, 스쳐 지나간 자리가 말입니다. 안 그래요?"

"그러나? 그래 빅나?"

노인의 대답이 어눌해졌다. 갑자기 자신을 잃어버린 목소리였다. 기억을 더듬듯이 노인의 아둔한 손이 흉터를 의심스럽게 더듬어 보고 있었다. 그리고는 이해할 수 없다는 듯 비뚜름히 고개를 꼬고 한참 생각해 보더니 다시 말을 이었다. 역시 자신 없는 말투였다.

"니 말이 맞는 거 같다. 까딱했으마 갈빗대가 몽창 나갈 뻔했다꼬, 니 생모가 늘 그랬드라. 그늠어 불콩이 쪼매마 더 우예 됐으마 내사 지금 없지러…… 말도 마라, 그늠어 육니오……."

"그래두 영감님은 괜찮시다."

갑자기 옆에서 참견해 왔다. 타일 바닥에 드러누워 있던 노인이었다. 아까부터 이쪽 얘기에 귀를 기울이고 있었던 모양이다. 달갑지 않은 화제 때문에 짐짓 외면해 왔으나 이제 비로소 구미가 당기는 얘깃거리를 만났다는 식이었다. 탕 속의 노인네까지 참견할 눈치였다.

"동란 때 그만큼도 안 당한 사람이야 이 대한민국에 있겠소? 날 보시오. 사지육신이야 멀쩡하지. 비록 쭈그렁바가지가 되긴 했수다만…… 흉측한 상처 같은 거야 없지. 그거이 뭬 대단할 거 있소? 내 말은, 겉으로 뵈지 않는 상처가 더 크고 아프다 그거지요."

냉큼 말을 받은 쪽은 탕 속의 노인이었다. 시조가락을 뽑던 그 걸걸한 목소리가 되묻고 있었다.

"그렇게 말하는 댁은 그래, 무슨 상처가 있다는 거요? 어디, 그 뵈지 않는 상처 얘기 한번 들어 봅시다."

상대는 물론 사양하지 않았다.

"그거야 못할 바 없지만서두, 말허자면 또 길지, 그럴 수밖에, 우리 같은 삼팔 따라지들은 몸만 멀쩡했지 속이야 진작에 멍든 인생이니깐. 흉터가 문제겠소? 왼통 만신창이가 된 것을……."

얘기는 이제 그쪽으로 흘러갈 모양이었다. 빌미만 제공했을 뿐 금세 소외되어버린 두 부자는 어쩔 수 없이 가만히 귀기울이고 있을 수밖에 도리가 없었다. 그에게 여전히 등을 내맡긴 노인네는 그나마 관심을 보였지만 그러나, 그로서는 도무지 그럴 기분이 내키지 않았다. 그는 두 개의 흉터를 번갈아 들여다보다가 목소리를 낮추어 다시 물었다.

"그럼 이쪽 상처는 어쩌다 생긴 거지요?"

노인의 대답은 건성이었다.

"머라꼬?"

"이쪽 흉터 말입니다. 이건 언제 생긴 거냐구요?"

"글씨 말이다. 그러니꺼네 거기…… 언젯적 일이꼬? 깜깜하다 아이가. 도통 기억에 없다 카이."

잠시 그를 돌아보는 듯하더니 금방 주의가 흩어졌다. 그리고는 화제에 끼어들었다.

"그라이꺼네 나이 서른둘에 삼팔선을 넘었구마는. 그것도 홀홀단신이다 아입니꺼?"

나이가 지닌 친화력에 그는 새삼 놀라운 기분이 들었다. 노인에게서 떨어져 그는 사우나실로 들어갔다. 거기서도 고물인지 거물인지 몇 사람이 죽치고 앉아 땀을 뻘뻘 흘리고 있었다.

목욕탕에서 나왔을 때는 가등에 불이 들어와 있었다. 아파트의 창들도 드문드문 불이 켜졌다.

그는 집과는 반대 방향으로 길을 잡았다. 전화질도 그만두기로 하였다. 우선 비어 있는 속을 착실히 채우기로 하였다. 아주 좋은 기회다. 모처럼 아버지께 식사를 대접해 드리기로 하자. 생각만으로도 기분이 좋아진 그는 상가가 밀집해 있는 거리로 진출하였다. 이른바 먹자골목에는 손님들이 한 패거리씩 꾀기 시작하는 시간이었다. 대여섯 개나 되는 돼지불고기집들은 너나 할 것 없이 식탁들을 죄다 길바닥으로 끌어내 놓았다. 말하자면 노천식당을 흉내내고 있는 셈이다. 추운 겨울이나 여름 장마철을 제외하고는 늘 그랬다. 저녁 무렵, 거기서 식구들과 둘러앉아 돼지갈비라도 뒤적거리고 있노라면 그런 대로 기분이 괜찮았다. 그래도 이만큼은 하고 산다는 자부심 같은 게 스멀스멀 허파를 간지럽히는 것이었다. 비록 서민 아파트지만—서른 평 마흔 평짜리라면 더 말할 것 없고—서울을 지척에 둔 곳, 그것도 관악산과 청계산을 좌우에 거느린 천혜의 주거환경이다, 그리고 구질구질한 뒷골목이라고는 눈 씻고 봐도 없는, 일백 프로 계획도시인 이곳에 자리를 잡을 수 있었다는 사실에 대해 새삼 행복해지는 것이었다. 지난 4~5년 동안 아파트 시세가 엄청나게 올랐다. 스물다섯 평짜리가 억대를 넘어선 지 오래라고 한다. 자칫했더라면 영영 기회를 놓칠 뻔하지 않았는가. 모두 억대 부자가 되어버린 이 작은 도시의 주민들은 그래서 근년 들어 씀씀이도 더 푼푼해졌다. 주말이면 외식 나온 가족들로 하여 이 식당가가 으레 붐비곤 했던 것이다.

주문한 것이 그저 갈비 3인분과 소주 한 병에 지나지 않았는데도 그 두 가지 음식이 다 조금씩 남았다. 술이야 원래 그렇다 치고, 노인네의 식사량이 눈에 띄게 줄어 있었다. 먹성 한 가지는 타고난 양반인데, 라고 생각하자 그는 마음 한구석이 허전해져 왔다.

"그래도 밥 묵능 거 하나는 끄떡없다 아이가."

상에서 물러나 앉으며 노인이 말하였다. "하루 삼세 끼, 꼬박꼬박 한 그릇씩 비워 낸다 카이. 요새 젊은 앗들, 까딱하마 밥맛 없다 카더라마는 내사 그기 무신 말인동 안죽 모르고 산다 아이가."

"국수 좋아하셨잖아요. 한 근짜리는 혼자 자시곤 하셨는데……."

"하모! 그거 가주고는 한이 안 차다라. 근 반은 삶어야……."

"고기두요. 특히 기름 많은 걸 좋아하셨지요."

"하모! 돼지비계 같은 거 좋더마는. 꾸시한 기…… 시장바닥에서 와, 그거마 볶아 파는 데 안 있나. 돼지껍디하고 말이다. 남들은 쪼매마 묵으도 설사한다 카더라마는 어데, 내사 백날 가도 탈 한분 안 나더라. 한창 묵을 때는 대접으로 수북하이 달라 캐서 묵고 안 했나. 그래도 탈은 무슨 탈. 끄떡없더라 카이."

결코 과장이 아님을 그는 잘 알고 있었다. 당신 말처럼 불과 한두 해 전만 해도 석이 녀석과 막상막하였는데 싶어 그는 또 마음이 허전해졌다. 갈비 3인분이라면 녀석 혼자 해치울 양이었다.

그다음으로 찾아간 곳은 안경가게였다. 노인의 고집을 막무가내로 꺾고 그는 기어이 새 안경을 맞추었다. 기왕이면 고급으로 해달랬더니, 이미 거래가 있어 낯이 익은 주인이 익살스럽게 대꾸하였다.

"고급이구말구요. 이 정도면 국회의장급입니다."

전혀 익살만은 아닐 터인데도 불구하고 노인의 얼굴에서 그것은 어쩐지 제 값을 못하는 것 같았다. 이마의 상처도 거슬리지만, 그보다 노인의 꾀죄죄한 입성 탓일 법하였다. 그는 옆의 쇼핑센터로 노인을 안내하였다. 지하 2층 지상 6층의 그 건물 안에는 모든 것이 다 있었다. 5층 남성복 매장에서 양복 한 벌을 골랐고, 3층에서 와이셔

츠와 넥타이를, 그리고 2층 매장에서 쥐색의 중절모자를 찾아냈다. 구두는 굳이 바꿀 이유가 없었다. 그만큼 새것이었다. 처음에는 몇 번 사양하다가 결국은 그가 하자는 대로 수굿이 따라오던 노인네도 이 대목에 이르러서는 완강하였다.

"야가 와 이카노? 니 시방 누구한테 돈자랑 하자 카나 머하노? 그 카든가 먼가는 안 갚어도 되능 기가?"

노인은 역정을 내기까지 하였다. "니 한분 봐라 이거. 새거 아이가? 그동안 안 신고 나돗다가 인자 살마 얼매나 살꼬 싶어서 요새 들어 신는다 카이. 내한테 새 구두가 머 하로 필요하겠노?"

그의 기분 같아서는 내친 김에 머리끝에서부터 발끝까지 일습을 새로 갖춰드리고 싶었지만 더 이상 고집할 도리가 없었다. 대신에 문제의 혁대만은 기어이 바꾸어 매게 하였다. 마침내 쇼핑센터를 나섰을 때 노인의 모습은 완연히 달라져 있었다. 그는 헌옷 꾸러미를 한 손에 들고, 또 한 손으로는 노인의 팔을 부축한 채 가등이 하얗게 깔린 밤거리를 걸어갔다. 젊은 남녀 한 패거리가 와자지껄하며 지나갔다. 두 부자는 잠시 걸음을 멈추고 서 있었다.

아파트의 창문들은 이제 거의 다 환하게 불 켜진 상태였다. 승용차들이 하나씩 와닿고 있었다. 최근 몇 년 동안 차가 엄청나게 불어났다. 저녁 9시만 지나면 더 이상 주차할 자리가 없다고 한다. 아내가 불평하던 말을 그는 문득 떠올렸다. 같은 계단을 쓰는 우리 열 가구 중에 차가 없는 집은 딱 세 집뿐이라고 하였다. 그런데 정작 한심한 것은, 그 세 집이 다 훈장댁이라는 것이었다. 그는 혼자서 히죽이 웃었다. 낯선 이웃들이 서둘러 제 구멍을 찾아 기어들고 있었다. 그는 한발 앞서 아파트의 계단을 성큼성큼 올라갔다. 아내의 귀가를 추호도 의심하지 않았다.

그를 맞아준 것은 그의 책가방이었다. 그 손때 묻은 물건이 철제 손잡이에 변함없이 걸려 있었다. 이번에야말로 아내의 귀가를 추호도 의심치 않았기 때문에 그는 조금 당황하였다. 아니, 좀 황당한 기분이 들었다. 이 여자가 어떻게 된 거지? 가출했나? 문득 그런 생각이 들었다. 그러나 그는 픽 웃고 말았다. 그리고 그 웃음이, 당황스럽고 황당하기까지 한 기분으로부터 그를 구해 주었다. 가출? 그는 한 번 더 벌쭉 웃었다. 그런 충동을 느껴본 적은 있느냐고 물어 보기는 해야지, 하고 그는 작정하였다. 집을 찾는 일을, 내가 자주 성가시게 느끼듯이 말이야.

"와 그라고 있노? 니 안사람, 안죽 안 왔나?"

뒤따라 올라온 노인이 더 놀라고 난감한 표정을 지었다. "무신 일 생긴 거 아이가? 이래 기양 있어도 되는 기가? 어데 이부제라도 좀 물어 보능 기 안 좋겠나 싶구마는……."

"무슨 일 있을라구요. 괜한 걱정 마세요. 시내라도 나간 모양이지요 뭐."

여기서 시내란 서울 쪽을 뜻한다. 그쪽으로 나들이해야 할 일인들 왜 없으랴. 그쪽은 1천만이 넘는 인구가 아글바글 모여 사느니만치 아내라고 하여 사고무친일 턱은 없다고 그는 생각하였다. 그 안엔 친구도 있고 일가붙이도 당연히 있으리라. 오랜만에 어울리다 본즉 늦어지고 있겠지. 애초부터 이럴 생각이야 아니었을 테지. 어쩌면 찻길이 막혔는지도 모른다. 아, 그놈의 서울 쪽 교통 사정이라니! 그는 열심히 궁리하면서 스스로 고개를 주억거리기도 하였다. 그런데 노인이 또 참견하였다.

"시상이 워낙 험해 놔서⋯⋯ 요새 젊은 여자들 밤길 댕기겠더나 어데."

"걱정 마시라니깐요. 그렇게 젊은 여자도 아닙니다."

그는 좀 짜증스럽게 대꾸한 다음 거의 충동적으로 옆집 초인종을 눌렀다. 그리고는 스스로도 놀라 뒤로 주춤 물러섰다. 다행히 반응이 없었다. 이 집도 비었는가 보다고 생각하고 등을 돌려 세우는데 그때서야 여자의 조심스런 목소리가 흘러나왔다.

"누구세요?"

문은 닫힌 채였다. 아마도 렌즈 구멍으로 내다보고 있을 테지. 그는 상대가 이쪽을 잘 확인할 수 있도록 얼굴을 쳐들고 커다란 소리로 대꾸하였다.

"옆집인데요, 503호입니다만⋯⋯?"

"그래서요? 무슨 일이신데요?"

문이 열릴 기미는 없었다. 그는 잠시 주저하였다. 언젠가 아내에게 들은 바로는, 젊은 맞벌이 부부가 산다고 하였다. 목소리로의 주인공은 아무래도 그 부인은 아닌 듯 나이와 촌스러움이 느껴졌다. 나이 든 가정부이거나 또는 시골서 올라온 노모인 모양이라고 짐작되었다. 별 기대 없이 그는 물었다.

"혹시 우리 집사람 어디 간다는 얘기 없었습니까?"

"글쎄요, 암말 없었구만요. 안에 안 계시우?"

"네, 어딜 갔는지 없구만요. 실례 많았습니다, 감사합니다."

그는 닫힌 문에다 대고 두어 번 머리를 숙였다. 저쪽에서는 더 이상 대꾸가 없었다. 하지만 이쪽의 거동을 계속 지켜보고 있는 듯 은밀한 기척이 느껴졌다.

두 부자는 다시 아파트 계단을 내려왔다. 더 이상 갈 곳이 마땅치 않았다. 단지 안길을 조금 걷다가 필경엔 어린이놀이터로 되돌아왔다. 아까 그 벤치에 누가 먼저랄 것도 없이 자리들을 잡았다.

놀이터는 텅 비어 있었다. 그네도, 미끄럼틀도, 시소도 한결같이 허전한 모습이었다. 철봉대며 회전그네며 정글 같은 철근 구조물들이 가등 아래 차갑게 보였다. 모랫바닥에는 아이들이 남긴 무수한 발자국들이 무슨 상형문자이기나 하듯이 가득 펼쳐져 있었다. 과자 포장지들이 여기저기 굴러다니고, 그리고 세발자전거 한 대가, 아마도 윗도리일 법싶은 옷가지 한 점과 함께 갓 쪽에 버려져 있었다.

"저거 보래이."

노인이 그쪽으로 눈을 주며 입을 뗐다.

"자전거고 머고 말캉 내삐리고 갔데이. 요새 앗들, 머 하나 기룹은 기 없다 카이."

그는 잠자코 듣기만 하였다.

"핵교 댕기는 앗들도 똑같다 카더마는 머든지 살 줄만 알지 지 물건 간수하는 거는 도통 관심 밖이라 카이. 너거 때하고는 마이 다르다 아이가."

그는 잠자코 웃기만 하였다. 대구에서 다니던 국민학교 시절, 어쩌다 필통을 통째로 잃어먹고는 엉엉 울었던 기억이 떠올라 웃음을 더 깊게 하였다. 노인은 말을 좀더 계속할 듯하더니 그만두었다. 새삼스럽게 주위를 한차례 두리번거렸다. 그리고는 앉은 키를 낮추어 윗몸을 등받이에다 기대었다. 쥐색 중절모 아래에서 국회의장급 안경이 가등빛을 받아 번쩍거렸다. 그렇게 한동안 허공에다 무연히 눈길을 주고 있다가 노인이 불쑥 말하였다.

"그느마를 우야마 좋겠노?"

피곤과 졸음기가 묻어 있는 목소리였다. 그는 번쩍 정신이 들었다.

"예? 누구요?"

대답이 없더니 한참 만에 노인은 또 중얼댔다. "차말로 그느마를 우야마 좋겠노?"

그리고는 한숨을 후우 하고 내쉬었다. 그는 두 번 다시 묻지 않았다. 저쪽 아이들 중에 어느 녀석이 또 당신 속 썩일 짓을 저질렀나

보다고 생각했을 뿐이었다. 그 동생들을 두고 생각하노라면 그로서는, 배가 다르다기보다 세대가 다르다는 느낌이 더 앞서곤 하였다. 하긴 그들과 최소한 20년 이상의 틈이 가로놓여 있지 않은가. 세대가 다른 만큼 의식이나 정서가 다르고, 그런 것이 다른 만큼 당연히 생활 양태가 달랐던 것이다.

"너거들하고는 우째 그래 다르꼬……."

노인은 또 한차례 깊은 한숨을 토해 놓았다. 입을 다물고만 있을 수가 없어 그는 다시 입을 열었다.

"말씀해 보세요. 무슨 일이 있는 거군요?"

그러나 노인의 대꾸는 정작 가벼웠다. "아이다. 일은 무신 일, 기양 쪼매 속상한 기 있어 그카는 기지 머……."

그 쪼매 속상한 것이 뭐냐고 그는 묻지 않았다. 캐묻는다고 해서 대답할 노인네도 아니라는 사실을 그는 잘 알고 있는 터였다. 서로를 위해 어떤 선은 필요하다고 그도 수긍하는 바였다. 더 이상 헤쳐 놓는 일은 두 쪽을 다 성가시고 피곤하게 만들 것이었다. 대화가 끊긴 채 두 부자는 조용히 앉아 있었다. 하루의 피곤이, 이제야말로 더 이상 감당해내기 어려운 무게로 짙게 느껴져 왔다. 두 사람은 어느새 꾸벅꾸벅 졸기 시작하였다.

그는 밤길을 가고 있었다. 숲이 무성한 산길이었다. 달은 있었는지 없었는지 모르겠다. 길은 어둡고 험하고 그리고, 너무 멀고 멀었다. 산 두 개를 넘어야 이모 집이었다. 아버지는 늘 그를 데리고 나섰다. 비록 열 살 남짓한 때였지만 그래도 밤중 산길에서는 마음 든든한 짝이 된다는 것이었다. 그 무렵 아버지는 자주 이모 댁을 찾곤 했었다. 그의 가족이 고향을 떠나 대구 바닥으로 나앉은 직후였고 몹시 궁하게 살 때였으므로 방문의 이유는 자명하였다. 차편이라고는 단지 그것밖에 없었다. 벽촌 간이역인 남성현역에는 자정이 넘어서야 닿았다. 거기서부터 큰 산봉우리 둘을 걸어서 넘어야 했던 것이다. 이모 댁에 닿고 보면 온몸이 땀으로 흠씬 젖어 있곤 하였다. 어린 그에게는 힘겨운 길이기도 했지만, 그러나 무엇보다 무서움 때문이었다. 인가도 없는 험한 산길을 오밤중에 넘는 일은 늘 오금을 저리게 했던 것이다. 무섬기를 쫓기 위해 아버지는 자꾸 말을 시켰다. 때로는 노래를 부르게도 하였다. 그가 굳이 입을 다물고 있을라치면 당신이 대신 하였다. 어린 그를 상대로 온갖 얘기들을 늘어놓곤 했던 것이다. 이제는 거의 아무것도 기억해낼 수가 없다. 그러나 잊혀지지 않는 말도 있다. 언제던가, 당신이 불쑥 꺼냈던 수수께끼가 그것이었다.

"시상에서 젤로 무섭은 기 먼지 아나?"

그는 열심히 궁리한 끝에 답변했었다. "호랑이요."

"호랑이가 머가 무섭노."

아버지는 단호히 고개를 내저었다. "호랑이라 카는 짐승은 영물이라 함부로 사람을 해코지하는 일이 없다 아이가. 지 배 부르마 퇴끼 새끼 한 마리 손 안 댄다 카이."

"그라마 구신요 구신, 도깨비 같은……."

"차말로 구신 낮밥 묵는 소리 하네. 시상에 구신이 어딨고 도깨비가 어딨더노? 그런 거를 미신이라 안 카나. 핵교 댕기는 아가 우예 그런 소리를 하노?"

"아부지는요? 그라마 아부지는 머가 젤로 무섭어예?"

"사람 아이가. 세상에서 젤로 무섭은 기 바로 사람인 기라. 이런 데서 생판 낯선 사람하고 턱 마주쳐 봐라. 얼매나 간이 오그라붙을 일이겠노. 차라리 호랭이가 낫지. 도깨비고 구신이 어데 따로 있나. 인간이 바로 그기라 카이."

그는 물론 이해할 수 없었고, 그래서 아무런 대꾸도 하지 못했었다. 유독 이때의 얘기만 지금까지 잊혀지지 않고 머릿속에 남아 있는 까닭이 무엇일까 하고 그는 곰곰 생각에 잠겼다. 무엇일까…… 무엇일까…… 까닭은…… 그러던 어느 순간에 그는 흠칫 놀라 고개를 쳐들었다.

깜박 졸았던 모양이다. 턱 언저리에 무언가 스멀거리는 느낌이어서 손등으로 훔치고 본즉 침이었다. 그는 삐딱하게 흘러내린 안경을 고쳐 쓴 다음 주위를 뚤레뚤레 둘러보았다. 텅 빈 놀이터, 어두운 하늘, 가지런히 불 켜진 창들 따위가 몽롱한 시선에 잡혀들었다. 바로 옆자리에서 잠이 든 노인의 모습을 발견한 것은 되레 나중의 일이었다. 어쨌거나, 노인은 머리를 가슴팍에다 잔뜩 꺾은 채 잠이 들어 있었다. 예의 쥐색 중절모는 땅바닥에 굴러떨어진 지 아마도 오래인 듯 민둥한 정수리를 그대로 드러낸 채였다.

노인이 느닷없이 고개를 불쑥 쳐들더니 뭐라고 외쳐댔다. 두 손을 내저으며 무언가를 내쫓는 시늉까지 하였다. 꿈을 꾸고 있는가 보다고 그는 생각하였다. 가위눌린 사람의 몸짓이었다.

"왜 그러세요? 아버지. 아버지!"

그는 노인을 흔들어 깨웠다. 그러자 노인은 냅다 비명을 지르며 그를 거칠게 떼밀어냈다. 칠순 노인의 힘이라고는 믿어지지 않을 만큼 세찬 것이어서 자칫 뒤로 벌렁 나가떨어질 뻔하였다. 그는 망연자실한 채 멀거니 지켜보고 있을 수밖에 다른 도리가 없었다. 그는 묵묵히 허리를 굽혀 발치께에 나뒹굴고 있는 모자를 집어들었다. 왠지 손이 후들후들 떨렸다.

노인은 잠시 의식을 챙기는 듯싶었다. 들숨 날숨을 한차례씩 길고 요란스럽게 하고는 내처 빈 입을 쩝쩝 다시고 나더니 비로소 부스스 얼굴을 쳐들었던 것이다. 안경이 코끝에 걸려 있었다.

"가마이 보자…… 여가 어데고?"

잠긴 목소리였다. 장거리 전화를 통해 듣던 바로 그 음성이었다.

"내가 깜북 했던갑제?"

"저두요……"

그는 웃으며 대꾸하였다. "당연하시죠 뭐. 먼길 오셨겠다, 목욕하셨겠다, 그리고 또, 막 식사하셨지요."

"하모, 그라고 보이까네 쪼매 곤하구마는…… 늙으마 잠이 없다 카는 거도 다 빈말 같더라. 내사 아무 데서나 꿈벅꿈벅 잘 존다 카이."

"무슨 꿈 꾸셨어요? 뭐라고 소리치시던데요?"

"개가, 껌둥 강새이가 항꾼에 시 마리나 나타나 가주고 나한테 막 안 덤비나. 어찌나 씨껍묵었는지 등때기가 다 척척하다 카이."

노인은 그러면서 등 쪽으로 손을 가져갔다. "요새 꿈자리가 좀 시끄럽다 아이가. 눈만 붙였다 카마 벨 꿈을 다 꾼데이."

"자리가 불편해서 그러겠지요 뭐."

그는 우정 대수롭지 않게 받아들이고는 일어났다.

아무도 전화를 받지 않았다. 공중전화 부스에서 나온 그는 아파트로 갔다. 계단을 오르면서, 이게 몇 번째인가 셈해 보았지만 자꾸 헷갈리기만 하여 그만두었다. 5층까지 올라갔을 때 변함없이 그를 맞아 준 것은 자신의 손때 묻은 가방뿐이었다. 이런 상황을 진작부터 예측해왔던 것처럼, 또는 기왕에 잘 길들여지기라도 한 것처럼 그는 담담하였다. 돌아서 층계를 다시 되짚어 내려오다가 석이 녀석을 떠올리고는 한마디 투덜댔다. 그 녀석이 제 집구석을 기억하고는 있는 건가?

놀이터로 되돌아와 보니 노인은 다시 잠들어 있었다. 이번에는 벤치 위에 모잡이로 드러누운 채였다. 옹색한 자리라 잔뜩 움츠린 자세여서 노인의 몸뚱이가 더 작고 잔약하게 느껴졌다. 머리맡에 모자와 안경이 얌전하게 놓여 있었다. 그는 그것을 집어들고는 그 자리에 앉았다. 고개를 젖히고 밤하늘을 쳐다보았다. 하현달이 떠올라 있었다. 오늘이 며칠이던가? 잠시 더듬어 보았지만 얼른 생각나지 않았다. 다시 고개를 꺾고 노인을 내려다보았다. 깊은 잠에 떨어진 듯싶었다. 멀고 먼 길을 훌쩍 떠나버린 것처럼 몹시 적막한 느낌이었다. 그래서일까, 아버지와 동무하여 밤의 산길을 걷던 때가 불쑥 떠올랐다. 그러나 그 회상은 금방 차단되었다. 갑자기 앙칼진 여자의 비명 소리가 터져 나왔기 때문이었다. 그는 고개를 쳐들고 주위를 둘러보았다. 불 켜진 창마다 똑같은 소리들이 쏟아져 나오고 있었다. 목하 인기 절정의 텔레비전 연속극이 방영 중인 모양이었다.

(1993)

짧은 황혼

주방 앞에서 강 여사는 주춤하고 발길을 세웠다. 안에서 뭐라고들 소곤거리는 소리가 흘러나왔던 것이다. 그렇다고는 해도 참 이상한 노릇이다. 평소 같으면 거침없이 문을 열어젖히고 이렇게 내뱉었을 그녀였다.

"문 처닫아놓고 머 하노? 늙은 것들이 우세할라카나?"

그러나 이날만은 어쩐 셈인지 스스로 제동이 걸렸다. 강 여사는 가만히 귀를 기울였다.

"그 징헌 늠이 과연 내 새낀지 몰러. 시방도 외눈 한짝 껌뻑하지 않는 거여! 허지만 쪼께만 더 두고 보더라고. 애비가 이러고 나오는디 지도 영 내 몰라라 헐 수야 없는 일 아니겠어?"

"자기가 너무 안돼 보인다니까 그래. 괜시리 되지도 않을 일 벌이는 거 아닐까?"

"무슨 소릴 하구 있는겨 시방? 아, 그라면 손들고 말자는 거여 뭣이여? 자기는 그래도 무관허다 그런 쪼여, 시방?"

"괜한 어깃장 놓지 말아요. 나두 자기랑 얼마나 같이 살고 싶은

데……."

 이쯤에서 돌아서는 게 옳을 듯싶었다. 안에 있는 두 사람이 누구인가를 금세 알아챘고, 지금 무슨 얘기를 하고 있는지도 빤한 까닭에서였다. 그럼에도 불구하고 도무지 발길을 돌려세우지 못하는 자신이 참 이상도 하다고 강 여사는 생각하였다. 오히려 귀가 더 크게 열렸다.

 "나한테 한 육백 있는데 그거 가지고 안 될까? 저쪽 이주단지 마을에 지하방 하나쯤은 얻을 수도 있을 거 같은데 자기 생각은 어때?"

 "또 씨잘데없는 소리!"

 "왜 씨잘데없수?"

 "아, 생각 좀 혀보더라고! 방은 그렇다고 혀. 그걸루 다여? 허다못해 숟가락 냄비는 있어얄 꺼 아녀?"

 "각자 쓰던 거 들고 나오면 되지 뭘 그래요. 누구 와보란 듯이 신접살림 차릴 것도 아닌데……."

 "무슨 소리? 어째 아녀 그것이? 나는 그렇게 못혀. 웬만치는 챙겨가지고 나갈 거여. 아니, 나중 또 손 내밀 것인가?"

 강 여사는 비로소 발길을 돌린다. 입이 좀 심심하던 터라 커피나 좀 끓여볼까 하던 것을 일단 포기하였다. 뒤늦게 인기척을 하고 주방 안으로 들어서기가 어쩐지 민망스런 기분이 든 탓이었다.

 "아이고 시상에……."

 강 여사는 돌아서며 혀를 찼다. 요즘 시속이라는 게 도대체 어떤 판속인지, 젊은것들이나 늙은것들이나 남녀가 어울렸다 하면 그저 짝짓기하느라 체면이고 분수고 죄다 팽개치고 돌아가는 꼴 아닌가 말이다. 할머니 방으로 되돌아온 강 여사는 혼자서 얼굴을 붉히기까지 하였다.

"차말로 남세시럽어서……."

강 여사는 방바닥에 털푸덕 주저앉았다. 괜시리 속이 상하였다. 혼자서 패를 떼던 할망구가 잠시 손을 멈추고 돋보기 쓴 얼굴을 쳐들었다. 쪼글쪼글한 주름살들이 칼자국처럼 이마에 선명하다. 하지만 말은 없다. 홀쭉한 볼따구니를 두어 번 옴싯거렸을 뿐, 다시 화투장 뒤집는 일로 되돌아갔다. 눈보다 귀가 먼저 깜깜해진 터라 웬만해서는 입을 여는 일부터 삼가고 있었다. 입 속이 아무리 구리다고 해도 그런 할망구를 상대할 수야 없는 노릇이라 강 여사는 속이 더 폭폭해졌다.

8단지 노인회 안에는 공인 비공인 짝꿍이들이 기왕에도 여러 쌍 있었다. 등록 회원 수만도 남녀 합해 100명이 넘는데다 소위 싱글이 많은 까닭이었다. 게다가 배운 사람 많고 비교적 여유들도 있었다. 자칭 거물(去物)이니 고물(古物)이니 해도 기분만은 젊은 세대 못지않은 것이다.

황씨와 여주댁도 말하자면 그런 쌍들 중 하나였다. 황씨 노인은—어디까지나 본인의 말인즉슨—젊어 한때는 목포 어판장에서도 알아주던 거간꾼이었다고 한다. 슬하에 아들 셋 딸 하나를 두었는데

이 징헌 놈들—이것도 물론 그의 말이다—을 대학까지 다 공부시키고 나서 각각 짝을 메워 내보내고 나니 그 수월찮던 재산도 우습게 거덜나고 말더라는 것이었다. 지금은 중고등학교 교사인 큰아들과 7단지의 방 겨우 3개짜리 서민 아파트에 살고 있는 처지에 툭하면 아들더러 딴살림 차려 나갈 터인즉 최소한 13평짜리 아파트 하나는 마련해줘야 할 게 아니냐고 막무가내로 생떼를 쓰고 있는 중이었다.

여주댁은 딸 내외와 함께 사는 것으로 알려져 있었다. 딸 둘을 키워 출가시킨 후에도 혼자 되기 전까지는 아들 귀한 줄을 별로 모르고 살아왔노라고 하였다. 그만큼 금슬이 좋았던 것이다. 그러나 바깥양반을 잃고 나니 사정이 달라졌다. 두 해쯤 혼자 살다가 딸네 집으로 기어든 게 불과 지난해 겨울의 일이었다. 하지만 그 세월만으로도 족하다고 여주댁은 자주 푸념했었다. 처음에는 사위 눈치가 보이더니 이제는 딸 눈치까지 봐야 하는 신세가 되고 말았다는 것이었다. 짝을 잃은 외로움은 외로움대로, 또 딸 내외에 대한 서운함은 그것대로 쌓아가며 사느니보다 움막일망정 서로 등 기댈 수 있는 사람과 편안하게 사는 날까지 살고 싶다는 소리였다.

알려진 바로는 황씨가 예순여섯, 여주댁이 예순둘 드는 나이였다. 누가 나서서 말릴 일도 아닌 것이다. 지난봄에는 두 쪽 다 일흔이 넘은 한 쌍이 양가 자손들로부터 마침내 공인을 받아낸 적도 있었다. 적어도 두 분 중 어느 한쪽이 먼저 세상을 뜨는 날까지는 양가를 오며 가며 사시도록 피차 공평하게 모시기로 2세들끼리 합의를 이루었던 것이다. 그런가 하면, 오랜 짝꿍이면서도 여전히 비공인 상태로 남아 있는 경우도 물론 많았다. 일흔이 넘은 김 교장과 그보다 여섯이나 아래인 남 여사의 경우가 그랬다. 교장 선생의 인품에 반한 남 여사 쪽은, 한 재산 미리 떼어달라고는 않는 대신에 최소한 파출부 사례금 정도만 다달이 적금으로 부어주겠다는 약속이라면 기꺼이 들어가 노인네 수발을 맡겠다고 했지만, 은행에 나간다는 교장 아들이 끝끝내 받아들이지 않았던 것이다. 순수하지 못하다는 게 이유였다. 딴은 그렇기도 하였다. 그렇잖아도 늙은이들의 주책이요 망령으로 비칠 판에 무슨 놈의 적금 타령인가 말이다. 하지만 남 여사 쪽 처지를 보면 굳이 이해 못할 바도 아니었다. 그 할망구는 의지가 지없는 신세로 여기저기 경로당으로나 떠돌며 살고 있는 처지라 나중 일도 생각 않을 수 없는 노릇이던 것이다. 요즈막 세상 인심이 그렇지 않던가. 교장 선생 살아생전에야 아무려면 어떠랴만, 이미 칠십 고령이다. 어느 날 덜컥 눈감아봐라, 그 자손들 중에 누가 자기를 거들떠보기나 할 것이냐고, 그 할망구는 넋두리하였던 것이다. 옳은 말이었다. 파출부 어쩌구 하는 식으로 너무 솔직하게 까발리긴 했어도 경우에 그른 말은 한 마디도 없지 않나 싶었다. 그걸 두고 순수하네 못하네 하는 쪽이 오히려 속 뵈는 짓이란 생각에는 지금도 변함이 없는 강 여사였다.

　황씨 노인과 여주댁의 사랑놀음도 영구 비공인으로 끝날 공산이 컸다. 황씨의 요구가 너무 넘치기도 할뿐더러, 그 아들 내외의 태도로 보아 도무지 가망성이 없어 보이던 것이다. 이대로 살아내기에도 팍팍한 처지에 무슨 뚱딴지같은 소리냐, 한 재산 물려준 것도 아니면서 늘그막에 웬 혹까지 만들어 달겠다는 거냐고, 특히 그 며느리가 이집 저집 반상회가 열리는 자리마다 시아버지 흉을 보고 다닌다지 않던가 말이다. 천상 남자 그늘이 아니면 살아가지 못할 것같이 유별나게 구는 여주댁 행동거지도 못지않게 흉잡히고 있을 건 뻔한 이치겠다. 그리고 보면 두 노인네가 신접살림 차리고 나설 가망성이라고는 도무지 감감한 노릇임이 분명한데도 저렇게 몸들이 달아 있으니 장차 이를 어찌할꼬 싶은 걱정도 없지 않았다. 강 여사는 명색이 8단지 노인회 여총무이기도 한 까닭이었다.

화투점을 떼고 있던 쭈그렁바가지가 헤뜩헤뜩 웃기 시작하였다. 바닥을 내려다본즉 팔공산 스무 끗에 매화 열 끗이 떨어져 있다. 참 가관이다 싶은 차에 등 뒤에서 불쑥 참견하는 소리가 있다.

"아따, 달밤에 님 만날 운수네!"

여주댁이다. 손에 과일접시가 하나 들려 있다.

"이 사과 자시고 그 팰랑 나한테 팔아요. 성님이야 얻다 쓰시겠수? 달밤에 나가봤자 괜시리 감기만 얻지, 안 그래요?"

쭈그렁바가지는 웃을 때도 역시 쭈그렁바가지다. 잇몸뿐인 입 속을 허전하게 드러낸 채로 오물오물 대꾸하는 말이 천천히 새기고 본즉 이랬다.

"헛것이기는 사과도 마찬가지구먼. 내가 한쪽이라두 씹을 수가 있어야 말이지…… 팔공산에 이매조가 그래도 눈요기엔 더 좋을 성 불러. 아우님 생각은 안 그런가?"

강 여사더러 동의를 구하는 얼굴이었다.

"말해 뭐 합니꺼. 성님 말씀이 백번 옳다 아입니까."

강 여사는 여주댁 쪽을 향해 눈을 잔뜩 흘기며 핀잔을 주었다.

"이늠으 예펜네는 지가 몇 살 덜 묵었다꼬 세상 연애는 지 호분차 다 특허 낸 거맨치로 착각하고 산다 아입니꺼. 카지만은 그거 어데 말이나 됩니꺼? 맴이 언제나 청춘인데 성님이라꼬 기분 몬 낼 꺼 뭐 있어요? 오늘 운수 댓낄이네요. 성님도 기분 팍팍 내소 마!"

좀 과장되기는 했지만 진심이었다. 여주댁보다 강 여사는 두 살이 위였던 것이다. 그렇다고 도매금으로 거물시(?)당하는 것 같아 부아가 치밀기까지 하였다. 지는 무슨 10대 소년 줄 아는가. 아무리 둘끼리만 나누던 대화라고는 해도 좀 전에 엿들었던 말들이 자꾸만 간지럽게 되살아나 강 여사의 심사를 꼬이게 만들었다. 기어이 한마디 더 내뱉고 말았다.

"국수 언제나 줄 끼고?"

여주댁이 눈을 동그랗게 뜨며 요즈막 애들 투로 반문하였다.

"웬 국수?"

눈 가장자리로 간잔조롬하게 주름살이 몰려 있다고는 해도 아직은 여간 예뻐 보이지 않는 눈이다. 남편 귀염을 꽤나 받았겠다 싶고, 그런 여편네일수록 혼자서는 못 산다던 말도 생각났다. 황씨 노인과 사귄 지 불과 1년 미만에 벌써 설악산이다 부곡온천이다 둘이서만 신명나게 돌아친 적이 여러 차례로 소문나 있었다.
"이주단지 쪽에 방을 얻기로 했다며? 신방 차릴라면 국수부터 말아야 될 꺼 아이가? 야박시럽기 그것도 안 할라꼬?"
여주댁 눈빛이 더 살가워진다.
"성님은 또 웬 이주단지유? 어디서 방귀 냄새 맡긴 했는가 뵈?"
"마, 방구 냄새 정도가 아이다. 내겉이 짝꿍이 없는 사람은 서럽어서 어데 살겠더나. 냄새 고만 피우고 얼른 퍼떡 시집갔부라그마!"
"성님 보소, 남의 말이라고 그래 쉽게 하들 마소. 내사 마 애간장이 뽀작뽀작 탄다 아입니꺼!"
강 여사를 흉내내고 나서 여주댁은 해낙낙하게 웃었다.

볕이 들 동안은 웃옷을 벗어 걸 정도로 따뜻하더니 해가 기울고 나자 금방 써늘해졌다. 8단지 노인회 부회장인 서 노인은 윗도리를 걸친 다음에 다시 붓을 잡았다. 그리고는 흙 토자 길 영자 구할 구자 등 낱자들을 책받침만큼씩 자른 화선지 위에다 한 자씩 정성들여 써 나갔다. 오후 내내 헌 신문지들을 적셔냈던 글자들로서 서도에 입문하는 회원들에게 체본으로 줄 작정이다.
숟가락질하기에도 손이 떨리는 판에 이제 와서 무슨 붓을 잡느냐고 회원들은 으레 고개부터 내젓기 일쑤였다. 굳이 배워서 어디다 써먹겠느냐고도 하였다. 단지 시간 죽이기에 뜻이 있는 것이라면 보다 손쉬운 놀이가 얼마든지 있지 않느냐고 반문하는 사람도 있었다. 그래서 경로당 방에는 화투니 바둑이니 마작 같은 놀이가 늘상 전을 벌이게 마련이던 것이다.

서 노인은 그런 생각이 잘못된 것이라고는 말하지 않았다. 처음에는 따분해 보일지 몰라도 조금만 해보면 그런대로 재미를 붙일 수도 있을 거라며, 그저 잔잔히 웃을 따름이었다. 그래도 어영부영 붓을 잡는 회원들이 하나둘 늘어가는 추세이기는 하였다. 가을 들면서부터 단풍놀이다 뭐다 몰려다니느라 그나마 손들을 놓아 버리긴 했지만 말이다. 오늘 아침만 해도 합천해인사 부곡온천 창원공업단지 등을 돌아오는 3박 4일 일정의 관광길에 떼거지로 나선 참이어서 경로당이 온통 썰렁해진 것이었다.

저녁답이 가을볕처럼 허무한 것도 없다. 기울었다 싶었는데 방 안이 금세 어둑어둑해져 버렸다. 서 노인은 붓대를 내려놓고 무연히 창밖으로 눈길을 내보냈다. 보이느니 겹겹이 막아선 아파트 건물들뿐이다. 앉아 있는 자리가 1층인지라 하늘은 끝자락도 구경할 수가 없다. 그런데 참 이상도 하다. 앞뒤좌우 할 것 없이 시멘트 벽들로 각지게 차단된 눈앞의 좁은 공간이 맑은 주황빛으로 일순 환하게 타오르고 있다. 마치 보이지 않는 저 위쪽에다 거대한 장명등이라도 막 내건 것 같았다. 뒤돌아보니 방 안이 온통 주황빛으로 가득 차 있었다.

하지만 일몰의 순간은 허무하리만큼 짧았다. 다시 창밖을 내다보앉을 때는 이미 꺼멓게 죽어가는 빛깔이었다. 눈앞의 공간이 상자 속처럼 음험해졌다. 서 노인은 망연자실한 채 꼼짝 않고 어둠 속에 앉아 있었다. 자주 경험하는 일이지만, 더할 수 없이 안타깝고 서운한 순간이던 것이다. 무언가 소중한 것을 어디에다 놓아버린 듯한 기분이기도 하고, 혹은 모호하지만 그러나 가슴을 쥐어짜는 것 같은 회한의 맛이기도 하였다. 하여간 진하게 아쉽고 막연히 가슴 미어지는 그런 상태였다. 60여 평생이 단지 한나절 소꿉놀이처럼 빤히 뒤돌아보일 듯도 싶은 것이었다.

갑자기 불이 확 켜지면서 사내처럼 걸걸한 목소리가 뛰어들었다.

"시상에…… 이래 어둡은 데서 불도 안 키고 혼자 머 하고 있어예?"

여총무 강 여사다. 목소리만큼이나 실팍한 몸집이 문틀을 꽉 채우고 있다.

"부회장님도 관광 가지 와 혼자 남았십니꺼?"

툭 내던지듯이 한 마디를 더 물은 다음 강 여사는 거침없이 안으로 들어섰고 그 뒤를 경비원 복장이 따라 들어왔다. 축 늘어진 늙은이 하나를 들쳐업은 채였다.

"고생했심더. 그 물건, 인자 아무데나 내리놓으소."

보아한즉 그 물건이 바로 황씨. 서 노인은 경비원을 거들어 황씨를 방바닥에다 뉘었다. 고주망태가 되어 정신을 놓아버린 몰골이다. 이게 벌써 몇 번짼가?

8단지와 7단지 사잇길 벤치 위에 널브러져 있더라고 하였다. 고개가 뒤로 잔뜩 꺾인 채 시뻘건 낯빛에 흰창을 반쯤 드러낸 얼굴이라 지나가던 아녀자들이 질겁을 하고 신고했다는 사연이었다.

"노인네가 약주를 얼매나 과허게 자셨으면 이 지경으루다 정신을 놓아버렸을까요? 눈에 잘 띄는 곳이라 그나마 다행이었다구유. 해는 떨어졌는디 사람 발길 닿지 않는 외진 곳에서 그러고 기셨다면 워쩔 뻔했어유?"

경비원이 손을 털며 떨구고 돌아선 말이었다. 강 여사가 가만히 있지 않았다.

"아이고, 저 순진한 양반 보소. 이 영감탱이가 지 죽을 자리 살 자리도 안 가리고 이라는 줄 아나? 얼마나 쌍악한 영감인데? 요새 앗들 말로 하자 카마, 다 통박 재보고 하는 짓이라카이!"

말하자면, 의도적인 주정이라는 것이었다. 평소에도 술을 좋아하는 데다 술버릇도 점잖은 편은 못 되던 황씨지만, 그렇다고 스스로 몸을 가누지 못할 만큼 폭음한 적은 없었다. 그러던 사람이 요즘 들어 툭하면 인사불성이 되게 퍼마시고는 아무데나 뻗어버리는 소행인즉 그 속이 빤한 것 아니냐는 소리였다. 아들 며느리를 상대로 한 늙은이의 추한 투정이라고, 강 여사는 진작부터 사정없이 비난해 마지않던 것이다.

"강 여사는 젊은 사람들 앞에서 못하는 소리가 없소."

서 노인이 은근히 나무랐다. "아무려면, 그렇게나 생각이 없을라고? 술 먹던 버릇은 여전한데 몸이 이젠 못 이기는 걸 가지구……"

"아따, 우리 부회장님도 억시기 답답시럽은 말씀만 해쌓네. 저 영감탱이가 얼매나 쑹악한 맴을 묵고 있는지 도통 머를 알고 기시야지…… 내 다 이바구해 보까요?"

"또 여주댁 얘기?"

"머라꼬요?"

강 여사는 돌연 입을 야무지게 다물더니 서 노인의 얼굴을 똑바로 쳐다보았다. 적지않게 위압감을 느낀 서 노인은 슬그머니 눈길을 비켜버렸다. 그리고는 두리번거리며 전화통을 찾았다. 줄을 기다랗게 늘인 전화기가 방 한쪽 구석지에 쓰레기통 빗자루 재떨이 등속과 함께 밀쳐져 있었다.

"가만있자…… 회원 명부는 또 어디다 처박아뒀더라?"

우정 중얼대며 이 구석 저 구석 기웃거리는 시늉을 하였다. 어쩐지 강 여사의 존재가 갑자기 버겁게 느껴진 때문이었다. 거침없는 말투며 툼박한 어깨와 허리통, 그리고 왈각달각하는 성깔 등이 말이다. 그것은 좀 두렵기도 하고 또 정답기도 한 그런 무엇이었다.

"이 냥반은 남 입에 쟉꾸 채우는 도사라카이. 아이고, 열불 나서 내 몬 살겠다 마!"

강 여사는 푸르딩딩한 낯짝을 하고는 찬바람 나게 횡하니 나가버렸다. 그 꼴을 보며 서 노인이 잠시 혼자 웃음을 지었다. 그리고는 회원 명부를 찾아내 황씨 댁으로 전화를 걸었다.

잔뜩 부어터진 얼굴로 횡하니 나가버렸던 강 여사가 잠시 후에 되돌아왔다. 무슨 심산에선지, 서 노인이 좋아하는 커피까지 두 잔 타 가지고서였다. 좀처럼 없던 일이다.

"연락은 됐어예?"

종이컵을 건네주는 강 여사의 두터운 손이 서 노인의 눈에는 색시 것 못지않게 복스러워 보인다.

"그 집구석에서는 뭐라캐예?"

"아들이 귀가하는 대로 보낸다고 하더만."

"며눌아가요? 그라믄 지 아들 말잉가 저 영감탱이 아들 말잉가?"

강 여사의 어투는 여전히 꼬부라져 있다. 재갈 물린 애기를 어떻게든 풀어놔야 개운해질 모양이었다.

"그야 남편 얘길 테지 뭐. 차가 있어야지, 어떻게 떠메고 가누?"

강 여사는 입을 비죽비죽하면서도 머리만은 끄덕인다. 서 노인은 빙그레 웃음을 머금었다. 늙은 씨름꾼 같은 이 할망구가 어쩌자고 이러누 싶었다.

서 노인의 커피잔이 비자 강 여사가 자기 것을 더 부어준다.

"우리 부회장님은 차말로 커피 하나 억시기 좋아한다카이! 이거 마이 묵으마 몸에 안 좋다카던데······."

그러면서 새삼스럽게 서 노인의 얼굴을 쳐다보았다. 그는 눈길을 옆으로 비킨다. 황씨가 뭐라고 씨부렁대면서 벽 쪽으로 돌아눕는다. 술 취해 널브러진 사람들은 흔히 몸집이 실제보다 더 커 보이는 법인데도 황씨는 전혀 그렇지 못하였다. 잔뜩 투정을 부리다가 제풀에 지쳐 잠이 든 악동처럼 아주 조그맣게 똬리를 튼 몰골이 애처롭기조차 하다. 아직도 술기에 부대끼는 듯 숨결이 거칠고, 입 가생이에는 침이 허옇게 말라붙은 채다.

서 노인은 무심결에 혀를 찼다. 늘그막에 이 무슨 투정들인가 싶던 것이다. 마치 첫사랑의 열병을 앓고 있는 철부지 아이들처럼 말이다. 늙은이라고 짝짓기하지 말라는 것은 아니다. 이 저무는 시간에 혼자 감당해야 할 외로움이 어떤 것인가는 물론 잘 안다. 그래서 늘그막에는 효자 열보다 등 긁어주는 악처가 낫다는 말도 있지 않던가. 나이가 들면 뼛속에서도 찬바람이 이는 법이다. 마르고 거친 손바닥일망정 서로 쓸어줄 수 있는 사람을 곁에 두고 싶은 마음이야 동변상련일 터였다. 그렇다고는 해도 이처럼 막무가내로 몸을 축내고 체면을 깎아가며 투정한다는 것은 아무래도 탐탁하게 여겨지지 않는 서 노인이었다.

이 나이를 살아오면서도 여전히 버리지 못하고 있는 것들이 너무나 많다고 서 노인은 생각하였다. 이제는 훌훌 털어버려도 그만일 듯싶은 것들에까지 오히려 더 완강하게 집착하는 심리가 있다고도 생각되었다. 비단 황씨만이 아닐 것이다. 세상만사가 온통 불만스러운 나머지 아무 때 아무나 붙잡고 시비 걸기 잘하는 퇴역 대령 장씨나, 걸핏하면 토라져서 사나흘씩 발길을 끊곤 하는 사법서사 출신 임씨, 그리고 이제는 누구 하나 귀기울여주는 사람이 없음에도 불구하고 허황된 소리들을 끝없이 늘어놓기 좋아하는 복덕방 구 사장 등이 다 그랬다. 하긴 그런 사람들 덕분에 노인회가 그나마 활력을 잃지 않고 살아 움직이고 있다고도 생각되었다.

"저 영감탱이가 무신 꿍꿍이를 품고 있는지 알아예?"

강 여사가 낮에 주방에서 엿들은 얘기를 하였다. 아까부터 꺼내고 싶어하던 화제가 그것이었나 생각하며 서 노인은 잠자코 귀를 기울였다. 강 여사야말로 무슨 꿍꿍이속인지, 늙은 왈순이답지 않게 허둥거리는 어투였다. 특히 600짜리 지하방이니 숟가락 냄비 운운하는 대목에서는 공연히 얼굴을 붉히기까지 하였다.

"떠꺼머리 총각이 과부한테 홀렸다 캐도 그래 뜨겁지는 몬할 꺼로요? 부회장님은 장차 저 둘을 우짤랍니꺼?"

서 노인은 그제서야 빙그레 웃고 나서 대꾸하였다.

"어쩌기는? 굿이나 보고 떡이나 얻어먹는 거지요 뭐."

"아따, 얻어묵을 떡이나 있으마 누가 시비하노!"

강 여사가 눈을 곱게 흘겨 뜨며 나무랐다. "까딱하마 송장치게 생겼으니 그라지, 내가 시집갈 것도 아인데 와 백죄 몸달아 할 끼고, 부회장님은 귀경하는 재미가 갠찮은 모양이구마는……."

서 노인이 고개부터 먼저 끄덕인 다음에 또 대꾸하였다.

"구경거리로 치면야 웬만한 활동사진보다 웃질 아니오? 로맨스 그레이라 해도 이만만 할라고 어디……."

"하문요. 연속극 맹글어도 좋을 꺼라카이!"

어인 속인지 강 여사도 맞장구를 쳤다.

"어째 생각하면 저 양반이 행복한 투정을 하고 있는 거 같기도 하고……."

"하믄요. 저래 좋아하는 사람이 있으이 우예 불행타 할 끼요……."

"저처럼 내놓고 투정하는 용기도 가상허고……."

"하믄요. 우리 부회장님은 늘상 옳으신 말씀만 한다카이!"

두 노인네는 마주 쳐다보며 한바탕 웃었다. 무슨 내통이라도 있었던 것처럼 마음들이 훈훈해졌다.

황씨 손자가 나타난 것은 그때였다. 고2짜린데, 학교에서 막 돌아온 참이라고 하였다. 얼굴은 앳되어 보였지만 덩치나 키는 헌헌장부 티가 완연한 녀석이었다. 할아버지를 모시러 왔다면서 그는, 조그맣게 웅크린 채 잠들어 있는 황씨를 내려다보며 싱글싱글 웃기부터 하였다.

"아버지랑 같이 왔는가?"

되레 민망스런 기분을 느끼며 서 노인이 물었다.

"아뇨."

"그럼 차는?"

"무슨 차요?"

"모시고 갈려면 차가 있어야지 않겠나?"

그러자 여전히 싱글거리며 녀석은 거침없이 대답하였다.

"제가 업고 가지요 뭐!"

서 노인은 더 묻지 못하였다. 왠지 모를 일이다. 그 말을 듣자 느닷없이 가슴이 꽉 막히는 느낌이던 것이다.

　황씨를 들쳐업은 녀석은 절까지 꿈벅 하고 나서 가뿐한 걸음걸이로 경로당을 나섰다. 가등이 하나둘 켜지기 시작하는 시간이었다. 아파트의 그 많은 창들은 거의가 환하게 불을 밝힌 채였고, 단지 안길은 귀가하는 사람과 차들로 어수선하였다. 그런 속을 청대같이 멀쑥한 녀석이 껍질만 남은 늙은이를 가볍게 들쳐업은 채로 후적후적 휘저어가고 있었다.

　"아따 황씨 영감, 손자 하나는 기차다 마!"

　목을 늘이고 내다보던 강 여사가 탄복하였다. "나 겉은 년한테도 저런 늠 하나마 있어마 얼매나 좋겠노! 저래 한분 턱 업히봤으모 한이 없겠다 아이가……."

　슬하에 아들 둘을 두었으나 어쩌자고 그 밑으로는 가스나만 쪼라니 셋이라고 하였다. 더 기가 막히는 것은 아들과 며느리들의 심드렁한 태도라고 했다. 아직도 팔팔한 것들이 어떻게 하나 만들어볼 생각은 않고서, 요즘 세상에 무슨 아들딸 구별하냐며 되레 타박할 때는 속이 홀렁 뒤집어진다고 하였다. 그렇게 푸념하는 강 여사의 말 끝자락이 눅눅해지는가 싶었다. 서 노인은 허연 머리만 말없이 주억거렸다. 그러면서, 지난봄 초등학교에 입학한 손자 녀석이 저만큼 장성하여 업어줄 때까지 기다릴 수 있을까, 강 여사 몰래 속으로 헤아려보고 있었다.

(1994)

앙앙불락

험한 세상 살다보면 일쑤 이런저런 봉변들을 겪게 마련이다. 그렇다고는 해도 얼마 전에 내가 당한 일은 너무나 황당하다. 산행길에 나서자마자였는데 이 때문에 상한 마음이 아직도 치유되지 않고 있다. 당사자인 나로서는 이만저만 비통한 심사가 아니었던 만큼 먼저 사실 정황부터 자세히 얘기해두는 것이 좋을 듯싶다.

그날은 일요일이었고, 모처럼 혼사나 상사 없이 한갓진 날이었을 뿐더러, 날씨도 썩 괜찮을 듯싶었다. 아침상에서 물러나는 길로 나는 두말 않고 산행 채비를 하고 집을 나섰다. 등 뒤에서 아내가 곱지 않은 눈초리를 던져오고 있었지만 나는 아예 못 본 척하였다. 그네의 속내야 뻔한 것. 요즘 들어 나의 영혼 구제에 부쩍 더 마음을 쏟고 있는 아내는, 제발이지 단 한 번만이라도 좋으니 둘이서 손을 꼭 잡고 교회에 나가보자는 것이 노래였다. 하지만 나는 딱 질색이다. 일주일 중 엿새 내내 사람들과 비비대며 사는 것으로도 모자라 일요일까지 거칠고 냄새 나는 '인간종'들을 상대해야 한다는 건 정말 참을 수 없는 노릇인 탓이다. 그런 일은 내 인내의 한계를 넘어서는 것이라고 나는 여기고 있다.

　등 뒤에 꽂히는 아내의 눈총을 모질스럽게 떨쳐버리고 아파트를 나선 나는 우리 단지 앞 첫 번째 횡단보도를 부지런히 건너던 중이었다. 난데없이 시커먼 물체 하나가 끔찍한 소리를 내며 바로 내 코 밑으로 불쑥 파고들었다. 나는 외마디 비명과 함께 길바닥에 넉장거리로 발랑 나자빠지고 말았다. 그러면서도 나는, 면도날보다 더 날이 선 그 순간에 누가 뭐라고 외치는 소리를 들었고, 그리고 정체불명의 시커먼 물체가 아득히 사라져가는 것을 넋이 아주 쑥 빠진 채로 망연자실하여 보고 있었다.

　요컨대 그런 식으로 벼락치듯 나를 휩쓸고 지나간 상황을 제대로 인식한 것은 한참 뒤의 일이었다. 머룻빛 스포츠카 한 대가 횡단보도 위의 나를 깔아뭉갤 듯이 밀어붙였고, 급정거와 동시에 시뻘건 얼굴 하나가 불쑥 튀어나와 짐승처럼 한차례 포효했으며, 그리고는 이쪽에서 대응할 짬도 주지 않고 휑하니 달아나버린 것이 사실의 전모였던 것이다.

　거듭 말하거니와, 나는 그때 산행 차림이었다. 모자와 등산 지팡이가 저만치 따따로 나뒹굴고 있었고, 물병과 사과 두 알, 그리고 손수 만든 샌드위치가 내용물의 전부인 등산용 색이 내 엉덩이 밑에서 볼품없이 짜부라져 있었다. 우리 단지 앞길이었고 휴일 아침이어서 오가는 차나 사람들이 별로였던 게 불행 중 그나마 다행이었다. 그렇다고는 해도 한길바닥에 그것도 천방지축 허둥거릴 나이도 아닌 처지에 그런 식으로 나동그라진 꼴을 보였다는 게 나로서는 여간 창피하지 않았다. 혹시라도 누가 보고 뛰어올까 보아 나는 서둘러 발딱 몸을 일으켰고, 도망치듯 황망히 그 자리를 떠났다. 엉치뼈 어딘가가 좀 시큰거리는 느낌이었지만 신경 쓸 계제가 못 되었다. 어서 현장을 벗어나고 싶은 일념뿐이었다.

횡단보도를 두 개나 더 건넌 지점서부터 등산로는 시작되고 있었다. 매번 오르내리던 코스다. 소나무보다 잡목이 더 많은 게 흠이긴 해도 오르락내리락하는 능선을 쉬엄쉬엄 따라가며 네댓 시간쯤 걷다 보면 별로 힘들이지 않고 내가 사는 도시 외곽을 일주하듯 휘돌 수 있어 좋았다. 들머리는 경사가 다소 급하지만 대신 솔숲이 잘 드리워져 있었다. 나는 늘 하던 대로 아주 천천히 발을 내딛으면서 숨을 깊게 들이마셨다. 간밤에 잠시 눈발이 날린 모양이었다. 오랜 가뭄으로 콩고물 같은 먼지가 풀풀 날리던 등산로가 얇게 깔린 잔설로 청결했다. 축축한 공기 속에 솔내가 은은하였다. 유독 추운 겨울이 되리라던 기상대의 예보는 아마도 '헛소리'로 끝날 모양이라고 나는 생각했고, 요즈막 우리 형편으로는 그 오보가 차라리 다행이란 생각도 머릿속으로 공굴렸다.

아, 이젠 좀 살 것 같구만! 나는 중얼대며 그제서야 몸뚱아리를 점검해보았다. 다행히 외상은 없었다. 엉치뼈 외에 손목이 다소 시큰거리는 느낌이었지만 산행에 지장이 될 정도는 아니었다. 색 안에 담긴 것들도 그랬다. 좀 깨지고 짜부라지긴 해도 요기를 하는 데에는 문제될 게 없었다. 참 다행이란 결론을 짓고 나자 새삼스레 섬뜩한 느낌이 들었다. 그야말로 간발의 차로 쥐치포 신세를 면했다고 생각하니 소름이 돋았다. 돌아보면 우리 주변에서 날마다 시간마다 온갖 끔찍한 일들이 얼마나 흔하게 일어나고 있는가 말이다.

요 몇 해 동안 무너지고 끊어지고 터지고 가라앉는 식 대형 사건 사고들만 해도 일일이 헤아리기가 성가실 판 아니던가. 그런 재앙으로부터 방금 아슬아슬하게 모면한 것이라고 생각하자 나는 절로 한숨이 훅 터져 나왔다.

숲속 오르막길을 한참 추어오르던 나는 문득 한 가지 사실을 확연히 깨달았다. 스포츠카를 몰던 작자가 일갈했던 그 말귀를, 무슨 까닭으로 그제서야 또렷이 알아들었던 것이다. 어쨌거나 그 시뻘건 얼굴은 이렇게 내뱉었었다.

"뒈질라고 환장했어?"

그랬다. 악쓰듯 토해놓은 첫마디가 그것이었고, 그나마 성에 차지 않아서 한마디를 더 보탰었다. "콱 깔아버릴까 부다 씨팔!"

나는 걸음을 멈추고 섰다. 돌연 숨이 턱 막히면서, 몽둥이 같은 것으로 모질게 후들겨 맞은 때처럼 허리가 풀썩 꺾여지는 느낌이었다. 생각해보니 귀때기 새파란 녀석이었다. 겨우 우리 막내 또래나 될까 싶었다. 그런 녀석이 아비뻘이 되고도 남을 사람에게 내뱉은 말이 그것이었다.

머리꼭지에 잉걸불을 올려놓은 듯 온몸이 후끈후끈 달아올랐다.

어지러웠다. 지팡이에 체중을 의지한 채 나는 한참을 더 서 있었다. 그곳은 분명 횡단보도였고 또 파란불이 켜져 있었다. 내가 혹 잘못 보았나? 이제 확인할 방법은 없다. 그렇다고는 해도 어쨌거나, 보행자 따위는 안중에 없이 과속 질주하다 빚어진 상황인 것이다. 그럼에도 불구하고 녀석은 길바닥에 널브러져 있는 나를 향해 뭐라고 일갈했던가? 기왕에도 일용할 양식처럼 수없이 봉변을 당하며 살아왔다고는 해도 세상에 이런 개 같은 경우가 있느냐고 나는 몹시 분개했고, 자못 앙앙불락하는 심사가 되었다.

생각할수록 울울한 마음을 달래기 어려웠다. 다시 발걸음을 떼놓긴 했지만 그러나 마음은 여전히 편치 못하였다. 창자 속까지 꾸깃꾸깃 억눌려 있던 우울증을 가닥가닥 끄집어내어 껌을 씹듯 질겅질겅 되작이는 그런 산행이 되고 말았다. 다시 말해 이날은, 자연의 그 놀라운 치유력에도 불구하고 나는 산행 내내 봉변의 기억들에 붙잡혀 헤어나지 못했던 것이다.

산은 언제나 넉넉한 품으로 우리의 상처 입은 마음을 받아주고 위무하고 마침내 치유해준다. 내가 휴일마다 제백사하고 지성으로 산을 찾는 까닭도 거기에 있다. 언제 발밑이 폭싹 내려앉을지 모를 세상 아닌가. 어디서 누구에게 심장을 물어뜯길지 알 수 없는 세상인 것이다. 때문에 직장에서나 길거리에서나 심지어는 가정에서조차 한시도 긴장을 늦출 수 없는 게 우리들 사는 처지다. 제아무리 조심하고 근신하며 산다고 해도 소용없는 노릇이다. 예측 불가능한 함정들이 도처에 널려 있고, 만부득이 상대할 수밖에 없는 인간들마다 그 구린내 나는 입 속에는 한결같이 날카로운 송곳니들을 감추고 있지 않느냐 말이다. 남의 살점을 물어뜯고 싶은 욕망으로 온통 몸살을 앓고 있는 사회다. 만인이 만인을 사냥감으로 삼는 야만의 들판인 것이다. 때문에 하루를 살고 나면 늘 만신창이가 된 기분이다. 그것이 대부분 마음의 상처이기 망정이지 만약 겉으로 드러나는 것이었다면 참으로 끔찍한 몰골들일 것이다. 생각해보라. 전신에 상처투성이의 인간들이 길바닥을 가득 메우고 다니는 풍경을. 다들 피를 질질 흘리면서 웃고 떠들고 섹스를 한다?

내가 근년 들어 유독 산행에 집착하게 된 데는 그만한 상처가 있었음을 이 기회에 변명 삼아 고백해야겠다. 그중에도 지난해 직장에서 당한 일이 나에게는 특히 깊은 상처로 남아 있다. 지금도 대충 아문 듯싶은 딱지에서 걸핏하면 피가 비죽비죽 내비치고는 한다.

그날도 나는 아이들 속에 섞여 아침햇살이 나른하게 풀리는 운동장을 지나 교무실 쪽을 향해 무심히 걸어가고 있었다. 그곳은 내가 오랜 세월 몸담아 왔던 직장이었고, 여느 날과 다름없는 출근길이었다. 무슨 얘기냐 하면, 그런 까닭에 나로서는 특별히 긴장할 이유가 없었다는 말이다. 말하자면 무심 또는 평상심이었던 셈이다. 그런데 느닷없이 어떤 손 하나가 불쑥 나타나더니 불문곡직하고 나의 목덜미를 우악스레 틀어잡았다. 너무 창졸간에 당하는 일이라 나는 놀랄 겨를

조차 없었다. 틀어잡힌 것이 어찌 목덜미뿐이랴! 눈만 허옇게 치뜬 채 가까스로 상대를 확인하고 나서도 그랬다. 여러 달 전에 퇴직을 당한 한 사내의 얼굴이 코앞에 있었지만 그러나, 낯익은 그 얼굴이 왜 나를 향해 그처럼 무섭게 일그러져 있는지를 도무지 이해할 수가 없었다. 서무과 직원이었던 그 사내의 퇴직은 확실히 불명예스러운 것이었다. 당사자에게는 치명적인 것이었으리라. 그렇다고는 해도 거기에는 그럴 만한 사유가 있었고, 그 점을 면밀히 검토한 끝에 해직을 결정한 사람은 따로 있었다. 나로 말하자면, 이유야 어쨌든 간에 가정을 가진 사람이 하루아침에 직장으로부터 떨려난다는 것은 참 안타까운 노릇이라고 오히려 그의 처지를 동정했던 사람들 중 하나였다. 따라서 내가 비록 상전이었다고는 해도 나에 대한 그의 분노란 참으로 터무니없는 것이라고, 경황 중에도 나는 또렷하게 의식했던 것이다.

"개새끼야!" 그는 이를 갈며 내뱉었다. "니들은 얼마나 잘났냐? 니들은 그렇게 깨끗하고 나는 형편없이 부패했다 그런 말이지? 웃기지 말어! 니들은 갈보 밑씻개만두 못한 놈들이여. 제대로 알고나 사셔, 알고나!"

거품이 부걱걱 끓고 있는 입에서는 역한 술내가 풍겨났다. 나는 그때까지도 멱살을 잡힌 채로 멍청히 끄들리고 있었다. 젊은 선생들이 여럿 달려나와 한참을 실랑이 끝에 그를 간신히 떼어놓았다. 그러자 그 주정꾼은 뱃구레를 사정없이 걷어차인 똥개처럼 금세 태도를 바꾸었다. 그는 꺼억꺽 울며 또 뭐라 넋두리하며 끌려갔고, 결국 교문 밖으로 축출되었다. 그제서야 나는 와랑와랑 떨리는 손으로 넥타이를 바로잡았고 흘러내린 바지를 추슬렀다. 그런 다음 비로소 고개를 쳐들고 주위를 둘러보았다. 처음에는 잘 모자이크된 울타리인 줄 알았다. 작은 원을 그리며 겹겹으로 에워싸고 있는 아이들의 또랑또랑한 얼굴들을 보는 순간 나는 돌연 쇳물을 뒤집어쓴 것 같은 충격에 빠져들고 말았다. 일찍이 경험해보지 못한 것이었다. 교감 선생님이라는 나의 신분이 그 순간처럼 또렷하게, 그리고 참담하게 의식된 적은 없었다. 나는 그저 고만고만한 제복의 아이들이 일제히 내지르는 비명을 들었는가 싶었는데 깨고 보니 양호실 꾀죄죄한 비닐 장판 위였다. 이런 개 같은 경우가 있나! 천천히 몸을 일으켜 앉으면서 나는 자신도 모르게 탄식하듯 중얼댔다. 내가 왜 이런 봉변을 당해야 한단 말인가라고, 나는 심히 앙앙불락하였다.

  물론 그 일이 내가 산에 집착하는 이유의 전부라고 말하기는 어렵다. 하지만 이 호된 봉변이 나로 하여금 결정적으로 움츠러들게 만든 것만은 분명하다고 생각한다. 원래 소심하고 마음이 여린 사람들이 대체로 그러하듯 나는 오십 중반의 나이를 살아오는 동안 무례하거나 철면피하게 남의 앞을 가로지른 적은 한 번도 없었다고 스스로 자부하는 편이다. 기름진 고기토막 같은 것을 놓고 남과 강팔지게 다투어본 적도 역시 없다. 지극히 선량하기만 했던 선친의 가르침에 따라 나는 늘 비켜서는 일에 익숙하였고, 때로는 속이 짠 일도 내색 않고 혼자 삭히는 데 능하였다. 덕분에 주변 사람들로부터 혹 무능하단 소리는 들었는지 몰라도 경우 없다거나 막돼먹은 인간이란 소리는 들은 적이 없다. 그랬던 터라 그 봉변으로 하여 입은 내 마음의 상처가 얼마나 깊었는가는 입에 올리기조차 싫다. 마치 백주대로에서, 그것도 알 만한 사람들이 죄다 지켜보는 가운데서 나의 인격, 나의 인생 전체가 무자비하게 매도당한 다음 파산 선고를 받은 것 같은 충격이었다는 것만 밝혀두기로 한다. 어쨌거나 그 이후부터 나는 정신적으로 온통 만신창이가 된 기분으로 풀이 죽어 살기 시작하였고, 사람들을 기피하고 나의 방에만 처박혀 있다가 휴일에는 산으로 도망치곤 했던 것이다.

그렇게 움츠러든 나의 마음을 한층 더 단단히 닫아걸게 한 사건이 그 얼마 뒤에 발생했다. 이번에는 상대가 뜻밖의, 그야말로 꿈에도 상상해본 적이 없는 사람이었다. 30년 세월을 한 이부자리를 쓰며 살아온 사람, 바로 나의 아내였던 것이다. 그만큼 내가 받은 충격은 더 컸고, 그 충격의 강도만큼 나의 마음의 상처도 깊었다. 그야말로 무장해제를 하고 안방에 앉아 있다가 속수무책으로 그리고 무참하게 당하고 만 이 일의 전말은 또 이랬다.

그날도 나는 퇴근 즉시 곁눈 한번 주는 법 없이 직통 코스로 귀가했고, 식구들 — 그래봤자 대체로 아내와 단둘이지만 — 과 함께 저녁식사를 했고, 거실에서 자정이 가깝게 텔레비전을 들여다보고 있었다. 그때 아내가 등 뒤에서 불쑥 물었다.

"당신, 오늘이 무슨 날인지나 알고 있수?"

대수롭지 않게 생각했던 게 실수였다. "누구 귀빠진 날인가?"

나는 화면에서 시선을 떼지 않은 채 무심히 대꾸했다. 그러자 아내가 가녀린 한숨을 내쉬며 잠잠히 있더니 또 불쑥 내뱉듯이 말하였다. "잘 기억해 두세요. 오늘이 우리가 갈라서기로 결단한 날이우!"

뒤통수를 한 대 쥐어박힌 기분으로 나는 뒤를 돌아보았다. 그러나 아내는 없었다. 이미 안방으로 들어가버린 것이다. 나는 황황히 뒤따라 갔었지만 잠긴 문을 열 수는 없었다. 나는 거실 소파에서 웅크리고 잠을 잤고, 다음 날 아침은 거른 채로 출근했다. 이것저것 마음에 짚이는 대로 근무시간 내내 곰곰이 따져본 끝에 문제의 어제가 바로 결혼 30주년이 되는 날이란 사실을 기억해냈다. 참 황당하고 멍한 기분이었다. 지금까지 살아오는 동안 단 한 번도 그런 일로 갈등을 만든 적이 없던 아내였다. 하기사 그런 따위를 시비할 만큼 여유 있는 때가 별로 없었는지도 모른다. 새삼스레 이런 일로 뒤통수를 치고 나오는 까닭은 무엇이란 말인고, 나는 요모조모 뿌리를 캐보았지만 이거다 싶은 확신은 끝내 거머잡지를 못하였다. 어쨌거나 나는 퇴근길에 백화점에 들러 난생처음으로 결혼선물이라는 것을 사들고 다소간 쑥스러운 기분인 채로 귀가하였고, 그런 나를 맞아준 것은 아내가 남긴 쪽지였다. 거기 아내가 이르기를, 자기밖에 도무지 관심이 없는 당신 같은 사람과는 더 이상 살맛이 없으니 우리는 어제 날짜로 피차 제 갈 길을 가자고 선언하고 있었다.

며칠 뒤 아내의 귀가로 일단락나기는 했지만, 이 사건이 나의 인간

관에 끼친 영향은 실로 엄청난 것이라고 나는 믿고 있다. 그 기초까지 균열을 일으킨 지진이었다. 내 안방에서조차도 이렇게 무참히 물어뜯기다니! 이거야말로 참으로 무서운 세상 아니냐고 나는 생각했던 것이다. 충격받은 대로라면 직장이고 가정이고 다 내버리고 머리라도 깎아 버리고 싶어 안달했지만, 감정대로 처신하기에는 이미 주책스러울 만큼 늦은 나이였다. 결국 지금까지 한사코 달려온 그 삶의 궤도를 단 한 발짝도 벗어나지 못한 채 나는 더 단단히 마음의 빗장을 닫아걸고 휴일마다 산을 찾는 것으로 그럭저럭 버티어오고 있는 중인 것이다.

사실이 그렇다. 산은 내가 안심하고 무장해제를 할 수 있는 거의 유일한 공간이다. 누가 산을 가리켜 종합병원이라고 했던가. 산은 값싸고도 신통방통한 치유력을 지니고 있어서 웬만한 상처들은 금방 딱지를 아물게 한다. 자연은 결국 인간의 요람이며 가장 완벽한 친구이며 영원한 안식처인 것이다. 산에서 나는 매양 아련한 모태의 향수를 맡았고, 무언의 풍성한 대화를 나누었고, 한량없는 위로와 격려를 받곤 하였다. 결론적으로 말해, 거기 산이 있었기 때문에 나의 생은 좌초하지 않았다!

쓰잘데없는 얘기로 여러분의 귀를 성가시게 한 듯싶다. 죄송 천만이다. 이제 지난번 산행으로 돌아가 뒷얘기를 마저 하기로 하자. 등성이에 올라서자 나는 주위 경관을 한차례 조망하였다. 나목의 숲그늘 사이로 아파트 단지들이 하얗게 내려다보였다. 거대한 시멘트 기둥들로 이루어진, 내가 속해 있는 신도시의 모습이었다. 그런가 하면 등성이 반대쪽에는 이승을 하직한 이들의 마을이 햇살 아래 고요히 펼쳐져 있었다. 엄청난 너비로 시가 조성한 공원묘역이었다. 나는 종종 그 무덤들 사이를 거닐기도 했고 볕바르고 고단한 날은 상석들 중 하나를 베개 삼아 한나절씩 낮잠에 들기도 했었다. 참으로 편안한 잠이었다고 나는 회상한다. 무슨 연수원인가가 들어 있는 이쪽 남향받이 기슭에는 큰 토목공사가 벌어진 듯 산허리가 무참하게 헐리어 벌겋게 속을 드러내고 있었는데 거기 붉은 흙을 물어내고 있는 불도저들이 흡사 딱정벌레 같아 보였다. 종당엔 다 거덜나고 말 것이라고 나는 분개하였다. 산도 강도 다 결딴나리라. 온전하게 남아날 것은 아무것도 없으리라. 그때 갑자기 천지를 진동시키며 군용기 편대가 하늘을 찢었고, 참 엉뚱하게도 일용잡화를 외는 확성기 소리가 문득 산 밑에서 들려왔다. 그런 것들은 결국 내가 한사코 도망하고자 하는 저 인간세상으로부터 그다지 멀리 달아나지 못했다는 사실을 시시각각 각성시켜주고 있는 셈이었다.

 이래저래 울울한 심사였지만 나는 산행을 계속하기로 하였다. 이럴수록 위안을 찾을 곳은 산밖에 없다고 생각했다. 오늘은 가장 긴 코스를 선택하리라. 저 신도시를 에워싸고 있는 크고 작은 봉우리와 그 등줄기들을 모두 밟고 지나 필경엔 산의 가장 깊은 뱃속으로 걸어 들어가리라. 그리고는 다시는 이 세상으로 되돌아 나오지 않으리라. 말하자면 나는 그런 기분이었다.

하지만 나의 결심은 허황된 것이었다. 고작 작은 봉우리 두 개를 밟았을 뿐 나는 더 이상 나갈 수가 없었다. 초록색 모자를 쓰고 노란 완장을 두른 사람이 입산통제를 하고 있었던 것이다. 산불 예방 차원이라고 했다. 보아한즉 등산복 차림의 여자 서넛이 완장과 한창 시비를 벌이고 있는 중이었다.

"요즘 여자들 못하는 짓거리가 있어야지, 그걸 믿느니 차라리 지나가는 개를 믿겠소!"

밑도 끝도 없이 완장이 버럭 소리를 질렀고 그러자 여자들이 한꺼번에 나서서 매섭게 응수하였다.

"갑자기 개는 왜 등장해요?"

"헝게 아자씨는 지 부인을 개만도 생각 안 헌다 그 말이제?"

"속고 살고 물리고 살고 늘 그랬나 보지!"

신랄한 입씨름이긴 해도 거기엔 농이 반이나 섞여 있었다. 입산통제를 두고 벌어진 시비임이 분명할 터인데 쟁점이 좀 엉뚱한 쪽으로 발전했다 싶었다.

"뒤져보면 알 거 아녜요?"라고 한 여자가 말했고, "주책맞게 어딜 함부로 뒤져요? 따귀나 얻어맞게. 괜한 말로 날 어지럽게 하지 마셔!"라고 완장이 대꾸했고, 그러자 또 다른 여자가 오금 박듯 나섰다. "저 아자씬 놈으 말 비트는 명수랑게. 워째 고론 쪽으루다 몰구 간대여?" 그들의 등 뒤에서 한참을 더 귀기울인 다음에야 나는 간신히 말귀를 알아들을 수 있었다. 입씨름의 단초는 담배였던 것이다.

여자들은 담배도 피우지 않는데 왜 통제를 하느냐, 산불 예방 차원이라면 담배 피우는 남자들만 막으면 될 거 아니냐고 여자들 쪽에서 이의 제기를 했고, 여기에 대해 완장은, 여자라고 담배 안 피운다는 보장이 어디 있느냐, 요즘 여자들 잘만 피더라 어쩌구 그런 식으로 대거리를 한 모양이었다. 나는 혼자서 슬며시 웃음을 흘렸다. 나중에 후회했지만 어느새 긴장이 풀어졌던 것이다. 그들의 질탕한 말잔치에 나답지 않게 불쑥 끼어든 게 그랬다.

"무조건 입산통제만 능사가 아니지요. 산불 예방을 위해서라면 말입니다."

나는 별생각 없이 입을 뗐다. 그러자 분위기가 금방 썰렁해졌다. 그들의 시선이 일제히 나를 겨냥하였고, 그 눈에는 놀이판을 깬 틈입자에 대해 공통적인 적의를 담고 있었다. 나는 허둥거리기 시작하였다.

"그러니까 내 말은, 무조건 통제만 할 것이 아니라 계몽하고 협조를 구하는 쪽으로 바뀌는 게 바람직하다는 거지요. 등산객들에게 산불 조심 리본 같은 걸 달아주거나 자연보호 완장이나 띠 같은 걸 두르게 해서 입산시키는 겁니다. 말하자면 등산객들을 오히려 지킴이로 활용하자는 거지요."

뭐라 응수하는 사람이 없었다. 하지만 기왕 내친걸음이다. 나는 평소 생각을 털어놓았다.

"늘 산을 찾는 사람들은 진정으로 산을 아끼고 사랑하는 사람들 아니겠습니까? 발상의 전환이 필요합니다. 이런 사람들은 단속하고

통제해야 할 대상이 아니라 자연보호의 파수꾼으로 삼아야 한다는 말입니다. 지원자를 교육해서 일정한 자격과 의무를 부과하는 방법도 좋겠지요. 다들 기꺼이 참여하려고 할 겁니다. 안 그렇습니까?"

그러나 아무도 대꾸하지 않았다. 쓰다 달다 말 한마디 없이 잠자코 듣기만 하였다.

"산불 예방만 아니지요. 아무렇게나 버리고 가는 쓰레기들도 문제고 산림 다듬는 것도 시급히 해야 할 일입니다. 그런 일 다 사람 사서 하자면 엄청난 예산이 들 거란 말예요. 그러니까 우리 등산객들을 잘 활용해야지요. 휴대용 톱하고 목장갑 같은 걸 나눠준단 말입니다. 그럼 신나게 간벌도 하고 가지치기도 할 거 아닙니까? 무조건 경고판 내걸고 통제만 하는 것으로 할일 다 했다는 식은 곤란해요. 우리 사회가 잘될라면 먼저 공무원들 생각부터 변해야 합니다."

여전히 냉담할 뿐이었다. 그제서야 나는 입을 다물었다. 어쩌자고 쓰잘데없는 소리들을 이렇듯 실없이 주절거렸는가! 흡사 외계인이라도 보듯 하는 시선들을 등지고 나는 황망히 돌아섰다. 이 또한 봉변이라면 분명 봉변이었다. 갑작스럽게 터져 나온 여자들의 웃음소리를 등 뒤로 들으면서 나는 허둥지둥 산을 내려왔다. 똥물을 옴팍 뒤집어쓴 기분이었다. 할 만한 말을 했는데 되돌아온 것은 냉소뿐이라니! 이 무슨 개 같은 경우란 말인가고 나는 분개하였다.

발길이 닿는 대로 무작정 하산하고 본즉 긴 고갯길의 중턱쯤에 해당하였다. 신도시가 생기면서 뚫렸거나 확장된 것이 분명한 넓은 도로가 꽤 높은 산허리를 관통하고 있었다. 중앙분리대가 있는 왕복 10차선 도로였다. 귀가 멍멍할 정도로 수많은 차들이 오르내렸다. 그 앞에서 나는 잠시 멍청하게 서 있었다. 시커멓게 포장된 도로와 그 위를 질주하는 차들 외에 다른 아무것도 눈에 띄지 않았다. 몽당비처럼 볼품사납게 전지당한 가로수들이 텅 빈 보도 여기저기에 거꾸로 박힌 채 소음과 매연을 뒤집어쓰고 있었다. 밑동이 제법 굵은 플라타너스였다. 나는 그중 한 곳을 골라 등을 기대고 퍼질러 앉았다.

시장했다. 그러고 보니 아직 요기도 하지 않은 채였다. 나는 색을 열고 아무거나 손에 잡히는 대로 꺼내 한입 베어물었다. 사과다. 껍질째 우적우적 씹으면서 나는 숱하게 오르내리는 차들을 무심한 눈길로 지켜보았다. 차량의 통행이 엄청났다. 고개 저 너머 동네에 대규모 공사판이 벌어진 듯 짐차들의 내왕이 눈에 띄게 많았다. 중앙분리대 저쪽 오르막길로는 건축자재들을 잔뜩 실은 차들이 매연을 독하게 뿜어내며 기어오르고 있었고, 반대로 이쪽 내리막길로는 대부분 빈 차들이 적재함을 덜거덕거리며 곤두박질치듯 쏟아져 내렸다. 도로는 허리가 크게 휘어진 모양새로 대충 30도쯤의 경사각을 이루며 길게 내리뻗고 있었으므로 특히 내려오는 차들은 점점 가속이 붙어 금방이라도 뒤집힐 것처럼 아슬아슬한 느낌을 주었다. 늙은 소처럼 헐떡이며 가르릉거리는 엔진 소리, 반대로 활강하듯 가볍고 매끄러운 기관 소리가 섞갈려 들었고, 또 아스팔트 위를 구르는 온갖 타이어들의 마찰음과 둔하게 또는 날카롭게 찢어지는 바람 소리들이 한데 어우러지고 있어 귀가 온통 얼얼하였다.

그랬다. 어쩌면 이것은 하나의 은유적 풍경일 수도 있겠다는 생각이 문득 들었다. 말하자면 우리들 삶의 일상성, 그 치열하고 살벌한 이미지 말이다. 차도 한복판에 울긋불긋한 걸레뭉치가 하나 떨어져 있었다. 왠지 섬뜩한 기분이어서 초점을 모아 자세히 보았더니 산짐승의 형해가 분명하였다. 청설모나 들고양이였는지도 모른다. 그 작은 생명체는 겁없이 횡단을 시도했다가 여지없이 압살당하고 만 것이다. 이제 곧 육괴는 흩어지고 잠시 더러운 얼룩으로 남았다가 마침내 흔적 없이 사라질 것이다. 숱한 바퀴들이 연신 그 위를 지나갔다.

나는 비루먹은 개처럼 잔뜩 주눅이 든 채로 넋을 팔았다가 조심조심 입 안에 것들을 씹어 삼켰다. 당도 높은 사과를 씹고 있는데도 입 안이 파삭파삭 말라드는 느낌이었다. 샌드위치도 한입 씹어보았지만 목구멍으로 넘겨보내는 일이 쉽지 않았다. 나는 배 채우는 일을 포기하고 물만 두어 모금 들이켜는 것으로 노상의 식사를 끝냈다. 그리고는 담배를 피워 물었다. 어느 때건 부드럽게 들이마실 수 있는 것은 역시 담배만 한 게 없다고 새삼 확인하였다. 산 다음으로 그것은 내게 늘 위안이 되었다. 길 건너쪽에 서 있는 사내를 내가 발견한 것은 바로 그런 순간의 일이었다.

집을 나서면서부터 어처구니없는 봉변을 당하는 것으로 시작된 그날의 나의 산행은 결국 이 사내를 만나는 것으로 끝이 난 셈이다. 때문에, 여기까지 귀기울이느라 어지간히 짜증이 나 있음에 분명한 여러분께서야 이제라도 빨리 이놈의 따분한 이야기를 끝내주는 것이 그나마 아둔한 이야기꾼이 건질 수 있는 작은 미덕이라고 생각하실 테지만, 나로서는 결코 이 대목만은 대충 이야기해버릴 수가 없다. 죄송한 노릇이나 좀 참아주시는 도리밖에 없다.

왕복 10차선 도로 건너 저쪽 인도 가장자리에 사내는 서 있었다. 한눈에도 별난 분위기를 풍기면서 말이다. 무슨 얘기냐 하면, 그랬다. 사내는 팔짱을 끼고 꼿꼿이 선 채 이쪽을, 더 정확하게 말하면 내 얼굴을 정통으로 노려보고 있었다. 내 눈은 그닥 신통치 못하다. 오랜 세월 동안 죽은 지식들과 쓸모없는 잔소리들을 사냥하느라 형편없이 망가지고 말아서 요즘 각광받고 있는 라식 수술로도 어찌 해볼 수 없으리라고 스스로 판단하고 있을 정도다. 그런 시력이라고 해도 나는 사내의 시선이 나를 겨냥하고 있다는 사실만은 거의 본능적으로 읽어낼 수 있었다. 대번에 가슴이 섬뜩해지면서 긴장되었다. 생각해보라. 상대는 생면부지의, 신체 건장한 젊은 사내다. 비록 10차선 도로를 사이에 두고 있다고는 해도 결단코 호의적이랄 수 없는, 아주 경직된 눈길로 거침없이 나를 쏘아보고 있는 것이다. 그런 상황에서도 태연할 수 있는 사람이 몇이나 되랴.

나는 그 상황을 봉변의 전조로 느끼고 있었다. 때문에 상대의 얼굴을 계속해서 맞바라기하고 버티기가 어려웠다. 이럴 때 비켜서는 일은 나의 특기다. 나는 사내의 얼굴에서 슬며시 시선을 비켜섰다. 그러자 그자로부터 불과 2~3미터 거리에 멈추어 세워진 대형 트럭이 눈에 들어왔다. 적재함의 길이가 보통 트럭의 두 배쯤 되고 바퀴가 앞뒤 중간 해서 모두 스무 개쯤 또는 그 이상이 되는 차였는데 이쪽에서 보기에도 엄청난 중량의 화물을 실은 채 비상등을 깜박이며 거기 서 있었다. 화물은 아름드리 원목이었다. 나는 금방 사태를 이해했다. 사내는 대형 트럭의 운전기사가 분명하고 그 차는 지금 문제가 생긴 것이란 판단이 그것이었다. 그렇다면 더욱 좋을 게 없다. 상대는 지금 함정 속에 빠져 허우적거리고 있으니까 말이다.

남의 불행을 지켜보는 일도 때로는 재앙이 된다. 나는 그만 자리를 털고 일어서야겠다고 생각했다. 하지만 그렇다고는 해도 피워 문 담배나 마저 태우고 볼 일이었다. 풀어헤친 색을 천천히 여미면서 나는 연기를 풍덩풍덩 뿜어냈다. 그때다. 사내가 갑자기 차도로 뛰어든 것은! 순간적으로 나는 얼어붙고 말았다. 그만한 일로 젊은 사내가 달리는 차바퀴 밑으로 몸을 던졌을 턱은 없다는 생각 하나와, 무슨 소리냐, 신체 건장하고 혈기방장한 나이기 때문에 얼마든지 그럴 수 있다는 생각이 흡사 단단한 두 개의 돌멩이처럼 내 머릿속에서 순간적으로 첨예하게 부딪쳤던 까닭에서다.

사내는 오르막을 숨차게 올라채느라고 가르릉거리는 차들 사이를 헤치고 중앙분리대까지 경중경중 건너왔다. 10차선 도로를 무단횡단하는 것이 그의 목표라면 이미 반은 성공한 셈이었다. 그러나 나머지 반이 문제다 싶었다. 이쪽 내리막 차선은 사정이 전혀 달랐기 때문이다. 저 고갯마루에서부터 자연스럽게 가속을 붙인 차들이 휘어진 산허리를 따라 커다랗게 호를 그리면서 점점 더 무서운 속도로 곤두박질치듯 아래쪽을 향해 맹렬히 쏟아져 내리고 있었다. 지금 사내가 서 있는 중앙분리대 근처에 저 검붉은 걸레뭉치와 더러운 얼룩이 보였다.

사내가 차도로 다시 내려섰다. 여기저기서 경적이 울렸다. 나는 그 경적소리들이 예사롭게 들리지 않았다. 말하자면 여차직하면 그대로 깔아뭉개버리겠노라는, 살벌한 경고음이었다. 하지만 사내는 전혀 개의치 않는 듯싶었다. 태연하게, 마치 숲속 나무들 사이를 헤쳐나오듯이 그렇게 여유 있는 몸짓을 보이며 나머지 다섯 개의 차선을 지나 마침내 이쪽 보도 위로 올라섰다. 나는 식은땀으로 축축해진 주먹을 들어 내 벌어진 입을 막았다.

그 순간의 감정 상태를 제대로 의식하고 있었는지는 자신할 수 없다. 대강만 설명해본다면 이랬던 것 같다. 즉 반가움과 두려움 반반! 앞의 감정은 분명하다. 사내가 저 가엾은 산짐승 신세를 면했기 때문이다. 그렇다면 뒤의 감정은 어디서 연유한 것일까? 훨씬 나중에 해명된 것이지만 그 두려움의 감정은 내 안에 녹슨 철사뭉치처럼 잔뜩 쑤셔박혀 있는 저 피해의식 같은 것에 뿌리를 두고 있음이 분명하였다.

사내의 무단횡단이 자살 의도와 무관한 것이라면 무엇을 겨냥한 것이란 말인가? 상반된 두 감정이 다툴 때 필경 이기는 쪽은 두려움이다. 내 쪽을 향해 거침없이 다가오고 있는 사내를 나는 내심 두려워하면서 지켜볼 수밖에 없었다. 엉거주춤한 자세로 나는 일어서 있었고 상대는 한 발자국쯤 앞에서 멈추어 섰다. 지근거리에서 보니 생각보다 큰 덩치도, 신체 건장한 젊은이도 아니었다. 얼추 마흔은 될까? 검고 깡마른 얼굴이었다.

"죄송합니다만 담배 한 대 얻어 피울 수 있을까요?" 사내는 영 민망스럽다는 듯 기름 묻은 손으로 머리를 긁적였다.

나는 두말없이 담배를 내밀었다. 손이 걷잡을 수 없이 떨렸다. 하지만 두려움 탓은 아니었다. 순수한 반가움이었다고 생각된다. 사내가 그 살벌한 10차선 도로를 무단횡단한 심정을 나는 대번에 이해했고, 동지라도 만난 듯 그가 대견하고 반가웠던 것이다. 불까지 댕겨주는 살가움을 나는 마다하지 않았다. 담배 한 대의 이 놀라운 친화력 덕분에 나는 이날의 산행을 산뜻하게 마칠 수 있었다고 지금도 굳게 믿고 있다.

원목을 싣고 인천 야적장에서 그 지점까지 오는 데에 꼬박 세 시간이 걸렸다고 했다. 과적 차량 단속을 피해 국도로만 왔던 까닭에서다. 그런데 이놈의 고개 중턱에서 차가 그만 덜컥 서버렸다는 것이다. 워낙 무지막지하게 끌고 다녀서 거의 고철이나 다름없는 트럭이라 무시로 애를 먹인다고 했다. 나는 건너쪽에 세워져 있는 트럭을 새삼스레 돌아보았다. 난감하기 짝이 없는 노릇이다 싶었다. 저 엄청난 짐을 실은 채 이런 데서 덜커덕 멈추어버리면 어떻게 되나? 이거야말로 봉변이랄 수 있었다. 자기가 부리던 도구로부터 느닷없이 당하는 봉변!

하지만 그는 태연하였다. 심상한 어투로 그는 내게 말했다. "이건 약과라구요. 깜깜한 밤중에, 그것도 인적 없는 산중에서 덜컥 서버리는 경우도 종종 있으니까요. 추운 날 당하면 꼼짝없이 동태 신세가 되고 말지요." 그런 식의 삶은 어딘가 무모하단 느낌이 없지 않았으므로 나는 우정을 가지고 묻지 않을 수 없었다. "그런 일 당할 때마다 얼마나 황당하겠습니까? 차를 미리미리 착실하게 정비해두면 피할 수도 있지 않나요?"

"물론이죠. 하지만 재수 없으면 당하게 된다구요. 바퀴 사이에 자갈이 끼어든다거나 멀쩡하던 타이어가 펑크가 난다거나 뭐 얼마든지 골탕먹을 수 있는 거죠. 그게 세상 사는 일이지요. 뭐."

지당한 말이라고 나는 전폭적으로 동의하였다. 세상을 살다보면 이래저래 당하게 되는 봉변이 어디 한두 가지든가 말이다. 발밑이 무시로 풀썩풀썩 무너져 내리는 사회라면 더더구나 말할 여지가 없다. 나는 사내의 거친 삶을 진정으로 이해할 것 같았다. 게다가 그는 고철덩이나 다름없다는 차에 온통 떠맡기고 사는 처지인 것이다.

"그래도 더러 살맛 나는 대목도 있지요."라고 그는 설핏 웃음을 보였다. "한번은, 동해안 7번 도로를 따라 심야 운행을 하다가 말이죠. 울진 죽변 좀 지난 데서 아가씨를 하나 줏어 실었거던요. 한눈에 알쪼였습니다만 그래도 심성이 착한 듯싶어 살림을 차렸다구요."

"어쩌면! 그런 신통방통한 일도 있구먼요." 나는 진심으로 찬탄하였다.

"그 후 여섯 해 동안 잘 살아오고 있습니다. 그새 딸애도 하나 얻었다구요."

앙앙불락 235

그는 거의 필터만 남은 꽁초를 비벼 끈 다음 망연히 허공을 쳐다보았다. 왠지 추연한 낯빛이어서 나는 내심 초조해 하였다. 나는 아직 열 개비가량 들어 있는 담뱃갑을 통째로 내밀었다. 그가 사양했지만 나는 체면 정도로만 생각했다.

"사실은 금연 중입니다. 간이 시원찮아서요." 내가 재차 권하자 그가 실토했다. "간뎅이가 부었다나 쫄았다나…… 꽤 심각한 상태라 조심하지 않으면 곧 큰 낭패를 당한다고 의사 선생님이 겁주더라구요. 어쨌거나 당할 땐 당하더라도 조심은 해야지요."

이 대목에서도 그는 잠시 웃음을 보였다. 더 이상 할 말이 없어진 나는 길 건너 저쪽에서 여전히 비상등을 깜박이고 있는 그 고장난 트럭만 멍하니 건너다보았다. 다시 한번 점검해보고 그래도 도리 없으면 가까운 정비소로 연락할 수밖에 없다면서 그는 10차선 도로를 다시 경중경중 건너갔다. 차량의 통행은 변함이 없었지만 그러나 나는 긴장하지 않았다. 살벌하게 질주하는 차들 사이를 유유히 헤쳐나가고 있는 그의 모습이 왜 그렇게 믿음직해 보였을까. 아마도 그가 남겨놓고 간 말들이 내 가슴을 뜨겁게 데우고 있었던 까닭이 아닐까 하고 나는 생각한다. 그랬다. 운명으로부터 당하는 봉변만큼 가혹한 것은 없다. 그럼에도 불구하고 사내는 마치 거인 같은 모습을 하고 다시 10차선 도로를 거침없이 경중경중 건너가고 있었던 것이다.

(1999)

사모곡

노인은 요즘 들어 부쩍 더 자주 고향을 들먹인다. 오늘도 그렇다. 한나절 내내 방바닥만 내려다보며 멍하니 앉아 있더니 점심상을 들고 들어간 그에게 불쑥 묻는다.

"여서 경산이 머나?"

그는 반문한다. "경산은 왜요?"

"내 고향 아이가……."

대답하는 얼굴 한가득 웃음이 번진다. 위쪽에 달랑 하나 남은 송곳니가 누렇다. 입냄새가 심하다. 양치질하기를 포기한 게 언제부터던가? 아침저녁 한차례씩 가그린으로 입 안을 헹구게 하는 일도 매번 쉽지 않다. 학습이 전혀 되지 않기 때문이다.

경산읍에서 남쪽으로 10리쯤 더 가면 고향 마을이 있다. 산발치를 돌아 돌아서 가는 국도를 따라 한 시간쯤 타박타박 걸어가야 하는 곳으로 그의 기억 속에는 박혀 있다. 지금도 그럴 것이라고는 물론 믿지 않는다. 어느 세월 얘긴가! 사정이 달라져도 엄청 달라져 있을 것이다. 어쨌거나 당신은 거기서 나셨고, 그 동네 처녀에게 장가를 들었고, 50년대 중반 그러니까 전쟁 후에 이웃 도시 대구로 솔가함으로써 타향살이의 길로 들어섰다. 기미생, 여든여섯이시다.

"고향이라고 해도 누가 있어야지요 뭐."

"아무도 없나?"

금세 풀 죽은 목소리가 된다. 사이다병 밑바닥처럼 두꺼운 안경알 너머 가늘게 짜부라진 두 눈이 실망감과 의혹을 담고 잠시 그를 쳐다본다. 이미 서른 번에 서른 번도 더 했던 말을 그는 또 되풀이한다.

"그럼요. 알 만한 분들은 진작에 다 돌아가셨다구요."

"그렇더나? 삼도하고 종우 그느마도?"

한 분은 친구고 다른 한 분은 외척이 된다. 그의 기억으로는 두 사람 다 작고한 지 10년이 넘는다. 노인의 오랜 기억들도 이제는 점점 망가져가고 있다는 증거다. 더듬더듬 수저를 집어들고 밥상을 한참 내려다보다가 중얼대듯이 말한다.

"그래도 한번 댕기와야 안 되겠나…… 있다가 내 얼른 갔다 오꾸마……."

전에는, 그랬다, 말뿐이지 노인은 금방 잊어버리곤 했다. 하지만 오늘은 좀 사정이 다를 듯싶다고 그는 생각한다. 낮 동안은 거의 온종일 켜져 있게 마련인 텔레비전 때문이다. 아침부터 수시로 귀성객의 흐름을 보여주고 있는 것이다. 귀성 차량의 행렬은 오늘 자정 전후로 피크를 이루리라고, 현장 중계 요원이 목청을 높여 떠들어대고 있다. 벌써 여러 번 되풀이한 말이다. 그럴 수밖에. 내일이 설날이니까 말이다.

노인은 두 평 남짓한 방을 좀체 나서지 않는다. 두어 시간 간격으로 화장실을 드나드는 게 전부다. 너무 운동량이 없어 무릎이 굳어 버리지나 않을까 그는 걱정스럽다. 노인은 정신이 온전하던 때도 문밖 출입을 싫어했다. 지금 계절은 겨울 한복판이다. 거실 안에서나마 제발 좀 걷는 운동을 하라고 채근해도 노인은 고작 시늉뿐이다. 당신 방에서 나와 거실 창까지 꾸부정한 허리를 펴지도 않은 채 네댓 걸음 다가가는 것으로 매양 끝이다. 노인은 상황을 금방 잊어먹고 창밖을 내다본다. 15층 높이다. 바로 코밑으로 자동차 전용도로가 내려다보인다. 노인에게는 매번 처음 보는 풍경이다. 그래서 소감도 늘 똑같다.

"아따! 내사 마 어지럽다……."

그리고 잠시 뒤에 또 덧붙인다. "아따, 차도 많다. 고향 가니라고 줄섰구마는……."

노인에게는 1년 365일이 모두 명절이다. 그게 아니라면, 운행 중인 모든 차들은 죄다 귀성 차량인지도 모른다. 꼬리를 물고 달리는 차들을 보기만 하면 곧장 고향을 들먹이게 마련이다. 하지만 창에서 돌아서는 즉시로 까맣게 잊어버리곤 했는데 요 며칠 동안은 달라진 것이다. 방송 탓이라고 그는 생각한다. 고속도로 하행선을 가득 메우고 있는 귀성 차량 행렬이 텔레비전에 비춰질 때마다 노인의 기억 세포들은 똑같은 작동을 일으키곤 하는 모양이다.

아버지에게 고향은 무엇일까? 그 방을 나서며 그는 문득 자문한다. 나 역시 그곳에서 태어나 유년기를 보냈다. 임오생, 예순 셋……
나에게 그 고향은 무엇일까? 그는 또, 스스로에게 물어본다.

고향을 생각하면 그에게 제일 먼저 떠오르는 것은 생모의 얼굴이다. 서른일곱, 너무나 젊은 나이에 이 세상을 하직한 여인이다. 그로부터 50년 가까운 세월이 흘렀으나 그 얼굴은 조금도 흐려지지 않는다. 죽음 외에는 절대로 지워지지 않을 얼굴이라고 그는 생각한다. 어쩌면 죽음 이후에도 그 기억은 어떤 식으로든 남아 있을지 모른다. 아마도 혼백의 실체가 그런 게 아닐까 하고 그는 종종 생각해본다. 그 어머니의 얼굴이 고향 마을 전경과 함께 한 폭의 그림처럼, 또는 낡은 흑백사진처럼 우련하게 떠오르는 것이다.

골짜기 마을이다. 서른 가호 남짓 사는 작은 마을, 왼쪽 산발치로는 신작로가, 오른쪽 산발치로는 경부선 철로가 뻗어 있다. 그것은 흡사 두 가닥의 누른 광목 띠처럼도 보인다. 한여름 땡볕 속에서는 그렇다. 그것은 또, 마을 앞을 흐르는 작은 내와 좁은 들판을 두 팔로 오롯이 감싸안으며 저 남쪽 끝에서 만난다. 그러니까 동서로는 200~300미터 남짓, 남북으로는 2~3킬로미터 남짓한 골짜기의 그 작은 공간이 그가 기억하고 있는 고향산천의 전부다. 어김없이 겹쳐 떠오르곤 하는 어머니의 얼굴은 늘 그보다 크고 또렷하다. 그에게 고향이란 곧 어머니의 다른 이름에 지나지 않는 것이다.

그랬다. 어머니는 거기서 나고 자랐다. 아주 평범한 가정이었다.

그가 들어서 알고 있는 바로는, 그녀는 여섯 살 때 생모를 잃고 손때 매운 의붓어머니 아래서 설움 많은 처녀 시절을 보냈다. 열일곱 살에 동네 총각과 결혼하였다. 물론 중매다. 2년 뒤 첫 아이를 낳았는데 딸이었다. 3년 터울로 아들을 낳았다. 그였다. 그러니까 여기까지는, 비록 넉넉지 못한 생활일망정 그 시절 그 마을 사람들과 별로 다를 바 없는 인생이던 것이다. 그가 여덟 살 되던 해에 전쟁이 터졌고, 전쟁의 비극은 그 작은 마을조차도 결코 비켜가지 않았다. 필경 그의 가족도 이웃 도시로 삶의 터전을 옮겨 앉아야만 했던 것이다. 그 이후의 삶은 물어 무엇하랴. 서른일곱 해의, 짧은 생을 닫아걸기까지 당신에게는 너무나 고통스러웠던 인생이었다고, 그는 회상한다.

고향을 생각하면 어김없이 떠오르는 얼굴…… 그중에서도 명절 전후의 어머니 모습이 그에게는 가장 선명한 기억으로 남아 있다. 특히 설 명절에 그랬다. 술을 담고고 엿을 고는 일로 설 맞을 준비는 시작된다. 어머니가 술을 담글 때면 술밥을, 엿을 고을 때는 물엿을 미리 맛볼 수 있어 그는 좋았다. 이밥이 귀하던 때다. 무쇠솥에서 막 퍼냈을 때의 지에밥의 그 꼬들꼬들한 맛이란! 갈잎만 한 손바닥 위에 한 주걱씩 놓아주며 당신이 매번 하던 말을 그는 잊지 못한다.

"장손이 맛 좀 보는 거 갖고 조상구신인들 뭐라 하겠노."

그러고는 얼굴 한가득 웃음을 담은 채 어린 그를 내려다보곤 했던 것이다. 그런 때 지어 보이던 웃음을, 고향을 등진 이후로는 두 번 다시 본 적이 없었다고 그는 회상한다. 어쩌면 당신의 생에서 가장

지복했던 순간들인지도 모른다.

 어느 해던가. 겨울 들어서도 유난히 추위가 매섭던 날, 당신은 부엌에서 밤을 새며 아궁이를 지키고 있었다. 설을 닷새쯤 앞둔 때였다. 북녘 산을 넘어온 바람이 마을 앞 꽁꽁 얼어붙은 개천 바닥을 연신 쓸어대고 마을 뒤 방죽의 두꺼운 얼음판이 속에서 찌엉찡 울어대는 소리를 그는 혼몽한 잠결 속에서 듣고 있었다. 어머니의 말벗이 되어주던 누나도 마침내 아궁이 앞에서 꾸벅꾸벅 고개를 떨구곤 하던 때, 가마솥 안에서는 허옇게 엉기어들었던 엿기름물이 드디어 누렇게 조청 빛깔을 띠어갔다. 애저녁부터 이 순간을 기다리다 기어이 잠에 눌려 부엌 바닥에 고부라져버린 아들을 당신은 가만히 깨웠다. 그리고는 간장 종지에 물엿을 담아 들고 말했다.

 "하마 목젖 안 떨어졌겠나. 어서 묵어봐라."

 그 순간을 지금도 또렷이 기억하고 있다. 그토록 환하던 당신의 얼굴, 불기운을 받아 발그레 달아오른 볼과 뽀얀 이마 위로 흘러내린 몇 가닥의 머리칼, 그리고 작고 야무지고 또한 더없이 보드랍고 따스하던 입술…… 그랬다. 당신은 얼굴 한가득 웃음을 담은 채 그것을 내밀었지. 부엌 안은 온통 달콤한 냄새로 차고 넘쳤다. 부뚜막 위에 올려놓은 호롱불이 흔들리면서 당신의 그림자는 흙벽 위로, 검게 그을린 천장으로 커다랗게 춤을 추었고 또, 단단히 닫아건 부엌 문들이 앞뒤에서 덜그럭덜그럭 소리를 냈고, 그리고 어두운 바깥마당 어디쯤에선가 덩치 큰 개가 춥다고 낑낑대는 소리를…… 어린 그는 미처 잠기운을 다 털어내지 못한 채로 손을 내밀어 그것을 받아 쥐었던 것이다.

"입 딜라, 조심해 묵어라……."

그랬다. 포만감에 가득 찬 목소리였다고 그는 이제 회상한다. 그 시절 이후로는 결코 그런 음성을 들어보지 못했던 것이다.

그믐날 밤에 어머니는 잠을 자지 않았다. 머리를 감아 쪽을 지었고, 대청 헛간 쌀독 아궁이 속 같은 곳에 접시불을 밝혔고, 개다리소반에 물그릇을 담아 들고 부엌과 샘터를 오가며 열심히 치성을 드렸다. 어머니의 지극정성 비손질이 너무 오래도록 계속되었기 때문에 눈썹이 센다는 어른들의 공갈에도 불구하고 어린 그는 매번 잠에 빠져들었다가 자신의 몸을 가만가만 흔들어 깨우는 어머니의 손길을 느끼고 벌떡 일어나 앉으면 당신은 귓속말로 소곤대기 마련이었다.

"할부지한테 가야지. 가마이 일어나거라."

아버지도 누나도 아직은 다 잠에 들어 있는 시간, 어머니는 굳이 그를 깨우고, 윗목에 미리 꺼내두었던 설빔을 차곡차곡 챙겨 입혔다. 할아버지 댁은 내 건너에 있었다. 어머니에게 손이 잡혀 마당을 나서면 미명의 어둠이 앞을 가로막곤 하였다. 마을을 둘러친 산줄기가 어렴풋이 보이고, 얼어붙은 마당이며 초가지붕이 총총한 별빛을 받아 검푸르다. 어머니는 장옷을 여미며 지등을 쳐든다. 손을 꼭 잡고 고샅길을 더듬어 나가는 두 모자의 앞을 밝히기에도 턱없이 허약한 불빛이지만 그러나 그는 조금도 두렵지 않다. 곁에 당신이 있었기 때문이라고, 그는 생각한다. 무서움은커녕 되레 삼라만상의 모든 것들과 교감할 수 있었던 드문 시간들이었다고, 지금도 믿고 있다.

그해는 눈이 많았다. 너무도 풍성한 서설이었다. 내를 건너 할아버지 댁까지 가는 길은 두터운 눈 이불에 덮여 있었다. 새벽하늘은 검푸르게 빛났다. 그 아래 산도 들판도 오직 하나의 빛깔로 침묵하고 있었다. 동네 개들조차도 어쩐 일인지 조용하였다. 들리는 소리라곤 단지 두 사람이 눈을 밟을 때마다 나는 사각거림뿐, 그리고 지등의 불꽃이 이따금씩 춤추듯 너울거리는 소리뿐…… 그런 어느 순간부터 그는 어렴풋이, 그러나 점점 더 커지면서 다가오고 있는 어떤 소리에 귀를 기울였다. 바람소리 같기도, 물소리 같기도, 아니 속삭임 같기도 한 그런 소리였다. 오밤중에 문득 잠이 깨어 귀기울이노라면 이따금씩 들리는 듯도 하던…… 산이나 들판에서 누군가 가만가만 들이쉬고 내쉬고 하는 깊고 은밀한 숨소리 같은…… 그랬다. 그런 어느 순간에 그는 문득 확신하였다. 어머니의 숨결 소리가 분명하였다. 그 깊고 따뜻한 소리…… 그는 귀가 아닌 가슴으로 그 소리를 듣고 있었다. 지등을 든 어머니의 얼굴을 그는 얼른 훔쳐보았다. 턱과 볼 언저리는 희미한 불빛에 발그레 물들어 있었고 반듯한 이마는 별빛에 푸르게 젖고 있었다. 엄마! 문득 부르고 싶었지만 그는 입을 다물었다. 대신에 어머니의 손을 한층 더 힘주어 잡았다. 할아버지 집 마당에는 지등이 높이 내걸렸고 사랑의 할아버지는 이미 의관을 갖추고 앉아 계셨다.

노인은 잠이 많다. 어떤 때는 하루 스무 시간 이상 잠에 취해 있는 것처럼 보인다. 식사시간과 화장실 출입 때만 빼고 밤낮없이 잠에 빠져 있다. 그는 밥상이나 간식거리를 들고 들어섰다가 난감해지는 때가 많다. 매양 깊은 잠이다. 그것도 안경을 쓴 채다. 노인은 세수할 때 외에는 절대로 안경을 벗는 법이 없다. 왜 그런 습관이 굳어진 건지 모를 노릇이다. 불편도 할뿐더러 안경이 망가진다고 그가 누누이 강조했지만 소용이 없었다. 결국 좀체 망가지지 않는 굵은 뿔테 안경을 씌우는 도리밖에 없었다. 양쪽 볼이 옴팍 꺼져 있어 더 조그맣게 쪼그라들어 보이는 얼굴을 그 무지막지한 뿔테 안경이 반 너머 가리고 있다. 게다가 또, 노인에게는 잠옷 평상복이 따로 없다. 위는 그가 입던 모직 티셔츠에 개량 한복을 걸쳤고 아래는 운동복이다. 혁대를 두르거나 지퍼를 채우는 바지는 노인이 감당하지 못한다. 하루에도 수십 번씩 화장실을 드나들어야 하기 때문이다. 고무줄이 든 운동복 바지라 그저 끌어내리고 올리기만 하면 되는데도 노인은 매번 일을 깨끗하게 치르지 못한다. 그래서 아래는 사흘거리로, 위는 한 주일 단위로 바꿔 입히지만 그래도 개운치가 않다. 노인에게서 식구들은 늘 지린내를 맡곤 하는 것이다.

그는 상을 들고 엉거주춤 선 채로 잠든 노인을 한참씩 내려다본다. 마음 한 자락이 눅눅해진다. 연민인가. 아마 그럴 것이다. 효심이란 연민의 다른 이름일 거라고 그는 생각한다. 지난해 퇴직을 하면서부터 노인을 돌보는 일은 자연스레 그의 전담이 되었다. 쉽지 않았다.

무엇보다 정서적인 면에서 감당하기가 어려웠다. 아파트를 나서면 20미터 남짓 떨어진 곳에 경로당이 있다. 그곳 출입마저 어려워졌을 때 노인에게 치매가 온 것을 알았다. 의사는 흔히 말하는 알츠하이머 라고 하였다. 그것은 전직 미국 대통령 중 한 분이 앓고 있어서 더 널리 알려진 질병이다. 처방은 있었지만 신뢰감은 가지 않았다. 진행을 다소 늦추어주는 효과가 있다고 의사가 처방해준 녹두알만 한 정제를 두어 달 겨우 복용했을까, 환자나 가족이나 흐지부지하고 말았다. 더 이상의 치료 노력을 포기했다. 상황을 받아들이고 묵묵히 따라가 보는 것 외에 할 수 있는 일이란 없다고 판단되었기 때문이다.

아파트의 작은 방에 스스로를 유폐시킨 채 먹고 싸고 잠자는 것 외에는 전혀 관심도 없고 별다른 의식도 없는 사람을 곁에서 하루 종일 지켜보는 일은 생각보다 어려웠다. 다른 식구들 없이 단둘만 있을 때는 훨씬 더 힘들었다. 벌건 대낮에 텔레비전을 켜놓고 앉아 있으려면 마음속의 온갖 것들이 느슨하게 풀어지고 기울어지고 무너져내리는 것을 그는 느낄 수 있었다. 책 한 쪽 읽기는커녕 신문조차 뒤적거릴 기분이 나지 않았다. 노인네 옆에서 할리우드판 액션 영화나 연속극 재방송을 보는 듯 마는 듯 하며 한나절 내내 꼼짝달싹 않고 퍼질러 앉아 있기 일쑤였는데, 그런 때 그의 마음속 사막에는 먼지바람이 사납게 일곤 하였다.

이상하게 잠이 없을 때도 있었다. 그런 날이면 노인은 곧잘 무언가에 집착하였다. 화장실 슬리퍼든 옷에 달린 단추든 지갑이든……

한번 집착하기 시작하면 거의 온종일 매달리게 마련이었다. 그랬다. 노인은 종종 화장실 슬리퍼를 들고 나와 그것을 어디에 둘지 몰라 전전긍긍하곤 하였다. 화장실 앞에 나란히 놓아두기도 하고 당신 방 안에 얌전히 모셔두기도 하지만, 더러는 엉뚱한 곳에 감춰둠으로써 식구들을 당황하게 만들었다. 단추에 대한 것도 마찬가지, 노인은 개량 한복의 매듭단추에 매달려 여러 시간씩 보내기도 하였다. 헝겊 끈으로 단단히 매듭지어진 것을 기어이 풀어야 한다며 애를 쓰고, 나중에는 혼자서 짜증내고 혀를 찬다. 당신을 골탕 먹이려고 누군가 일부러 묶어놨다는 주장인 것이다. 평생 욕 한마디 할 줄 모르던 양반이지만 이런 때는 거침없이 투덜댔다.

"어떤 씨부랄 늠들이 이래 홀치맸노? 백죄 사람 골빙 들구로……"

그게 아니라고, 매듭단추니까 풀면 안 된다고 말해줘도 소용없다. 노인은 다섯 개 중 기어이 두 개를 풀어버렸고, 남은 세 개도 헐렁해져 있는 터라 조만간 결딴내고 말 게 분명하다. 그러면 딱단추를 달아야겠다고 아내는 말한다.

생각해보면, 잠이 많은 때와 그렇지 않은 때가 대충 사나흘 주기로 바뀌는 듯싶은데 그의 처지로는, 노인이 밤낮 잠에 빠져 있을 때면 마음이 무거워져 힘이 들고, 다른 때는 혹 무슨 일을 만들지 않을까 불안해서 힘들었다. 하지만 노인의 성품에 비추어 그다지 큰 말썽은 만들지 않으리라고 그는 믿고 있다. 결국 마음의 부담이 가장 크다. 노인 곁에 있는 것만으로도 온통 맥이 빠지는 것이다. 잇몸만 남은 입을 반쯤 벌린 채로 아무렇게나 구겨져 잠들어 있는 모습을 내려다보노라면 사막 한복판에 혼자 서 있는 기분이 된다. 이 길의 끝에는 무엇이 있을 것인가. 어느 시인이 노래했듯이, 의심할 여지 없이 벼랑을 만나게 되리라. 모든 것을 삼키고 마는, 누구도 거부할 수 없는 저 낭떠러지…….

아내와 잠시 마트에 다녀올 작정으로 그는 아버지 방을 들여다보다가 놀란다. 이불 홑청이 죄 뜯어져 있다. 솜은 솜대로 홑청은 그것대로 완전 분리하여 따로따로 뭉쳐두었다. 그러느라 노인네가 이불을 붙잡고 얼마나 실랑이를 벌였던지 방바닥은 보풀 먼지로 허옇게 덮여 있다. 뒤늦게 얼굴을 들이민 그의 아내가 기겁을 한다.

"어떻게 해! 저 양반, 이제 점점 일을 만드시네…….”

멀쩡한 이불을 왜 이 지경으로 만들었냐고 묻자 노인은 지갑을 찾느라고 그랬단다.

"언 늠이 감찼노? 당최 찾을 수가 없다카이!”

노인은 되레 언성을 높여 짜증을 낸다.

"누가요? 아부지가 어디 두고는 잊어버리신 거지 뭐.”

그는 퉁명스레 대꾸하며 방 안을 둘러본다. 보나마나 또, 어디다 꼬불쳐두고는 그만 잊어버린 게 분명하다. 종종 그랬다. 당신의 손때가 묻어 있는 낡은 지갑과 손목시계를 노인은 별나게 챙기곤 하였다. 순수한 당신 소지품이라곤 단지 그 두 가지밖에 없기 때문인지도 모른다. 그래봤자 그 낡은 지갑 속에 든 것이라고는 빛바랜 주민증 한 장, 그리고 오천 원짜리 한 장에다 천 원짜리 서너 장이 고작일 뿐이다. 손목시계도 별 볼일 없기는 마찬가지다. 진작 건전지가 바닥난 터라 바늘들이 늘 한자리에만 붙박여 있다. 어쨌거나 노인은 그것들을 안전한 곳에 감추어둔다는 게 종종 오늘 같은 소동을 빚곤 했던 것이다. 서랍 밑이나 책장 사이에서 여러 날 만에 발견되기도 하였다.

문제의 지갑은 당신 베개 속에서 나온다. 이미 이력이 생긴 아내가 베갯잇 속에서 찾아낸 것이다. 그런데도 노인은 완강히 부인한다. 절대로 당신이 한 짓이 아니라는 것이다. 그럼 누가 그랬냐고 다잡자 노인은 태연히 대꾸한다.

"내사 마 짐작하고 있다. 그느마가 감챴을 끼다. 틀림없지 시푸다 마……"

그가 다시 물어본다. "그느마가 누군데요?"

노인은 슬몃 얼굴을 돌리며 건짜증을 섞어 대답한다.

"저으게 그런 늠이 하나 있다카이!"

대충 방 안을 치운 다음 커피를 한 잔 들여놓고 돌아서려는데 노인이 문득 묻는다.

"경산 가는 차 어데 가마 있노?"

너무 멀어서 혼자서는 가시지 못한다고 대답하고 나서 그는 등 뒤로 문을 닫는다.

이 신도시에는 대형 마트들이 많다. 농협이 운영하는 '하나로 마트'도 그중 하나다. 오가기 좋고 주차하기 편해 자주 이용하는 곳이다. 한데, 사정이 전혀 달라져 있다. 평소 10분 남짓이면 족하던 길에서 거의 30분을 소비했다. 게다가 주차도 쉽지 않아 10분이 더 소요되었다. 매장 사정 역시 마찬가지다. 카트와 사람들로 그 넓은 매장 안이 온통 북새통을 이루고 있다. 불황을 탄다고는 해도 역시 설 명절이란 실감이 든다. 계산대 앞에는 줄이 길고 매대마다 쌓아둔 물품들이 엄청나다.

카트를 앞뒤에서 잡고 그들 부부는 사람들 속으로 섞여 든다. 혼란과 무질서 속에서도 나름의 흐름이 있어 그다지 짜증스럽지 않다. 일쑤 얽히고 부딪쳐도 누구 하나 시비하지 않는다. 이것 또한 명절 분위기지 싶다. 가만히 보면 혼자서 나온 사람이 거의 없다. 대부분 두셋씩 가족 단위로 나와 장보는 일을 같이 즐기고 있다. 부지런히 아내를 쫓아가던 그는 느닷없이 가슴이 아리다. 어머니의 얼굴이 불쑥 떠오른 것이다.

실인즉 자주 그랬다. 그는 종종 아내를 따라 대형 마트를 드나들곤 했는데 그때마다 문득문득 어머니 생각이 나곤 했었다. 너무나 궁핍한 시대를 살다 간 여인이라는 생각이 새삼스럽게 가슴을 치받기 때문이었다. 그랬다. 정말 그랬었다. 밥 한술, 헌옷 한 점이 그렇게 절실할 수 없던 때가 아니던가. 그의 가족이 고향을 등진 것은 전쟁이 막 끝난 해였다. 새로운 삶의 터전이 된 도시 대구는 미처 제자리로 돌아가지 못한 난민들로 넘쳐났다. 변두리 곳곳에 대규모 판자촌이 생겨났고 그의 가족도 그들의 일원이 되었다. 그리고 불과 다섯 해다! 어머니가 서른일곱 해 너무나 짧은 생을 달아걸기까지는…… 1950년대 중반, 전시 희생자들보다 더 많은 사람들이 굶주림과 질병의 고통 속에서 죽어가던 때였다.

그에게는 되도록 떠올리고 싶지 않은 이 시기의 기억들이 있다. 생각해보면 모두 다 먹고 입고 자는 것과 관련된 기억들이다. 그로서는 초등학교 5학년에서 중학교 3학년에 걸쳐 있는 시기지만 그쪽으로는 별나게 남아 있는 기억들이 없다. 그만큼 의식주가 절실했다는 얘기다. 특히 어머니의 모습을 떠올리다 보면 매양 가슴이 아리게 마련이다. 몸뻬바지와 안남미와 구공탄으로 상징되는 삶이었다. 치마 대신 사시사철 몸뻬였고, 값싼 만큼 맛없는 안남미도 늘 됫박쌀, 봉지쌀을 면치 못했으며, 날씨가 추워지면 무엇보다 구공탄 값을 걱정해야 되었다. 아이들이 학교는 빼먹어도 교회는 꼬박꼬박 챙겨 다닌 이유의 상당 부분도 거기에 있었다. 이따금씩 나눠주던 구호물품 중에서 어쩌다 헌옷가지라도 얻어걸리면 더없이 큰 횡재로 알았고, 옥수수가루나 탈지분유를 한 양푼씩 배급받아 마른입과 허기진 배들을 달랬다. 허술한 판자벽을 뚫고 파고드는 한겨울 추위를 구공탄 불로만 막아낼 수는 없다. 이불을 머리 꼭대기까지 뒤집어쓴 아이들은 곧잘 어미의 품을 다투게 마련이던 것, 그런 때 당신의 몸뚱이는 괄게 달아오른 질화로 같았다고 그는 회상한다. 큰놈 작은놈 가리지 않고 두루 보듬어주곤 하던 그 널따란 품…… 그때는 몰랐다. 당신이 거의 언제나 질병의 고통과 만성적인 허기로 시달리고 있었음을······.

그 어머니에게 이 세상을 보여주고 싶은 열망 때문에 그는 가슴이 자꾸 뜨거워진다. 이 대형 마트를! 매대마다 쌓여 있는 물품들을! 흔치만치 나뒹굴고 있는 오만가지 외제품들과 그보다 훨씬 더 고가인 국산품들을! 당신은 뭐라고 할까? 욕심나는 대로 카트 하나 가득 골라 담는다. 매대 앞에서 카드 한 장으로 계산을 끝낸 다음 말한다. 자, 가십시다 어머니! 그러면 당신은 어떤 얼굴을 할까? 그는 점점 더 가슴이 뜨거워진다. 내장이 녹아내릴 것만 같다. 그는 또 상상한다. 여기저기 드라이브도 시켜드리고 싶다. 당신을 태우고 서울에서 부산까지 경부고속도로 위를 달려보고 싶고, 남해를 돌아 목포에서 서울까지 서해안고속도로도 타보고 싶다. 어찌 그뿐이겠는가. 그럴 수만 있다면 한강 유람선도 태워드리고 63빌딩 꼭대기도 안내하고 싶다. 꼭 한 번! 그래, 꼭 한 번이면 만족한다. 이런 세상에 당신의 아들이 살고 있음을 보여주고 싶은 것이다. 너무나 뜨겁게 치밀어 오르는 열망 때문에 그는 이제 가슴이 몹시 아프다. 누가 쥐어짜듯이 거의 참기 어려운 동통이다. 인파를 헤치며 저만치 앞서 가고 있는 아내를 필사적으로 쫓아간다. 절망적인 기분이다.

평소보다 배 이상의 시간이 소요되었다. 집에 와보니 문이 안으로 잠겨 있다. 노인이 어떻게 한 모양이다. 두 개의 잠금장치 중 숫자판이 붙어 있는 키가 도무지 작동하지 않는다. 지금까지 없던 일이다.

그와 그의 아내가 번차례로 달라붙어 씨름해 보았으나 소용이 없다. 결국 열쇠 수리공을 부르는 도리밖에 없다. 수리공이 와서 문을 따줄 때까지 그들 부부는 30분 이상 기다려야만 한다. 좁은 복도 바닥에다 늘어놓은 대여섯 개나 되는 장바구니들 틈에 망연자실하고 선 채로……

간신히 문을 열고 들어서자 노인이 현관 앞에 서 있다. 짜증 속에서도 불쑥 웃음이 치민다. 차림새가 무척이나 희극적이다. 모자 두 개를 포개어 썼다. 하나는 챙이 달린 그의 운동모고 다른 하나는 챙이 없는 노인의 것이다. 더러 그랬다. 노인의 방에는 거울이 없다. 모자를 쓰고 나서도 금방 그 사실을 잊어버린 탓이다. 개량 한복 윗도리 위에다 오리털 잠바를 겹쳐 입었다. 외출 채비가 분명하다. 그런데 아래는 운동복 그대로여서 위아래가 심한 언밸런스다. 거기에 구두를 신었다. 신장 속에 집어넣은 지 오래인 그 구두를 어떻게 찾아냈을까? 그로서는 도무지 이해가 되지 않는다. 어쨌거나 노인은 나름대로 완벽한 외출 차림을 하고 있다. 의심할 여지없이 귀성길을 나설 참이던 것이다.

"어디 가시게요?"

그가 뻔한 물음을 던졌다. 그런데 답변이 전혀 엉뚱하다.

"가기는…… 내가 어데 갈 데가 있노!"

그 목소리에는 어떤 결기 같은 게 느껴진다. 건짜증인가? 그는 생각하며 노인의 기분을 살핀다. 표정이 뭔가 복잡하다고 느낀다. 어린애처럼 단순하던 평소 그 얼굴이 아니기 때문이다. 노인은 몹시 곤혹스러운 눈빛을 띠고 꺼져드는 목소리로 말한다.

"변소가 어데 있노?"

참 뜬금없다. 당신 방 바로 코앞에다 두고도 헤매는 경우가 있는 것이다. 그가 오밤중에 인기척을 느끼고 나와 보면 노인이 5촉짜리 꼬마전구가 흘리는 노란 불빛 아래서 전전긍긍하며 서성거리고 있는 것을 발견하곤 한다. 드문 일이지만, 때로는 노인이 일을 보고 물까지 내리는 소리가 들렸는데도 방문 닫히는 소리가 없는 경우도 있다. 이번에는 방을 찾지 못한 것이다. 생각 끝에 문짝에다 '화장실' '아버님 방'이라 큼직하게 써붙였지만 그것마저도 무용지물인 때가 더러 있었다.

"화장실, 여기 있잖아요."

대답하고 나서 살펴본즉 노인의 아랫도리가 이미 젖어 있다. 당신 방에서 화장실까지 불과 서너 걸음, 하루에 열 번 이상씩 드나드는 길이건만 당신에게는 늘 안개 속에 묻혀 있는 낯선 길인지도 모를 일이라고, 그는 문득 생각한다. 그 길의 끝에서 당신이 필경 맞닥뜨릴 일을 생각하자 말할 수 없이 마음이 무거워진다.

장보아 온 것들을 대충 들여놓은 다음 그는 노인을 화장실로 모셔 간다. 여름철에는 하루 걸러 하던 목욕을 가을 들어서는 사흘거리로, 다시 겨울 들면서는 한 주에 한 번꼴로 바꾸었다. 하지만 중간에 한 번쯤은 아랫도리를 씻기고 바지를 갈아입혀야 한다. 실수가 잦은 때는 대책 없이 두 번이고 세 번이고 그랬다. 육순을 넘긴 나이에 팔순이 넘은 아비를 발가벗겨 씻기는 일은 그리 쉽지 않다. 하지만 곧 숙달되었다. 누가 말했듯이 인간은 무엇에나 잘 길들여지는 동물이다. 어떤 경험이건 금방 학습효과가 나타난다. 몇 번 되풀이하다 보면 곧 익숙해지고, 태연해지고, 마침내 무심해지는 것이다.

   그는 좌변기 뚜껑을 내리고 그 위에 노인을 앉힌다. 먼저 안경을 벗기고, 다음에는 윗옷들을, 그다음에는 아랫것들을, 그리고 마지막으로 양말 두 짝을 차례대로 뽑아낸다. 노인은 저항하지 않는다. 깡마른 육신을 되도록 조그맣게 움츠릴 따름이다. 마른 살비듬들이 우수수 떨어진다. 손을 잡아 욕조로 이끈다. 노인의 거동은 몹시 조심스럽다. 허리를 잔뜩 구부린 채로 더듬거리며 욕조로 다가선다. 그리고는 한 손으로는 턱을 단단히 잡고 다른 쪽 팔을 뻗어 조심조심 욕조 안으로 손을 넣어본다. 욕조는 비어 있다. 그런데도 노인은 흡사 뜨거운 물에 닿은 듯 재빨리 손을 뺐다가 다시 디밀어보고는 한다. 그는 시종 입을 다문 채다. 물이 없다고 말해봤자 소용없음을 알고 있기 때문이다. 눈 대신에 귀가 밝은 노인이다. 못 들어서가 아니라 믿지 않기 때문이다. 스스로 확인을 한 뒤에야 노인은 비로소 안심하고 한쪽 다리를 집어넣는다. 종아리고 허벅지고 엉덩이고 간에 밭게 말라붙어 마른 검불처럼 보인다. 그는 노인을 빈 욕조 안에 좌정시킨다. 힘겹게 움직인 뒤라 노인은 몹시 숨이 차 한다. 평생 약을 모르고 살아온 분이다. 이렇게 건강한 노인들의 최후는 결국 심장이 낡아 더 이상 가동

할 수 없게 되었을 때라던 의사의 말을 그는 문득 떠올린다.

샴푸로 머리부터 감기기 시작한다. 두어 모숨쯤 남은 흰 머리칼이 제법 길다. 모시고 나가 이발부터 할 걸 그랬다고 그는 때늦은 후회를 한다. 누가 세배를 올지 모를 일이지만 그래도 상어른 아니냐. 설날 하루라도 단정한 모습을 찾아드리고 싶다는 생각이 불쑥 고개를 쳐든다. 목욕 타월에다 바디클린저를 듬뿍 묻혀 거품을 낸 다음 온몸을 문지른다. 목덜미와 겨드랑이, 그리고 사타구니와 항문까지 샅샅이 닦아낸다. 처음에는 물론 민망스러웠다. 그러나 이제는 아기라도 씻기고 있는 기분이다. 세제가 풍기는 향내 때문일까. 한바탕 문질러 닦고 더운 물로 씻어내고 나면 마음이 다 개운해지곤 한다.

그는 노인을 처음처럼 좌변기 뚜껑 위에 다시 앉힌 다음 젖은 몸에 오일을 골고루 바른다. 적어도 사나흘은 긁지 않기를 바라며. 다음은 화장이다. 머리를 닦고, 가볍게 면도를 하고, 헤어젤과 로션을 바른다. 그럴라치면 노인은 으레 한마디 하게 마련이다.

"아따, 냄새 참 좋다!"

팔순 할아버지도 화장은 좋아한다. 마침내 안경을 씌워드리면 노인은 그제야 거울에 얼굴을 비춰본다. 하지만 거울은 늘 흐리다. 김이 뿌옇게 서려 있기 때문이다. 새 옷으로 갈아입힌 다음 그가 하는 마지막 일은 손톱 발톱을 깎는 작업이다. 노인에게 유독 그 부분의 신진대사만은 활발하다는 사실이 매번 기이한 느낌을 준다. 임종 후에도 자란다던가? 섬세함을 잃고 투박해진 손 때문에 그는 자주 손톱밥이를 떨어뜨리며 그 일을 끝낸다. 양말 두 짝을 신는 일만은 유일하게 당신의 몫이다.

화장실 청소가 그가 하는 일련의 작업 중 마지막이다. 노인이 벗은 옷들을 세탁기에 가져다 넣은 다음 세제와 소독제를 함께 풀어 변기 바닥 욕조 순으로 작업한다. 그래봤자 한나절도 지나지 않아 다시 지린내를 풍기겠지만 그는 수세미로 벅벅 문지르고 뜨거운 물로 거듭 씻어낸다. 옷이 젖고 등에는 땀이 흐른다.

텔레비전은 귀성 차량의 행렬을 계속해서 보여주고 있다. 경부고속도로와 호남고속도로 하행선은 거의 정지해 있는 상태다. 이대로라면 목포까지는 10시간 이상, 부산까지는 8시간이 소요되리라는 게 상황실 관계자의 판단이다. 아직 출발하지 않은 사람은 가급적 자정을 지나 나서는 편이 좋을 듯싶다고 조언한다. 그 말을 듣고 있으려니 아직 서울에 남아 있는 사람들도 결국은 죄다 고향길에 나설 것 같은 기분이 든다. 꼭 그래야만 될 것처럼 생각된다. 아니다. 그의 마음속에서도 귀성 욕망 같은 게 꿈틀거리며 머리를 쳐드는 느낌이다.

그는 옆자리를 돌아본다. 노인은 잠들어 있다. 무척이나 좋아하는 커피도 반쯤 남겨둔 채다. 귀성 욕망도 잠이 든 걸까? 노인은 잠 속에서 고향길을 가고 있는지도 모른다. 여전히 안경을 쓴 채로 몸을 조그맣게 움츠리고 깊은 잠에 빠져 있다. 막 목욕을 해서일까, 노인의 영혼이 너무나 깨끗하다는 느낌이 불쑥 가슴에 와닿는다. 늘 지린내 같은 것을 풍기고 있는 쪽은 오히려 나인지도 모른다는 생각을 문득 그는 가슴에 품는다. 부엌에서 아내가 도마를 두들기는 소리가 들려온다. 우리 집 부엌이 아닐지도 모른다. 옆집에서, 아니 모든 가정의 부엌에서 지금 설음식을 만들고 있는 소리라고 그는 상상한다.

그랬었다. 그는 회상에 잠긴다. 가래떡 한 말 빼오는 것으로 만족해야 하였다. 도시로 이사 나온 후 어머니는 명절을 맞아도 할 일이 없었다. 술 담그는 일도 엿 고는 일도 없었고, 갖가지 강정을 만들거나 밤새워 마름질할 설빔도 없었다. 가만히 한숨짓고 돌아앉아 눈물을 찍어내는 일 외에 당신이 할 수 있었던 일이 무엇일까. 설이든 추석이든 명절은 시름과 슬픔을 더 깊게 하는 날일 뿐. 그날도 그랬다. 가래떡을 빼오려고 동네 방앗간에서 한나절 내내 떨며 줄 서 있다가 그가 귀가했을 때는 판자촌 골목이 어둑어둑하였다. 떡 함지를 머리에 인 누나보다 한발 앞서 달려온 그는 기세 좋게 방문을 열어젖혔다가 그만 무르춤해지고 말았다. 방 안 분위기가 유별나게 무거웠기 때문이었다. 백열등 불빛 아래 식구들 얼굴은 물론이고, 멀리 사는 외삼촌 모습도 보였다. 무슨 특별한 일이 있을 때면 어김없이 나타나곤 하는 분이었다. 문짝을 소리 나게 벌컥 열어젖혔는데도 누구 하나 눈길을 주지 않았다. 벽을 등지고 조그맣게 도사리고 앉은 어머니를 마주하고 둘러앉은 채 다들 말이 없었다. 어머니의 병환이 더 위중해졌다는 것을 그는 금방 실감했다.

벌써 사흘째였다. 어머니는 벽을 등지고 앉은 그 자세를 한 번도 허물지 않았다. 지독한 천식이었다. 게다가 나중에 안 사실이지만 뱃속에는 태아가 있었다. 그 미지의 생명은 자라나는 만큼 허약한 모체를 위기상황으로 밀어넣고 있었다. 숨이 점점 가빠졌고, 그러다 기침이 발작하면 호흡이 마구 난도질당한 끝에 의식을 놓아버리곤 하였다. 금방 퍼렇게 죽어가는 얼굴에 찬물을 뿌리고 뻣뻣해지는 팔다리를 정신없이 주물러대다 보면 당신은 한참 후에 깨어나곤 하였다. 그는 기억하고 있다. 그런 순간마다 당신이 토해내곤 하던 저 무겁고 깊은 한숨 소리를……. 그보다 더 처연할 수 없었다. 지난밤에도 한차례 소동을 치렀지만 아침에는 많이 좋아 보였던 것이다. 그와 누나를 방앗간으로 내몬 것도 당신이었다.

이번에는 누나를 앞세우고 그는 방 안으로 들어섰다. 얼음 덩어리를 삼킨 것처럼 느닷없이 뱃속이 써늘해졌다. 이상한 냄새가 났다. 왜 그랬는지 모른다. 그는 단정하게 무릎을 꿇고 앉았다.

"저, 저 애…… 말이다……."

몹시 힘들게 내뱉는 말이었다. 두 팔로 방바닥을 짚고 간신히 상체를 지탱하고 앉은 자세로 어머니는 사력을 다해 토막토막 끊어지는 어투로 뒷말을 이어갔다.

"저 애, 저 애, 하나만은…… 부디, 부디…… 공부시키거라……."

지극히 짧은 순간이었는지는 모르겠다. 마침내 모잽이로 쓰러지기 전에 당신은 두 눈을 부릅뜨고 어린 아들의 얼굴을 바라보았다. 뜨거운 불꽃을 가득 담은 눈길이었다. 흡사 불에 달군 쇠꼬챙이가 심장을 꿰뚫은 채로 한참을 정지해 있는 듯한 고통을 느끼며 그는 눈을 감았다. 옆에서 울음이 터져 나왔다. 누나였다. 뒤이어 이쪽저쪽에서 곡성이 났다. 그는 두 팔로 가슴을 꼭 감싸안은 채 허리를 접고 모잽이로 가만히 드러누웠다. 통증을 참아내기 어려웠다.

"보레이…… 니 우나?"

그는 흠칫 놀란다. 그새 잠이 깬 모양이다. 노인이 그의 얼굴을 빤히 들여다보고 있다.

"더 주무시지 그래요……."

열없이 그는 대꾸한다. 노인은 금방 텔레비전에 정신을 빼앗기고 만다.

"아이고 무시라! 저거 다 고향 가는 거 맞제?"

"그럼요. 설 쇠러 다들 고향 가네요."

그는 대꾸하며 얼른 눈가를 훔친다. 하지만 가슴의 뜨거움은 지워지지 않는다. 이 뜨거움은 언젯적 것인가? 고작 서른일곱의 나이에 이승을 하직한 어머니를 새삼 떠올리고 어느새 예순을 넘어 셋을 더한 자신의 나이에 문득 생각이 미친다. 그러자 가슴의 뜨거움이 참을 수 없는 정도가 된다. 그는 두 팔로 제 가슴을 꽉 죄어 안는다. 10년 또는 20년 후에도, 그러니까 어머니보다 갑절은 더 많은 인생을 산다고 해도 가슴속의 이 불씨는 도무지 꺼지지 않을 것임을 그는 아프게 확신한다. 신음처럼, 문득 옛 노래가 흘러나온다.

호미도 ᄂᆞᆯ히언마ᄅᆞᆫ
낟ᄀᆞ티 들 리도 없으니이다.
아바님도 어이어신마ᄅᆞᄂᆞᆫ
위덩더둥셩

수업시간에 아이들 앞에서 떠들다 말고 그로 하여금 종종 입을 다물고 벽 쪽으로 돌아서게 만들곤 하던 그 고려속요다.

아소 님하,
어마님ᄀᆞ티 괴시리 업세라

저 어린 시절처럼 그는 허리를 접고 가만히 모잽이로 드러눕는다. 절절한 그리움을 담은 채 여기저기서 도마 소리가 울려온다.

(2004)

가엾은 영혼들

거두절미하고 그 이야기부터 하겠다.

지난해 봄 어느 비 오던 날 새벽, 강변로에서 목격한 일이다.
물보라를 일으키며 기세 좋게 나를 추월했던 쥐색 볼보 승용차 한 대가 앞서 가던 멍청한 화물차의 뒤꽁무니에 대포알처럼 쑤셔 박혔다. 너무나 날렵하고 무시무시한 속도였기 때문에 나는 문제의 볼보가, 그랬다, 금방 짜부날 정도로 짐을 잔뜩 실은 채 미련을 떨고 있던, 그놈의 화물차 뱃속을 거침없이 통과하여 아주 멀리 달아나버린 것으로 잠시 착각하였다.
하지만 실제 상황은 그게 아니었다. 살이 떨리게 끔찍한 충돌음이 나의 오른쪽 귀싸대기를 후려친 다음 순간, 오! 놀랍게도 화물차 밑에서 빨간 가죽 코트를 입은 젊은 여자가 황급히 기어 나오더니 퍼렇게 질린 얼굴로 우왕좌왕 어쩔 줄을 몰라했다. 아주 짧은 순간이기는 했다. 급제동이 걸린 나의 차가 180도 회전을 하며 아슬아슬하게 현장을 비켜 멎는 바람에 나로서는 바로 코앞에서 빤히 지켜본 일이었다.

어! 저 여자가?

흡사 가위눌린 사람처럼 내가 간신히 그렇게 내뱉었을 때는 벌써 그녀는 사라지고 없었다. 나의 눈앞에는 단지, 끔찍한 사고 현장만 남아 있었다. 곧 순찰차와 견인차와 119구조대가 달려왔다. 그리하여 상당한 시간이 흐른 뒤에야 16톤짜리 덤프 트럭의 우람한 엉덩짝을 쳐들고, 그 밑에 깔려 있던, 마치 폐차장의 고철덩어리같이 구겨져버린 문제의 사고 차량에서 어찌어찌 간신히 남녀 두 사람의 몸뚱이를 꺼냈다. 둘 다 즉사했는데 그중 하나가 바로 빨간 가죽 코트를 입은 젊은 여자였다.

말하거니와, 그날 일은 30년이 넘는 내 운전기사 이력 중 가장 기이하고 강렬한 기억으로 남아 있다.

그래서인가. 아니면 나이 탓이던가. 그날 이후로 나는 종종 그와 비슷한 일들을 경험하곤 한다. 예를 들면 이런 따위다.

한번은 평소보다 늦게 집을 나섰는데 요행히 동네 골목을 벗어나자마자 손님을 맞았다. 택시기사만큼 사람 보는 눈매가 매울까. 그런 내가 보기에도 아가씨인지 아줌마인지 얼른 판단이 서지 않을 만큼 화장이나 차림새가 영 애매한 여자였다. 게다가 어쩌자고 아침부터 독하게 술내를 풍기고 있었다. 비어 있는 뒷자리를 마다하고 조수석에 냉큼 올라앉은 그녀는 그 순간부터 발을 동동 굴리며 연신 채근했다.

"정말 미치겠네. 아저씨, 좀 더 빨리 갈 수 없나요?"

강남고속버스터미널에 닿기까지 나는 최소한 서른 번 이상이나 그 소리를 들어야 했다. 이런 손님은 모범 운전사 알기를 답답하고 무능한 인간의 표본처럼 안다. 정지 신호에 발목이 잡히는 것을 참지 못하고, 특히 앞차가 고지식하게 구는 것에 맹렬히 분노한다. 이런 사정을 잘 아는데다 또, 그녀가 내심 늙다리 운전사 탓까지 할까봐 나는 요령껏 신호도 무시하고 과속도 하면서 최대한 시간을 단축했다. 하지만 그녀는 물론 만족하지 않았다. 어쨌거나 목적지에 닿기가 무섭게 그녀는 1만원권 두 장을 내 얼굴에다 팽개친 다음 거스름돈 같은 건 상관도 않고 경부선 쪽 건물을 향해 실성한 여편네처럼 냅다 뛰었다.

나는 한바탕 혀를 찼다. 무슨 사정인지는 알 수 없으나 나까지도 홀랑 넋이 빠져버릴 지경이었다. 잠시 멍청해 있다가 뒷차의 경적에 놀라 서둘러 전진 기어를 넣으며 힐끔 뒤를 돌아보던 나는 그만 기겁하게 놀라고 말았다. 뒷자리에 사람이 앉아 있었던 것이다. 그것도 방금 내린 그 여자가!

등골이 서늘해지는 것을 나는 의식했다. 이럴 수가? 브레이크를 꽉 밟고 다시 뒤를 돌아본 나는 이상한 사실을 발견했다. 그녀가 분명하되 분위기가 전혀 달랐다. 한눈에도 몹시 지쳐빠진 얼굴이었고, 황달 든 사람처럼 노르께한 낯짝이었다. 그녀는 깊이 체념한 듯 입술을 꼭 다문 채 천천히 차에서 밖으로 내려섰다. 그리고는 벌써 저만치 달아나고 있는 여자를 향해 스적스적 다가갔다. 마치 중병환자처럼 느린 걸음걸이인데도 불구하고 두 사람 사이의 간격은 금세 좁혀졌고 마침내 하나로 겹쳐지더니 곧 인파 속으로 묻혀들고 말았다.

"당신, 헛것을 본 거예요."

그 일을 듣고 아내가 말했다. 그리고 또 덧붙였다.

"당신도 이제 헛것이 잘 보이는 나이가 된 거라구요……."

글쎄다. 그게 다 옛말이지, 요즘 세상에 예순여섯의 나이가 뭐 대단한가. 나는 아내의 말을 대수롭지 않게 들어 넘기기는 했지만 그러나 마음이 개운치는 않았는데, 그 며칠 후에도 또 그런 일을 당하고는 더 이상 입을 다물어버렸다.

그랬다. 경마장 앞에서 네 사내를 태우고 나오던 때였다. 경마장이 풀리는 시간대면 늘 그랬듯이 길은 어김없이 꽉 막힌 상태였다. 선돌마을 앞 삼거리에서 우회전하여 양재사거리까지 빠져나오는 데에 30분 가까이나 걸렸다. 늘 당하는 일인데도 유독 가슴이 답답하게 느껴진 나는 무료하게 차내를 둘러보다 말고 소스라치게 놀랐다. 한나절 내내 뼈를 녹이듯 하던 긴장에서 풀려난 도박꾼들은 이제 잠에 빠져 있었다. 더부룩한 두발, 꺼칠한 얼굴, 헤벌어진 입 등 격렬했던 하루의 전투가 실감되는 모습들이었다. 그런데 내가 놀란 까닭은 그들 곁에 쌍둥이 같은 얼굴을 한 사람들이 하나씩 붙어 앉아서 잠든 얼굴들을 처연히 지켜보고 있었기 때문이었다. 혀를 차고 더러는 한숨을 풀풀 날리면서…….

그러니까 내 차는 정원 초과였던 셈이다. 나는 또 영락없이 헛것을 본 것이었다. 하지만 이 일은 아내에게조차 발설하지 않았다. 어쩐지 그러고 싶지 않았던 것이다.

내 차는 이래저래 쉬는 날이 점점 더 많아졌다. 갈수록 운전대 잡기가 싫어진 탓이었다.

"신물 날 때도 됐지 뭐."

멀쩡한 날도 곧잘 텔레비전 앞에서 뭉기적거리기만 하는, 갑자기 게을러진 가장을 아내는 별로 나무라지 않았다. 하긴 그럴지도 모른다. 30년 넘게 매달려온 일 아니더냐. 그 긴 세월 동안 내 안에 폐유처럼 고여온 생의 염증 때문일 듯도 싶었다. 하지만 그것만도 아닐 것이라고 나는 생각했다. 사는 일의 지겨움이야 어찌 어제오늘의 일만이겠는가. 그보다는 헛것을 보는 일이 점점 더 잦아진 때문이라고 나는 생각했고, 남들이야 어떤지 모를 일이나 나 같은 운전기사에게 예순여섯의 나이는 어차피 헛것이 잘 보이는 나이임이 틀림없다고 나는 믿기에 이르렀다.

그럴밖에…… 차를 몰고 동네 골목을 벗어나기가 무섭게 나는 도처에서 헛것들을 보곤 했던 것이다. 내 손님들만이 아니었다. 급기야는 거리를 오가는 행인들에게서도 나는 곧잘 그것을 발견하였다. 마치 자기 그림자인 양 누구나 다 그런 것을 하나씩 지니고 있다는 생각을 나는 품었다. 어찌 헛것이라 말할 수 있담. 어둠 속에서도 결코 지워지지 않는, 오히려 더 잘 보인다는 점에서 그것은 그림자보다 더 확실한 존재라고 나는 믿었다. 단지, 대다수 사람들이 전혀 보지 못하고, 보지 못하므로 존재 자체를 의식하지 못하고 있을 뿐……
그 주인으로부터 잊혀진 채 버림받고 있는, 외롭고 가엾은 혼들을 나는 무수히 보았던 것이다. 그중에서 내가 결코 잊을 수 없는 것 두어 가지만 더 털어놓기로 하겠다.

내가 대학병원 앞 사거리에서 그 손님을 태운 것은 자정이 가까울 무렵이었다. 그는 키만 볼품없이 껑충하게 큰 중년의 사내였는데 무릎 아래까지 내려오는 긴 외투를 아무렇게나 걸친 차림으로 우산도 없이 빗속에 엉거주춤 서 있었다. 얼마 동안이나 그러고 있었던지, 머리며 어깨짬이 척척하게 젖은 채였다. 꼭히 택시를 기다리는 사람 같지도 않았다. 내가 그의 코앞에다 바짝 차를 들여대자 그는 노인네처럼 꾸물대며 뒷자리에 올라앉았고, 그러고 나서도 이렇다 말이 없었다.
"손님, 어디로 모실까요?"
룸미러를 들여다보며 내가 물었다. 그는 얼른 대답하지 못했다.
나는 거울에서 시선을 떼어 등 뒤를 돌아보았다. 마흔 한둘쯤 될까…… 첫인상은, 그랬다. 마치 혼백이 쏙 빠져 달아나버린 사람 같았다. 여러 날 면도를 하지 않은 듯 꺼칠한 얼굴에 두 눈이 초점을 잃고 번히 열려 있었다.
이거, 완전히 맛이 갔잖아?
나는 속으로 투덜댔다. 술 탓인가 했으나 술내를 풍기지는 않았다. 그럼 뽕이라도 했나? 하지만 그것도 아닌 것 같았다. 약간은 흥

분된 듯도 싶었으나 그렇다고 아주 헐거워진 상태는 아니었다. 요컨대 깊은 잠에 빠져 있다가 느닷없이 밖으로 내몰린 사람 같기도 하고, 불시에 어딘가를 심하게 얻어맞은 사람 같기도 했다.

참 요상한 손님을 실었군……. 나는 조금은 흥미롭고 또 조금은 짜증스러움을 느끼며 다시 정중하게 물었다.

"어디로 모실까요?"

누가 쥐어박기라도 한 듯 그가 움찔 놀라며 고개를 쳐들었다. 그리고는 새삼스레 주위를 둘러보고 나서 비로소 입을 뗐다.

"과천…… 갑니다……."

어눌한 두 음절. 하지만, 꽉 잠긴 목구멍을 비집고 간신히 흘러나온 것이어서 그가 그 말을 뱉어내기까지 얼마나 많이, 그리고 오래 주저하고 망설여왔던가를 단번에 실감하게 했다.

저녁나절부터 질척거리던 비가 그새 때늦은 진눈깨비로 바뀌어 있었다. 길들은 텅 비었지만 몹시 미끄러웠다. 자정을 지난 시각에다 궂은 날씨 탓이리라. 행인들은 거의 보이지 않는 대신 사고 위험에도 불구하고 미친 듯 질주하는 차들만 더러 만났다. 한강을 건너고 남태령을 넘어서면서 나는 흘낏 룸미러를 쳐다보았다. 사내는 등받이에 깊숙이 기대어 앉은 채 약간 얼이 빠진 듯한 눈길을 창밖으로 내던져두고 있었다. 그뿐, 무엇을 보거나 생각하고 있는 얼굴이 아니었다. 시선도 표정도, 이제 막 지나온 길들처럼 스산하게 비어 있어서 뒷자리가 영 썰렁한 느낌이었다. 내가 정말 온전한 사람을 태우고 있는 건지 문득 의심이 들었다.

고개를 반쯤 내려간 지점에서 나는 사고 차량 한 대를 목격했다. 중앙분리대에 왼쪽 뺨을 갈아붙인 승합차 한 대가 차선 두 개를 가로막고 엉거주춤 서 있었다. 흡사 먹이를 다투듯 견인차 두 대가 사고 차량 앞뒤에서 저마다 집게발을 높이 쳐들고 있었고, 아마도 승합차 운전기사인 듯싶은 늙은 사내가 넥타이 정장 차림으로 속절없이 길바닥에서 젖고 있었다. 사고 현장을 목격할 때면 매양 가슴에 와닿는 저 느낌 — 약간의 안도감과 새삼스레 고개를 쳐드는 불안감 — 을 나는 맛보았고, 그리고 잠시 잃어버렸던 현실의식을 거기서 되찾았다. 과천이 목전에 있었다.

관문사거리를 지나고 과천성당을 지나자 사내가 말했다.

"저기 삼거리에서 내리겠습니다."

여전히 꽉 잠긴 목소리였다.

"집 앞에까지 모셔다드리죠. 몇 단지에 사십니까?"

궂은 날씨를 생각하고 내가 물었지만 사내로부터는 아무런 대꾸가 없었다. 나는 차를 세웠다. 삼거리 버스정류장 앞이었다. 사내는 요금을 치른 다음 차에서 내렸다. 삼거리에서 오른쪽으로 핸들을 꺾으면서 나는 뒤를 돌아보았다. 내린 자리에 그대로 사내가 서 있었다. 갈 곳을 갑자기 잊어버린 모습이었다.

과천은, 올 때마다 매양 느끼는 거지만, 낮이나 밤이나 늘 조용하다. 더군다나 자정을 넘긴 시간인데다 진눈깨비까지 뿌리고 있어 마치 시골 산자락 마을처럼 고즈넉한 분위기였다. 나는 천천히 차를 몰아 종합청사 앞 사거리를 지났고, 노란 병원 건물 앞 삼거리에서 좌회전하여 단지 안길로 들어섰다. 혹 서울로 나갈 손님을 기대하면서였다.

우체국 앞 사거리를 지나고, 4단지에서 7단지까지 왔지만 거리는 텅 비어 있었다. 베드타운이란 말이 실감되리만치 도시는 깊은 잠에 들어 있었다. 더 이상 여기서 미련 떨 일이 아니라고 나는 생각했고, 고개 넘어 사당동이나 방배동으로 가보는 게 좋으리라고 판단했다. 그쪽 술집 골목에는 아직 취객들이 어슬렁거리고 있을 것이었다.

나는 가속 페달을 밟으며 7단지 앞을 지나 삼거리로 나왔다. 문제의 사내를 내려주었던 바로 그 삼거리였다. 거침없이 직진하던 나는 한순간 급정거를 했다. 길가에 서 있는 사람을 발견했던 것이다. 차를 후진하여 다가간 나는 깜짝 놀랐다. 바로 그 사내였다. 진눈깨비를 뒤집어쓴 채 장승처럼 멍청하게 서 있는 사내를 가등의 흐릿한 불빛만으로도 나는 금방 알아볼 수가 있었다. 그러니까, 내가 잠든 도시의 거리를 길쭉한 세모꼴을 그리며 천천히 돌아 나오는 동안 그는 고작 도로 하나를 가로질러 건너온 게 전부인 듯싶었다.

처음 그랬듯이 사내는 늙은이처럼 천천히 뒷자리로 기어들었고, 그리고는 또 아무런 말이 없었다. 이번에는 내 쪽에서도 입을 쉬 열지 못했다. 무언가 덜미를 무겁게 짓누르는 느낌 때문이었다.

"손님, 어디로 모실까요?"

한참 만에 나는 간신히 그렇게 입을 뗐고, 그런 다음에야 한 가지 사실을 깨달았다. 그랬다. 사내는 나를 알아보지 못하고 있음이 분명했다. 어쩌면 지금까지의 자기 행적조차 전혀 기억하지 못하고 있는지도 모를 일이었다. 무엇에 쿡 찔리기라도 하듯 그가 움찔 놀라는 모습을 나는 룸미러를 통해 잠자코 지켜보았다. 푸른빛이 도는 이마 아래서 치켜뜬 두 눈이 한 움큼씩의 어둠을 물고 있었다.

"어디로 모실까요?"

조심스럽게 내가 다시 물었고, 그제야 그가 꽉 잠긴 목소리로 대답했다.

"대학병원…… 가요…….”

가만히 나는 발진했다. 더 묻고 싶은 말이 없었다. 왔던 길을 되짚어 나는 말없이 차를 몰았다. 반포든가, 아니면 동대문 어디쯤에서든가, 진눈깨비가 어느새 눈으로 바뀌어 우리가 애초의 출발 지점으로 되돌아왔을 즈음에는 때아니게 제법 소담스러운 설경을 빚어놓고 있었다.

사내는 병원 앞 사거리에서 내렸다. 처음 내 차를 탔던 지점이었다. 그는 나에게 차비를 지불했고, 거스름돈은 버려둔 채로 돌아섰다. 그새 기온이 뚝 떨어진 듯 목덜미에 와닿는 공기가 정신이 번쩍 들게 차가웠다. 그 탓이었는지 모르겠다. 사내는 흡사 경련하듯 온몸을 한차례 부르르 떨고 나더니 곧 차분해진 걸음걸이로 병원 쪽을 향해 스적스적 걸어갔다. 외투자락 아래로 아랫도리가 껑충하게 드러났다. 나는 비로소 그가, 맨발에 슬리퍼 차림인 것을 발견했다. 뿐더러, 바지는 환자복이 분명했다.

나는 얼른 그 자리를 떠나지 못하였다. 사내의 뒷모습이 눈발 속으로 녹아든 후에도 한참을 머물러 있었다. 사내를, 이날 밤 그의 행적을, 나는 비로소 이해할 수 있었다. 저 조용한 도시의 시민들이 죄다 포근한 잠 속에 빠져 있던 그 시간, 사내가 혼자 감당해야 했을 외로움이 가슴팍을 오그라들게 하였다. 아마도 사내는 오밤중에 불현듯 가족을 생각하고 달려왔으리라. 그러나 차마 그들을 깨울 수는 없었던 것, 어쩌면 먼발치에서 불 꺼진 창문을 바라보는 것으로 만족해야 했던 건지도 모른다. 내려선 자리에서 바로 돌아서야 했을 사내를 생각하고 나는 가슴이 먹먹해졌다.

이만 하루를 접자, 하고 나는 중얼거렸다. 더 이상 밤거리를 쏘다니고 싶지 않았다. 다시 핸들을 잡은 나는 사거리를 직진하여 돈암동 쪽으로 천천히 달렸다. 미아리 그 너머 수유동에 내가 안식할 가정이 있었다. 그래봤자 나의 귀가를 기다려줄 사람이라곤 늙은 아내 혼자뿐이지만…… 그랬다. 결혼하여 40년 가까운 세월을 살아오는 동안 아들 둘에 딸 하나를 낳아 길러 이제는 다 짝지어 내보냈다. 빈 둥지만 남았으니 가정이랄 것도 없는지 모른다. 한데도 왜 이리도 절절히 내 가정 내 식구가 그리운지, 불시에 나를 사로잡은 그 강렬한 감정 때문에 나는 은연중 자꾸만 허둥거리고 있었다.

그리고…… 이제 마지막 얘기를 하겠다.

지난겨울, 매섭게 춥던 날 밤에 있었던 일이다. 내가 잘 다니던 가스 충전소가 화재를 일으켰다. 다행히 가스 저장소에 불이 번지기 전 불길이 잡혔으므로 사무실 건물만 전소하였다. 갑자기 불이 치솟자 종업원들은 긴급히 대피했으나 두 사람이 불에 타 죽었다. 사장 부부라고 했다. 나중에 들은 얘기지만, 사무실에서, 그것도 종업원들이 보는 앞에서 대판 부부싸움을 벌인 끝에 남자가 갑자기 휘발유를 끼얹고 라이터를 켜댔다는 것이다. 마침 그곳을 지나가던 나는 가스도 넣을 겸 들어서다 말고 그 엄청난 화재 현장을 보게 되었는데 그날 내가 본 광경은, 뭐랄까, 말로 표현하기가 어렵다. 그러므로 상황만 대충 이야기하는 것으로 끝내겠다.

밤늦은 시간이었다. 차도에서 막 벗어나 충전소 마당으로 진입하는 순간 눈앞이 갑자기 환해지더니 기름 냄새와 함께 뜨거운 기운이 내 얼굴을 확 덮쳤다. 본능적으로 급제동을 건 나는 바로 코앞에서 검붉게 솟아오르는 불기둥을 목격했다.

가스! 폭발!

누가 외치기라도 하듯 나는 그런 말만 입속으로 중얼댔을 뿐 온몸이 굳어버렸다. 유리 튀는 소리가 나면서 시뻘건 화염이 쉬익쉭 쏟아져 나왔다.

그때다. 펄펄 끓는 불구덩이 속에서 누군가 엉금엉금 걸어나오고 있었다. 두 사람이었다. 한 발짝 앞선 쪽이 여자고 그 뒤를 따르고 있는 사람이 남자임이 분명하였다. 두 사람 다 화염에 휩싸인 채였다. 머리와 어깨와 몸통에서 작은 불꽃들이 오글오글 피어나고 있어 흡사 작은 불가사리들처럼 보였다.

살려주세요…….

그들이 내뱉는 소리를 나는 들은 것 같았다. 골을 짜개는 것 같은 냉기를 느끼며 나는 컥컥 비명을 토했다. 그러나 그것도 잠시였다. 움직이는 두 개의 불덩이는 금방 풀썩 허물어졌고, 더 크고 농염한 화염이 그것을 흔적 없이 삼켜버렸다.

내 목구멍에서는 더 이상 아무런 소리도 흘러나오지 않았다. 머릿속도 하얗게 비어버렸다. 나는 눈만 번히 치뜬 채 앞을 향하고 있었다. 그리고 어느 순간에, 나는 보았다. 거대한 불구덩이 속에서 돌연 나타난 두 사람을…… 그들이었다. 그들 부부는 춤추는 불꽃 속에서도 아주 온전한 모습으로 서로 마주보고 선 채 말없이 눈물을 흘리고 있었다. 이상하게도 나에게는 그 눈물이 어찌나 풍성하게 느껴졌던지 맹렬한 불길을 곧 잠재울 수 있을 것만 같았다. 그러나 잠시 뒤 두 사람의 모습은 슬그머니 흩어져버렸고, 여전히 남은 것은 지옥불처럼 잉잉거리며 타오르고 있는 불기둥뿐이었다. 그때서야 요란한 사이렌 소리가 멀리서 울려왔다.

나는 가까스로 정신을 챙겨 서둘러 그곳을 빠져나왔다. 그러나 운전을 계속할 수는 없었다. 더없이 비통한 얼굴들을 마주한 채 말없이 눈물만 쏟던 두 사람의 모습이 자꾸만 눈앞을 가로막았기 때문이었다. 그 가엾은 영혼들 앞에서 나는 내내 말을 잃고 있었다.

(2004)

팔각성냥

일곱 번째 생일날 아침, 아이는 읍내 장터를 향해 일찌감치 집을 나섰습니다. 마침 오일장이 서는 날이었지요.

"생일선물 대신 돈을 주마."

생일상 앞에서 아버지가 말씀하셨어요.

"이제는 네가 갖고 싶은 것을 너 스스로 찾아보렴."

아이는 태어나서 처음으로 용돈을 받았습니다. 아버지가 이날을 위해 특별히 준비한 것이어서 구김살 하나 없이 깨끗한 새 돈이었어요. 어머니가 그것을 반으로 접어 아이의 주머니 속에 넣어주며 당부하셨습니다.

"너한테 꼭 필요한 걸 사렴."

어머니는 또, 이렇게 부탁의 말씀도 하셨습니다.

"그리고, 잊지 말고 성냥도 한 통 사오너라. 부엌에 두고 쓰는 팔각성냥 말이다. 알맹이가 몇 개비 남지 않았더구나."

읍내 장터까지는 자그마치 시오리 길이었습니다. 하지만 아이는 조금도 힘든 줄 몰랐지요. 날씨도 무척 좋았습니다. 산등성이마다 무리지어 피어난 진달래며 철쭉이며 산수유가 짙은 향기를 내뿜었고, 아련히 이내 낀 들판 위 허공에서는 종달새들이 귀 따갑게 재잘대곤 했거든요. 게다가 주머니 속에는 아버지가 주신 용돈이 있었지요.

무얼 살까? 아이는 곰곰 생각하며 걸어갔습니다. 장난감? 아니야. 난 이젠 어린애가 아니잖아. 곧 학교에도 갈 텐데…… 운동화를 살까? 아님, 축구공이나 크레파스는 어떨까? 어쨌거나, 생각할수록 마음이 설레기만 했습니다.

아이가 읍내 장터에 닿았을 때는 해가 하늘 높이 떠올라 있었습니다. 봄볕 아래 장터거리는 사람들로 넘쳐나고 있었지요. 읍내 사람은 물론이고, 근동 사람들이 죄다 장바닥으로 몰려나온 듯싶었습니다. 아이는 전에도 부모님을 따라 두어 번 장터 구경을 온 적이 있지만, 이날처럼 붐빈 것 같지는 않았어요. 장터거리로 휩쓸려 들면서 아이의 눈은 분주하게 움직이기 시작하였습니다. 구경거리가 너무나 많았거든요.

장터거리 어귀의 싸전에서 아이는 장타령꾼을 만났습니다. 남녀 2인조였어요. 까치둥지 같은 머리를 한 사내가 걸쭉한 목소리로 각설이타령을 신명나게 읊어대는 동안, 빨간 댕기를 드리운 여자는 간드러진 춤사위를 보여주었습니다. 늙수그레한 싸전 주인이 이제 막

볏섬 속에서 기어 나온 쥐처럼 까끄라기가 묻은 얼굴을 하고 보리쌀 한 줌을 집어 동냥자루에 넣어주며 투덜댔지요.

"아따, 아침나절에 벌써 두 번째구먼. 이번 장엔 팔도 거렁뱅이들이 죄 뫼기로 사발통문이라도 돌린 건가?"

그러자 냉큼 대꾸한 것은 여자 쪽이었어요.

"소원이시라면 일편단심 춘향이 마음으로 기다려 보시우. 소문난 걸립패들이 조만간, 나 아직 안 죽었소, 하고 들이닥칠 것이니……."

그녀는 치맛자락을 홱 걷어붙이고 엉덩짝을 불쑥 내밀어 요란하게 흔들었습니다. 궁둥이께를 누덕누덕 기운 핫바지가 드러나자 둘러섰던 구경꾼들이 한바탕 웃음을 터뜨렸지요. 아이는 그제야 그녀도 남자라는 걸 알았어요. 싸전 주인이 손사래를 쳤습니다.

"참 퍽도 반가운 소식이구만그려, 옛끼 이 사람아!"

옹기전을 지나고 이어 비린내 나는 어물전을 재빨리 빠져나온 아이는 난전 한쪽에 자리를 펴고 앉은 약장수 앞에서 발길을 세웠습니다. 엄청 커다란 거북이와, 그리고 그보다 훨씬 더 큰 곰이 아이의 눈길을 사로잡은 때문이지요. 물론 둘 다 박제품이었어요.

약장수는 까맣게 그을린 얼굴에 염소수염을 간지럽게 기른 노인이었습니다. 그는 입속에서 쇳소리 같기도 하고 구렁이 울음소리 같기도 한 이상야릇한 소리를 연방 만들어내면서 떠벌였습니다. 가만히 듣자니 공갈이 이만저만이 아니었어요. 뭐, 거북이 똥에다가 곰의 쓸개를 어떻게 했다나요? 하여간 피부병이라면 무어든 한 두 번 찍어 바르기만 해도 금방 말끔해진다는 고약을 선전하고 있었어요.

"좌우당간에 이거 하나면 등창 욕창 과창 아구창은 물론이고, 덤으로다 무좀 말버짐 기계총 능쟁이피부염까지 몽땅 해결해준다 이 겁니다. 이명래고약도 울고 가는, 참말로 신통방통한 고약이다 이겁니다."

아이는 물론 고약 같은 걸 살 생각은 없었습니다. 단지 거북이와 곰이 금방이라도 살아나서 순한 눈을 껌뻑거리며 움직일 것만 같아서 아이는 한동안 그 자리를 떠나지 못했을 뿐이지요.

아이는 또, 야바위판도 구경했답니다. 엎어놓은 세 개의 종지 중에서 주사위를 찾아내는 놀이였는데, 얌전히 지켜보고 있으려니 영 좀이 쑤셨습니다. 주사위가 든 종지를 알아맞히는 건 너무너무 쉬웠기 때문이지요. 그런데도 둘러선 어른들은 누구도 선뜻 나서려 하지 않았어요. 참다못해 아이는 그만 불쑥 참견하고 말았답니다.

"이번에는 저거예요. 저거 가운데 꺼!"

그러자 즉각 등 뒤에서 알밤이 날아왔습니다. 정신이 번쩍 들 정도로 아팠어요. 아이는 뒤를 돌아보았지요. 입술이 검푸른 사내가 술내를 풍기며 말했습니다.

"아가야, 얼른 가보거라잉. 엄니가 애타게 찾으셔."

사람들이 왁자하게 웃음을 터뜨렸지요. 아쉽게 아이는 그곳을 떠났습니다.

드팀전을 빠져나오자 쇠똥 냄새가 물씬 났습니다. 우시장이었지요. 아직 코뚜레도 하지 않은 어린 송아지서부터 튼튼한 뿔이 달린 황소에 이르기까지 그 많은 소들이 싸지른 배설물로 땅바닥은 질척했습니다. 아이가 그렇게 많은 소를 본 건 처음이었어요. 정말이지, 세상에 소들이 이렇게 많이 있으리라고는 상상도 못했던 거지요.

아이는 자기네 외양간에 있는 배냇소를 생각했습니다. 갓 젖 떨어진 송아지예요. 어머님이 구유를 채워주며 그러셨지요.

"외양간이 비니까 온 집안이 텅 빈 것 같았는데 그나마 이제는 좀 훈기가 도는구나."

집에서 오래도록 부리던 소를 얼마 전에 팔았답니다. 아이는 모르는 일이지만, 어디 큰돈 쓸 데가 생겼던 거지요. 어머니가 얼마나 서운해하셨던지! 그때 어머니가 하시던 말을 아이는 떠올렸습니다.

"말 못하는 짐승도 한 지붕 아래서 살다보면 다 한 식구가 되는 거란다."

우시장에는 다른 가축들도 있었습니다. 개며 돼지며 염소 따위들도 흔하게 보였어요. 닭이나 토끼도 눈에 띄었는데 아이는 특히 토끼장 앞에서 한동안 발목이 잡혔지요. 하얀 귀와 빨간 입이 너무나 귀여워서 가만히 보듬어보기도 했습니다. 토끼를 한 쌍 사다 기를

까? 그럼 식구가 자꾸자꾸 늘어날 테지…….

아이는 마음속으로 묻고 대답했어요. 갖고 싶은 것, 그리고 꼭 필요한 것을 아직 찾아내지 못했던 거지요. 그래그래. 한차례 둘러보고 나서 다시 생각해보자.

여기저기 정신을 팔고 쏘다니는 사이에 시간이 꽤나 흘러갔든가 봅니다. 잡화점 가게들이 서넛 무릎을 비비며 들어앉아 있는 골목을 기웃거리다 말고 아이는 갑자기 시장기를 느꼈습니다. 그 가게들과 잇대어 줄줄이 늘어서 있는 음식점들이 마침 눈에 띄었던 거지요.

먹을거리들이 보기에도 참 풍성했습니다. 팥고물을 두텁게 하여 켜켜이 쌓아올린 시루떡, 고수한 콩고물 속의 인절미, 알알이 집어먹기 좋은 경단, 누른 설탕물을 바른 꿀떡…… 게다가, 떡집 옆에는 국숫집이, 국숫집 옆에는 순댓집이 이마를 맞대고 앉아 저마다 먹음직스러운 모양과 빛깔과 냄새로 온통 식욕을 자극하며 아이를 유혹했지요.

도무지 그냥 지나칠 수는 없다고 아이는 생각했습니다. 머리 꼭대기 위에 올라앉아 있던 해가 서쪽으로 약간 기운 걸 보면 점심때도 설핏 지난 듯싶었어요.

무얼 먹을까? 아이는 꽤 심하게 갈등했습니다. 곰곰 생각한 끝에 꿀떡을 딱 한 개만 먹기로 했어요. 하지만 너무너무 맛나서 내처 두 개를 더 먹었답니다. 그러고도 국숫집으로 눈이 갔습니다.

떡집을 나온 아이는 잡화점을 기웃거렸습니다. 성냥을 사오라던 어머니 말이 기억나서였지요. 초와 향과 성냥들을 늘어놓은 데서 아이는 쉽게 팔각성냥을 찾아냈습니다. 성냥통이 이름처럼 별나게 팔각형이어서 금방 눈에 띄었지요. 불이 잘 일고 개비 수가 많다는 이유로 어머니는 늘 팔각성냥만 고집하셨지요.

성냥통을 막 집어들던 아이는 느닷없이 울려 퍼지는 나팔 소리를 들었습니다. 뒤이어 둥 두둥 북소리도 들려왔어요. 아이는 길 쪽을 내다보았습니다. 울긋불긋한 깃발들을 앞세운 행렬이 천천히 다가오고 있었습니다.

아이의 눈이 커다랗게 열렸습니다. 이거야말로 난생처음 보는 구경거리다 싶었거든요. 행렬의 맨 앞에 선 사람은 코가 빨간 어릿광대였는데 그의 어깨 위에는 글쎄, 깜짝 놀랄 만큼 작은 원숭이 한 마리가 긴 꼬리를 내리고 난작 올라앉아 있었어요. 그 뒤로는 파란 고깔모자를 쓰고 멜빵바지를 입은 두 난쟁이가 북을 둥둥 치며 따르고 있었고, 또 그 뒤를 선녀처럼 예쁘게 분장한 여자애를 태운 말이 또각또각 굽 소리를 내며 따라오고 있었습니다. 행렬의 맨 뒤에는 앞뒤로 커다란 광고판을 둘러멘 사내 하나가 귀청 따갑게 나팔을 불어대고 있었어요.

아이는 막 집어들었던 성냥통을 제자리에 슬그머니 놓아버렸지요. 그리고는 냉큼 행렬에 따라붙었습니다.

"곡마단이 들어왔다더니 저 패거리들이구먼."

옆에서 누군가 말했습니다. 그러자 대꾸하는 소리가 들렸어요.

"동춘 사카스 아이가. 귀경할 만하다 카더라마는, 이 숭악한 보릿고개에 무슨 돈이 있어 가겠더노. 표값이 마, 보리쌀 두 됫박 맞잡이라 안 하나."

"다섯 식구 이틀은 입 꿰매야겠구먼……."

어릿광대를 앞세운 곡마단 행렬이 장터거리를 한바탕 들쑤셔놓고 나서 장터 끝 너른 공터에 닿았을 즈음에는 그 꼬리가 제법 길어져 있었습니다. 거의가 장터 바닥의 각다귀 같은 아이들이었지만, 딱히 볼일 있어 장터에 나온 것도 아닌 어른들도 더러 끼어 있었어요. 읍내라고 해도 그런 구경거리란 결코 흔한 게 아니었거든요.

공터에는 임시로 가설한 커다란 천막극장이 들어서 있었습니다. 요란한 행렬은 그 앞에서 흐트러졌지요. 곡마단 사람들은 천막 안으로 들어가버렸고, 어른들 중 일부는 매표구 앞에 줄을 섰습니다. 무턱대고 거기까지 따라온 한 떼거리의 아이들만 하릴없이 버려진 꼴이 되고 말았지요. 몸이 단 애들은 극장 입구에 웅성거리고 몰려서서 괜스레 찧고 까불고 악악대거나 또는 입장객들의 등 뒤에다 맥 풀리고 처량한 눈빛을 마냥 던지고 있거나 했습니다. 더러는 어디 개구멍이 없나 싶어, 눈알을 반들거리면서 천막 언저리를 맴돌기도 했습니다.

아이는 진작 넋을 잃은 채였습니다. 그처럼 큰 천막극장은 본 적이 없었거든요. 게다가 형형색색의 휘장이며 깃발들이 어지럽게 내걸린 채 바람결에 펄럭였습니다. 또, 삽짝만 한 크기의 공연 그림들이 여기저기 나붙어 있었는데 아이는 거기서 저 어릿광대며 난쟁이며 그리고, 말을 탄 여자애를 다시 보았지요. 그림이 영 엉터리라고 아이는 생각했습니다. 그림 속의 여자애가 별로 예쁘지 않았기 때문이지요.

제 키만 한 광고판을 앞뒤로 붙인 그 사내가 깔때기 같은 것을 입에 대고 외쳐댔어요. 지상 최대의 서커스가 이제 막 시작될 판이라는 거지요. 그러니까 어정대지 말고 '어서! 빨리! 속히! 그리고, 싸게 싸게!' 입장하라고 거듭거듭 충동질했습니다.

더 이상 머뭇거리고 있을 수가 없었지요. 아이는 매표소로 달려가 입장권을 샀습니다. 그리고는, 여전히 대책 없이 웅성거리고만 있는 아이들을 헤치고 당당히 입장했지요. 뒷덜미에 와닿던 아이들의 눈길이 얼마나 뜨겁든지!

낮 공연은 세 시간 넘게 이어졌어요. 하지만 한순간도 지루함을 느낄 짬이 없었습니다. 지루하다니, 천만에요! 아이는 처음부터 마지막 순간까지 온통 긴장과 감탄의 연속이었으니까요.

그중에서도 특히 아이의 혼을 쏙 빼버린 것은 저 여자애가 보여준 곡예였습니다. 여자애가 달리는 말잔등 위에서 물구나무를 섰을 때나 또는 말갈기를 잡고 거꾸로 매달린 채로 장애물을 뛰어넘는 대목에서 아이는 저도 모르게 냅다 비명을 내지르곤 했습니다.

아니, 어쩌면 그것도 착각이었는지 모릅니다. 왜냐하면, 아이의 목구멍은 진작부터 잔뜩 얼어붙어버렸으니까요.

여자애는 막간에 다시 나타났습니다. 관중석을 돌아다니며 공연 사진을 팔고 있었지요.

여자애가 곁으로 다가왔을 때 아이는 용기를 내어 손을 내밀었지요. 여자애의 시선을 받자 아이의 얼굴에 살짝 꽃물이 들었습니다. 아이는 여자애의 공연 장면을 담은 사진 한 묶음을 골랐습니다. 여자애가 아이의 얼굴을 말끄러미 바라보더니 아주 조금 웃어 주었습니다. 아이의 얼굴은 금방 홍당무가 되고 말았지요.

낮 공연이 다 끝난 후에도 아이는 그곳을 떠나지 못하고 있었습니다. 구경꾼들은 거의 다 흩어지고, 공터에는 끝내 허탕을 친 아이들만 남아 여전히 껄떡거리고 있었지요. 곡마단 사람들도 휴식에 들었는지 모습을 보이지 않았어요.

그런데도 아이는 영 발길이 떨어지지 않았습니다. 무언가 짙은 미련이 남았기 때문이지요. 여자애의 얼굴이 자꾸만 눈앞에 아른거렸습니다. 사진을 건네받을 때 본 그 뽀얀 손도 떠올랐지요. 아이는 여자애의 모습을 한번쯤 더 보고 싶어졌습니다. 굳이 말을 타고 재주를 부리는 모습이 아니어도 괜찮다는 생각이었어요. 그래서 시장통 아이들에 물어서 천막 언저리 여기저기를 마냥 기웃거리고 다녔습니다.

하지만 다 부질없는 노릇이었지요. 시장통 아이들은 몰래 숨어들어갈 만한 틈을 끝내 찾아내지 못했고, 아이 역시 여자애의 모습을 어디서도 볼 수가 없었으니까요. 필경 아이들도 하나둘씩 흩어졌습니다. 밤 공연을 위해 곡마단 사람들이 모두 잠에라도 든 듯 천막 안은 조용했고, 구경꾼들로 붐비던 공터도 파장 뒤처럼 텅 비어버렸습니다.

아이는 천막극장 앞을 떠나 장터거리로 다시 발길을 들여놓았습니다. 그리고는 온 길을 되짚어 천천히 걸었습니다.

불과 한나절 전에 지나온 장터거리인데도 왜인지 아주 오래전 일이었던 듯 낯설고 아득한 느낌이 들었습니다. 시장 풍물이라는 것도 그저 심드렁했지요. 아침나절처럼 그렇게 눈을 팔고 정신을 앗길 만한 게 못 되었습니다.

이래저래 지쳐 있기도 했고, 장사치나 손님들로 붐비던 장터거리 자체가 눈에 띄게 한산해진 까닭이기도 하다고 아이는 생각했습니다.

그랬습니다. 아이는 꽤 지쳤고 또 배도 고팠습니다. 마침 국숫집 앞을 지나다가 아이는 문득 발길을 멈추었어요. 갑자기 맹렬하게 허기가 느껴지면서 목덜미로 찬바람이 휙 스며든 때문이지요. 아이는 멸치 국물에 국수 한 사리를 따끈따끈하게 말아 먹고 싶었습니다.

남은 돈을 확인하려고 아이는 주머니 속으로 손을 집어넣었습니다. 그리고는 깜짝 놀랐습니다. 아직도 용돈이 얼마간 남아 있으려니 했는데 정작 손끝에 닿은 것은 달랑 동전 몇 개뿐이었던 거지요. 손바닥이 그렇게 허전할 수가 없었습니다.

아이는 그제야 어머니의 당부 말씀이 기억났습니다. 국수는커녕 팔각성냥 한 통 살 돈도 못 되리라는 생각에 아이는 몹시 충격을 받았습니다. 정신이 번쩍 들면서 새삼스레 주위를 둘러보았지요.

장터는 이미 파장 분위기였습니다. 장보러 나온 사람들은 어느새 밀물처럼 장터를 빠져나갔고, 멀리서 온 도붓장수들은 이제 하나둘 전을 걷고 있는 참이었지요. 처마 밑이 제법 어둑어둑했어요.

아이는 비로소 머리를 쳐들고 하늘을 보았습니다. 해가 이미 서녘에 걸려 있었습니다. 아이는 풀썩 주저앉을 것만 같았습니다. 어깨며 다리가 죄 풀리면서, 마음이 그렇게 허전할 수가 없었던 탓이지요. 가슴에 품고 있는 여자애의 사진도 그다지 힘이 되어주지 못했습니다.

아이는 잔뜩 지친 걸음걸이로 읍내 장터를 나섰습니다. 눈앞에는 이제 돌아가야 할 길이 아득하게 놓여 있었습니다. 개울 건너 좁다란 들판에 땅거미가 지고 있었지요.

늘어진 시오리 길.

오가는 사람조차도 보이지 않았습니다.

아이는 허기진 배를 추스르며 지척지척 걸어가기 시작했습니다. 허전함을 지나 그만 울고 싶은 기분이었지만 그래도 한 가지, 팔각성냥 한 통이 작은 위안거리였습니다. 남은 동전으로 그것을 가질 수 있었던 것을 오직 다행으로 생각하며 아이는 어두운 밤길을 혼자서 내처 걸어갔습니다.

(2006)

우는 개

보름 만에 텃밭을 찾았다. 한 시간 반을 내처 달려와서 골짜기로 들어가는 비포장 길로 꺾어들자마자 저 기분 나쁜 울음소리가 들렸다. 김씨 노인네 개가 우는 소리였다.

"저놈의 개가 아직도 살아 있네!"

조수석에서 아내가 투덜댔다. 그럴 만도 한 것이, 개가 그냥 짖어대는 소리가 아니었기 때문이다. 들을 때마다 섬뜩한 느낌을 줄 만큼 음산한 톤으로 목을 길게 잡아 빼며 토해내는 울음소리였던 것이다. 두어 달 전부터 시작된 짓이었다.

"저 개, 미쳤다니까……" 아내가 이미 여러 차례 내뱉었던 말을 또 되풀이했다. "저놈의 개, 빨리 없애야 돼. 미친개를 집 안에 그냥 두면 재수가 없다잖아……"

그랬던 것도 같다. 나는 내가 태어나 유소년기를 보냈던 고향 마을을 떠올렸고, 오래전에 지금 내 나이도 채우지 못한 채 저세상으로 가신 할아버지 할머니의 얼굴을 참으로 오랜만에 회상했다. 그분들은 오밤중에 들려오는 늑대 울음소리보다도 개가 저렇게 우는 소리를 더 싫어했던 것 같다. 뉘 집 망칠라고 개가 저렇게 운다냐? 언젠가 할머니가 내뱉은 말이 기억났다.

자동차 한 대가 겨우 다닐 수 있는 길이다. 그 길의 중간쯤에 있는 김씨네 집 앞에서 나는 차를 세웠다. 사립문 곁의 나지막한 비닐하우스가 개집이다. 잎이 누렇게 시든 호박넝쿨이 그것을 뒤덮고 있어 안이 어두웠다. 거기 문제의 개 말고도 두 마리나 더 동숙하고 있었다. 하지만 녀석들은 짖는 시늉만 조금 했을 뿐 금방 잠잠해졌다.

"식구가 더 늘어났구먼."

내가 안을 기웃거리며 중얼대자 아내가 대꾸했다.

"어디서 또 주워 온 거지 뭐. 하여간 이 댁 셋째는 살림꾼이라니까."

셋째란 김씨네 다섯 아들 중 셋째아들을 가리킨다. 가까운 읍내 거리에 살면서 트럭을 모는 그는 곧잘 남이 버린 물건들을 아비의 집으로 주워 날랐다. 낡은 가구에서부터 애완용 동물들까지 그 물목이 꽤나 다양했다. 덕분에 김씨네 집은 밖이고 안이고 가릴 것 없이 그런 잡동사니 물건들로 늘 어지러웠다.

시동을 걸어둔 채로 나는 김씨네 마당을 기웃거렸다. 여러 날 만에 온 터라 기척이라도 해두려는 생각에서였다. 마침 안쪽 현관문이 벌컥 열리더니 김씨 노인의 자그마한 모습이 나타났다. 땀과 흙으로 버무려진 입성을 보아 일을 하다 말고 갈증을 끄려 집에 들른 모양이었다. 낯빛이 불콰했다.

"미친놈 있지 왜……."

내 차를 발견한 김씨 노인이 다가와 말했다. 앞뒤 없이 불쑥 내뱉듯 하는 평소 어투 그대로다. "목매달아 죽었다구. 그제 밤에……."

나는 잠시 혼란스러웠다. 미친개 때문이었다. 나는 얼른 대꾸하지 못했다. 아마도 운전석에 앉은 채로 뜨악한 눈빛을 뜨고 있었음에 틀림없다. 그러자 김씨 노인이 술과 햇볕에 잘 익은 얼굴을 일그러뜨리며 히죽히죽 웃더니 또 말했다.

"그 미친놈, 마누라 죽고 딱 두 달 만이야. 잘 갔지 뭐."

그제야 나는 노인의 말귀를 알아들었다. 미친개 이야기가 아니라 한씨 노인 이야기였던 것이다. 하지만 나는 여전히 대꾸할 말을 잊은 채였다. 너무나 갑작스러운 죽음인데다 그것도 '목매달아 죽었다'는 말에서 꽤나 충격을 받았던 것이다. 남은 이빨보다 빈자리가 더 많은 입속을 허무하게 드러내 보이며 무심히 웃고 있는 김씨 노인의 얼굴을 나는 멍하니 쳐다보기만 했다. 개 울음소리는 잊은 채였다.

여주 지나 문막은 내가 사는 도시에서 대충 한 시간 반 거리다. 그곳 밤산골에 텃밭을 마련하고 드나든 지 어느새 다섯 해가 넘었다. 마을은 골짜기 들머리에 열 가구 남짓, 그리고 안쪽 산비탈 여기저기에 흩어져 있는 대여섯 가구가 전부다. 벼농사 외에는 고구마 땅콩 옥수수 농사를 주로 하고, 축사가 없어 비교적 깨끗한 지역이다. 한낮에는 산비둘기 울음소리가 깊고 여름밤이면 반딧불이가 흔하게 날아다닌다. 무엇보다 자동차 소리와 매연이 없어 좋다. 우리 내외가 틈만 나면 밤산골을 찾곤 하는 가장 큰 까닭도 그것이었다.

우리 텃밭은 들머리 마을을 저만치 내다보는 산발치에 있다. 거기 마련한 다섯 평 반짜리 스틸하우스가 우리의 거처다. 컨테이너 박스처럼 지게차가 난짝 들어다 놓은 가건물이지만 비바람을 가리기엔 충분했다. 거기에다 전기를 끌어들여 패널을 깔았고, 소형 냉장고와 외짝 싱크대도 갖추었다. 그리고 지하수를 개발하여 수도꼭지를 달았다. 그러고 나니 생활에 필요한 최소한의 기본적인 시설 중에서 빠진 것이라곤 화장실 정도였다. 나는 궁리 끝에 재래식 변소를 다소간 개량한 건식 화장실을 만들었다. 외형은 이른바 푸세식이지만 왕겨를 사용함으로써 냄새를 없애고 파리나 구더기 같은 벌레들이 꾀지 않게 한 것이다. 왕겨는 김씨네로부터 무상으로 공급받았고, 거기서 나온 인분은 밭고랑에 묻었다. 특히 고구마 농사에는 그보다 좋은 거름이 없다. 소변은 플라스틱 통에 따로 받아 두었다가 충분히 삭힌 뒤에 주로 부추밭에 뿌린다. 내가 매번 감탄하는 바지만 우리가 먹고 배설한 것이 다시 먹을거리 재배에 가장 유효한 거름이 되었다.

어쨌거나 그만하면 며칠씩 기거하는 데에는 별 불편이 없었다. 너도나도 맨션 맨션 하지만 우리들이 언제부터 맨션아파트에 살았나. 굳이 판잣집 단칸방에서 살던 시절을 회상할 것도 없이 나는 이만하면 족하다 싶었다. 그래서 우리 내외는 겨울 한 철을 빼고는 거의 주말마다 드나들었고, 특별히 발목 잡힌 일이 없을 때는 며칠씩 묵어 가곤 했다.

김씨 노인은 마을과는 약간 떨어져 있는 나의 우거에서 거의 유일한 이웃이다. 당신하고 죽이 잘 맞는 친구라고 언젠가 아내는 말했다. 나는 그 말에 흔쾌히 동의했다. 하지만 그는 올해 일흔일곱이니 나보다 적어도 10년 이상의 연장자다. 뿐더러, 이 골짜기에서 태어나 지금까지 농사만 천직으로 알고 살아온 사람이므로 풋내기 사이비 농사꾼인 나에게는 좋은 스승이기도 했다. 생명 있는 것을 다루는 일이 다 그렇듯이, 농사야말로 책에서 배운 지식보다 몸으로 체득한 것이 더 유효하다. 칠십 평생 땀으로 학습한 산지식을 그는 아무 때고, 그리고 공짜로 나에게 전수하곤 했으므로 지식을 사고파는 세상—지난해까지만 해도 내가 몸담고 있었던 그 세상!—의 저 각박한 인심과는 견줄 바가 아니다. 그는 또, 주인 없는 날이 더 많은 우리 집과 밭을 관리해 주고, 우리가 미처 갖추지 못한 농기구들을 선선히 내주었다. 이따금 덫으로 잡은 야생 짐승의 고기를 나누어 주기도 했다.

그것만도 아니다. 내가 대접이랍시고 소주병을 까놓고 마주앉을 라치면 그는 곧장 로컬 뉴스를 전해주는 아나운서가 된다. 골짜기 안쪽에 있는 폐목장이 최근 매물로 나왔는데 평당 얼마를 달랜다느니, 이 골짜기로 내년 봄에 집 지어 이사 오겠다는 외지인이 세 가구나 된다느니, 올해 벼농사 작황은 대체로 양호한 편이지만 시중 쌀 값이 낮아 걱정이라는 둥 김씨 노인은 온갖 지역 정보들을 제공해주곤 하는 것이다. 유감이라면 대화다운 대화가 불가능하다는 점이리라. 귀가 절벽강산이라 그는 상대방의 입놀림을 보고서야 대충 말귀를 알아들었다. 그러다 보니 소통 불능이 반은 되었다. 때문에 그는 듣기보다 말을 더 많이 하는 편이다. 그쪽이 훨씬 편하기 때문일 것이다. 술은 2홉들이 소주 한 병이면 되고, 치아가 없어 안주는 찾지도 않는다. 커다란 유리잔으로 딱 두 번이면 끝이다. 한자리에서 더이상은 마시지 않는다. 대신 자주 한다. 하루에 보통 두세 차례씩. 그러다 보니 늘 불콰하게 취해 있다. 그런 상태로 김씨 노인은 농사라는 이름의, 저 고되고 오랜 노역의 자리로 군말 없이 되돌아가곤 하는 것이었다.

그런 김씨 노인에게 어릴 때부터의 단짝 친구가 바로 한씨 노인이었다. 같은 신미년 양띠 태생으로 동갑내기임에도 불구하고 김씨 노인은 그를 언제나 '미친놈'이라고 불렀다. 왜 미친놈이냐고 물었더니 대꾸인즉, 농사꾼이 일은 않고 자나 깨나 술 처먹을 궁리밖에 하는 게 없고 또, 술에 취하면 아무데서나 대책 없이 정신을 놓아버리는 통에 온갖 사단을 일으키곤 하니 그게 미친놈 아니고 뭐냐는 거였다.

"아, 지 마누라 중환자실에 눕혀두고도 줄창 술만 처마시더라니까!"

한씨 부인은 두 달 전에 암으로 사망했다. 위궤양을 오래 앓아왔는데 필경은 암으로 발전한 거라고 했다. 그녀의 곁에서 날마다 술에 젖어 산 사람은 멀쩡한데도 말이다. 그녀는 몹시 마른 체구에 허리도 약간 굽은 상태였다. 마을 사람들 말로는 평생 일에 치여 살아서라고 했다. 아예 일손을 놓고 사는 남정네 탓이라는 거였다. 사실이 그랬다. 한씨 노인은 오른쪽 팔이 없는 장애인이었다. 얼굴도 정상이 아니었다. 심하게 화상을 입었던 흔적이 그대로 남아 있었다. 다이너마이트로 물고기를 잡으려다가 사고를 냈다고 했다. 그가 군에 있던, 50년도 더 전에 있었던 일이었다.

어쨌거나 한씨 노인은 그런 몸을 하고 날마다 술자리나 찾아다닌다는 얘기였다. 살뜰히 챙겨봤자 몇 뙈기 안 되는 농사를 나 몰라라 하고 여자 쪽으로 밀어놓은 채 말이다. 그에게는 농번기고 농한기가 따로 없었다. 술자리라면 때와 거리와 상대를 가리지 않고 쫓아다니는 위인이라고 했다. 동네 개가 따로 없노라고, 특히 김씨 부인이 치를 떨었다. 그러고도 모자라 무시로 불쑥불쑥 찾아와서는 술을 내놓으라고 생떼를 부린다는 것이었다. 오죽하면 내가 남정네들 술상을 엎어버리기까지 했겠느냐고 김씨 부인이 실토했을 정도였다. 농번기였다고 했다. 할 일은 첩첩이고 게다가 어렵사리 놉까지 맞춘 날인데 그 인간이 눈치도 없이 나타나서는 남편을 붙잡고 아침부터 술판을 벌이고 앉아 있는 꼴은 정말이지 허파가 뒤집어져서 그냥 보고 있을 수가 없더라는 것이었다. 하지만 그 지경을 당하고도 전혀 달라진 데가 없었다고 했다. 그 미친놈은 다음 날도 변함없이 태연하게 나타났고 우리 집 저 물정 없는 인간은 또 기다렸다는 듯이 얼씨구나 술판을 벌이곤 했다고 그녀는 거품을 물었다.

저 지난해던가, 한씨 노인이 술 때문에 나를 찾아온 적이 있었다. 그는 자기가 김씨 노인과는 불알친구임을 거듭 강조한 다음, 그 친구와 지금 딱 한잔해야 할 판인데 하필 그 집에 술이 떨어지고 없다면서, 나더러 소주 한 병만 꾸어달라고 했다. 그의 태도는 매우 진중하고 예의 발랐다. 비록 온전치 못한 몸일망정 입성은 깨끗했고 또 어투도 조심스러웠다. 말하자면, 궁상스럽고 지저분한 주정뱅이 꼬락서니라거나 체면불구 염치불구식의 무뢰배와는 거리가 먼 차림새요 매너였던 것이다. 술이라면 소주건 맥주건 박스째 비축해 두고 있던 터였다. 나를 위해서라기보다 이따금씩 맞게 되는 객을 위한 것이었다. 나로서는 그깟 소주 한두 병쯤 흔쾌히 내줄 수 있었고 또, 처음엔 그럴 작정이었다. 그러나 다음 순간, 나는 문득 갈등에 빠졌다. 그랬다. 이런 식으로 이 위인과 한번 거래를 트고 나면 앞으로도 계속 성가시게 되리라는 생각이 설핏 떠올랐던 것이다. 나는 그를 향해 돌아섰고 그리고, 또박또박 말했다.

"이거 어쩌지요? 우리 집에도 소주가 없네요. 접때 온 친구들이 박스째 바닥을 내버렸거든요."

한씨 노인의 눈이 나의 얼굴을 찬찬히 더듬고 있었다. 마침 싱싱하게 쏟아져 내리던 햇빛 탓이었을까. 유별나게 뻔질거리는 낯가죽

가운데서 언저리가 약간씩 짜부라진 두 눈이 내 쪽을 향해 맑고 순하게 열려 있었다. 순간적으로 내 귓불이 붉어졌으리라. 나는 허둥대기 시작했다.

"맥주는 남은 게 있습니다만 괜찮으시다면 그거라도 두어 병 드릴까요?"

나에게서 눈길을 거두어 가며 그가 어눌하게 대꾸했다.

"그거야 싱거워서 원……."

한씨 노인의 뒷모습이 몹시 허전해 보였지만 그렇다고 내 쪽에서 금방 말을 바꿀 수도 없었다. 대문간까지 배웅하는 것으로 그 일은 마무리되었지만 정말이지 거지 같은 내 기분은 그날 내내 나를 짜증나게 만들었다. 다시 술을 꾸러 온다면 두말 않고 내주리라 나는 다짐했지만 그날 이후 한씨 노인은 두 번 다시 나를 찾지 않았다.

텃밭 입구에 간짓대 하나를 가로질러 놓은 게 우리 집 대문 단속의 전부다. 그것만으로도 주인이 부재중이라는 걸 알고 아무도 얼씬하지 않으니 참 신통한 노릇이었다. 물론 예외는 있다. 김씨네 개와 그리고, 크고 작은 온갖 날짐승 길짐승들이 그러했다. 그들은 주인 없는 집에 무시로 드나들며 이런저런 흔적들을 남겨놓곤 하는 것이었다. 쓰레기 더미를 온통 파헤쳐 놓거나, 콩밭의 여린 새순들을 얄밉게 톡톡 잘라 먹어버리거나 또는 고구마 밭이랑을 죄 뒤집어 놓거나 그랬다. 특히 김씨 노인네 개들은 여간 성가신 존재가 아니었다.

많을 때는 네댓 마리나 풀어놓고 키웠는데 그게 다 버림받아 떠돌아다니던 개들이어서 그런지 하나같이 못생기고 지저분한 말썽꾼이었다. 녀석들이 우리 텃밭을 들쑤시고 다니며 마구 분탕질하는 꼴을 더이상 방치할 수가 없어 우리는 결국 적절한 조치를 요구했고, 김씨네 개들은 그때부터 저 비닐하우스 안에서 사육되고 있는 것이었다.

한번은 화장실 헛간 구석지에 새가 둥지를 틀고 있어 우리 내외가 보름 넘게 불편을 겪은 적도 있었다. 긴 겨울 동안 집을 비웠다가 봄이 되어 발걸음했더니 곤줄박이 한 쌍이 먼저 무단 입주해 살고 있었던 것이다. 예쁜 꽃주머니 같은 둥지 안에는 아직 눈도 뜨지 못한 새끼가 네 마리나 고물거리고 있어 화장실을 드나들 때마다 여간 조심스럽지 않았다. 겁을 먹은 어미 새가 혹 새끼들을 포기하지나 않을까 염려해서였다. 하지만 그것은 기우였다. 두 주인가 세 주쯤 지난 어느 날 와서 본즉 빈 둥지만 덩그러니 남아 있었다. 그날 이후부터다. 샘가 자두나무에 부리가 아직 여린 새 몇 마리가 자주 날아와 한참씩 놀다가곤 했다. 나로서는 그들이 바로 고놈들인지 장담할 수 없었지만 아내는 굳이 걔네들이 분명하다고 주장했다.

어쨌거나 그런 경우라면 그다지 문제될 게 없다. 한때 서울 근교에 아름다운 별장을 소유했던 어떤 화가의 얘기를 들은 적이 있다. 부부가 오랜만에 별장을 찾았더니 잡초가 온통 잔디를 덮고 있더란다. 잠긴 문을 따고 한발 앞서 거실로 들어서던 부인이 말했다. "당신, 웬 넥타이를 여기다 풀어놨수?" 그러나 다음 순간, 부인은 냅다 비명을 내지르며 엉덩방아를 찧었다. 그녀가 허리를 숙여 넥타이를 집어들려는 순간 그것이 스르르 풀리면서 저 붉고 가증스러운 혓바닥을 날름거렸던 것이다. 이 불청객이 남긴 공포감은 여러 달이 지나도 쉬 지워지지 않았고, 결국 그들은 돈과 시간과 정성을 들여 가꾼 그 집을 처분하고 말았다. 지금도 그 부부는 남들이 전원주택 어쩌고 하면 고개부터 절레절레 내젓는다고 했다.

우리 내외는 다행히도 아직 그렇게 혼난 적은 없다. 그러나 이 골짜기라고 파충류가 왜 없겠는가. 실제 내 눈으로 여러 차례 목격하기도 했었다. 한번은 간이 샤워장 구석에 녀석이 똬리를 틀고 얌전히 앉아 있는 꼴을 보았고, 또 한번은 딸기밭 고랑에서 메뚜기를 뒤쫓고 있는 놈을 보았던 것이다. 그러나 아내에게는 말하지 않았다. 그 기분 나쁜 동물이 아내에게 안겨줄 원시적 공포감을 생각하면 도무지 입도 벙긋할 수 없었던 것이다.

그 밖에도 성가신 게 한두 가지가 아니었다. 개미, 모기, 파리, 나방, 거미, 말벌, 개구리, 두꺼비, 지렁이, 구더기 등등 일일이 열거하기가 번거로울 정도다. 물론 그중에는 유익한 존재도 없지 않다. 하지만 시멘트 문화에 길이 든 도시인에게 그것들은 일단 거부감을 주는 존재들이었다. 아내는 개미, 모기, 파리, 나방을 몹시 싫어했는데 그중에도 특히 개미를 더 싫어했다. 텃밭 여기저기에 진을 치고 들어앉은 개미떼를 퇴치하기 위해 그녀가 기울인 노력을 보면 그 곤충에 대한 혐오감의 정도를 실감할 수 있다. 에프 킬러 같은 분사식 약과 맹독성 농약, 그리고 석유, 목초액 따위를 뿌려도 별 효과가 없자 나중에는 토치 버너로 태우고 끓인 물을 붓기까지 했다. 나로서는 좀 심하다는 생각이 들긴 했지만 다른 한편으로는 그녀의 고충을 이해할 만도 했다. 남보다 피부가 유독 여린 터라 아내의 몸뚱이는 개미들 탓에 매번 수난을 당하곤 했던 것이다. 그런 식으로 피부 스트레스가 거듭되면 살갗이 점점 더 거칠어지고 종당엔 피부암으로 진전될 수도 있다는 의사의 말을 듣고 한때는 텃밭 농사를 포기할까 하는 고민에 빠지기도 했던 것이다.

"개미, 모기, 파리, 나방이 없는 시골은 없나? 그런 것들만 골라서 싸그리 씨를 말리는 약은 왜 안 나오지?" 아내는 종종 푸념하곤 했다. "잠자리, 나비, 새, 반딧불이만 있는 세상이라면 얼마나 좋을 꼬……."

"아무렴!" 나는 더러 어깃장을 놓았다. "잠자리, 무당나비, 까마귀, 개똥벌레만 있는 아름다운 세상!"

"술이나 한잔해요."

간짓대를 옆으로 젖혀놓으며 나는 김씨 노인을 향해 말했다. 늘 그래왔듯이 그는 머리를 살래살래 저으며 사양했다.

"나, 엄청 많이 먹었어. 일하러 가야 돼."

그러나 표정은 그게 아니었다. 술이라면 한씨 못지않아서 지고는 못 가도 얼마든지 마시고는 갈 양반인 것이다. 나는 그의 등을 떠밀

듯하며 내 거처로 안내했다.

 평상 바닥에 상도 없이 술병 하나와 물컵 두 개를 놓고 마주앉았다. 안주로는 참치 캔을 따놓았지만 어차피 구색 갖추기에 지나지 않다. 김씨 노인은 이번에도 물을 들이켜듯 단숨에 잔을 비워내고도 안주는 전혀 집지 않았다.

 산골 마을의 가을해는 유난히 짧다. 텃밭의 반이 넘게 산그늘이 내려앉고, 색신 고운 잠자리들이 마른 수숫대 위를 기웃거린다. 텃밭머리의 산수유나무 가지에선 까치 서너 마리가 진작부터 까작까작 울고 있다. 땅콩밭을 헤집고 싶은 것이다. 멀리서 산비둘기가 쉬어터진 목소리로 끄윽꾹 운다. 여름 나기가 힘겨웠던 모양이라고 나는 생각한다. 남녘으로 트인 하늘에서 머잖아 고운 놀빛이 번져 오리라. 하루 중 그 무렵이 너무 좋다. 나는 무연한 눈길을 여기저기 하염없이 던지고 있었다.

 그러나 고요히 저물어 가는 산골 마을 풍경도 잠시, 개 울음소리가 다시 처량하게 들려왔다. 미친개가 또 울기 시작한 것이다.

 나는 김씨 노인을 찔벅거리며 말했다. "저놈의 개는 그냥 내버려둘 거요?"

 그의 대꾸는 엉뚱했다. "그러게 미친놈이지. 마누라 보내고 나서는 술에도 시들하더라고, 잘 나다니지도 않고……."

 나는 어리둥절했다. 김씨 노인의 허무한 입속을 멍하니 들여다보기만 했다.

"내가 두어 번 가서 봤지. 궁금해서 말이야. 아랫목에 드러누웠다가 부스스 일어나 앉으면서 이러더구먼. 나, 술 안 먹어! 술 끊었어! 그러구 나서 물그릇을 집어들더니 기갈 든 짐승처럼 물만 벌컥벌컥 마셔대더라고. 그 미친놈이 말이야."

나는 입을 다물었다. 더 이상 개 이야기를 할 수가 없었다. 다행히 녀석도 울음을 그쳤다. 나는 김씨 노인의 말에 얌전히 귀를 기울였다.

이웃 도시에 나가 사는 한씨 아들 내외가 혼자 된 아비를 자주 찾아오곤 했는데, 그날도 저녁상을 물린 다음 셋이서 함께 텔레비전을 보았다고 했다. 뉴스가 끝나고 나서 다시 한 시간쯤 지난 시각에 한씨 노인이 부스스 일어나길래 아들 내외는 그만 주무시려나 보다고 생각했다. 한데 그의 손에는 진작부터 하얀 비닐끈 뭉치가 쥐어져 있었다고. 고춧대를 묶는 데 쓰는 끈이었다. 그건 왜 갖고 계시냐고 그제야 아들이 물어보았더니 어디 좀 쓸 데가 있다는 간단한 대답이었다. 그게 마지막이었다. 다음날 아침상을 본 며느리는 안방 문을 열었다가 허공에 매달린 채 버썩하게 굳어 있는 시신을 발견하고 까무러쳤다고 한다.

"한세상 잘 살다 갔지 뭐. 그렇게 좋아하던 술도 원 없이 마셨고……."

하기야 일흔일곱이라면 적은 연세는 아니다 하고 중얼대다가 나는 흠칫 놀랐다. 10년 뒤의 내가 생각나서였다. 하지만 나는 또 금방 풀씩 웃고 말았다. 설사 그쯤에서 생을 마감한대도 별나게 유감스러울 것도 없지 않나 싶어서였다. 어쨌거나 한씨 노인은 꼭 두 달 만에, 생전에는 그렇게나 홀대했던 마누라를 따라간 것이다. 그러고 보면, 그가 평생을 기대고 살았던 짝은 결코 술이 아니었던 거라고 나는 우정 생각했다.

나는 고작 입술만 축였을 뿐, 남은 술을 그의 빈 잔에 부었다.

"많아, 많아. 나 오늘 엄청 마셨다고"

김씨 노인은 그러면서도 금방 잔을 비웠다. 어쩌면 그처럼 맛나게 술을 먹을까 싶어 나는 우정 말해보았다.

"한 병 더 딸까?"

그는 맹렬히 손을 내저으며 말했다. "미친놈 짝 날라구. 뒀다 내일 해, 내일……."

마을회관 옥상에 있는 스피커에서 갑자기 찌직거리는 잡음이 쏟아져 나오더니 이내 귀에 익은 음성이 튀어나왔다. 젊은 이장의 목소리였다.

"밤산골 주민 여러분께 알려드립니다. 내일 한씨 어른 장지에 가실 분은 아침 여덟 시까지 마을회관으로 나와 주십시오. 버스가 여덟 시 정각에 출발합니다. 다시 알려 드립니다. 내일……."

김씨 노인이 묻는다. "뭐라고 하나?"

"내일 아침 여덟 시에 상가 버스가 출발한답니다. 회관 앞에서요."

내 입놀림을 지켜보던 그가 "몇 시? 여덟 시?" 하고 되물어 확인하고 나서 고개를 끄덕끄덕 한다.

"낼 하루 공치게 생겼구만. 고추도 따고 땅콩도 마저 캐야 되는데…… 일이 많아 끝이 없다구."

김씨 노인은 자리를 털고 일어섰다. "갈수록 농사일이 힘들어. 이제는 못해 먹겠어."

전에는 않던 푸념을 늘어놓으며 그는 평상에서 내려섰다.

"그러니까 일을 조금만 해요. 심심치 않을 정도로만……." 내가 대꾸했다.

"농사는 누가 하고?"

"아들더러 하라든지 남 줘버려요. 땅뙈기 팔아서 은행에 넣어놓고 편하게 살든지……."

"맞어. 그래야 돼."

그는 웃으며 대문간을 나섰다. 그의 초라한 입성이 새삼스레 눈에 와 박혔다. 전철역 지하도를 전전하는 도시 노숙자들도 그보다는 낫지 싶었다. 검정 고무신을 걸친 발이 까마귀 발처럼 거칠다. 발만 아니다. 그의 열 손가락은 손톱이 제대로 남아 있는 게 없다. 어떤 건 몽당 빗자루처럼 끝이 모지라져 있다. 그러니 보이지 않는 곳이라고 온전할 리 없다. 언젠가 내 차로 인근 온천탕에 함께 간 적이 있는데 그는 깜짝 놀랄 만큼 왜소하고 상처투성이의 몸을 하고 있었다. 두 다리 특히 무릎 아래쪽은 성한 데가 없었다. 농사일 하다보면 무시로 베이고 물리고 찔리고 쏘이게 마련이라면서 그는 대수롭지 않게 치부했었다.

하지만 그런 사람이라고 내 쪽에서 함부로 연민이나 동정을 품을 상대는 결코 아니다. 몇 해 전 폭등한 땅값으로 환산하면 김씨 노인은 부자다. 게다가 아들만 다섯이나 낳고 키우고 짝을 지워 그중 넷은 멀리 도시로 성가해 내보냈다. 그 다섯 쌍이 출산한 손자손녀가 모두 몇이냐고 언젠가 물어 보았더니 굳이 헤아려 본 적이 없다면서 웃었다. 그 재물에 그 자손이라면!

갑자기 주위가 소란스러워졌다. 동네 개들이 일제히 짖어댔다. 이런 경우란 개장수가 나타났을 때뿐이다. 역시나 그랬다. 귀에 익은 목소리가 골목을 지나간다.

"개 쌉니다! 빗싸게 쌉니다! 개 쌉니다! 엄청 빗싸게 쌉니다!"

미리 녹음한 목소리로 '비싸게'에 잔뜩 악센트가 들어 있다. 동네 개들이 사방에서 미친 듯이 맹렬히 짖어댔다. 엄청난 적개심과 공포와 광기를 담은 시위다. 그 소란 속에 문제의 개가 우는 소리는 더 처량하고 섬뜩하게 들렸다.

나는 또 김씨 노인을 찔벅거리며 말했다. "저놈의 미친개 말이야. 팔아버려 지금 당장!"

이번에는 제대로 소통이 이루어졌다. 그가 대꾸했다.

"팔라고? 그깟 몇 푼 받을라?"

"그냥 두면 재수 없다. 치워버려요!"

김씨 노인은 히죽히죽 웃기만 했다. 텅 빈 입속에서 공허한 바람 같은 것이 흘러나오는 듯싶었다. 적재함에 철망을 씌운 픽업 한 대가 저만치서 마을길을 막 돌아 나가는 게 보였다. 개들의 소란이 조금씩 가라앉았다.

밤에는 도시와 시골의 차이가 밝기로 가름된다. 7시를 지나자 주위가 깜깜해졌다.

저녁밥을 지어 먹은 다음 우리 내외는 옷을 따뜻하게 입고 바깥으로 나와 앉았다. 맑은 날씨였다. 머리 위 무한천공을 가득 채우고 있는 별들이 새삼 경이로웠다. 여름날 우리 머리 위 밤하늘을 가로질러 폭 넓게 흐르던 은하수는 아득히 멀어진 듯하고, 북두칠성은 우리 쪽으로 향해 있던 손잡이가 어쩐지 다른 쪽으로 홱 틀어져 있는 듯싶었다. 그랬다. 우리는 도시에서와는 전혀 다른 하늘 아래에서 숨 쉬고 있는 것이다. 낡은 차로 고작 한 시간 반쯤 달려왔을 뿐인데 이토록 다른 세계가 존재하고 있다는 사실 앞에서 우리는 다시금 감동했다. 밤하늘은 밤산골에 와서 우리가 발견한 소중한 것들 중의 하나였던 것이다. 젊어서 읽은 칼 세이건의 책이 생각났고, 책머리에 있던 저자의 헌사가 기억났다. 광대한 우주, 무한한 시간 속에서 같은 행성, 같은 시대를 앤과 함께 살아가는 것을 기뻐한다고 저자는 썼다. 아마도 앤은 그의 아내였으리라. 이따금씩 비행기가 나타났다. 흡사 움직이는 별처럼 그것은 별과 별 사이를 깜빡이며 날아가다가 천천히 시야 밖으로 사라졌다. 문득 생텍쥐페리가 생각났고, 그는 스스로 저 별들 중의 어느 한 곳을 택해 내렸는지도 모를 일이라고 믿고 싶어졌다. 그곳에는 적어도 살육의 전쟁 같은 건 없으리라.

"반딧불이는 들어가고 없네. 서리 내릴 날도 머잖았나 봐." 아내의 말이었다.

"모기며 나방도 없어졌고……." 내가 대꾸했다.

"연중 이때가 가장 좋은 거 같애. 시골 사람들도 이 맛을 알까?"

"글쎄, 그런 여유가 있을라나? 사는 일에 쫓기는 건 도시 사람이나 시골 사람이나 마찬가진 거 같애."

우리는 점점 더 밤의 정취에 빠져들었다. 누가 말했듯 그것은 인간에게 결코 우호적이지도, 그렇다고 적대적이지도 않은, 저 우주적 무관심 앞에서 스스로 무장해제를 하는 기분을 갖게 했다. 세상살이의 각박함 때문에 가급적 최신 병기로 중무장했던 마음이 대책 없이 무너지는 것을 나는 느끼고 있었다. 애면글면 살아온 세월이 아지랑이 피는 길처럼 몽롱하게 뒤돌아 보이고, 잠시 접어두고 온 저 일상사들이 지겹고 짜증스럽고 끔찍해졌다. 뭣 때문에 그러고 살아? 필경엔 자문하는 심정이 되었다. 왜 이러고 살면 안 되나?

소년 소녀처럼 감상에 흠뻑 젖어든 어느 순간에, 저 기분 나쁜 울음소리가 다시 들려왔다. 어둠 속에서 미친개가 또 울기 시작한 것이다. 한층 더 음산한 울림을 주는 그 울음소리에 시정이 넘치던 밤 분위기는 금방 박살이 나고 말았다.

"아이고, 나 미치고 말지, 저놈의 미친개 땜에!"

아내가 발딱 일어서더니 방으로 들어가 버렸다. 헐렁한 합판 벽에 비해 턱없이 무겁고 단단한 철제문이 저 음울한 울음소리를 압살하듯 쾅하고 닫혔다. 동시에 그녀의 마음도 단단하게 닫혔으리라. 나 역시 순간적으로 살의의 충동을 강하게 느꼈다. 녀석의 목을 확 비틀어버리고 싶은 욕망 때문에 팔뚝에 경련이 일었다.

개한테는 똥이 약이고 미친놈한테는 몽둥이가 약이다!

얼핏 그런 말이 머리를 스쳤다. 그렇다면 미친개한테 직방인 약은 무얼까? 그러자 지체 없이 답이 떠올랐다. 올가미와 몽둥이!

나는 어느새 저 어린 시절에 본 끔찍한 광경 한 컷을 재생하고 있었다. 여름날, 마을 장정 둘이서 개를 잡는 장면이었다. 한 사람이 먼저 개의 목에다 올가미를 씌운 다음 밧줄 끝을 살짝 틈서리로 빼내더니 반대쪽에서 힘껏 잡아챘다. 개는 네 발로 버티며 한사코 저항했지만 도무지 부질없는 짓이었다. 그 가엾은 짐승은 목이 바짝 졸린 채로 뒷다리만 무력하게 버둥거렸다. 그러자 몽둥이를 잔뜩 꼬나쥐고 이쪽에서 대기하고 있던 사람이 사매질을 시작했다. 진짜 인정사정없는 몽둥이질이었다. 마침내 똥을 질펀하게 쏟아놓고 개가 죽었다. 그제야 올가미와 몽둥이를 동시에 내던진 장정들이 죽은 개를 거적때기로 말아 지게에 지더니 희희낙락하며 마을 앞 갯가로 내려갔다.

이제 생각해 보면 그것은 복달임의 한 풍경이었다. 어쩌면 실제 경험과는 거리가 있는지도 모른다. 곰곰 생각해 보노라면 나도 모르는 새 꽤나 심각한 과장과 왜곡이 끼어든 것도 같다. 하필이면 그런 식으로 잔혹하고 위악적일 필요가 있겠는가 말이다. 하지만, 나는 그런 것을 전혀 문제 삼지 않은 채였다. 기억을 단순 재생하기보다 오히려 상상력이 이끄는 대로 의기양양 질주하면서 그토록 잔혹하고 험악한 장면들을 즐기지 않았나 싶은 것이다.

문득 정신을 챙기고 본즉 악몽에서 깨어난 기분이 들었다. 오소소 소름이 돋았다. 밤하늘에는 별 떨기가 유별나게 많이도 흐드러져 있었다. 나는 서둘러 방으로 들어가 불을 끄고 누웠다. 그새 개 울음소리는 멎어 있었다.

다음날, 장례에 다녀온 김씨 노인은 한동안 기척이 없었다. 나는 그가 낮잠 자는 것을 본 적이 없었으므로 아마 장지에서 마신 술이 좀 과했던 모양이라고 생각했다. 다른 때 같으면 곧바로 일복으로 바꿔 입고 나섰을 사람이었다. 그의 손을 기다리는 일거리들은 얼마든지 있었다. 그는 또 일을 피해가거나 불평하지 않던 농사꾼이었다. 하지만 이날은 좀 달랐다고, 뒷날 나는 깨달았다. 평생 일밖에 모르던 그의 안 어딘가에 입속처럼 허전한 자리가 생겨난 것을.

김씨 노인이 모습을 나타낸 것은 해거름 때였다. 석양을 한가득 받은 그 얼굴을 보고 나는 깜짝 놀랐다. 죽은 한씨 노인의 얼굴이었기 때문이다. 먼발치에서 보자니 팔뚝도 한쪽이 없는 것 같았다. 순간적으로 등골이 써늘해졌지만 나는 금방 착각임을 깨달았다. 하기야 모를 일이긴 하다. 죽은 이의 혼백이 그런 식으로 잠시 다녀간 건지도.

김씨 노인은 뒷짐을 진 채로 천천히 길을 가고 있었다. 마치 산책이라도 나선 듯 느슨한 걸음걸이였다. 그런데 어찌 된 건지 그 뒤를 개 한 마리가 쫄랑쫄랑 따라가고 있었다. 문제의 그 잘 우는 개가 분명했다. 비루먹어 군데군데 털이 빠지고 엉덩짝이 비쩍 졸아붙은, 그 불결하고 기분 나쁜 짐승이었다. 한데 그 녀석 또한 주인의 산책을 따라 나온 것처럼 꼬리를 살랑살랑 흔들어 가며 사뿐사뿐 기분 좋은 걸음새였다. 이거야말로 참 기이한 풍경이다 싶어 나는 호미를 던져 버리고 길 쪽으로 다가갔다. 고구마를 캐느라 열심이던 아내가 의아한 눈빛으로 나를 좇았다.

비로소 상황이 이해가 되었다. 개의 목에는 나일론 끈으로 만든 올가미가 씌워진 상태였고, 그 오렌지색 끈 한 자락이 김씨 노인의 뒷짐 진 손에 단단히 잡혀 있었던 것이다. 왠지 섬뜩한 기분이 들었다. 아무래도 범상한 장면이 아니던 것이다. 김씨 노인이 산책을 한다? 그것도 미친개를 데리고? 도무지 가당치 않는 노릇이라고 생각되었다. 나는 긴장된 눈길로 그들을 좇았다.

그렇다고는 해도 개는 기분이 썩 괜찮은 듯 한껏 위로 쳐든 꼬리를 살랑살랑 흔들며 사뿐사뿐 걸어갔다. 배틀걸음이었다. 이윽고 김씨네 집 뒤켠 저만치에 있는 시멘트 다리 위에 이르렀다. 김씨 노인이 뒤돌아서더니 잠시 개를 내려다보았다. 녀석은 여전히 꼬리를 살랑대면서 한사코 주인의 가랑이 사이로 파고들려 했다. 내 눈에는 애써 주인의 사랑을 갈구하고 있는 몸짓으로 비쳤다. 그러자 김씨 노인이 목줄 끄트머리를 시멘트 다리 난간에다 단단히 묶고 나서 녀석을 재빨리 다리 아래로 떨어뜨렸다. 순식간에 벌어진 일이었다. 나는 허공에 대롱대롱 매달린 채 꿈틀거리는 그 참혹한 꼴을 정통으로 보고 말았다. 반사적으로 고개를 돌리고 눈을 감았지만 이미 늦은 뒤였다. 마음속에 남아 두고두고 독이 될 그 광경이 내 안에 깊이 낙인을 치고 말았던 것이다. 나는 몸서리쳐지는 전율 속에 간신히 서 있었다. 그랬다. 그 짧은 순간에 내가 본 것은 허공에 매달린 개만이 아니었다. 비닐끈으로 목을 맨 한씨 노인의 모습을 나는 분명 목도했던 것이다.

   그날 저녁, 우리 내외가 할 수 있었던 일이라고는 그 즉시 짐을 꾸려 그곳을 떠나는 게 고작이었다. 도망치듯 밤산골을 떠나면서 우리는 몇 번이고 혀를 찼고 거듭거듭 투덜댔다. 그러면서, 맹세코 그런 식 해결을 우리가 바랐던 건 아니라고 변명했다.

(2008)

매운 눈꽃

대학 시절을 회상하면 미아리 돌산부터 먼저 떠오른다.

지금은 넓은 도로와 고층 아파트와 학교 건물들이 흡사 강과 숲처럼 뒤덮고 있지만 내가 때늦게 대학을 다니던 그 60년대 중반까지만 해도 그 돌산은 황량하기 짝이 없는 모습을 하고 거기 있었다. 우리가 먹빛 세느강이라고 불렀던 그 정릉천변에서부터 시작된 무허가 건물들이 산 정상까지 다닥다닥 기어오른 달동네 풍경이나 특히 대학 건물 뒤쪽의 버려진 채석장 풍경은, 그 무렵 우리들이 걸핏하면 4월은 잔인한 달 어쩌고 하며 읊조리곤 하던 엘리엇의 시를 곧잘 연상하게 만들었다. 우리 학과의 전용 강의실이던 제4강의실 창으로 언제나 내다보이던 그 돌산의 풍경은, 그러니까 그 무렵, 우리들의 내면 풍경이기도 했다.

그날의 강의가 다 끝난 뒤에도 우리는 자주 그 강의실에서 시간을 죽이곤 했다. 다방과 술집을 빼고는 달리 갈 데가 없던 시절이었다. 무시로 다방을 드나들기에는 눈치가 보이고 막걸리가 주종목이던 술집으로 기어들기에는 해가 남아 있었다. 2본 동시상영의 극장은 주말에 혼자서나 기웃거릴 장소로 남겨 두어야 했다. 딱한 것은, 그러면서도 다락방 같은 학교 도서관과는 거의 담을 쌓고 지냈다는 점이었다. 물론 사정은 있었다. 읽고 싶은 책은 신통하게도 없는 대신에 읽고 싶은 생각이 손톱만치도 느껴지지 않는 책들만 주로 쌓여 있기 때문이었다. 그 한심한 책들을 뒤적이며 먼지를 마시느니 차라리 화장실 낙서를 읽는 편이 낫다는 게 우리의 생각이었다. 실제로 우리 패거리 중 한 녀석은 그 무렵에 그런 이야기를 써서 등단하기도 했다.

이야기의 요지는 이렇다. 할 일도 없고 갈 곳도 없는 한 사내—그러니까 우리들 중의 하나다—가 거리를 배회하다가 공중변소를 찾게 된다. 그 시절 그런 화장실의 시설이나 청결에 대해서는 굳이 말하지 않겠다. 사내는 발끝으로 대충 바닥을 정리한 다음 엉덩이를 까고 앉았지만 뒤가 쉽지 않다. 고질적인 변비다. 무작정 기다려볼 밖에 달리 뾰족한 수가 없다. 금방 오금이 저리고 무료해진다. 그 순간 앞의 낙서가 눈에 띈다. 옆을 보시오! 꽤나 얌전을 떨고 있는 필체다. 화살표를 따라 옆벽을 본다. 뒤를 보시오! 억지로 몸을 틀어 뒷벽을 본다. 다시 옆을 보시오! 또 화살표를 좇아간다. 뭘 봐? 똥이나 싸! 웃음 대신에 사내는 슬며시 화를 낸다. 그건 뭐 쉬운 줄 아냐? 결국 눈만 피로해졌을 뿐이다. 그래서 제목이 「눈이 피로한 자여」*다.

잠시 엇길로 빠졌지만, 학교 도서관은 총체적인 시설 불량 상태였

---

* 최범서의 단편 「눈이 피로한 자여」, 『문학』 1966년 10월호

다. 나지막한 천장에 띄엄띄엄 박혀 있는 형광등 중 반은 이미 수명을 다한 것이어서 독서를 하기에는 턱없이 어두웠고, 실내 공기는 늘 퀴퀴한 곰팡이 냄새를 풍겼다. 물론 더운 날에는 냉방이 되지 않았고 추운 날은 난방이 되지 않았다. 이래저래 우리는 빈 강의실에 죽치고 앉아 있는 시간이 많을 수밖에 없었던 것이다.

그리고 무엇을 했던가?

그랬다. 우리는 질 낮은 담배―필터 없는 '백양'이다!―를 빨면서 주로 말장난으로 그 많은 시간을 채웠던 것 같다. 그럴 수밖에. 온통 결핍뿐이던 그 시절에 말, 즉 언어야말로 우리가 소유한 것들 중에서 가장 넉넉한 자산이었고, 우리의 공통 관심사 역시 그것을 특별하게 부리는 작업에 있었던 것이다. 절망은 기교를 낳고 기교는 다시 절망을 낳는다고 했던가. 우리의 말장난은 으레 강의실에서의 요설과 허언으로 시작되어 종종 술자리에서의 욕설과 폭언으로 끝나곤 했다. 그렇다고 우리들끼리 자주 드잡이를 했다는 소리는 아니다. 좀 막연하게 들리겠지만, 우리는 도무지 돼먹잖은 세상을 상대로 그렇게밖에는 달리 참견하고 시비할 방법을 알고 있지 못했던 것이다.

지금 생각해보면, 그랬다, 태우가 늘 그 중심에 있었다. 왜 그랬는지 모르겠다. 시를 빚어내는 솜씨가 우리들보다 좀 앞서 있었다고는 해도, 그래서 이른바 '학원문단'에 두루 이름이 나 있던 위인이라고는 해도 그것만으로는 썩 납득이 되지 않는다. 그보다는 차라리 그가 우리 중 누구보다 가슴은 뜨겁고 발끝은 시린 사내였기 때문이 아니었나 싶다. 그는 편모슬하의 외동으로 부산 자갈치시장을 제 집 앞마당으로 알고 자란 녀석이었다. 그래서 그가 구사하는 남도 사투리는 투박한 어투와 질퍽한 욕으로 늘 활기가 넘쳤다. 조선말은 육두문자로 버무려야 제 맛이 난다고 그는 주장했고, 그 근거로 판소리 사설을 예로 들기도 했다. 주리를 틀 놈! 오살할 놈! 난장을 칠 놈! 젓 담을 놈! 놈! 놈! 놈!

어쨌거나 요설과 허언과 욕설과 폭언이 일용할 양식이던 그 시절, 그의 언어는 곁에 사람을 불러 모을 만큼 매양 신선하고 매력적이었다. 그는 요설의 대가였고, 언어의 자객이었다. 아이들이 공깃돌을 가지고 놀듯이 그는 누구보다 잘 말을 가지고 놀았고, 때로는 사무라이가 검을 다루듯 말을 잘 다루었다. 우리는 그의 요설과 허언에 언제든 배꼽을 잡고 웃을 준비가 되어 있었고, 마찬가지로 그의 욕설이나 폭언에도 이의 없이 맞장구를 치고는 했다. 하지만 더러는 엉뚱하게 상처를 입기도 했는데, 그것은 아마도 말의 저 불가피한 속성 탓이 아니었나 생각된다. 즉, 입을 벗어나는 즉시 그 주인을 곧잘 배반하는 양날의 검 같은 성질 말이다. 그로 인해 종종 마음을 다치면서도 그러나 우리는 한사코 태우의 주위를 맴돌곤 했다. 돌아서면 온통 황량하고 암담한 현실과 마주서야 했기 때문이었는지 모른다. 그보다는 태우와 어울리며 독한 술기운에 휘둘리듯 그의 요설과 폭언에 무방비로 노출되는 쪽이 더 좋았다. 자학이었다고 해도 할 말이 없다.

그 무렵 내 마음속에는, 미구에 연정이라 이름 붙일 수도 있을 법한 어떤 은밀한 감정이 싹트고 있었던 듯싶다. 이웃 학과의 그림 그리는 여자애를 두고서였다. 이제는 이름을 밝혀도 무관할 법하다. 박선희라는 성씨도 이름도 평범하기 그지없는 그녀는 용모나 성품 역시 별난 데가 없어 어디서나 있는 듯 없는 듯하던 그런 애였다. 시화전을 계기로 그녀가 우리와 이따금씩 어울리곤 했던 것은 워낙 책 읽기를 좋아한데다 문학에 대한 막연한 동경 같은 것을 품고 있었기 때문으로 짐작된다.

내가 그녀를 마음에 두기 시작한 것은 3학년 가을, 국전에 그녀의 그림 한 점이 내걸리고 나서부터였다. 〈나의 구두〉란 제목의 그 작품은 그해 많은 입선작들 중의 한 점이었다. 덕수궁이었나? 참 엉뚱하고 미심쩍은 기억이다. 어쨌거나 전시 장소는 분명치 않다. 기대했던 것만큼 마음에 썩 와닿는 그런 그림은 아니어서 나는 꼭 자기 같은 그림을 그렸구먼 하고 혼자 중얼댔을 따름이었다. 어쨌거나 우리는 함께 몰려가 국전을 관람했고, 점심은 건너뛰고 늦은 저녁에 명동 칼국수집에서 허기진 배를 채웠고, 그리고 다시 전차를 타고 돈암동 종점까지 왔는데, 내리고 본즉 달랑 그녀와 나 둘뿐이었다.

우리는 천천히 걸어서 고개를 넘었다. 나는 이야기도 별로 없었다. 동부극장인지 동북극장인지가 있던 삼거리 앞에서 걸음을 멈추고 우리는 서로를 멀거니 바라보았다. 굳이 얼굴을 쳐다본 것도 아니었다. 둘 다 눈길을 내리깔고 무릎 아래쪽을 넌지시 살피고 있었다. 날씨가 궂은 편이어서 저녁 무렵부터 한차례 찬비가 긋고 난 뒤였다. 내가 신은 낡은 구두는 물론이고 그녀의 예쁜 에나멜 구두마저 흙물이 튀어 지저분했다. 길거리의 헌 구두 가게에서 사 신은 내 구두 중 한 짝은 진작부터 물이 스며들어 발을 내딛을 때마다 찔꺽거리는 소리를 내고 있었다. 나는 그 젖은 발을 감추고 싶었다. 그녀의 구두는 새 것이었고, 흰 양말에 감싸인 두 발은 보송보송해 보였다.

내가 고흐의 〈구두〉를 불쑥 떠올린 건 바로 그 순간이었다. 그리고 뒤이어, 낮에 본 그녀의 그림이 생각났다. 작업을 하면서 그녀가 고흐의 저 '구두'를 염두에 두고 있었는지 아닌지를 물어보고 싶었지만 나는 잠자코 서 있기만 했다. 뒤늦게 그녀의 마음을 읽어낸 기분이 들었다. 그랬다. 그림 속 그녀의 구두는 깨끗했다. 끝이 약간 모지라진 솔과 구두약이 묻은 헝겊이 옆에 놓여 있는 것으로 보아 정성스레 닦아서 방금 내놓은 게 분명했다. 유리알처럼 맑은 구두코에는 구름일 듯 혹은 주인의 얼굴일 듯싶게 모호한 상이 얼비치고 있었다. 나는 그제야 그림이 마음에 들었다. 이제 막 길을 나서려는 주인의 순정한 마음을 담고 있다고 느껴졌던 것이다. 두말할 것 없이 그 마음은 그녀의 것일 터였다.

이심전심이었나. 비로소 눈을 맞추고 우리는 동시에 소리를 내어 웃었다. 하지만 웃음의 의미조차 동질적인 것이었다고는 믿지 않는다. 나의 웃음은 분명했다. 그것은 낡은 구두와 젖은 발이 부끄러웠기 때문이었다. 그것은 또한, 그녀의 그림이 연상시킨, 너무도 대조적인 저 고흐의 '구두'에도 조금은 근거한 것이었다. 하이데거가 황량한 바람과 비옥한 땅, 그리고 들판의 고독을 발견했노라고 말했다는 그 낡고 해진 한 켤레의 구두 말이다. 그녀는 나의 낡은 구두와 젖은 발에서 무엇을 발견하고 웃음 지었을까? 그러나, 나는 묻지 않았다. 대신에 극장 간판 그림을 힐끗 쳐다보았다. 〈맨발의 청춘〉이 〈햇빛 쏟아지는 벌판〉과 2본 동시상영으로 내걸려 있었다. 신성일 같고 황해 비슷한 상반신의 사내 둘이 먼 곳에 시선을 두고 서 있었다.

그러고 나서 우리는 곧 갈라졌다. 그녀는 자기 화실이 있는 정릉 골짜기로 길을 잡았고 나는 다리를 건너 길음시장 안쪽에 박혀 있는 자취방으로 돌아왔던 것이다.

곰곰 생각해봐도 그게 다였다. 그것을 연정의 시작이라고 말할 수 있을까. 그날 이후로 나는 문득문득 그녀의 구두를 떠올리고는 혼자 즐거워했다. 얼굴이 아니다. 앞쪽에 리본이 붙어 있고 약간 통통한 느낌을 주는 에나멜 구두! 마음을 두고 있어서인지 그녀의 모습이 부쩍 더 자주 내 눈에 띄었다. 우리 학과의 전공 강의 시간에도 더러 보였고 이따금씩은 밤늦은 술자리에서도 있는 듯 없는 듯 그녀가 끼어 있곤 했다.

그해 겨울방학 중에 나는 그녀와 여러 통의 편지를 주고받았다. 그녀는 작업실이 있는 서울에 머물고 있었고 나는 원고지와 책 몇 권만 들고 시골집으로 내려와 있었다. 어느 쪽이 먼저 시작했는지는 분명치 않다. 하여간 한 주에 한 번꼴로 오간 우리들의 편지를 지금은 내가 전부 가지고 있다. 그러나 그 서간문 어디에서도 사랑이란 단어를 찾아낼 수는 없다. 주로 그림 이야기며 책 이야기를 지치지도 않고 늘어놓고 있는 것이다. 그것도 나는 주로 박수근의 그림이나 폴 고갱의 산문집 이야기를 늘어놓았고, 반대로 그녀는 주로 버지니아 울프의 소설과 김수영의 시를 이야기했다. 그런 식으로 그녀와 나는 내내 문학과 예술에 대해서 토로했던 것이다.

그렇다고는 해도 개강을 기다리는 내 마음은 좀 유별났다. 제4강의실 멤버들을 다시 만난다는 기대와 더불어 내 마음속에는 그녀와의 해후에 대한 설렘도 적지 않았다고 기억된다. 그런데 이 기대와 설렘은 개강 즉시 무참히 학살당하고 만다.

개강 첫 주의 일이었다고 기억된다. 그날따라 말의 성찬이 술자리에까지 풍성하게 이어졌다. 오랜만의 만남이 빚어낸 분위기 때문이었으리라. 대일 굴욕 외교 반대 시위에서부터 영화 〈안개〉의 신인배우 윤정희에 이르기까지, 김동리의 소설 「까치소리」부터 남정현의 소설 「분지」까지 중구난방 돌아친 다음이었다. 그제야 아직 얼굴을 내밀지 않고 있는 녀석들을 도마 위에 올려두고 잠시 씹어대던 어름에 어쩌다 박선희란 이름도 등장했다. 방학 중에 작업을 좀 했는지 모르겠다고 누군가 말했고, 웬걸, 겨우내 작업실이 닫혀 있더라고 다른 녀석이 대꾸했다. 나는 잠자코 입을 다물고 있었다. 그때 누군가 또 말했다.

"가아 억시기 화사해졌다 아이가. 마, 이뿌게 꾸민 꽃돼지더라."

그게 태우였다. 녀석은 무심히 담배 연기를 토해내고 있었다. 나는 태우를 쏘아보았다. 그러나 녀석은 내 시선을 전혀 의식하지 못했다. 자신이 방금 내뱉은 말이 양날의 검처럼 무엇을 베어 쓰러뜨렸는지조차 도무지 알지 못하고 있는 얼굴이었다. 녀석의 낯짝이 그렇게 미련스러워 보일 수가 없었다. 그 아둔함 속에 감추어진 폭력성을 나는 실감했다. 한데도, 잘난 듯이 녀석은 또 말장난을 이었다.

"똥똥이와 똥똥이 사이에 똥똥이가 있는 기라. 그라고, 똥똥이들 중에 달거리하는 짐승이 바로 꽃돼지꽈 아이것나."

나는 내 앞에 놓인 막걸리 잔을 집어 들어 단숨에 비웠다. 그러고는 아무 말도 않고 자리를 떴다.

그 학기를 어떻게 보냈는지 확실하게 남아 있는 기억이 별로 없다. 그 대신 대학의 마지막 여름방학은 내 머릿속에 깊이 각인돼 있다. 한 달 넘게 여행을 했기 때문이다. 그것도 혼자서 나선 무전여행이었다.

그랬다. 도보와 무임승차를 번갈아 하고 굶기와 노숙을 예사로 하면서 나는 서해안을 따라 목포까지 내려갔고, 거기서 꼬불쳐 두었던 비상금을 털어 제주행 카페리를 탔다. 난생처음 겪어보는 긴 항해였다. 갑판 한쪽 구석자리에 아무렇게나 몸뚱어리를 구기고 앉은 채 나는 밤새 검은 밤바다만 내려다보고 있었다. 도무지 잠이 오지 않았다. 마침내 제주항에 닿았을 때는 이른 새벽이었다. 왠지 낯익은 마을로 돌아온 기분이었다. 여기 아무 집에나 기대어 평생을 살아도 좋으리라 생각했다.

나는 어찌어찌 서귀포까지 갔다가 다시 제주항으로 되돌아왔다. 하지만 생각처럼 쉽게 몸을 기댈 곳은 없었다. 또, 배표를 손에 넣기까지는 우여곡절도 많았다. 하지만 여기서는 생략하기로 한다.

2학기 개강과 거의 동시에 나는 취업을 했다. 주로 무협소설을 번역 출판하는 곳이었다. 번역자들은 거의가 환갑을 지난 노인네들이어서 한글 문장에는 서툴렀기 때문에 나는 주로 그것을 다듬고 교정을 보는 일을 했다. 때로는 노벨상 수상 작가들의 소설 중에서 이미 번역 출판된 것을 수사들만 조금씩 바꾸는 식으로 몽땅 베껴먹기도 했다. 사무실은 충무로 뒷골목의 낡아빠진 건물 2층에 있었다. 명함을 찍기도 실로 난처한 직장이긴 했지만, 그러나 나는 그곳에 틀어박힌 채 학교와는 우정 등을 지고 살았다. 아침저녁으로 만원 버스에 실려 미아리 고개를 오르내리면서도 가급적 그쪽을 내다보지 않았다. 나중에 졸업식에만 잠시 얼굴을 내밀었을 뿐이었다.
　이듬해 봄에 나는 결혼했다. 아마도 우리 동기들 중에서는 가장 발 빠른 결혼이었을 것이다. 상대는 내 책상과 마주앉아 교정쇄와 회계 장부를 번갈아 뒤적이던, 직장 경력이나 나이가 나보다 좀 윗길인 여직원이었다. 시간외수당도 없는 야근이 코피 나게 거듭되던 어느 날 늦은 귀갓길에 나는 어쩌다 그녀의 자취방까지 묻어갔고(아마도 된장찌개와 구운 생선토막이 한두 가지 나물 접시와 함께 놓여 있는 밥상이 그리워서였을 것이다), 이튿날 아침에 시치미 떼고 나란히(그러나 약간의 시차를 두고) 출근한 것을 계기로 피차 걸리적거리는 것 없이 단출한 살림을 결국 합쳤던 것인데 그 얼마 후 그녀의 임신 사실을 확인하고는 곧바로 결혼식을 치렀던 것이다. 말하자면, 그 무렵에 흔했고 나 또한 익숙해져 있던, 가불인생 같은 결혼이었다.

우리 패거리들은 꽤나 놀라워했다. 하지만 내게는 지극히 자연스러운 귀결이었다. 그만큼 객지 생활이 곤고하여 누군가에게 기대고 싶은 갈망이 강했기 때문이었으리라. 신혼여행 길에서 나는 문득 선희를 떠올렸다. 신혼여행지로는 제주도 외에는 별로 갈 데가 없던 때였다. 카페리 대신에 칼(KAL)을 타고 바다를 건너다 말고 나는 눈 아래 불쑥 나타난 제주항을 발견하고 문득 그녀를 기억해냈던 것이다.

언젠가 긴 항해 끝에 맞닥뜨렸던 그날의 아련한 풍경처럼 구름과 파도를 헤치며 바다 쪽으로 하얗게 팔을 뻗은 부두를 내려다보면서 나는 어느새 그녀를 그리고 있었다. 이번에도 그 예쁘고 통통한 에나멜 구두가 먼저였지만 그러나, 이윽고 몸매와 얼굴까지 천천히 그려졌다. 그랬다. 통통한 몸매에 약간 짧은 목, 그리고 볼우물이 깊게 파인 발그레한 뺨과 크고 순한 눈…… 어떤 아련한 감정 때문에 나는 아, 하고 속으로 나지막이 탄식했다. 기어이 속에 있는 말을 토해냈다.

꽃돼지라니!

그녀의 신체적 특징을 드러내는 말이 하필이면 꽃돼지란 말인가……. 태우 녀석이 특별히 악의를 가지고 한 말은 아니었다고 나는 믿는다. 녀석의 말대로 똥똥은 넘고 뚱뚱에는 한참 미달인, 그래서 뚱뚱한 그녀의 몸매를 그는 단지 꽃돼지란 말로 표현했을 뿐 굳이 비아냥거릴 마음은 없었으리라. 어쩌면 그 무렵 창작 실습 시간마다 귀에 딱지가 앉을 만큼 자주 듣곤 하던 저 일물일어설(一物一語說)에 그는 충실했을 뿐인지도 모를 일이었다. 하지만 그 말은 당장 좌중의 폭소를 불러일으키고도 남았던 것이다. 그 순간의 곤혹감과 수치심을 나는 잊지 않고 있었다. 마치 몸에 꼭 죄는 무용복을 입은 뚱뚱한 그녀가 커다란 리본을 머리에 꽂은 채 발그레 물이 든 얼굴, 그러니까 영락없는 돼지볼을 하고 우리 앞에서 우스꽝스럽게 손짓발짓 춤추고 있는 꼴을 지켜보는 기분이었던 것이다.

새삼스레 곰곰이 따져본즉, 태우의 그 문제 발언 이후부터 나와 그녀의 사이가 점점 멀어진 게 분명하다고 생각되었다. 굳이 의도한 것도 아닌데 그녀와의 사이는 점점 더 소원해졌다. 어쩌다 강의실이나 술자리 같은 데서 어깨를 나란히 하게 될 경우에도 나는 그녀와의 사이에 끼어든 그 서먹서먹한 거리감을 극복할 수가 없어 이렇다 할 말 한마디 변변히 건네지 못했다. 그녀 역시 달라진 분위기를 감지하고 있었다. 처음에는 크게 당황하는 듯싶었고, 다음에는 까닭을 알고 싶어하는 눈빛을 자주 나에게 보내곤 했다. 하지만 그 무언의 질문을 받고도 나는 입을 굳게 다물고 있었다. 나 자신에게도 해명할 말을 나는 찾지 못하고 있었던 것이다. 그녀를 보면 녀석의 말이 생각났고, 그때마다 그녀에 대한 나의 환상은 여지없이 박살나곤 했던 것이다. 그녀는 마침내 자신을 닫아걸었다. 더 이상 나를 의식하지 않으려 했고, 자연히 우리 패거리로부터도 천천히 떨어져 나갔다. 나는 졸업 후에는 어느덧 그녀를 잊고 살았다.

사십 줄에 들어선 어느 해 겨울이었다.

나는 우연히 그녀를 만났다. 그 무렵 내가 근무하고 있던 여성잡지사가 광화문 부근에 있었는데 맨 마지막으로 현관 셔터를 내리고 돌아선 순간 나는 뜻밖에도 그녀의 모습을 발견했던 것이다. 그녀는 머플러로 머리를 감싸고 검은 코트 깃을 바짝 세운 채 맞은편에 있던 책방을 나와 길을 휘적휘적 건너오고 있었다.

저 미아리 시절로부터 그새 15년 이상의 세월이 흐른 뒤였다. 그럼에도 불구하고 나는 단번에 선희를 알아보았다. 서둘러 다가간 나는 막 길을 건너온 그녀의 앞을 가로막고 섰다. 그녀는 몹시 놀란 표정을 지으며 나를 쳐다보았다. 나는 주저하지 않고 그녀의 두 손을 움켜잡았다. 이 우연한 만남을 그냥 흘려보낼 수 없다는 분명한 의식이 처음부터 무작정 나를 내몰았던 것이다.

생각해보면, 내 인생에서 그날 밤처럼 단호했던 적은 다시없었다. 나는 그녀를 단골 맥줏집 '낭만'으로 끌고 갔고, 거기서 평소보다 갑절 많은 양의 술을 마셨다. 그녀가 술을 마셨는지 어쨌는지는 기억에 없다. 어떤 열정이 진작 나를 마셔버린 때문이었는지도 모른다. 어쨌거나 통금시간이 임박해서 그곳을 나온 다음에는 막무가내로 그녀를 가까운 여관방에 밀어 넣었다. 나는 사실 너무 취해버려서 어차피 그녀의 마음을 세심하게 살필 수 있는 상황이 못 되었다. 다행히 그녀가 별 저항 없이 나를 따라준 것만 기억에 남아 있다.

다음날 아침, 나는 좀 늦기는 했지만 천천히 걸어서 출근했다. 20분 남짓한 도심의 거리였다. 전날의 과음에도 불구하고 머리가 맑았다. 보도에 떨어지는 햇살이 무척 따스하고 정갈한 느낌을 주었다. 전에 없던 일이었다. 그러고 보니 첫 아내와 헤어지고 나서 갈팡질팡 헤매며 산 세월만도 벌써 여러 해째였다. 그간 일이 있건 없건 나는 늘 밤늦게까지 편집실에 남아 있었고, 귀갓길에는 취하지 않은 날이 별로 없었다. 당연히 출근길에는 머리가 무거웠고, 퇴근길에는 다리가 무거웠다. 그러나 이날만은 오랜 숙취에서 깨어난 듯 머리가 개운하고 다리도 가뜬했다.

그랬다. 나로서는 전혀 뜻밖의 우연한 만남이었다. 하지만 그녀와의 단 한 번의 만남이 그 무렵의 나에게는 커다란 위안과 힘이 되었던 게 분명했다. 그날 이후 나는 정상적인 생활을 되찾았다. 그리고 다다음해 겨울에 두 번째 결혼을 하여 오늘에 이르렀고, 그런대로 안정된 인생을 살아왔다고 나는 생각한다.

그런데 얼마 전 나는 갑작스러운 기별을 받고 그녀를 만나러 나섰다. KTX로 한 시간 반쯤 걸리는 곳이었다. 역으로 마중 나온 여인을 보고 나는 한동안 혼란 속에 빠져들고 말았다. 짧은 순간의 일이긴 했지만 우리는, 그러니까 30년 이상의 세월을 단숨에 건너뛰어 저 미아리 캠퍼스의 어디쯤 되는 공간에서 그렇게 마주보고 서 있었던 것이다.

그랬다. 우리의 마음 저 안쪽 어딘가에는 빙벽에 박힌 눈꽃처럼 어느 순간 정지한 사물들이 오랜 세월에도 불구하고 여전히 하얗게 남아 있었다. 발도 입도 얼어붙어 있는 나에게 그녀는 다가와 다소 곳이 머리를 숙였다. 그러고 나서 아무개 선생이 아니시냐고 물어 확인한 다음 박선희의 딸이라고 자신을 밝혔다. 참 놀랍게도 그녀 역시 왕년의 저 에나멜 구두와 모양이 똑같은 구두를 신고 있었다. 콧등에 예쁜 리본이 달린, 굽이 낮고 통통한 단화였다.

내가 안내된 곳은 그 도시의 대학병원이었다. 볕이 잘 드는 1인실에 그녀는 누워 있었다. 의식을 잃은 지는 이미 여러 날 되었다고 했다. 어쩌다 간혹 눈을 뜨고 주위를 두리번거리는 때가 있긴 해도 묻는 말에는 별다른 반응을 보이지 않는다고 했다. 그런데 단 한 번의 예외가 있었노라고 딸은 말했다. 마침 머리맡을 지키고 있던 딸이 재빨리 물었다고 했다. 특별히 보고 싶은 사람은 없느냐고. 그러자 기적처럼 어머니의 입술이 움직였다는 것이었다. 딸은 재우쳐 물으며 귀를 갖다 댔고 그러자 어머니의 입술이 한 번 더 움직였는데 그 순간 의심 없이 알아들을 수 있었노라고 그녀는 말했다. 다시 화필을 잡으면서부터 어머니의 손에 자주 들려 있곤 하던 시집의 표지에서 본 이름이었다고 말했다.

우리는 어느덧 과거가 더 이상 허물이 되지 않는 나이에 이른 것인지도 모른다. 그래서 이제 실토하는 바이지만, 두 번째 결혼을 하기 직전에 나는 그녀를 찾아갔었다. 그때만 해도 우등열차로 두 시간 넘게 가야 했던 그 지방 도시에서 그녀는 안정된 생활을 하고 있었다. 불과 한 해 전에 남편과 사별했으나 유산 덕분에 비교적 여유 있는 삶을 살고 있노라고 했다. 나는 그녀에게 단도직입적으로 청혼했다. 줄잡아 15년 이상 지각한 프러포즈였다. 그녀는 하루 동안 생각할 시간을 달라고 말했다. 그러나 다음 날, 그녀는 청혼을 받아들일 수 없노라고 했다. 남편에게 했던 말 한마디가 발목을 잡고 있어 어쩔 수 없다는 것이었다. 긴 투병 기간 중 남편은 자주 말했다고 했다. 내가 죽거든 미련 떨지 말고 개가하여 새 인생을 찾으라고. 그때마다 그녀는 다짐했다고 했다. 눈곱만치도 그럴 생각 없다. 애들과 함께 사는 것으로 만족한다. 이제 와서 본즉 그 말이 너무도 강하게 발목을 잡노라고 그녀는 말했다. 나는 하루를 더 머문 다음 마음을 접었다. 내가 어찌 그녀를 이해할 수 없노라고 투정할 수 있었으랴.

돌아오는 차중에서 나는 그녀가 건네준 봉투를 열어 보았다. 저 미아리 시절에 내가 그녀에게 보냈던 편지들과 함께 쪽지가 들어 있었다. 오랜 세월에도 변치 않은 그 정겨운 필체가 말하고 있었다.

사실은 이 편지들을 돌려드리고 싶어 찾아갔던 겁니다. 꼭 그래야 한다는 생각 때문이었지요. 하지만, 그렇게 뵙고 나니 또 마음이 바뀌더군요. 그게 여자의 마음이랍니다. 그러나 이제는 정말 돌려드리겠습니다. 대신 그 빈자리에 다시 캔버스와 이젤을 들여놓을까 합니다. 부디 건강하시고 행복하세요.

박선희 올림

무상도 하여라. 그로부터 다시 열다섯 해나 흐른 뒤에야 나는 그녀의 앞에 서 있었다.

그동안 나는 무엇을 하고 살았나? 나는 스스로 묻고 대답했다. 단지 시집 한 권을 보탰을 따름이다. 그뿐…… 다른 아무것도 생각나지 않았다. 돌아보고 싶지도 않았다. 시를 쓰고 묶고 하면서 나는 누군가 관심을 가져 주리라는 기대 같은 건 품지도 않았다. 하지만 저 세월을 넘어 그녀의 앞으로 나를 다시 불러낸 건 바로 그 시집이었다.

그녀에게 나의 시집은 무엇이었나? 어쩌면 선희는 거기서 내 안 깊은 동토에 얼어붙어 있는 저 눈꽃 같은 것을 찾아냈던 게 아닐까? 오랜 세월 동안 내가 헛되이 그 존재를 부인하려고 애썼던 그 매운 눈꽃 말이다.

하얀 시트 위에 그녀의 손이 놓여 있다. 세월도 나이도 잊게 할 만큼 통통하고 귀여운 손이다. 나는 가만히 그 손을 잡아본다. 그러자 잠든 듯 누워 있는 그녀에게서 어떤 힘이 손끝을 타고 나에게 전해지는 것을 느낀다. 불시에 가슴이 뜨겁다.

나는 황급히 창 쪽으로 돌아섰다. 정문(頂門)을 쪼개는 듯하는 날카로운 통증이 등줄기를 타고 내렸다. 내 몫의 인생을 온통 잘못 살아왔다는 때늦은 회한 때문만이 아니었다. 어쩌면 남의 인생까지도 온통 그르치게 했는지 모른다는 뼈아픈 자책감 때문이었다. 그랬다. 그런 통증 속에서 나는 또, 양날의 검처럼 때로는 말 한마디가 우리의 사랑을, 그리고 인생을 뿌리째 학살하고도 남는다는 생각을 어금니로 짓씹고 있었다.

(2009)

가족

갑자기 여자의 울음소리가 낭자하게 들려왔다. 이게 무슨 일인가 싶어 나는 벌떡 몸을 일으켰다. 장시간 책상 앞에 앉아 있었던 탓에 허리가 얼른 펴지지 않았다.

"여보, 여보, 빨리 좀 나와 봐요."

아내의 다급한 목소리였다. 나는 서둘러 고무신을 꿰어 신고 마당으로 내려섰다. 저녁거리인 듯 푸성귀가 몇 잎 든 소쿠리를 가슴에 보듬은 채로 아내가 울타리 너머 길 쪽을 가리켰다. 여자의 모습이 눈에 잡혔다.

"저게 누구야?"

내가 중얼대자 아내가 대답했다.

"대복이 각시 같은데?"

그랬다. 사방이 온통 불그레하니 물이 든 석양빛 아래였고 또 상당히 떨어진 거리여서 얼굴을 자세히 확인할 수는 없었지만, 그러나 한눈에도 대복이 각시가 분명하다 싶었다. 외양이든 분위기든, 유별나게 눈에 띄는 사람이 있다. 그녀도 그런 사람들 중 하나였다.

밤산골에서 호가 난 노총각 대복이를 따라 그녀가 처음 모습을 나타냈을 때를 나는 잘 기억하고 있다. 아내와 함께 텃밭에서 고구마 넝쿨을 뒤집고 있던 여름날 오후였다. 잠시 허리를 펴고 땀을 훔치다가 나는 마침 저만치 마을 어귀에 와닿는 버스를 발견했다. 하루에 세 차례 원주 시내까지 운행하는 공용버스였다. 고작 한두 사람이 타고 내리거나 아니면 빈 차로 오가기 일쑤여서 볼 때마다 괜히 마음이 쓰이곤 하던 나는 버스가 머리를 돌려 다시 떠날 때까지 내처 눈길을 던져두고 있었다. 한순간 햇빛이 길게 날을 세웠다. 그리고 버스가 떠난 자리에 두 사람의 모습이 드러났다. 먼발치에서도 남녀가 분명하다 싶었다.

골짜기로 드는 좁은 길을 두 사람은 타박타박 걸어왔다. 그늘 한 점 없는 땡볕 아래 시멘트 길이었지만 둘은 패나 한갓진 걸음새였다. 얼굴을 알아볼 정도로 거리가 좁혀졌을 때 나는 금방 사정을 알아챘다. 남자는 예의 대복이었고 여자 쪽은 낯이 설었다. 그러니까 밤산골 노총각 대복이가 초행길임이 분명한 아가씨에게 주변 풍경이며 마을에 대해 이런저런 안내를 하고 있었던 것이다. 햇빛 탓이던가, 대복이의 얼굴은 벌겋게 달아올라 있었다.

"안녕하십니까, 반갑습니다!"

그가 특유의 과장스러운 어투로 인사말을 던져왔다. 그 말은, 일테면 "좋은 하루 되십시오!"라거나 또는 "결코 좌시하지 않겠다!" 따위의 말과 함께 그의 입에 밴 관용어구 중 하나였다. 앞말은 선거판에서, 뒷말은 시위 현장에서 그가 배워온 말이었다. 여전히 비쩍 마른 몸에 한참 철 지난 점퍼를 걸치고 새 농구화를 신고 있었다. 머리 위에는 W자가 커다랗게 붙은 야구모자가 비스듬히 놓여 있었다. 어느 모로 보나 그 기묘한 부조화가 참 그답다고 생각되었고 또, 그가 지금 어디에서 오는가도 대충 헤아려졌다.

"안녕하세요, 정말 오랜만이네요."

화답한 사람은 아내였다. 내가 거들었다.

"어딜 다녀오는 길인가?"

"촛불시위에 갔다 오는 길입니다."

거침없이 그가 대답했다. "어르신께서도 뉴스 보셨지요? 이번에도 아주 굉장했습니다. 엄청나게 많은 사람들이 참가했거든요."

나는 입을 다물었다. 그 일이라면 별로 궁금할 게 없었고, 자칫 말대접을 했다가는 이야기가 길어질 게 뻔했기 때문이었다. 정작 나의 관심은 여자 쪽에 있었다. 어딘가 앳된 티가 느껴지는 아가씨였다. 아내도 그랬던 것 같다.

"처음 보는 아가씨네."

무슨 감을 잡았던지 거두절미하고 아내가 물었다. "총각, 우리한테 소개 좀 해봐요."

약간 쑥스러워 하며 대복이가 대답했다.

"친굽니다. 여친……."

아! 우리 내외는 대번에 감격했다. 그가 드디어 면 총각을 하는구나 싶어 와락 반가움이 앞섰던 것이다. 우리는 나지막한 쥐똥나무 울타리를 사이에 두고 새삼 여자를 뜯어보았다. 우선 큰 키가 인상적이었다. 대복이보다 머리통 하나는 더 있는 키였다. 당연히 두 팔도 길어서 무릎에 닿게 축 늘어뜨린 모습이 엉뚱하게도 초원을 어슬렁거리는 영장류 암컷을 떠올리게 만들었다. 그런데 어쩌자고 머리는 불 밤송이처럼 짧았다. 게다가 미용사의 숙달된 솜씨가 아닌, 누가 화풀이 삼아 아무렇게나 가위질한 머리 같았다. 그러고 보면 얼굴이며 목이며 손등 같은 곳에 크고 작은 상처와 멍 자국들이 남아 있었다. 입성도 꾀죄죄하여 밋밋한 가슴을 가린 청조끼 앞섶이나 청바지 아랫단은 땟국이 더께로 앉아 번들거렸다. 굽은 등에는 또, 꽤 부피가 있는 등산백이 엉성하게 매달려 있었다.

왜인지 모르겠다. 아내와 나는 말없이 눈길을 주고받았다. 마음이 좀 짠하고 그랬다. 어쨌거나 뭐라고 한마디 해야겠다 싶어 나는 속으로 이런저런 말들을 더듬어보던 중이었다. 그때, 무슨 생각에서였는지 여자가 얼굴을 반짝 치켜들고 불쑥 말했다.

"엊그제 만났는데요오, 오빠가요오, 나더러 각시 하재요."

'요'에 강세를 둔 어린애들 어투로 말하고 나서 여자는 발쪽이 웃었다. 땀방울이 보송보송하게 매달린 콧마루가 위로 살짝 치켜올라가고 얇은 입술이 갈라지면서 아직 유치를 갈지 못한 아이의 그것처럼 들쭉날쭉한 입속을 살짝 드러내며 웃는 얼굴이 꽤 예뻐 보였다. 그래서일까. 나중에 생각해본즉 시위 현장에서, 그것도 불과 하루 이틀 전에 만난 사내를 무작정 따라왔다는 사연이었음에도 불구하고 나는 가슴이 다 먹먹했다. 아내인들! 돌아보니 그녀는 두 손을 맞잡은 채 중얼거리고 있었다. 할렐루야! 하나님, 감사합니다.

아내가 길 쪽으로 뛰어나갔다. 대복이 각시의 울음소리가 더 커졌다. 해종일 조용하던 골짜기를 발칵 뒤집어 놓고도 남을 만한 소동이었다. 몹시 서러운 일을 당한 어린아이처럼 목놓아 엉엉 울며 내려오던 여자를 아내가 감싸안다시피 하여 데려왔다. 그러고는 평상에 앉히고 냉수를 한 컵 마시게 했더니 그제야 좀 진정이 되었는지 불쑥 내뱉은 말이 이랬다.
"오빠가 쫓아냈어요. 각시 필요 없대요."
그러고 보니 올 때 차림 그대로인데다 등에는 등산백까지 매달려 있었다. 등 떠밀려 나온 꼴이 역력했다.
"세상에!"
아내가 탄식했다. 참으로 어이없다는 듯이 한참 동안 말이 없더니 혼자서 중얼거렸다.
"대복이가 그랬다고? 그 인간이 쫓아내?"
상상할 수 없는 일이었다. 사람의 인연이란 알 수 없는 것 아니냐고, 우리 내외는 생각했던 것이다. 그런 식의 시작이 좀 뭣하고 여자 쪽에 대해 아는 게 거의 없지만, 그래도 기왕 맺어진 인연이니 잘 다독이며 살기를 바랐다. 앞날이 구만리 같은 청춘 아니냐. 서로 흠은

덮어주고 빈 곳은 메워주며 정겹게 살아가기를 빌어준 사람이 비단 우리 내외만은 아닐 것이었다. 밤산골의 이 새 쌍도 그런 기대를 저버리지 않는 듯했다. 누구 못지않게 둘은 늘 붙어 다녔고, 지난 늦봄부터 여름 내내 우리 사회를 왈강달강 흔들어대던 그 촛불시위에도 곧잘 함께 쫓아다니곤 했던 것이다. 그 지겹던 여름이 끝나고 이제 멀지 않아 서리가 비칠 듯싶은 때였다. 그러니까 둘의 동거가 어언 네댓 달을 넘어서고 있는 시점이었다. 어찌 이런 경우를 예상했으랴.

여자의 울음보가 또 터졌다. 그 기다란 팔로 평상을 짚고 상체를 기울인 자세로 그녀는 대성통곡을 했다. 그야말로 장마에 둑이 터진 듯한 울음이었다.

"오빠가 때렸어요. 욕도 했고요. 싹 꺼지래요. 각시 없어도 좋대요……."

말없이 등을 쓸어주고 있던 아내의 눈빛이 점점 매워졌다. 흡사 소박맞고 온 딸과 마주한 듯 아내의 얼굴은 분노로 달아오르고 있었다. 깜짝 놀랄 만큼 뾰족한 목소리로 아내는 여자에게 물었다.

"왜? 왜 그랬지? 그 인간이 뭣 땜에 그랬어?"

쌀쌀맞게 추궁하는 어조여서 내 귀에도 많이 거슬렸다. 하지만 정작 여자는 그러거나 말거나 자기 설움에 겨워 말귀조차 제대로 알아들은 것 같지 않았다. 아내가 따지듯이 다잡아 물은 건 차라리 당연한 노릇이었다.

"말해봐. 그 인간이 왜 그런대?"

그제야 꺽꺽 숨 막히는 소리로 여자가 대답했다.

"말 안 듣는다고……."

"누구 말, 오빠?"

"아니고, 어머님 말……."

"뭐야? 그 늙은이 말?"

아내의 목소리가 튀었다. 그러나 금방 자제하며 목소리를 끌어내렸다.

"뭐라고 했는데 어머님이?"

"몰라! 몰라!"

여자가 갑자기 히스테릭하게 울부짖기 시작했다. 같은 울음이라고는 해도 사뭇 다른 감정이 담겨 있는 울음이었다. 그녀는 두 손으로 자기 얼굴을 쥐어뜯듯 하며 외쳐댔다.

"마귀할멈 같아. 죽었으면 좋겠어! 팍 죽어 없어졌으면 좋겠다고!"

아내는 그만 맥이 탁 풀리는 모양이었다. 눈에서 매운 기가 걷히면서 무너지듯 뒤로 물러나 앉았다. 그리고 무겁게 혀를 찼다.

"에그, 이 미련하고 죄 많은 인간아!"

나는 천천히 돌아서서 짐짓 하늘을 쳐다보았다. 골짜기 위 좁은 하늘에 유달리 짙은 주홍빛 놀이 번지고 있었고 왜가리 한 쌍이 저녁 마실을 나서듯 마을 위를 너울너울 날아갔다. 도무지 그럴 상황이 아닌데도 슬며시 웃음이 나왔다.

대복이 어머니 여주댁은 도무지 나이를 짐작하기가 어려운 여자였다. 마흔 넘은 아들을 두고 있어 적어도 육십은 넘었거니 할 뿐이었다. 시골 생활의 이력이 적지 않은데도 얼굴이 여전히 고왔다. 게다가 그녀 특유의 톡톡 튀는 목소리도 젊었다. 우리 내외가 밭고랑에 엎어져 일을 하면서도 그녀가 마을 어디쯤 행차하고 있는지를 금방 알 수 있는 것 역시 그 색깔 있는 목소리 덕분이었다. 일을 하든 길을 가든 그녀는 쉬지 않고 늘 쟁쟁거렸기 때문에 위치 파악이 쉬웠던 것이다. 그것만도 아니었다. 그녀 옆에는 언제나 여주 양반이 있었다. 여주댁이란 택호가 붙은 까닭도 거기에 있었다.

여주 양반은 팔순이 넘은 노인이다. 여러 해 전에 풍을 맞아 쓰러졌다가 간신히 일어났다고 했다. 열녀인 여주댁 덕분이라고들 했다. 하지만 고령인데다 후유증이 남아 있어서 아직도 지팡이를 짚고 지척거리는 걸음새였다. 그처럼 불편한 몸인데도 불구하고 노인은 어디든 여주댁을 따라다녔다. 혹은 여주댁이 지성스럽게 그를 앞세우고 다니는 건지도 모른다. 어쨌거나 논이든 밭이든, 마을회관이든 읍내 장터든 두 사람은 예외 없이 늘 붙어 다녔기 때문에 그 연배에도 불구하고 잉꼬부부 소리를 들었다.

"정말 금슬 좋은 부부네요."

언젠가 아내가 먼발치로 두 사람을 보며 감탄한 적이 있었다.

"저 두 분을 보니까 그 말이 실감나요. 검은 머리가 파뿌리가 되도록 해로한다는 말…… 정말 한 폭의 명화처럼 아름다운 광경이네요."

그러자 자리를 함께했던 앞집 안 노인이 나섰다. "저 사람들한테

딱 들어맞는 말은 아닌 거 같아."

열아홉 꽃다운 나이에 이 골짜기 김씨 집안으로 시집 와서 지금까지 50년 넘게 붙박이로 살고 있다는 앞집 노인네였는데, 그녀 역시 친정을 여주 쪽에 두고 있었다. 그네에 의하면, 여주댁은 젊은 나이에 남편과 사별했다. 그후, 아들 대복이 하나를 데리고 그럭저럭 살았는데 마흔 줄에 들어선 어느 날부터 여주를 들락거리기 시작했다는 것이다. 본인은 식당 일을 하러 간다고 했지만 소문에는 춤바람이 난 거라고들 했다. 두어 해 남짓 나들이가 잦던 그녀는 웬 도회풍의 말쑥한 노신사를 달고 돌아온 다음 날부터 딱 발길을 끊었다. 그리고 어언 20년 세월을 둘은 그렇게 살아온 것이라고 했다.

"듣고 보니 저 할아버지도 참 특별한 분이네요."

아내가 새삼 놀라워했다. "뭐 하던 분이었나요?"

"무슨 사업을 했다나 어쨌다나…… 잘은 알 수 없고, 공부도 좀 한 사람이래요. 워낙 입을 봉하고 살아서 그렇지 많이 유식하대요."

"자식은 없고요?"

"왜 없어. 이따금씩 와서 들여다보고 가요. 아들이고 딸이고 다 웬만큼은 하고 사는가 보더구먼. 한번은 나이 든 여자가 젊은 운전수를 앞세우고 찾아왔어. 마침 집이 비어 있었는데 여자는 집 안팎을 휘휘 둘러보고 나더니 선걸음에 돌아서 가더래요. 그게 본마누라였다고 나중에 여주댁이 실토했는데, 그걸로 끝이야. 두 번 다시 안 왔으니까."

"세상에, 세상에! 뭔 그런 인생들이 있대요 글쎄!"

아내는 거듭거듭 놀라워했다.

필경 아내는 대복이를 만나고 왔다. 여자를 앞세우고 가려 했지만 그녀가 한사코 거부했으므로 결국 아내 혼자서 골짜기 안에 있는 그네의 집을 방문하는 수밖에 없었다. 손전등 하나만 달랑 들고 올라갔던 아내는 깜깜해진 뒤에야 불빛을 흔들며 간 길을 되짚어 왔다. 그새 다섯 평 반짜리 원룸 안에서 좀 뻘쭘하게 앉아 있던 여자와 나는 화들짝 반기듯이 그녀를 맞았다.

하지만 아내의 입은 쉬 열리지 않았다. 단단히 삐친 아낙네처럼 입술을 내민 채 아내는 그때까지 벽에 등을 대고 약간 방심한 듯싶은 포즈로 멍하니 앉아 있는 여자를 한참 동안이나 짯짯이 고누어 보기만 할 뿐이었다. 표정이 복잡했다. 아내의 눈에는 연민인지 분노인지 잘 분간이 가지 않는 감정이 진하게 담겨 있었다.

"그 친구가 뭐래?"

내가 물었다. 입이 쓰다는 듯이 아내가 내뱉었다.

"그만 살겠대."

"왜 그러는데?"

"엄마한테 불효해서래요."

뭐가 불효냐고 따졌더니 한다는 소리가 도무지 어른을 어려워할 줄도, 공경할 줄도 모르는 막돼먹은 년이라고, 마구 성토하더라고 했다. 특히 시어미를 달갑잖은 친구 대하듯이 하는 통에 여주댁이 먹은 밥을 제대로 소화시키지 못한 지 오래라는 것이었다. 그런 여자를 데리고 사는 일은 자식으로서 곧 불효하는 짓이기 때문에 그런 년을 나는 결코 좌시할 수 없노라고 딱 잘라 말하더라고 했다. 도무지 설득의 여지조차 보이지 않아서 악에 바친 아내는, 그래, 알았다, 다시 네 혼자 살아봐라, 악담하고 왔다며 한숨을 푹 내쉬었다.

"효자 났군."

"암요……."

우리는 입을 다물었다.

평소에 봐도 효심 하나는 인정해줘야 할 위인이기는 했다. 노동력은커녕 제 몸 하나 건사하기에도 점점 힘들어하는 여주 양반에 대해 불만이 없지 않으면서도 어머니에 대한 효심 때문에 겉으로 드러내는 법이 없었다. 저한테 딸린 식구가 달리 있는 것도 아닌데 그는 별 불평 없이 농사를 지었고, 외지 건설 현장에서 틈틈이 벌어들이는 노임도 술값만 빼고 고스라니 여주댁 손에 쥐여준다고 했다. 그 나이에도 말이다.

그렇다고 어머니 여주댁으로부터 좋은 소리를 듣고 사는 아들도 못 되었다. 그녀는 머리가 약간 모자라는 듯한 이 아들에 대해 깊은 원망 같은 것을 품고 있는 듯했다. 저 인간 때문에 내 인생이 고작 이것밖에 안 된다는 식의 푸념을 그녀는 곧잘 하고 다녔고, 특히 세상사에 대한 아들의 허황된 관심에 대해 이를 갈고 있었다. 한창 바쁜 농번기에 아무 상관도 없는 시위 현장으로 달아나거나 또는, 선거철마다 운동원으로 불려나가 아무 실속도 없이 코피 나게 뛰어다니는 아들을 그녀는 도통 이해할 수가 없었던 것이다.

그랬다. 다른 건 몰라도, 시국에 대한 그의 관심과 열의에 관한 한 나 역시 여주댁의 입장에 상당히 공감하는 바였다. 허황된 관심이라고까지는 치부하지 않더라도 좀 많이 엉뚱하다는 생각은 하고 있었다. 시골 구석에 박혀 짝도 없이 사는 노총각 처지에 툭하면 자기 일을 내던지고 멀리 시위 현장으로 달려가는 그 열성에는 단순히 정의감의 발로라고만 말할 수 없는 미진한 무엇이 느껴졌기 때문이다. 내가 그만치 불순한 건가. 거의 광적이라고 상상되는 그의 선거 운동 얘기는 더 그랬다. 후보를 가리는 것도 아니라고 했다. 특별히 그래야 할 이유가 있다거나 그렇다고 일당을 받는 것도 아닌데 그는 매번 선거판에 뛰어들어 죽을 둥 살 둥 미친 듯이 뛴다고 했다. 마침내 선거가 끝나면 그는 결과에 상관없이 몹시 지치고 풀이 죽은 모습을 하고 돌아온다는 것이었다. 그러고는 마을 사람들을 상대로 무슨 무용담처럼 자기 이야기를 한없이 뻥튀기하면서 다음 선거철을 기다린다고 했다.

어쨌거나, 효심을 함부로 탓할 수는 없다. 부모 자식 간의 관계가 날로 거칠어지고 있는 현실에 비추어 보자면 더 그렇다. 하지만 당장 처해진 상황이 실로 난감했다. 이 어두운 밤에 여자를 밖으로 내몰 수도 없고, 그냥 두자니 공간이 옹색했다. 아니다. 하룻밤이야 무릎을 맞대고 지새울 수도 있으리라. 문제는 그다음이었다. 도대체가 어디서 흘러온 건지도 모르는 여자인데다 갈 곳 역시 막막해 보였다. 여자만인가. 딱하기는 사내 쪽이라고 다를 게 없었다. 마흔 살이 넘은 사내가 언제까지 노인네들의 곁방에서 홀아비로 뒹굴며 살겠다는 건지. 두 쪽 인생이 다 짠하고 갑갑하기는 매한가지다 싶어 마음이 무거워졌다.

"쪽마루 하나 없이 딱 방 둘에 부엌 하나뿐인 집이더라고요. 방들도 이거보다 훨씬 작아. 게다가 두 방 사이엔 엉성한 장지문 두 짝이 전부더구먼. 세상에! 그러고 어떻게 함께 사는지……."

짬을 두었다가 혼잣말하듯 중얼댔다.

"늙은이가 시샘도 났겠지 뭐. 시샘이 나니깐 심술이 도지기도 하고……."

갑자기 아내가 뾰족한 목소리로 불쑥 물었다. 나에게가 아니라 어느새 자울자울 졸고 있는 여자를 향해서였다.

"그랬지? 오밤중에 늙은이가 공연히 신경질 부리고 그랬지?"

여자는 놀란 눈만 치떴다. 하지만 그도 잠시일 뿐 짐승의 그것처럼 순하게 보이는 눈자위가 금방 안개로 몽롱해졌다. 민둥한 가슴께에 두 무릎을 모아 쥔 채로 그녀는 자꾸만 무너지고 있었다. 아내가 혀를 끌끌 차며 베개를 던져 주었다. 그녀는 마침내 길게 드러누웠다. 역시나 큰 키였다. 얼굴을 위로 하고 반듯하게 누운 채 그녀는 금방 잠이 들었다. 아내가 무릎걸음으로 다가가더니 손을 들어 그녀의 배를 가만히 쓸어보고 있었다. 한 번, 두 번, 세 번, 그리고 무언가를 골똘히 생각하며 다시 한 번, 두 번, 세 번…….

"혹시나 했더니…… 역시 홀몸이 아니네. 달수도 꽤 찬 것 같고……."

아내의 목소리가 더 무거워졌다.

"난 오빠가 좋은데……."

다음 날 아침상 앞에서 깨지락깨지락 수저질을 하다 말고 여자가 혼자 말하듯 중얼댔다. 금세 눈물이 볼을 적셨다.

"정말 좋아?"

아내가 물었다. 여자가 어린애처럼 머리를 꺼덕꺼덕 했다.

"뭐가 좋아. 욕하고, 때리고, 내쫓고 했다며? 밉지도 않아?"

대답 대신 여자는 수저를 내려놓고 본격적으로 울 채비를 했다. 우리 내외도 슬며시 상에서 물러나 앉았다. 아내가 묵묵히 커피 석 잔을 만들었다. 그중 하나를 여자 앞에 놓으며 아내는 말했다. 결기가 묻어나는 어조였다.

"그럼 쫓겨 가지 마. 이거 마시고 나서 다시 올라가라고. 가서 말해. 죽어도 안 간다고, 못 간다고…… 그리고 버티라구."

여자는 울음을 그쳤다. 그러고는 아내의 얼굴을 쳐다보았다. 희망과 더불어 절망이, 기쁨과 더불어 두려움이 한데 뒤엉킨 눈빛이었다.

결국 아내는 두 번째 걸음을 했다. 대복이 각시가 혼자서는 도무지 나서려 하지 않았기 때문이었다. 가을 햇살이 환하게 쏟아져 내리는 시각이었다. 아내에게 등을 떠밀려 나온 대복이 각시는 길바닥에 딱 멈추어 선 채 거기서 더 이상 움직이려 하지 않았다. 또다시 울음을 터뜨릴 것 같은 얼굴을 하고 한사코 아내의 거동만 지켜보았다. 엉뚱한 곳에서 버티기가 시작된 느낌이었다.

"잘 들어. 거기서 위로 올라가든지 아래로 내려가든지, 새댁이 생각하고 결정해야 돼. 내 말, 무슨 뜻인지 알겠지?"

여자는 말 잘 듣는 아이처럼 머리를 끄덕거렸다. 하지만 그뿐, 발은 전혀 움직이지 않았다.

두 여자는 그런 식으로 아마도 한 시간 이상을 실랑이했으리라. 마침내 열을 받은 아내는 못난 딸에게 하듯이 한동안 거친 욕설을 퍼부어댔고, 그리고 종당엔 스스로 앞장서서 다시 골짜기 길을 허위허위 올라갔다.

비로소 나는 책상 앞에 가 앉았다. 노트북을 열고 내 문서를 클릭하여 전날 하던 작업을 계속하려 했지만 잘되지 않았다. 대기 모드로 바꾼 다음 나는 창밖을 내다보았다. 청옥빛 하늘이 서늘하게 이마에 와닿고, 그 아래 세상은 온통 만산홍엽이었다. 겹겹이 늘어선 산등성이마다 단풍이 아직도 한창이었다. 맑은 햇살 때문일까. 모과나무 산뽕나무 감나무에 매달려 있는 크고 마른 잎사귀들이 너무나 정갈해 보였다. 고구마 토란 들깨 등 가을걷이가 끝나면 곧바로 겨울이 오리라. 그러면 바람의 길목인 이 골짜기는 내년 3월까지 꽁꽁 얼어붙은 동토가 될 것이었다.

꽤 시간이 흐른 뒤 아내가 돌아왔다. 혼자였다. 어제와는 달리 기분도 괜찮아 보여서 나 역시 마음의 짐을 던 기분이 되어 물었다.

"그 친구가 뭐래?"

"벌써 나가고 없더라구요."

"각시 찾으러 간 거 아닌가?"

서울 간다면서 새벽같이 나갔다고 했다. 그랬다면 아마도 광화문 쪽이 아니고 여의도 쪽일 듯도 싶다고 나는 생각했다. 이 지역구 출신 김 의원이 종종 그와 면담하기를 원했기 때문이었다. 물론 대복이 말이 그랬다. 선거철이야 말할 것도 없고, 평소에도 김 의원은 그를 자주 호출한다고 했다. 그러고는 손을 끌어 잡고 이런저런 문제들에 대해 의견을 구하고 부탁도 한다는 것이었다. 사실 많이 귀찮고 성가시긴 하지만 중학교 선후배 관계라 외면할 수가 없노라고 그는 말했다. 그는 또 말하기를, 김 의원 하나만도 아니라고 했다. 시의원, 도의원 중에는 초등학교 동창들이 네댓 명이나 있어 그자들도 툭하면 불러대는 통에 머리가 아프다고 했다. 다행이라면 고등학교나 대학 동창은 없다는 점이었다. 중졸이 그의 학력의 전부였기 때문이다. 하여간 어느 쪽으로 갔든지 나로서는 그다음 행적이 상상되지 않았다. 그가 어디서 누구를 만나 무슨 일을 하며 시간을 죽이는지에 대해서는 전혀 그림이 그려지지 않는 것이었다.

"여주댁은 뭐라고 하던가?"

나는 그녀의 태도가 자못 궁금했다. 아내의 입가에 웃음이 번졌다. 여자들, 특히 어머니들만 어떤 순간에 지을 수 있을 듯싶은 그런 혼자웃음이었다.

"첨엔 그러대. 내 알 일 아니란 듯이 팔짱을 끼고 대하더라고요. 그 마귀 같은 늙은이가 글쎄, 새댁이 불쌍하지 않냐고 했더니 내가 내쫓은 거냐고 대꾸했고, 마흔이 넘은 아들인데 다시 혼자 살게 내버려둘 거냐고 따졌더니 무슨 악담이냐, 짚신도 제 짝이 있는 법인데 왜 혼자 사냐고, 거품을 물고 대들더라고요."

"여주 양반은 암 소리 않고?"

"빈 자루처럼 구석에 웅크리고 앉아 있기만 하대."

한심한 인간 어쩌고 하는 뒷말은 입속에서 웅얼거리고 말았다. 하지만 그 노인네들에 대한 아내의 감정이 어떠했는지는 족히 헤아릴 수 있는 어투였다. 마찬가지로 그때의 분위기 역시 짐작하고도 남았다.

아내의 말에 의하면, 그토록 냉랭하고 적대적이던 분위기가 극적으로 바뀐 계기는 새댁의 임신 사실을 밝히면서였다고 했다. 처음에는 믿지 않다가 새댁을 눕혀 놓고 직접 눈으로 보고 다시 손으로 쓸어 보고 나서야 여주댁의 표정이 확 달라지더라고 했다.

"세상에! 글쎄, 얼음장 같던 얼굴이 확 풀어지더니 금방 봄꽃이 만발하더라고요. 이 골짜기 드나들면서 난 정말 여주댁 얼굴이 그처럼 환해 보인 적이 없었다고요."

비로소 큰 짐을 벗은 듯 아내는 홀가분하다고 했다. 나 역시 이하동문이어서 홀가분한 마음으로 오후 내내 아내의 일손을 도왔다. 올

여름 가뭄 탓인가. 고구마들이 땅속에 유독 깊이 자리 잡고 있어 추수가 쉽지 않았다. 나는 호미 대신 괭이질을 했다. 딱딱하게 굳은 마사토를 힘들여 파헤치다 보면 괭이 날 끝에 고구마가 찍혀 나오기 일쑤여서 나는 자주 아내로부터 주의나 경고를 받곤 했다.

그날 해거름녘이었다. 마지막 버스가 반환점을 돌아나간 다음 한 사내가 골짜기로 올라오고 있었다. 우리 텃밭 앞에서 그는 걸음을 멈추었다. 대복이였다.

"안녕하십니까, 반갑습니다."

철 지난 점퍼 대신에 양복 상의를 걸친 것만 빼고는 똑같은 차림새였다.

"반갑구먼. 어딜 다녀오는 길인가?"

내가 묻자 그가 대꾸했다. 많이 지쳐 있는 목소리였다.

"서울 좀 다녀오는 길임다."

그는 또, 꽤 취해 있는 상태이기도 했다.

모를 일이었다. 하루 종일 어디를 헤매고 다녔는지, 그리고 또 누가 왜 술을 먹인 건지 나로서는 도무지 헤아릴 길이 없었다. 어쨌거나 그는 많이 지쳐 있었고, 꽤 술에 취한 상태임이 분명했고, 그리고 왠지 그런 사실들이 내 마음을 무겁고 짠하게 만들었다. 내가 실없는 물음을 던진 것도 아마 그 때문이었으리라.

"무슨 중요한 일이 있었나 보지? 누굴 만났나?"

거침없이 그가 대꾸했다.

"네, 어르신. 중대한 문제로 김 의원을 만나러 갔습니다. 아시죠? 여의도……."

사이를 잠시 두었다가 목을 움츠리고 비 맞은 개 떨 듯하며 뒷말을 이었다. "앗다, 거기 강바람, 되게 쌀쌀하데요. 벌써 겨울 날씨더라고요."

콧물을 훌쩍거리면서 그는 돌아섰다. 중대 문제가 무엇인지 그래서 누구를 만났는지에 대해 이쪽에서 운을 떼었는데도 그는 더 떠벌일 마음이 전혀 없는 듯싶었다. 전과는 사뭇 다른 태도여서 나는 마음속으로 놀랐다. 집을 향해 발길을 서두는 그에게 아내가 넌지시 일러둔다는 투로 말했다.

"얼른 가봐요. 각시가 기다리고 있을 거예요."

뚱한 얼굴로 우리를 잠시 돌아보았을 뿐 그는 이내 몸을 돌려 자우룩이 땅거미 지는 오르막길을 힘겹게 지척거리며 올라갔다. 아내가 한숨을 토했다. 눈빛이 흔들렸다.

소동은 그날 밤중에 일어났다. 119 구급차가 느닷없이 골짜기로 들이닥쳤던 것이다. 사이렌 소리에 놀라 깨고 보니 자정을 넘어선 시각이었다. 경광등 불빛이 어둠을 써레질하며 골짜기 안으로 파고들었다. 아, 여주 양반! 우리 내외는 그 노인네를 먼저 떠올렸다. 또 쓰러진 거구나. 두 번째 쓰러지면 가망이 없다는데, 하고 우리는 놀란 얼굴을 서로 멀거니 쳐다보았다. 그리고 생각했다. 진작 팔순을 넘긴 연세라니 굳이 유감스러울 것까지는 없을 성싶었다.

다음날 우리 내외가 떠날 채비를 하고 있는데 앞집 안 노인이 건너왔다. 마을회관에서 점심을 먹고 오는 길이라고 했다. 어젯밤 소동 때문에 마을 사람들이 죄 놀라 밤잠을 설쳤다면서 그녀가 들려준 얘기는 엉뚱했다. 우선, 구급차에 실려 간 사람이 여주 양반이 아니고 대복이 각시였다는 말에 우리 내외는 놀란 입을 다물 수가 없었다.

"왜요? 어떻게 된 거래요?"

숨넘어가는 사람처럼 아내가 물었다.

"하혈을 했다나 어쨌다나…… 애기를 가졌던가 봐. 대복이 각시가……."

"세상에, 세상에!"

아내가 외쳤다. "그 인간이 여자를 또 쳤구먼!"

"그런 건 아닌 거 같고, 잠자리를 같이하다가……."

"저 미련한 인간!"

그뿐, 아내의 입이 다물어졌다. 노인네가 주름투성이의 안면을 구깃구깃 일그러뜨리며 웃고 있었다.

"다행히 별 탈은 없더래요. 애기도 괜찮고…… 하지만 게우 일곱 달 채운 애니 조심은 하라고, 의사 선생님이 그랬다더만."

아내는 입을 열지 않았다. 일곱 달이나 됐다면 밤산골로 들어오기 두어 달 전에 생긴 녀석이다. 설마하니 아내가 그런 속셈을 하랴 생각하며 내가 우정 맞장구를 쳤다.

"정말 다행이네요. 아무렴요. 정말 다행이지요."

가족 353

"우리 밤산골에도 곧 갓난쟁이 울음소리 듣게 생겼네." 노인네 말이었다. 주름투성이 얼굴이 또 한번 구겨졌다.

우리 내외가 다시 밤산골을 찾은 것은 그로부터 몇 주 뒤였다.
텃밭은 초토화된 상태였다. 연일 서리가 내린 탓이었다. 절기는 이미 입동을 지나 소설을 코앞에 두고 있었다. 우리 내외는 깻단을 털고 고춧대를 뽑아내는 등 바쁘게 겨울 채비를 하면서도 울타리 너머 앞집을 자주 건너다보곤 했다. 집이 비어 있는 것으로 보아 두 노인이 다 출타한 모양이었다. 아내는 목을 빼고 골짜기 위쪽으로도 종종 눈길을 보내곤 했다. 거기도 인적이 없어 밤산골이 온통 텅 빈 것 같았다.
삶은 고구마와 땅콩을 담은 소쿠리와 김치 접시, 그리고 맥주 캔 따위를 늘어놓고 평상에 걸터앉았을 때였다. 저만치 마을 앞에 낮 버스가 와닿는 게 보였다. 혹시나 싶어 우리는 눈길을 보낸 채 기다렸다. 너무나 맑은 날씨여서 정류소 일대가 흡사 조명 속 무대처럼 잘 들여다보였다. 그랬다. 버스에서 내린 사람은 넷이었다. 둘은 남자였고 남은 둘은 여자였다. 뿐더러, 그들 면면이 누구인지를 우리는 금방 알 수 있었다.
아내가 먼저 길 쪽으로 달려 나갔다. 고무신을 꿰고 땅콩을 우물우물 씹으면서 나 역시 뒤를 좇았다. 저 쟁쟁거리는 목소리를 앞세우고 그들이 천천히 다가왔다. 이번에는 내가 먼저 인사말을 던졌.
"안녕들 하세요. 오랜만에 뵙네요."

여주댁 모자가 거의 동시에 대꾸를 했다. 둘 다 높고 밝은 목소리였다. 어느새 아내의 손을 잡은 대복이 각시는 흡사 친정어미라도 만난 듯 반가워했다. 팔순의 여주 양반만 변함없이 지척대는 걸음걸이에 아둔한 표정이었다. 지팡이를 잡은 손이 전보다 더 잦게 떨리고 있었다.

"어디들 다녀오세요?"

아내의 목소리도 높아져 있었다. "일가가 함께 행차하셨네요. 너무 보기 좋아요!"

"우리 손자 보았다우."

여주댁 말이 톡톡 튀어올랐다. 대복이가 냉큼 뒤를 댔다.

"병원에 있어요. 인큐베이터 안에⋯⋯."

아내와 나는 입만 벌리고 있었다. 너무 놀라워서 얼른 대꾸할 말을 찾지 못했던 것이다. 하지만 금방 사정을 알아챘다. 우리가 텃밭을 떠나 있던 사이에 무슨 일이 밤산골에서 일어났는지 잘 헤아려졌다. 세상에, 세상에! 아내가 입속으로 거듭 중얼대더니 불쑥 물었다.

"얼마 동안이나 있어야 한대요, 그 속에?"

"두 달!" 하고 여주댁이 대답했고, "달포만 더⋯⋯" 하고 대복이가 수정했다.

적어도 두 달이나 더 앞서 태어난 녀석임이 분명했다. 그만큼 세상 구경을 빨리 하고 싶었던 걸까? 앞으로 혹 기회가 주어진다면 녀석에게 물어보고 싶다는 생각이 들었다. 아가야, 이 세상이 어떻게 생겼나 궁금했니, 하고. 그와 동시에 한 가지 걱정이 앞섰는데 아내도 같은 생각을 한 모양이었다.

"어쩌나…… 병원비가 만만치 않을 텐데요?"

여주댁이 재빨리 대꾸했다. "저 냥반이 책임진다네요!"

유독 튀는 목소리였다. 그만한 여유가 있었던가 싶어 나는 여주 양반 쪽을 쳐다보았다. 그러나 남의 얘기라는 듯 노인의 얼굴에는 별다른 표정이 없었다. 아마도, 하고 나는 생각했다. 당신의 마지막 날을 위해 꿍쳐 두었던 장례비용 같은 걸 내놓기로 작정한 게 아닐까.

"어르신께 부탁드리고 싶은 게 있는데요……"

대복이가 그답지 않게 머리를 조아리며 말했다. "제 아들 이름을 지어주셨으면 하고요. 예쁜 우리말 이름으로요."

나는 선선히 그러마고 약속했다. 그리고 일가의 곡진한 감사 인사를 선불로 받았다.

외가닥 시멘트 길이 골짜기를 향해 하얗게 기어오르고 있었다. 환한 대낮, 그 길을, 맑은 햇살을 받으며 그들은 앞서거니 뒤서거니 하며 천천히 멀어져 갔다. 문득, 그들 네 사람의 성씨가 다 다르다는 사실이 깨달아졌다. 내년 봄에 우리 내외가 다시 밤산골을 찾을 때쯤엔 그런 식구가 하나 더 늘어나 있을 것이었다.

일가의 뒷모습이 보이지 않을 때까지 가만히 지켜보고 있던 아내가 입속으로 중얼거렸다. 할렐루야! 감사합니다. 하나님!

(2009)

이동하 약력

생애

1942년 일본 오사카 출생, 본명은 이용(李勇). 서라벌예술대학 문예창작과, 건국대학교 대학원 국문학과를 졸업하고, 목포대학교 국어국문학과 교수를 거쳐 중앙대학교 문예창작과 교수로 정년퇴직했다. 김동리선생기념사업회 회장과 한국소설가협회 이사장을 역임했다.

등단

1966년 《서울신문》 신춘문예에 단편 「전쟁과 다람쥐」가 당선되며 작품 활동을 시작했다. 이듬해 공보부에서 주최한 신인예술상 모집에 단편 「인동(忍冬)」이 당선, 이어 문예지 《현대문학》의 제1회 장편소설 공모에 「우울한 귀향」이 당선되었다.

작품

1981년 「굶주린 혼」으로 한국창작문학상을 수상했다. 1982년 연작중편집 『장난감 도시』를 문학과지성사에서 간행하여 제1회 한국문학평론가협회상을, 1983년 「파편(破片)」으로 한국문학작가상을, 1986년 「폭력연구」로 제31회 현대문학상 등을 수상했다.

주요 작품집으로 『모래』 『바람의 집』 『저문 골짜기』 『폭력 연구』 『문 앞에서』 『삼학도』 『매운 눈꽃』 『우렁각시는 알까』 등이 있다. 연작 중편으로

『장난감 도시』, 장편소설로 『우울한 귀향』 『도시의 늪』 『숲에는 새가 없다』 『냉혹한 혀』 등이 있으며, 영역 단편선집 『Shrapnel And Other Stories』가 미국에서 간행된 것 외에, 『장난감 도시』가 영어, 아랍어, 중국어, 베트남어로 번역 출간된 바 있다.

최근작으로는 첫 산문집 『세상살이와 소설쓰기』가 〈푸른사상 산문선 51〉로 출간되었다. 결핍과 허기로 가득했던 젊은 날을 글쓰기로 버티며 문우들과 열정을 불태우던 모습들, 문단 원로들과의 인연, 국내외 작품들에 대한 날카로운 해석 등을 담았다.

자전적인 요소에 많은 관심을 가지고 작품 활동을 하고 있으며, 간결하고 적확한 문장을 가진 작가로 알려져 있다. 작품 경향은 현실에 대한 허무감을 통해 자아인식을 이룩하려는 태도로 삶이 지닌 비극적인 아름다움을 추구했다.

수상 경력
한국소설문학상, 한국창작문학상, 한국문학평론가협회상, 한국문학작가상, 현대문학상, 오영수문학상, 무영문학상, 요산문학상, 한국문화예술위원회 올해의소설상, 성균관문학상 등을 수상했다.

작가의 말

첫 소설집 『모래』(태창문화사)를 낸 게 1978년도의 일이다. 이후 2012년 『매운 눈꽃』(현대문학사)에 이르기까지 모두 여덟 권의 중단편 소설집을 냈다. 매번 10편 남짓한 작품을 담았으니 그간 쓴 게 대략 100편쯤 되는 셈이다.

지금 읽어보면 부끄러운 대목들이 많다. 이 책에 수록된 작품들은 그나마 애착이 가는 것들이다. 특히 「파편」이나 「밝고 따뜻한 날」 등은 오래전부터 수능 강좌나 문제집에 자주 인용되곤 한다. 그러나 이 작품을 수록한 소설집들은 절판된 지 오래라 종이책 대신 복사물에 의존해야 하는 불편함이 있다고 한다. 내가 굳이 이 책을 묶은 이유의 하나이다.

나이 탓이리라. 소설에 대한 내 생각도 많이 변했다. 따라서 자선 기준이라는 것도 당연히 오늘의 내 입맛에 맞추어져 있다. 그간의 작품평과는 무관한 셈이다.

2024년 8월, 이동하